Sog der Finsternis

Chronicles of Gods 3

von Anke Unger

Anke Unger

Sog der Finsternis

Fantasyroman

Impressum

Bibliografische Information der Deutschen Nationalbibliothek:
Die Deutsche Nationalbibliothek verzeichnet diese Publikation in
der Deutschen Nationalbibliografie; detaillierte bibliografische
Daten sind im Internet über http://dnb.dnb.de abrufbar.

© 2021 Anke Unger, 2. überarbeitete Auflage

Die Erstausgabe erschien 2017 im Verlag Dark Diamonds

Lektorat: Asta Müller
Cover: © Porträt und Kleidung mit freundlicher Genehmigung der
Firma www.armstreet.com
Coverdesign: Kristina Licht

Herstellung und Verlag: BoD – Books on Demand, Norderstedt
ISBN: 978-3-7528-9946-7

Das Buch
Sog der Finsternis (Chronicles of Gods 3)

Band 3 der berauschenden Welt voller Götter, Magie und Intrigen

Als die Magierin Areshva erfährt, dass sie Seelen opfern muss, um die Göttin des Lichts wieder an die Macht zu bringen, ist sie hin- und hergerissen zwischen dem verzweifelten Verlangen nach Licht in ihrem Leben und dem gefährlichen Sog der Finsternis. Den Kampf in ihrem Inneren vermag allein Fürst Silvrin von Aravenna zu beenden – der Mann, der ihr Herz zum Rasen bringt. Doch er sitzt eingekerkert auf der Burg des rachelüsternen Smorkyn, der ihm nach dem Leben trachtet ...

Dunkle Götter, eine verbotene Magie und die Versuchung der Liebe verstricken die Magierin Areshva in ein mitreißendes Handlungsnetz, dem sich der Leser absolut nicht entziehen kann. Anke Unger überträgt uralte Ängste des Menschen auf eine faszinierende Fantasywelt voller Legenden.

//Alle Bänder der Fantasy-Reihe:
-- Göttin der Dunkelheit (Chronicles of Gods 1)
-- Der magische Blick (Chronicles of Gods 2)
-- Sog der Finsternis (Chronicles of Gods 3)
-- Der verfluchte Ring (Chronicles of Gods 4)
  erscheint März 2021
-- Tempel der Skelette (Chronicles of Gods 5)
  erscheint April 2021
-- Seelen der Göttin (Chronicles of Gods 6)//
  erscheint Mai 2021

Die Autorin

Anke Unger genießt die urwüchsige Natur Schwedens, in der sie gemeinsam mit ihrer Familie lebt. Als Journalistin, Lektorin und Medizinische Fachangestellte tätig, blieb das Schreiben stets ihre Leidenschaft. Ihr Debüt »Die Chroniken der Götter« erschien 2017 in vier Bänden im Dark Diamonds Verlag. Mit der Neuauflage 2020 unter dem Reihentitel »Chronicles of Gods« geht eine aufwändige Bearbeitung einher. Die Reihe erscheint nun erstmals vollständig mit allen sechs Bänden. Geplant ist eine Veröffentlichung aller Bände bis zum Sommer 2021.

Mehr zur Autorin finden Sie auf Facebook:
https://www.facebook.com/DieChronikenderGoetter

Fremde Reiter

Die Göttin weinte.

Natürlich konnte Pirina ihre Tränen nicht sehen, es handelte sich schließlich um ein höheres Wesen. Genau genommen sah sie nicht einmal Aminas Gestalt, denn diese verbarg sich in der hölzernen Statue, welche die Aminarinnen vor langer Zeit angefertigt hatten, um die Erhabene zu verehren. Pirina schlang die Arme fest um ihren misshandelten Körper. Hart und kalt fühlte er sich an. Einige ihrer Ordensschwestern hatten die Statue mit einer Axt angegriffen. Sie hatten den hölzernen Kopf gespalten, den zum Himmel erhobenen Arm sowie einen Fuß abgeschlagen und die übrige göttliche Hülle so mit Hieben zerhackt, dass kaum noch etwas Heiliges von ihr übrig geblieben war. Aber den kleinen Rest, den sie nicht erwischt hatten, den klammerte Pirina mit all ihrer Kraft an sich, und sie würde ihn auch nicht loslassen.

Diese Ketzerinnen. Diese Abtrünnigen. Wie konnten sie solch ein Verbrechen begehen!

»Pirina! *Pirina!*«

Das war Thessas Stimme.

Bleib draußen! Ich will dich gar nicht sehen!

Pirina verachtete sie. Sie verachtete sie alle, diese ganze miese, verbrecherische Bande, die ihr das angetan hatte. Die Göttin zu verlassen! Keine Lieder mehr, keine Gebete, kein Himmel über ihnen … Was sollte aus Amina werden? Was aus ihr selbst?

Knirschende Schritte näherten sich. Es hörte sich an, als stakste Thessa über den mit Glassplittern übersäten Boden des ehemaligen Tempels.

Nicht nur die Statue der Amina war zerstört, diese Wahnsinnigen hatten das ganze Inventar verwüstet. Kerzen rollten auf dem Boden, Bänke waren gesplittert, überall lagen Scherben. Sie hatten ihr Allerheiligstes geschändet! Den Tempel zerstört, die Göttin zerhackt! Die hölzerne Amina weinte so laut, als ob es sie von innen zerreißen wollte. Das spürte Pirina mit allen Fasern ihres Herzens. Ihre Tränen vermischten sich mit denen der Göttin, sie verfingen sich ineinander und bildeten eine Kette … ein hartes, festes Band, das Pirina ein bisschen Halt gab in all dem Chaos um sie herum.

»Steckst du schon wieder hier?«, hörte sie Thessas Stimme tadelnd, sogar mit deutlicher Wut, über ihrem Kopf. »Begreif es doch, Kind! Alles das hier war ein Irrtum.« Sie wies mit der Hand quer durch den ehemaligen Tempel. »Du kannst nicht tagelang in dieser Rumpelkammer hocken. Hilf uns im Spital! Wir brauchen dich.«

»Amina weint«, schluchzte Pirina.

»Das Weinen, das du hörst, kommt von all den armen Kranken aus dem Spital nebenan!«, wies Thessa sie zurecht. »Ich verstehe, dass du traurig bist. Wir sind alle traurig. Die Göttin hat uns verlassen … aber das Leben geht weiter, und wir haben eine Aufgabe. Du auch. Komm jetzt!«

Pirina hob den Kopf. Ihre Augen waren vom vielen Weinen so verschwollen, dass sie Thessa kaum erkannte. »Amina hat uns gar nicht verlassen! *Ihr* habt sie im Stich gelassen! Das durftet ihr nicht! Sie wartet auf uns. Sie braucht unsere Hilfe!«

»Das reicht jetzt, Pirina! Komm!«

Thessa zog die Kleine hoch und schleppte sie hinter sich her. Sie hatte keine Kraft, sich zu wehren. Schön, sie würde den armen Kranken helfen, das gehörte ja zu Aminas Dienst dazu. Aber die Göttin verlassen – nein! Das würde sie nicht! Niemals!

***

Das Spital war längst nicht mehr so voll belegt wie früher. Es beherbergte derzeit nur sieben Patienten. Dies lag zum Teil daran, dass die Zahl der Helferinnen drastisch gesunken war: Viele frühere Glaubensschwestern hatten die Gemeinschaft nach der Katastrophe in Darghessa verlassen. Aber auch eine neue Regel trug dazu bei, nach der die Kranken neuerdings ihr eigenes Essen mitbringen und auch einen Teil der Behandlung bezahlen mussten. Denn unter den Ordensfrauen herrschte Lebensmittelknappheit, es reichte nicht einmal für sie selbst. Wochenlang lebten sie nur von dünnen Suppen. Sehr oft schon war Pirina hungrig ins Bett gegangen. Sie schlich mit gesenktem Kopf hinter Thessa her. Es grauste ihr vor Wunden und sie konnte kein Blut sehen. Das hätte sie ertragen können, wenn sie die Göttin noch über sich gewusst hätte, aber es war ja alles zerstört! Nicht nur der Tempel und das Allerheiligste. Auch Dara fehlte ihr unendlich. *Ach!* Es war noch gar nicht so lange her, dass sie eine eigene Mama bekommen hatte. Wie schön hatte sich das angefühlt! Aber die geliebte Dara war und blieb seit den Hinrichtungen ihrer Prophetin und vierzehn weitere Ordensschwestern in Darghessa verschwunden. Das tat so weh, dass sie in der ersten Zeit tagelang um Dara geweint hatte.

Langsam wurde ihr klar, dass der Verrat der überlebenden Aminarinnen noch wesentlich schlimmer war. Die Schwestern behaupteten plötzlich, die Göttin wäre eine Lüge und existierte überhaupt nicht.

Das waren so dumme und schreckliche Behauptungen, dass Pirina sie nicht anzuhören ertrug. Wie konnten sie die Göttin leugnen? Die heilige Amina hatte die kleine Skeff beschützt, so lange sie sich erinnern konnte. Schon bevor Dara kam. Als sie noch ganz klein gewesen war und keine der Erwachsenen sich für das magere, unscheinbare Waisenkind interessierte, hatte sie sich oft um die hölzernen Füße der Statue geklammert und gefühlt, dass da drinnen eine höhere Macht lebte. Eine, zu der sie leider nie Kontakt bekommen hatte, aber sie war immerhin da. Und vor kurzem hatte sie die Gesandte der Göttin sogar leibhaftig getroffen! In Darghessa! Leider nur sie allein. Keine der anderen glaubte ihr, dass sie Amina in menschlicher Gestalt gesehen hatte. Im Gegenteil, sie verlangten, sie sollte der heiligen Göttin abtrünnig werden, so wie alle anderen, die ihren Tempel geschändet und Amina zu einer »Lüge« erklärt hatten! Diese Verräter! Diese Gotteslästerer!

Thessa setzte sich an das Lager eines Mannes. Er blutete aus einer gezackten Wunde am Unterschenkel, die rot gerändert und innen teilweise schwarz war. Mochte der Himmel wissen, woher er sich die geholt hatte. Pirina gedachte nicht, sie zu berühren, sie konnte kaum hinsehen.

Nun langte Thessa nach einem kleinen Bastkörbchen und reichte es ihr.

»Wir haben keine Jadedornblüten mehr«, sagte sie betont freundlich. »Die helfen gut bei dieser Art Wunden.«

Du weißt, wo sie wachsen, oder? Kannst du so viele davon holen, wie du findest?«

»In Ordnung«, murmelte Pirina, erleichtert darüber, dass sie nichts Ekelhaftes anzufassen brauchte, und nahm das Bastkörbchen in die Hand.

***

Sie beeilte sich, nach draußen zu kommen. Eine ungewohnte Wärme schlug ihr entgegen. Es war schon fast Sommer. Ob der Jadedorn überhaupt noch blühte? Aber egal. Hauptsache, sie konnte dem Spital und diesen Verräterinnen im Hauptquartier eine Weile entwischen. Sie streckte ihre ledernen Fledermausflügel aus, erhob sich in die Luft und summte dabei inbrünstig:

»Amina, höre uns
Amina, schütze uns
Amina, führe uns heut an das Licht!«
Wenn doch alle diese schrecklichen Dinge in Darghessa nicht geschehen wären! Wenn nur Dara noch leben würde!

Und Pirina mutig genug wäre, nach der göttlichen Zauberin zu suchen, die sie getroffen hatte. Sie wusste ja sogar, wo dieses höhere Wesen sich aufhielt. In Ygramor. Auf der Räuberburg ihres Vaters, der der schlimmste Verbrecher in dieser ganzen gottlosen Gegend war. Falls die übermächtige Zauberin diesen Titel nicht selber verdiente.

Wie eine echte Göttin hatte sie sich nicht benommen, oder? Pirina schluckte. Wer konnte wissen, wie sich Götter normalerweise benahmen? Sollte sie wirklich so ein gefährliches Wesen suchen?! Sie war viel zu klein …

Das würde sie sich nie trauen. Gedankenverloren flog sie über die Baumkronen eines Waldes. Dabei vermied sie es, Tannen nahezukommen, denn in den dunklen Bäumen versteckten sich manchmal kleine Geister, vor denen Pirina Angst hatte.

Im Zickzack überquerte sie das Gebiet, bis sie eine Wiese erreichte, auf der Kühe weideten. Ein Stück weiter wohnte ein Bauer, von dem sie manchmal Eier klaute, wenn der Hunger zu sehr bohrte. Sie landete auf einem größeren Weg, folgte ihm und fand kurz darauf den Graben mit den Jadedornbüschen. Allerdings sah sie nirgends eine Blüte. Sie waren schon immer rar gewesen und außerdem war die Zeit dafür gerade vorbei. Pirina stakste trotzdem über den Graben hinweg zu einem der Büsche und bog kleine Zweige und Blätter zur Seite, um eine verirrte allerletzte Blüte zu finden.

Aha! Da, ganz hinten, schimmerte etwas Weißes! Pirina war so von ihrer Aufgabe absorbiert, dass sie die Pferde gar nicht heran traben gehört hatte. Erst als sie schon nah waren, erschreckte sie das donnernde Hufgetrappel. Sie fuhr hoch. Hier ritt sonst nie jemand entlang. Der Bauer war der Einzige, der in der ganzen Gegend überhaupt ein Pferd besaß. Jetzt aber tauchten vor ihr wie aus dem Nichts acht Reiter auf, alle in graue Umhänge eingehüllt.

Pirina erstarrte, als ihr der Soldat in der Mitte ins Auge fiel. Dessen Kleidung war voller Blut, seine Stirn zerkratzt und er hielt eine blutüberströmte Gestalt in den Armen. Ein junges Mädchen. Ihr Gesicht war totenblass und ihre Augen geschlossen.

»He!«, rief ausgerechnet dieser Reiter in scharfem Ton ihr zu, bei dem Pirina zusammenzuckte. »Hier soll irgendwo ein Spital sein! Kannst du mir sagen, wo ich es finde?«

Der Reiter schien hörbar Angst um die Verletzte in seinen Armen zu haben. Aus seiner Tasche kramte er etwas Kleines, Glänzendes heraus und warf es in ihre

Richtung. Es landete exakt zu ihren Füßen. Eine Münze. Pirina duckte sich blitzschnell und hob sie auf. Sie hatte ordentlich Gewicht. Auf der Vorderseite prangte ein Adler. Hinten blickte sie das ehrfurchtgebietende Antlitz eines Fürsten an. Alles glänzte und glitzerte hellgelb. Das war eine echte goldene Hellone!

»Klar, kann ich!«

Pirina ballte ihre Faust um das Goldstück und sprang aus dem Graben heraus.

Na, die würden aber große Augen machen, wenn sie mit diesem Schatz auftauchte statt bloß mit Blüten!

»Grevor! Nimm sie auf dein Pferd, dann geht es schneller!«, befahl der Reiter in der Mitte.

Ehe Pirina es sich versah, saß sie schon bei einem der Männer auf dem Schoß und brauchte nur mit der Hand zu zeigen, welchen Weg sie nehmen sollten. Ihr wurde mulmig zumute. Das hätte sie vielleicht nicht tun sollen. Sie wusste ja nicht, was das für Leute waren.

Diese Umhänge … die waren alle vermummt, hatten sie etwas zu verbergen? Waren sie Verbrecher? Und sie sollte diese Mörder zu ihren Leuten führen! Der Weg war allerdings so kurz, dass sie bis zu diesem Gedanken viel zu spät gelangte.

Da bogen sie bereits um die letzte Kurve, und der Eingang zu dem Kräuterladen vor dem Hauptquartier tauchte auf, mit seinen auffälligen Ziersträuchern und dem großen gerahmten Fenster, in dem sie Xina am Tresen stehen sehen konnte.

»Halt!«, wies sie die Reiter an.

***

Direkt vor dem Fenster hielten sie an und sprangen von den Pferden. Der mit dem verletzten Mädchen brauchte am längsten. Als er endlich mit beiden Beinen auf der

Erde stand, waren seine Leute schon drinnen im Laden und verhandelten mit Xina. Dies war eins der kürzesten Gespräche, das Pirina je mit angehört hatte.

»Ist hier das Spital?«, fragte einer der Vermummten.

»Ja«, antwortete Xina zögerlich. »Wir befinden uns allerdings momentan in einer Notsituation und sind deshalb gezwungen, für die Behandlung eine gewisse Summe zu verlangen.«

»Wie viel?«

»Sieben Scheller am Tag. Wenn es etwas Leichtes ist. Sonst bis zu fünfzehn.«

Der Mann mit dem Mädchen auf seinen Armen trat ein. Er war schlank und hochgewachsen, musste sich in der Tür bücken. Die letzten Worte hatte er gerade noch gehört.

»Es spielt keine Rolle, was es kostet, aber ich verlange, dass ihr eure beste Heilerin an ihr Lager setzt«, sagte er drängend.

Da Xina immer noch skeptisch dreinblickte, nickte der Anführer seinem Begleiter zu. Dieser warf einen dicken Beutel auf den Tresen, der laut metallisch klingelte, als er aufschlug.

Xina packte ihn so geschwind wie eine Katze, die Angst hat, dass die Maus ihr entwischt. Auf ihrem Gesicht erschien ein seliger Ausdruck. Sie wurde auf einmal sehr eifrig.

»Kommt nur, kommt!«, rief sie und beeilte sich, die hintere Tür in den Krankensaal zu öffnen. »Ich zeige Euch, was wir anbieten können!«

Pirina schlüpfte ebenso eifrig an all den Männern vorbei. Solche Gäste hatten sie noch nie gehabt. Normalerweise gab es lange und manchmal auch hässliche Diskussionen, sobald es darum ging, dass in diesem Spital das eine oder andere zu bezahlen sei, während diese Herren mit den Hellonen nur so um sich warfen.

Xina leitete die Männer zu dem breitesten Lager, das es in dem Saal gab. Aber das verwarf der Anführer, der das Mädchen trug.

Er wollte einen Platz in der Ecke, damit sie Ruhe hätte. Er drängte auch darauf, dass Xina die Betten ringsherum nicht vergeben dürfe, so lange die Verletzte hier sein würde.

Die Schwester sagte zu allem, worum er bat: »Ja« und »selbstverständlich« und Pirina sah genau, wie sie immer wieder den Beutel wog, um abzuschätzen, wie viel darin sein mochte.

Jetzt bettete er das Mädchen behutsam auf das Strohlager. Das war gar nicht so einfach, weil die Flügel an ihrem Rücken zerstört waren. Der linke war in der Mitte gebrochen und stellte sich quer. Deshalb dauerte es eine Weile, bis er ihn aus dem Weg gedreht hatte und die Verletzte gerade hinlegen konnte. Er strich ihr die wirren pechschwarzen Haare aus dem Gesicht. Sie war totenbleich und atmete kaum. Er zog einen Umhang zur Seite, der ihren Oberkörper bedeckt hatte, und ein blutgetränkter Verband über ihrer linken Brust wurde sichtbar.

»Verdammt, verdammt«, entfuhr es ihm. »Seht Euch das an ... könnt Ihr sie durchbringen?« Er wandte den Kopf zu Xina.

Inzwischen hatte die Gesellschaft jedoch bereits die Aufmerksamkeit aller anderen im Saal erregt und gleich darauf erschien Thessa an dem neuen Lager.

»Wir tun unser Bestes«, erklärte sie, noch wesentlich dienstfertiger als Xina zuvor. »Ich kümmere mich persönlich um sie. Sagt mir, wer Ihr seid?«

Überall Blut! Pirina wurde übel. Sie musste den Kopf schnell zur Seite wenden. Lieber den Mann ansehen als die Verletzte, ihr Anblick war zu schrecklich.

Er hatte auch etwas abgekriegt. Rinnsäle geronnenen Blutes klebten an seinen Wangen und in den hellblonden Haaren. Ein langer, blutiger Riss glühte auf seiner Stirn. Augen voller Verzweiflung.

»Das tut nichts zur Sache«, sagte er leise. »Ich will nur nicht, dass sie stirbt. Dafür wäre ich Euch wirklich sehr dankbar. Ich schicke Euch Boten, damit ich auf dem Laufenden bleibe.«

Er winkte seinen Leuten, und sie eilten im Laufschritt davon. Wie der Wind war er gleich darauf wieder verschwunden. Bald war nur noch das Donnern der Pferdehufen zu hören, die im Galopp davonpreschten.

»Gib mir den Beutel!«, forderte Thessa und streckte die Hand aus.

Inzwischen hatte sich die Neuigkeit unter allen Mitgliedern der Gemeinschaft verbreitet. Die Erwachsenen saßen um einen schmalen Tisch im Krankensaal herum, wo Thessa den Inhalt auskippte und dann mit Feuereifer die Münzen zählte.

Xina stand daneben und kriegte den Mund überhaupt nicht mehr zu. Sie bildeten Stapel mit Geldstücken verschiedener Größen und sahen einander immer wieder an. Schließlich verkündete Thessa mit einer Miene, als wollte sie einen König krönen:

»Fünfundsechzig Hellonen und neunundachtzig Scheller!«

Atemlose Stille folgte diesem Rapport. Die Oberin nahm die Münzstapel und platzierte sie wieder in den Beutel zurück, den sie ordentlich verschnürte und dann an ihrem Gürtel festband.

»Schwestern, jetzt geht es bergauf mit uns«, sagte sie und schlug triumphierend mit der Faust auf die

Kommode. »Ihr habt gehört, er schickt jemanden zur Kontrolle. Womöglich bringt er noch einen Beutel mit ... falls er zufrieden ist. Dieses Mädchen muss überleben! Xina, du bringst mir Branntwein und Verbandsmaterial. Pirina, du hast die Jadeblüten vergessen, oder? Geh sie holen! Sofort!«

Pirina wollte der Aufforderung gehorchen, aber irgendetwas brachte sie dazu, die neue Patientin genauer zu betrachten. Hatte sie dieses Gesicht nicht schon einmal gesehen? Sie war nicht allein deshalb so aufgewühlt, weil das Mädchen im Sterben lag. Etwas an ihr war seltsam bekannt.

»Hast du gehört, was ich gesagt habe, Pirina?«, fragte Thessa scharf. »Du sollst Jadedornblütenblätter holen!«

»Kann das nicht Ilayna machen?«, wisperte die Kleine in leisem Ton. »Ich kann doch auch hier helfen.«

»Jetzt wird es mir aber zu bunt!«, fauchte Thessa. »Geh schon. Und du, Xina, hol mir eine Schüssel mit Wasser!«

Pirina wollte den Raum nicht verlassen. Nicht bei dieser Kranken, sie war ihr zu wichtig. Deshalb bettelte sie so lange, bis Xina ihr erlaubte, das Wasserholen zu übernehmen. Als sie mit der Schüssel zurückkehrte, hatte Thessa die Wunde schon freigelegt und war glücklicherweise zu sehr in ihre Arbeit vertieft, um sich über Pirinas schnelle Rückkehr zu wundern.

Die Kleine widerstand dem Impuls, sich wegzudrehen. Es war eine Stichwunde. Vielleicht von einem Messer. Thessa tupfte sie mit einem Tuch ab und bemühte sich, Erdkrümel heraus zu wischen. Das verletzte Mädchen atmete röchelnd und stoßweise. Schweißperlen liefen ihr über das Gesicht. Pirina wischte einige mit der Hand ab, da spürte sie, dass sie glühend heiß war.

Thessa schüttelte den Kopf.

»Glaub nicht, dass ich sie durchkriege. Das sieht nach einem Dolchstich aus, direkt neben dem Herzen. Vielleicht hat das Herz was abgekriegt. Ich möchte wissen, wer sie angegriffen hat. Vielleicht Räuber? Ihr Freund hatte ja eine Menge Goldmünzen dabei.«

»Das war nicht ihr Freund«, sagte Pirina nachdenklich. »Dieser Soldat war doch ein Parva, blond und groß. Und sie ist ´ne Skeff!« *So wie ich*, dachte sie unwillkürlich. Eine aus dem *verdorbenen Volk*, die von allen immer schief angesehen werden. »Komisch, dass er sich um so eine gekümmert hat.«

»Das ist wahr«, nickte Thessa, während sie mit einem sauberen Lappen vorsichtig die Wunde auswusch. Als sie näher an die Stichstelle herankam, stöhnte das Mädchen gequält auf und bewegte den linken Arm ruckartig.

»Das tut bestimmt schauderhaft weh«, sagte Pirina erschrocken.

»Das merkt sie gar nicht. Du siehst doch, dass sie bewusstlos ist.«

Xina beugte sich über das Lager.

»Mach dir nicht zu viel Mühe mit ihr, Thessa, das sieht man doch, dass sie nicht zu retten ist. Aber du wirst dir noch ein schlechtes Gewissen machen, wenn es dir nicht gelingt.«

»Papperlapapp!«, sagte die Angesprochene. »Er hat ordentlich bezahlt. Da wird er ein bisschen Mühe erwarten können. Jetzt muss ich die Kräuter zubereiten. Pirina, du wachst über unsere Patientin.« Sie stand auf und holte die Dose mit den Gewächsen, die inzwischen jemand gebracht hatte.

Pirina nahm Thessas Platz am Krankenbett ein, tauchte den Lappen in das Wasser und legte ihn ein wenig zaghaft in die Nähe der Wunde. Sie wollte der Skeff nicht wieder wehtun. Die Schwester hatte außerdem schon alles gut gereinigt, sie wusste nicht genau, was sie von ihr erwartete.

Bei der heiligen Göttin, wie der Körper der Verletzten heiß glühte! Ihr Gesicht war sehr verdreckt, als hätte sie sich im Sand geprügelt. Ihre Haare hingen nach hinten weg, weil der Vermummte sie so hingelegt hatte. Sie hatte dichte, pechschwarze Strähnen.

Pirina tauchte den Lappen wieder in das Wasser, um ihr Gesicht reinzuwaschen. Weg mit dem Dreck.

Wie viel hübscher sah sie jetzt aus!

Klare, fein geschnittene Züge. Hohe Wangenknochen. Die Nase schmal und etwas lang. Was hätte Pirina darum gegeben, ihre Augen sehen zu können!

Himmel, dachte sie plötzlich. *Warum habe ich sie nicht gleich erkannt?* Das war diese urmächtige Magierin, die Pirina nach jenen fürchterlichen Hinrichtungen in Darghessa getroffen hatte. Die Gesandte ihrer heiligen Göttin und die Retterin der Welt. Die Zauberin, der die Kleine damals hätte folgen sollen – was sie sich nicht getraut hatte. *Sie wusste, dass ich zu ihr nicht kommen kann, deshalb kam sie zu mir!*

»Thessa!«, schrie Pirina auf. »Beeil dich doch, sie stirbt!«

»Was ist mit dir auf einmal los?«, fragte die Ältere erstaunt. »Sei geduldig. Heilung kannst du nicht erzwingen.«

Pirina schluckte das Wort *Göttin* lieber herunter. Das wollte hier ja ohnehin keiner mehr hören.

Die Retterin der Welt ist hier, dachte sie erschaudernd. *Sie ist zu mir gekommen!* Jetzt würde alles so werden, wie es die selige Prophetin vorhergesagt hatte! Die Gesandte der Göttin würde Hilfe brauchen auf ihrem Weg, deshalb musste Pirina sie begleiten. Sie würde ihr dabei helfen, Frieden und Harmonie in die Welt zurückzubringen, damit nie wieder schreckliche Dinge passierten.

Sobald sie gesund würde.
Sie wird doch nicht sterben?

Im Spital

Pirina hockte am Lager ihrer Patientin und kämpfte sich mit der Bürste durch die seidigen und langen schwarzen Haare der Skeff. Es war nicht leicht, sie zu kämmen, weil sie im Bett hoffnungslos verfilzten. Sie machte es trotzdem jeden Morgen nach dem Waschen und nachdem sie die Wunden neu verbunden hatte. Schon seit ein paar Tagen war ihr leichter ums Herz. Die Fremde hatte keine Fieberträume mehr, sie hatte aufgehört, um sich zu schlagen, und schrie auch nicht länger in der Nacht.

Plötzlich öffnete sie die Augen. Im ersten Moment war der Ausdruck darin unbestimmt und verschwommen. Er klarte jedoch immer mehr auf. Ihre Blicke schweiften durch den Krankensaal, von einem Bettlager zum nächsten, kletterten die Wände hinauf, zu den Fenstern hin – nein, eher zur Decke – oder war es noch höher? Wo wollte sie denn hin? Hatte sie den Himmel im Visier? Ihre Augen waren schwarz wie Fallgruben. Pirina war gleichzeitig erschrocken und verlegen. Sollte sie weiter kämmen? Oder verschwinden? Am liebsten hätte sie mit ihr geredet! Himmel, sie hatte die Auserwählte vor sich, die Gesandte der Göttin, die Retterin! Sie musste unbedingt herausfinden, was in ihrem Kopf vorging!

Aber ihre Patientin sah nicht nur niedergeschlagen, sondern sogar richtig feindselig aus. Eisig kniff sie die Lippen aufeinander und aus ihren funkelnden Augen schossen Blitze. Deshalb brachte Pirina kein Wort heraus. Einfach »Hallo« zu sagen erschien ihr falsch. Eigentlich gab es überhaupt nichts Passendes, das sie in dieser Situation erzählen könnte.

Thessa, die anscheinend alle Kranken im Saal gleichzeitig im Auge behalten konnte, erhob sich von einem Lager auf der anderen Seite und kam zu ihnen herüber. Sie setzte sich neben Pirina und befühlte die Stirn der Verletzten.

»Sei willkommen bei uns«, sagte sie freundlich. »Ich freue mich zu sehen, dass es dir bessergeht.«

»Lass mich in Ruhe!«, fauchte das Mädchen Thessa an und klang dabei so bedrohlich, dass Pirina erschrocken zusammenzuckte.

Auch Thessa fuhr zurück und hob abwehrend die Hände.

»Ich wollte dir nicht zu nahe treten. Du kannst mir Bescheid sagen, wenn du etwas brauchst«, erklärte sie der Patientin, bevor sie wieder zum anderen Lager zurückging.

Aber Pirina blieb. Sie hatte ja am Fußende gesessen. Es war nicht sicher, ob die Retterin auch sie gemeint hatte. Deren Augen fixierten wieder irgendwas an der Decke. Was war da so interessant? Die alten Holzbalken? Sie sah konzentriert aus … überlegte sie sich einen Zauber? Ihre Lippen bewegten sich leicht. Als redete sie mit sich selbst. Oder als wollte sie mit jemandem reden, wagte es aber nicht. Denn es kam kein Wort über ihre Lippen.

Pirina nahm all ihren Mut zusammen.

»Wir sind jetzt alleine«, flüsterte sie. »Ich heiße Pirina. Und ich weiß, wer du bist. Ich freu mich so dich zu treffen!«

Die Zauberin starrte noch immer an die Decke.

»Ich weiß, dass du die Macht hast, die Welt zu retten!«, sagte Pirina, jetzt etwas lauter, etwas bestimmter. »Denn du bist die Auserwählte unserer Göttin.«

Ruckartig drehte sich die Kranke zu ihr herum und funkelte sie aus fieberglänzenden Augen an.

»Blödsinn! Du kennst mich nicht und du solltest auch nicht versuchen, mich kennenzulernen! Lasst ihr mich endlich in Ruhe? Ich will nicht gestört werden!«

Pirina bekam feuchte Hände und ihr Magen verkrampfte sich.

Gestört werden, bei was denn? Beim Im-Bett-Liegen?

Gut, wenn sie sich das so wünschte. Gerne schenkte sie der Auserwählten so viel Zeit und Ruhe, wie sie wollte.

Aber war das klug?

Wäre die Magierin erst wieder gesund, dann könnte sie lebensgefährliche Kräfte entfachen, wie zuletzt in Darghessa. So lange durfte Pirina nicht warten. Wenn es ihr nicht gelänge, jetzt, wo die Zauberin geschwächt war, Kontakt zu ihr zu bekommen, würde sie es nie schaffen.

»Ich kenn dich wohl«, sagte Pirina so mutig, wie sie konnte. »Ich hab dich in Darghessa gesehen, als du die Seele unserer Prophetin in den Himmel getragen hast … die Leute nennen dich Areshva, die Zauberin von Ygramor.«

Areshvas Augen begannen zu glitzern.

»Was muss ich mit dir machen, damit du deinen Mund hältst? Hat dir keiner erzählt, dass ich kleine Mädchen totschlage, die mir auf die Nerven gehen?«

Das Glühen in ihren Augen wurde immer giftiger.

»Tust du gar nicht«, sagte Pirina. Sie hörte selbst, dass in ihrer Stimme ein gewisser angstvoller, beschwörender Ton mitschwang. Es war jedenfalls gut, dass sie noch immer an Areshvas Fußende hockte und deshalb ein anständiger Sicherheitsabstand zwischen ihnen war. »Bitte, hör mir doch zu! Ich muss unbedingt mit dir reden, wegen …«

»Du nervige Kröte! Mach, dass du wegkommst, bevor ich dir jedes Bein einzeln ausreiße!«

Areshva trat mit dem Fuß gegen Pirinas Schulter. Das kam unerwartet und es tat weh.

Pirina hüpfte reflexartig vom Lager herunter und rannte davon. Sie drehte sich nicht um und hielt nicht an, bevor sie nicht aus dem Spital heraus war und den früheren Tempel erreicht hatte.

Er war inzwischen etwas aufgeräumt. Sie hatten die Glasscherben weggefegt, Müll beseitigt und diejenigen Bänke, die noch heil waren, ordentlich an die Seite gestellt. Lediglich die kaputte Statue der Amina lag noch neben dem Podest, weil Pirina sich so fürchterlich darüber aufgeregt hatte, als Xina sie wegwerfen wollte.

Genau dorthin rannte Pirina jetzt, warf sich über das misshandelte hölzerne Denkmal und weinte.

Nach einer Weile kam Thessa zu ihr. Sie setzte sich zu ihr auf den Boden und strich ihr tröstend über das Haar.

»Manche Leute benehmen sich ekelhaft, wenn sie krank sind«, sagte sie ruhig. »Das darfst du nicht persönlich nehmen. Sie weiß nicht, dass du am Tag zehnmal ihren Verband gewechselt hast oder wie du dich abgemüht hast ihr Wasser einzuflößen.«

»Aber *sie* dürfte nicht so sein«, schniefte Pirina. »Sie ist doch …« Einen Moment lang überkam sie die Versuchung, Thessa darüber aufzuklären, dass Areshva eine Abgesandte der Göttin war und damals in Darghessa alle Zeichen an sich getragen hatte, die ihnen prophezeit waren. Dass sie die Retterin war, von der die selige Prophetin immer gesprochen hatte. Die Retterin, auf die sie schon warteten, so lange Pirina denken konnte! Aber sie kniff die Lippen zusammen. Thessa war genauso eine Abtrünnige wie alle anderen und wollte von der Göttin und ihren Zeichen nichts mehr hören.

Da kam ihr eine Idee.

»Und wenn ich ihr eine Zuckerstange schenke?« Seitdem sie den Beutel mit Goldhellonen besaßen, gab es im Hauptquartier nämlich wieder gelegentlich Süßigkeiten für die Kinder, was Pirina sehr zu schätzen wusste. »Darüber würde sie sich freuen, denkst du nicht?«

»Versuch doch, dich in ihre Lage zu versetzen«, sagte Thessa bedächtig. »Sie ist überfallen und fast umgebracht worden und wer weiß, ob sie nicht noch andere schlimme Dinge erlebt hat. Wenn dir das passiert wäre, glaubst du, eine Zuckerstange würde dich aufheitern? Wohl kaum …«

Pirina musste unwillkürlich grinsen. *Überfallen? Die doch nicht!* Sie wusste zwar auch nicht, woher Areshva die schreckliche Wunde hatte, aber sie würde niemals ihren Auftritt in Darghessa vergessen, bei dem sie die Stadt wie eine Feuer speiende Rachegöttin heimgesucht hatte. Kein lebender Mensch könnte so eine große Zauberin überfallen oder verletzen! Verwirrt wischte sie sich die Tränen aus dem Gesicht und überlegte. Nein, Areshva musste ein Unglück passiert sein. Oder? Diese Wunde … das war doch eindeutig eine Stichwunde gewesen. So etwas holte man sich nicht, wenn man von einem Baum fiel oder von einem Pferd abgeworfen wurde. Stimmte das womöglich, was Thessa sagte? Hatte jemand sie angegriffen und es geschafft, sie niederzustechen? Vielleicht so ein Kerl wie dieser Held, der das Duell gewonnen hatte, von dem die Leute in den letzten Wochen so viel geredet hatten?

He, Moment mal. Bei diesem Duell, über das die anderen sich so die Zungen gewetzt hatten, hatte irgendein unbekannter Fürst eine berühmte böse Zauberin getötet und das war Gesprächsstoff ohne Ende. Alle hatten geredet und geredet und Pirina ärgerte sich jetzt kolossal darüber, dass sie nur mit halbem Ohr zugehört hatte. Aber plötzlich begriff sie alles.

Die böse Zauberin. Ob das Areshva gewesen war, die gekämpft hatte? Und sie, die das sagenumwobene Duell verloren hatte? Welcher Held konnte das denn vollbringen, solch eine Bestie zu bezwingen? Kein Wunder, dass sie so wütend war. Kein Wunder, dass alle im Spital von diesem Krieger schwärmten und dass sie nicht genug von ihm hören konnten.

Erst seit der Nachricht von seinem Tod waren sie still geworden und augenblicklich lag Trauer über dem gesamten Hauptquartier.

Areshva dagegen würde sich wahrscheinlich freuen, wenn sie hörte, dass ihr Gegner inzwischen in der Grube moderte. Und sie würde bald wieder aufstehen und endlich anfangen, wie eine wahrhaftige Retterin zu leben.

Wenn sie doch bloß bessere Laune hätte! Dann würde sie sich daran erinnern, dass das ihre Aufgabe war.

Also musste Pirina damit anfangen, Areshva aufmunternde Nachrichten zu bringen.

***

Das war jedoch leichter geplant als in die Tat umgesetzt, denn zu diesem Zweck müsste sie ja mit Areshva reden. Und genau das funktionierte nicht. Weder an diesem Tag noch an den folgenden.

Die Zauberin war abweisend und interessierte sich nicht im Geringsten für die Menschen um sich herum. Die meiste Zeit stierte sie in die Luft, an die Wände, die

Decke oder murmelte vor sich hin. Manchmal, wenn Pirina genau lauschte, konnte sie Bruchstücke verstehen.

»Weiße Seelen!« Oder: »Dann geht das eben schief! Aber ich kann nicht anders!«

Übte sie für ein Gespräch, das sie führen wollte? Bildete sie sich ein, irgendwelche Stimmen zu hören? Irgendwo in der Luft? War sie dabei, verrückt zu werden?

Später ging es um die Zahl Zwanzig. Die wisperte sie mehrfach vor sich hin, mit weit aufgesperrten Augen, als hätte sie den blanken Horror vor sich. War das eine magische Zahl?

Pirina bewegte sich zwei Tage lang nur innerhalb eines gehörigen Sicherheitsabstandes rings um ihr Lager. Dann hielt sie es nicht länger aus. Sie musste mit ihr reden. Vorsichtig näherte sie sich Areshvas Bett. Die Zauberin war nicht mehr so unnatürlich blass, ihr Gesicht hatte wieder etwas Farbe und vielleicht – aber das war nicht ganz sicher – sah sie nicht mehr so furchtbar wütend aus.

Pirina gab sich einen Ruck. Sie beugte sich nah an ihr Ohr hinunter und flüsterte:

»Wenn du willst, kann ich dir von deinem Duell erzählen. Du willst doch bestimmt wissen, was danach passiert ist.«

Areshva öffnete die Augen einen Spalt breit. Es sah aus, als wäre sie noch im Halbschlaf, zwischen Traum und Wirklichkeit.

Sollte Pirina warten, bis sie richtig wach wäre? Nein. Lieber nicht. Dann würde sie wieder nicht zuhören wollen. Sie begann also zu erzählen. Alles, was sie aufgeschnappt hatte. Wie dieser Fürst gefeiert worden war nach dem Duell, wie scharenweise darghessanische Truppen zu ihm überliefen, wie später, als er Darghessa belagerte, sogar die Wachposten auf den Stadtmauern zu ihm hinüberkletterten, statt ihre Stadt zu bewachen. Wie er mit dem darghessanischen Fürsten um die Herausgabe der Geisel, der Prinzessin Kia Sephila, verhandelte.

Jetzt war sie wach. Ihre Augen hefteten sich an Pirina. Ihr Gesichtsausdruck war verändert. Lebendig. Aufgeregt. Dies war genau die Geschichte, die sie interessierte, sogar brennend. Was Pirina dazu veranlasste, ihre Erzählung auszubauen.

Sie kehrte zurück zu Details aus dem Kampf, jedenfalls soweit sie sich selbst noch an die Geschichten der anderen erinnerte.

»Du hast den Felsen gesprengt, auf dem dein Gegner stand, weißt du noch?«, fragte Pirina eifrig. »Der obere Teil ist explodiert, in einem Feuer hell wie die Sonne. Danach ist der gesamte Restfelsen abgestürzt.«

Herumfliegende Felsen, puh. *Sie muss ganz schön herumgebombt haben*, dachte Pirina, als sie versuchte, sich das vorzustellen. *Gut, dass ich nicht dabei war, ich hätte mich zu Tode gefürchtet.*

»Komisch, dass dein Gegner da heil herausgekommen ist«, fügte sie hinzu. »Es muss daran liegen, dass er auch ein Zauberer war!«

Das war natürlich Blödsinn. Pirina hatte noch nie von einem Mann gehört, der Magie benutzen konnte. Allerdings hatten die Ordensschwestern keine andere Erklärung finden können als diese. Den »Wunderhexer« hatten sie ihn genannt.

»Du hast bestimmt gestaunt, als er seinen Sturz abgefangen hat, oder? Und noch mehr, als er den fallenden Berg zurückgehoben und den gesamten zerstörten Felsen wieder zu einer Einheit verschmolzen hat?«

He, ist das ein Lächeln um ihre Mundwinkel? Was ist an der Szene komisch?

»Hast du das Duell eigentlich gesehen, Schnecke?«, fragte Areshva.

»Nein«, piepste Pirina sehr erschrocken. Einen Moment lang hielt sie die Luft an. Sie bekam Angst, dass die Magierin sie wieder attackieren könnte. Was sie jedoch unterließ. Da fügte Pirina hinzu, sehr leise:

»Sag nicht *Schnecke* zu mir. Ich heiße Pirina.« Areshva sah noch immer ein bisschen amüsiert aus. Also beschloss Pirina die Gelegenheit beim Schopf zu packen. Sie griff nach einem Becher mit Tee, der unterhalb des Strohlagers gestanden hatte, und reichte ihn Areshva. Thessa hatte ihr eingeschärft, dass die Verletzte unbedingt trinken müsse, denn sie sei von der langen Krankheit noch so geschwächt, dass sie jederzeit einen Rückfall bekommen könne. Und einen Rückfall, nein, das durfte Pirina nicht zulassen. »Probier mal den Tee«, forderte sie deshalb Areshva auf.

Diese sah mit einem Mal wieder richtig wütend aus. Ihre Augen glommen wie glühende Kohlen und sie schlug mit der Hand so kräftig auf die Tasse, dass sie gegen die Wand flog und das scheppernde Geräusch des Messingbechers den Raum erfüllte.

Pirina sprang auf, hüpfte zwei Schritte rückwärts und blieb stehen. Sie holte tief Luft. Diesmal durfte sie nicht weglaufen und nicht nachgeben. Die Zauberin war gar nicht so unnahbar, wie es zuerst den Anschein gehabt hatte. Sie musste den Kontakt zu ihr bekommen. Sie musste, wenn nötig, darum kämpfen! Denn wen hatte sie noch in ihrer Gemeinschaft? Niemanden. Es gab keine Dara mehr. Keine Dienerinnen der heiligen Amina und sogar die Göttin selbst löste sich in Luft auf. Das Hauptquartier war kein Hauptquartier mehr, sondern nur noch ein Raum, wo sich ein paar hilflose Bettlerinnen versammelten, die versuchten ihrem jämmerlichen Dasein einen Sinn zu geben.

Aber so würde ihnen das nicht gelingen. Es gab nur einen einzigen großen Sinn und der bestand darin, die

Gesandte Aminas zu finden und ihr dabei zu helfen, die Welt zu retten.

Und jetzt hatten sie ihre Retterin gefunden und keiner wollte das zugeben! Weil die anderen alle zu dumm waren, sogar die große schlaue Thessa kapierte es einfach nicht. Was hatte Pirina für eine Wahl? Wenn sie die Einzige war, die Amina erkannt hatte, und die Einzige, die ihr helfen konnte?

»Wenn du nichts trinken willst, dann stirbst du«, sagte Pirina so mutig, wie sie nur konnte, blieb allerdings in sicherem Abstand zu ihr stehen, damit Areshva nicht wieder nach ihr treten könnte.

Die Zauberin sah nicht danach aus, als ob die Information bei ihr angekommen wäre. Sie stützte sich mühsam auf die Ellenbogen und funkelte Pirina mit Augen an, die glühten wie Kohlen, kurz bevor sie in Flammen aufgehen. Das kleine Mädchen wusste nicht mehr, wie es argumentieren sollte, da rief es mit zitternder Stimme:

»Vielleicht ist dir das Leben egal, aber denk mal, dass es anderen vielleicht nicht egal ist! Thessa und ich haben uns nächtelang an deinem Bett abgewechselt, als du Fieberträume hattest, und dieser Mann, der dich herbrachte, hat für deine Pflege ein Vermögen bezahlt. Ich erlaube nicht, dass du dich selber zerstörst!«

Areshva fuhr zusammen. Rote Flecken huschten über ihr blasses Gesicht.

»*Bezahlt?*«, fragte sie, äußerst erstaunt. »Wer hat für mich bezahlt?«

Sie sank wieder in die Kissen zurück. Ihr Atem ging auf einmal sehr schnell und sie schloss die Augen.

»Der Mann, der dich hierherbrachte.«

»Sag mir seinen Namen!«

»Den wollte er nicht verraten.«

Sie verzog den Mund.

»Er hat sich sicher für mich geschämt.« Dann öffnete sie die Augen wieder. »Aber *bezahlt*? Keiner von den Leuten, die ich kenne, würde freiwillig auch nur einen halben Silberscheller lockermachen, wenn´s nicht für ein Schwert oder einen besonders schnellen Gaul wäre! – Wie viel war ich ihm denn wert?«

»Fünfundsechzig Goldhellonen und fünfzig Scheller.«

Areshva öffnete den Mund und schloss ihn wieder.

»Was?!«, brachte sie schließlich heraus.

»Ja, und er hat später noch einen Boten mit neuen Hellonen geschickt, der nachgucken sollte, ob wir dich auch richtig pflegen. Jedenfalls hat sich Thessa noch nie vorher so viel Mühe mit einem Verletzten gegeben wie mit dir, das kannst du dir wohl vorstellen.«

Areshva lag eine Weile still und starrte mit weit aufgerissenen Augen an die Decke.

»Aber du musst doch wissen, wer dieser Mensch war, der das für mich getan hat.«

»Nein.«

»Vielleicht so ein älterer Skeff, ein Dicker mit wirren schwarzen Haaren und Bart?«

Pirina lachte.

»Nein, nein. Ganz sicher nicht. Er war jung. Und schlank.«

»Ah, dann weiß ich es. Ein Jüngling, mit einem schwarzen Pferdeschwanz, ungefähr ein Kopf größer als ich, ein Gesicht wie ein Luchs … hm?«

»Nein, auch nicht. Jung war er schon, aber blond wie die Parva. Er war auch sehr groß. Er musste sich bücken, um durch unsere Eingangstür zu kommen.«

»Ein … Parva?!« Areshva bedachte Pirina mit einem warnenden Blick. »Na klar doch! Schnecke, erzähl mir keine Märchen. Als ob sich irgendwer dieser Parva-Herrschaften jemals mit einer von unserem Volk abgeben würde. Was habt ihr denn mit den Reichtümern gemacht, hm? Ist noch was davon übrig?«

Pirina tappte vorsichtig an Areshvas Lager, setzte sich zu ihr, kramte die Hellone aus ihrer Tasche, die dieser Reiter ihr als allererste zugeworfen hatte, und hielt sie ins Licht. Areshva griff danach und drehte sie langsam herum.

»Das ist ja eine aravennische!«, flüsterte sie. »Sind wir in Aravenna?«

Pirina schüttelte den Kopf.

»Nein! In Darghessa.«

»Wie kommt er an eine aravennische Münze? Ist er aus Aravenna?«

»Ich weiß nicht.«

»Würde passen, da wohnen ja lauter Parva. Himmel … beschreib, wie er aussah!«

»Groß und schlank und sehr kräftig. Er hat dich so leicht getragen, als wärest du eine Feder. Er trug einen grauen Umhang über seiner Soldatenuniform. Und er war selber verwundet. Sein Gesicht ist verschrammt gewesen und seine Stirn war blutig, das sah schauderhaft aus.«

»Ein blonder Soldat, aus Aravenna, kräftig, mit einer blutigen Stirn«, wiederholte Areshva ironisch. »Völlig plausibel …« Sie hielt inne. Ihre Gesichtsfarbe wechselte zu einem pochenden Dunkelrot. »So einen kenne ich doch! Hab ihm sogar selbst die Stirn blutig geschlagen!«

Sie griff sich in die Haare und verkrallte ihre Hand darin.

»Der Fürst von Aravenna! Aber nein, das ist zu verrückt.«

Sie fuhr hoch. Ihre Decke rutschte vom Bett herunter und gab den Blick frei auf ihren zierlichen, nur von einem knappen Leinenhemd bedeckten Körper. Ruckartig griff sie nach einem Deckenzipfel und zog sie wieder hoch.

»Machst du dich über mich lustig?«, keuchte sie atemlos. »So kann das überhaupt nicht gewesen sein. Gib zu, dass du lügst! Kein normaler Mensch würde so etwas tun, erst sich mit mir schlagen und mir dann das Leben retten. Besonders nicht nach allem, was ich zu ihm gesagt und was ich getan habe. Er muss mich hassen. Das ist *völlig* ausgeschlossen, dass *er* das war, der mir geholfen hat!«

Schwer atmend lehnte sie sich an die Wand hinter sich, ließ den Kopf zurückfallen und starrte nach oben. Ihr Gesicht hatte alle Farbe verloren.

Pirina war sich nicht ganz sicher, ob sie den Zusammenhang richtig verstanden hatte. Der Mann, der Areshva brachte – das war der Fürst von Aravenna gewesen? Ihr Duellgegner? Dieser Wahnsinnskämpfer, der ganz Darghessa ins Schwärmen gebracht hatte?

»Das könnte schon sein«, überlegte Pirina laut. »Er hat sehr nobel ausgesehen und hatte ja auch eine Menge Münzen dabei.«

Areshvas Augen begannen zu funkeln.

»Wenn ich das geahnt hätte.« Erregt knetete sie die Hände. »Ich hätte es ahnen sollen! Er hat mir ja gezeigt, dass er einer der letzten anständigen Menschen dieses Landes ist. Warum war ich so verblendet? Vielleicht hätten wir Freunde sein können oder sogar …« Sie griff sich mit der Hand in die Haare und strich sie langsam und schwerfällig nach hinten. »Aber jetzt habe ich es natürlich vermasselt. Wenn ich das verfluchte Duell einfach abgeblasen hätte! Ich schwöre, ich habe überlegt das zu tun.« Sie stöhnte laut auf. »Beim Horn der Dämonen …«

In ihrem Gesicht begann es zu zucken.

»Du hast es nicht vermasselt«, erwiderte Pirina schnell. »Er mochte dich. Er war fürchterlich in Sorge um dich, als er dich ins Spital getragen hat, das habe ich genau gesehen.«

Areshva hielt den Atem an. Ihre Miene hellte sich auf wie die einer Statue in einer düsteren Höhle, über der plötzlich die Sonne aufgeht.

»Bist du sicher?«

»Klar!« Pirina nickte eifrig. »Er hat dich so vorsichtig auf das Bett gelegt als wärest du aus Porzellan und dich die ganze Zeit nicht aus den Augen gelassen, so lange bis sie gehen mussten.«

Ein leises Lächeln schlich sich um Areshvas Lippen und in ihre Augen trat ein träumerischer Ausdruck. Alles Kühle, Harte, das sie Pirina gerade noch entgegengeschleudert hatte, war verschwunden.

»Und hat er später noch nach mir gefragt?«

»Ja, sicher«, erklärte Pirina. »Er hat einen Boten hergeschickt und dieser Typ hat Thessa von oben bis unten danach ausgefragt wie es dir geht und ob sie meint, dass du wieder gesund wirst, und er hat uns noch mehr Hellonen geschenkt.«

»Und dann?« Ihre Augen glänzten hell, sie sah wunderhübsch aus.

Dann haben sie ihn umgebracht, dachte Pirina mit Schrecken bei sich. Sie brachte es nicht über sich, Areshva diese Wahrheit entgegenzuschleudern. Gerade war sie so hoffnungsvoll, offen und fast fröhlich – nein. Es wäre zu abrupt. Sie musste ihr das vorsichtig beibringen.

Mist. Sie hätte überhaupt nicht mit diesem Thema anfangen sollen. Aber woher hätte sie wissen können, dass Areshva ausgerechnet diese Erzählung gefallen würde? Sie hatte den fremden Fürsten doch selbst zu diesem Duell gezwungen! Sie musste die Absicht gehabt haben, ihn zu töten.

Hatte sie den Verstand verloren?

»Warum hast du den Fürsten Silvrin eigentlich zum Duell herausgefordert?«, fragte Pirina schüchtern. »Ich meine, du magst ihn doch, oder?«

Du magst ihn war sicherlich nicht der richtige Ausdruck. Pirina hätte schwören können, dass Areshva sehr heftige Gefühle für ihn hatte. So wie sie da hockte, mit diesem Ausdruck grenzenloser Sehnsucht in den Augen und den reuevoll zusammengepressten Lippen, wie sie die Bettdecke unter ihren Fingern zerknüllte …

»Ich habe nicht *ihn* gefordert«, sagte die Zauberin leidenschaftlich. Ihre Stimme zitterte. »Sondern den Fürsten von Aravenna. Silvrin war nur ein kleiner Handwerker, der sich unter die Soldaten verirrt hatte. Ein Schmied! Wie hätte ich ahnen sollen, dass sie ausgerechnet ihn auf diesen Thron setzen könnten?«

***

Einige Tage später fand Pirina Areshvas Strohlager leer. Sie durchfuhr ein heiliger Schrecken. War sie weggegangen? Aber eigentlich konnte sie nicht weit gekommen sein. Dies war das erste Mal, dass sie aufstand. Bestimmt war sie in der Nähe.

Pirina durchsuchte das Spital. Danach den Tempel. Also, früheren Tempel, musste man wohl sagen.

Denn gerade befanden sich Thessa und Xina darin, umringt von der übrigen Gemeinschaft. Sie hatte sich um ein paar neue Möbel versammelt, von denen ein Spinnrad im Zentrum stand.

»Dies wird unser Nähhaus!«, verkündete Thessa voller Stolz. »Wir haben auch zwei Schafe gekauft. Nun werden wir Fäden spinnen und Wolle haben, warme Pullover für den Winter und Kleidung für alle!«

Nähhaus, dachte Pirina verächtlich, während sie links und rechts nach Areshva spähte. *Von Wollpullovern wird die Welt nicht besser!* Sie war nirgends zu sehen.

Pirina hastete weiter zum Waisenhaus. Es war warm draußen, deshalb waren die Kinder im Garten. Sie suchte überall. Areshva durfte nicht verschwunden sein! Sie musste sie finden!

Tief beunruhigt rannte Pirina wieder zurück. Durch die Kinderkammer, zum Tempel (*Pardon, Nähhaus*). Drinnen blieb sie schlagartig stehen.

Sie spürte Areshvas Aura über ihre Haut flutschen. Nicht so überwältigend wie früher, sie war ja noch geschwächt, aber die magische Energie kehrte bereits zurück. Oh, wie wunderbar! Sie musste demnach in der Nähe sein.

»… ganze hundertzweiunddreißig aravennische Hellonen, ich begreif das immer noch nicht«, hörte sie eben Thessa sagen.

»Vielleicht wollte er uns dafür bezahlen, dass dieses Mädchen so unausstehlich ist. Hast du die Wut in ihren Augen gesehen? Sie könnte auch mal etwas kaputt schlagen, wenn man nicht aufpasst.«

»Wieso wollte er sie unbedingt retten? Das ist es, was ich nicht verstehe?«, fragte Xina.

»Der Mann hatte einfach ein gutes Herz.« Thessa seufzte. »Solche Leute töten sie immer zuerst.«

Pirina erschrak. Hoffentlich hatte Areshva das nicht gehört. Dass der Fürst von Aravenna tot war, hatte sie ihr noch immer nicht gewagt zu erzählen.

Xina und Thessa mitsamt ihrem Gefolge verließen das *Nähhaus* und gingen nach draußen, wo Thessa den anderen neben den erwähnten beiden Schafen auch die neuen Hühner zeigen wollte, die sie ebenfalls von dem Ertrag gekauft hatte.

Im Tempel wurde es still. Nur Pirinas eigener pochender Herzschlag war zu hören. Wo steckte Areshva? Pirina guckte hinter den Vorhängen nach, fand sie aber nicht.

Dann sah sie die Magierin in den Tempel eintreten. Mit steifen Bewegungen ging sie bis zum hölzernen

Ehrenmal der Göttin in der Mitte des Raumes und lehnte sich schwer daran. An ihrem versteinerten Gesicht erkannte Pirina sofort, dass Areshva Thessas und Xinas Worte gehört hatte.

An der hölzernen Säule angelangt, glitt sie rücklings nach unten und verweilte in der Hocke, aus traurigen Augen vor sich hinstarrend.

Pirina erschrak. Ängstlich trippelte sie an sie heran und strich ihr vorsichtig über die Haare.

Areshva zuckte zusammen, erzeugte eine Druckwelle mit einem Finger und schleuderte Pirina von sich.

»Hau ab!«, zischte sie sie an.

»Ich will dir nur helfen«, entschuldigte sich die Kleine.

»Eulenfurz und Krötendreck! Hilf anderen! Ich verschwinde von hier.«

»Du willst gehen?!«

Areshva beachtete sie schon nicht mehr. Langsam stand sie auf, schwerfällig, als lastete das Unglück der ganzen Welt auf ihr.

Pirina überfiel eine grässliche Angst. Sie durfte ihre Retterin nicht verlieren. Sie musste bei ihr bleiben! Wie konnte sie das anstellen? Wie sich so an Areshva binden, dass sie sich nicht wieder trennen könnten?

»Darf ich deine Schülerin werden?«, fragte sie entschlossen.

Areshva schnaubte.

»Nein!« Die Lippen fest zusammengepresst, ging sie mit schweren Schritten vorwärts.

Pirina ließ jedoch nicht locker. Das durfte sie nicht. Dafür war die Sache zu wichtig.

»Bitte!«, bettelte sie. »Erlaub es doch! Ich würde dir überallhin folgen und alles tun, was du willst! Bitte, bitte! Das ist mein größter und mein einziger Wunsch!«

»Schlag dir endlich die Flausen aus dem Kopf!« Areshva blitzte sie an. »Und sag mir, wer ihn umgebracht hat!«

Ich weiß nicht, wollte Pirina schon sagen, sah aber an dem düsteren, lodernden Ausdruck in Areshvas Augen, dass sie viel zu viel nicht wusste und diese Antwort für die Zauberin nicht ausreichend sein würde. Also dachte sie scharf nach und erwiderte dann: »Das war sicher irgendwer aus Darghessa, denn sie haben ihn ja bei der Geiselübergabe gefangen genommen.«

Areshva zuckte zusammen, als hätte sie einen Schlag abbekommen. Sie atmete plötzlich so hart und schwer, dass Pirina sich vor dem zu fürchten begann, was sie ausbrütete.

»Warum fragst du danach?«

»Weil ich ihn rächen werde«, sagte Areshva langsam und ballte die Fäuste hart, bis die Knöchel weiß wurden. »Ich schwöre, ich zerschmettere Darghessa, ich erschlage alle Darghessaner vom Fürsten bis zum allerkleinsten Säugling! Dieses ganze verfluchte Drecksnest, das mache ich dem Erdboden gleich und ich verschone niemanden! Nicht mal einen Hund, nicht mal eine Ratte!«

Pirina sank unter ihren Worten in sich zusammen, als ob sie selbst dieser *allerkleinste Säugling* wäre, den Areshva erschlagen wollte.

»Na?«, fragte Areshva von oben herab. »Willst du immer noch meine Schülerin sein?« Damit machte sie kehrt und verließ den Tempel. Sie ging mit schleppenden Schritten, als würde sie gleich zusammenbrechen, fand den Weg zurück in den Krankensaal und warf sich bäuchlings auf ihr Bett. Ihr Gesicht vergrub sie in den Armen.

Pirina schlich ihr nach und setzte sich mutlos an ihre Seite. Geraume Zeit saß sie nur da und streichelte Areshva vorsichtig über den Rücken. Die Augenblicke krochen dahin in unendlicher Langsamkeit, während ihre Gedanken immer wieder um die Frage kreisten, wie sie die Zauberin überreden könnte, sie mitzunehmen. Sie hatte keine Wahl. Sie *musste* mit ihr gehen. Schon allein, damit sie nicht Darghessa überfiele. Pirina musste sie daran hindern. Sie musste ihr beibringen, was gut und was falsch war. Wahrscheinlich sollten die Aminarinnen deshalb die Retterin begleiten. Weil sie ihr erst einmal zeigen mussten, was ihre Aufgabe war. Auch wenn Pirina gerade noch nicht sehr klar war, wie sie das anfangen sollte.

»Ich will immer noch deine Schülerin sein, wenn du mich lässt«, flüsterte sie nach einer halben Unendlichkeit. Areshva wühlte den Kopf ein Stück aus den Kissen und bedachte sie mit einem bösen Blick.

»Eine Schülerin muss ihrer Lehrmeisterin bedingungslose Treue und Gehorsam schwören. Du würdest tun müssen, was ich dir befehle, ob es dir gefällt oder nicht.«

»Aber genau das will ich ja!«

»Du hast noch immer nicht begriffen, *was* ich dir befehlen werde? Geh in den Nähraum und zerstöre das Spinnrad.«

»Das … das nagelneue Spinnrad?«

»Genau.«

»Warum?«

»Zum Kuckuck noch mal, du Einfaltspinsel! Ich will sehen, ob du mir gehorsam bist.«

»Aber das kannst du nicht machen! Thessa ist so stolz … alle sind so froh, dass es endlich aufwärts mit uns geht.«

Areshva zog eine höhnische Grimasse.

»Hab ich es nicht gewusst? Pirina, dieser Befehl ist harmlos. Ich würde dir noch ganz andere Dinge befehlen, die so schrecklich sind, dass du sie dir gar nicht vorstellen kannst. Ich habe etwas vor, bei dem ich keine Gesellschaft gebrauchen kann. Schon gar kein hilfloses junges Mädchen wie dich. Du würdest mich nur stören! Glaub mir, du willst nicht sehen, was ich tun werde, und du bist hier bei deinen Leuten viel besser aufgehoben.«

In diesem Moment wusste Pirina, was sie tun musste. Sie sprang vom Bett hoch und rannte quer durch den Saal bis in den Tempel hinein.

Schwer atmend näherte sie sich dem Spinnrad. Es sah wie ein handwerkliches Meisterwerk und geradezu ehrfurchtgebietend aus. Und sehr, sehr teuer.

Sie zögerte. *Ach …!*

Sie war keine von denen, die mutwillig Spielzeug gegen die Wand schmissen oder die absichtlich auf Sandkuchen traten. Oh nein, sie war ordentlich und sie war artig. Ein Spinnrad zerstören! Ein Gerät, das den Erwachsenen gehörte, mit dem sie wollene Pullover herstellen wollten? Pirina schluckte heftig. Das konnte sie doch nicht.

Aber es gab wichtigere Sachen als Pullover. Sie musste das können. Heftig biss sie die Zähne zusammen, hob einen Stuhl, zögerte, hob ihn höher, hielt ihn über ihren Kopf … *ganz schön schwer* … sie zögerte. Er war wirklich schwer, sie konnte ihn nicht so lange halten … aber das durfte sie doch nicht …

Ein Krachen. Es polterte, wummerte und knackte fürchterlich. Ein armseliger Haufen kaputter Hölzer stapelte sich vor dem Mädchen. Pirina warf sich auf den Boden und weinte.

»Was war das für ein Lärm?« Thessa kam hereingelaufen. Gefolgt von allen anderen. Mitten im Eingang blieben sie stehen. Erstickte Schreie zerrissen die Luft. »Pirina! Bist du von allen guten Geistern verlassen?!«

»Das ist der schlechte Einfluss von dieser schwarzhaarigen Hexe, mit der sie dauernd zusammenhängt!«, kam es von Xina. »Sie bringt Unglück über uns!«

An diesem Tag bezog Pirina eine Tracht Prügel, die sich gewaschen hatte.

Ein fragwürdiger Handel

Fürst Wukur von Darghessa stand im Gang eines langen Flures mit hohen Wänden und klopfte an eine mit Schnitzereien verzierte Ebenholztür seines Palastes. Das tat er nicht zum ersten Mal, weshalb sein Klopfen ungeduldig ausfiel.

»Ich bitte dich um Verzeihung!«, rief er laut. Von drinnen kam keine Antwort.

»Um deine allerhöchste, großherzige, mildtätige Verzeihung«, fügte er hinzu. Wieder wartete er einen Moment ab. Doch drinnen blieb weiter alles still.

»Götter im Himmel, was soll ich denn bloß machen?«

Er schlug mit der Faust gegen die Tür, Dutzende Male hintereinander.

»Prinzessin Kia Sephila! Ich weiß genau, dass du mich hörst. Du kannst mich doch nicht verrecken lassen.«

Er rieb sich die schmerzende Faust. Dann stand er geraume Zeit still.

Die Tür öffnete sich einen kleinen Spalt und er sah ihre Nasenspitze darin erscheinen sowie einen winzigen Teil ihrer blitzenden Augen.

»Verschwinde!«

Das hatte jedoch schon gereicht, um seinen Fuß in die Tür zu schieben. Jetzt würde sie diese zumindest nicht mehr vor seiner Nase zuschlagen.

»Nimm den Fuß da weg.«

»Lass mich rein. Nur ganz kurz.«

»Nein!«

»Willst du mir das Herz brechen?«

»Ha! Welches Herz denn?«

Er stöhnte abgrundtief.

»Ich bin am Ende. Du tust mir Unrecht. Dass du mich mit Areshva im Pferdestall gesehen hast, sollte dich überhaupt nicht aufregen, denn zwischen uns ist nichts vorgefallen. Nicht das Geringste. Kia Sephila, meine Perle, ich kann ohne dich nicht sein. Ich kann ohne dich nicht atmen!«

»Hast du das auch zu Areshva gesagt?«

»Nein! Blödsinn! Warum glaubst du mir denn nicht? Wie sollte eine wild wachsende Distel neben einer zarten Rose wie dir bestehen können? Dieser ungezähmte Trampel von einem Weib wird dir niemals das Wasser reichen können. Kia Sephila, mein Herz! Was muss ich tun, damit du endlich in unsere Verlobung einwilligst?«

Sie trat heftig gegen seinen Fuß, was ihn so überraschte, dass er zurückwich. Mit einem lauten Krachen schlug sie die Tür vor seiner Nase zu. Als hätte sie ein eisernes Stadttor vor ihm abgeriegelt.

Schläfrige Nachmittagsstille lullte den Palast ein. So ging das jetzt schon seit Wochen. Täglich musste er sich Wagenladungen neuer Liebesschwüre ausdenken, als wäre er einer dieser arschkriechenden Höflinge. Wie ihm das auf die Eier ging!

Aber aufzugeben war unmöglich. Das war ihm noch nicht passiert, dass er ein Mädel nicht weichgeknetet hatte, das er wollte. Und es würde ihm auch nicht passieren. Er würde nicht vor seinen Husaren wie ein

Schlappschwanz dastehen. Er musste den Trotz in ihrem Herzen brechen. Zumal er doch wusste, dass sie ihn anbetete.

Und … zumal sie ihn in einen solchen Ausnahmezustand versetzte, dass er kaum an etwas anderes als an sie denken konnte.

Er hörte sie von drinnen höhnisch lachen.

»Wage nicht mich zu belügen.«

»Ich lüge nicht! Kia Seph…«

»Schscht!«

»Erlöse mich aus dieser Marter, wenn du kannst! Ein Gefangener bin ich, ein Hund an Ketten. Ich atme nur noch durch deine Lungen. Mein Herz schlägt in deinem. Ich kann ohne dich gar nicht mehr existieren.«

Diesmal war die Stille so lang gezogen, so atemberaubend, dass sie ihm den Schweiß auf die Stirn trieb. Er meinte, ihren Atem ganz nah an der Tür zu hören, als klebte sie an der anderen Seite und lauschte von dort, ob sein Herzschlag tatsächlich ihrem folgte.

»Und wie soll ich in dieser kulturlosen Burg überleben? Du veranstaltest ja nicht mal Konzerte.« Ihre Stimme war eiskalt.

Vielleicht hatte er sich getäuscht? Ihre Gefühle für ihn waren womöglich nicht stärker als die zu einem Insekt? Allerdings hatte er wenigstens einen kleinen Fortschritt erreicht: Das knifflige Thema *Areshva* war vom Tisch.

Nicht, dass ihn dieser Fortschritt wesentlich voranbrachte.

Konzerte …? Was zum Teufel sollte das sein?

Wukur drehte sich fragend zu seiner Leibgarde um, die hinter ihm stand und auf seine Befehle wartete. Einer nach dem anderen zuckten sie die Achseln und blickten ihn hilflos an. Idioten! Hatten sie denn von gar nichts eine Ahnung? Kommandant Zeddir schien zum Glück eine Idee zu haben. Er machte ihm Zeichen mit den Händen, als ob er eine imaginäre Laute spielte. Ob es was mit Musik zu tun hatte?

Wukur griff nach dem Strohhalm.

»Ich liebe Konzerte!«, polterte er. »Aber bislang war für so etwas nun wirklich keine Zeit. Erst die Aufrührer in der Stadt, dann die Banditen, das Feuer. Zum Glück habe ich nun für Ruhe gesorgt und will sowieso eine Siegesfeier organisieren. Wenn du magst, steigt schon morgen unser erstes Konzert im Palast.«

Einen Moment lang war sie still.

»Und wie soll das gehen?«, fragte sie schnippisch. »Du hast nicht mal ein Orchester, wie ich hörte.«

Sie konnte einen mit Worten treten. Eine Welle ohnmächtiger Wut stieg in ihm hoch, die sich aber in seinem erhitzten Gemüt verfing und irgendwie verpuffte. Warum sie so ohne weiteres verschwand, begriff er selbst nicht. Er konnte ihr nichts übel nehmen. Was für eine Königin!

Ausgerechnet ein Orchester verlangte sie. *Verfluchte Pferdepisse!* Er erinnerte sich noch gut an seinen Einzug in den Palast, kurz nachdem er seinen Vorgänger vom Thron geputscht hatte. Damals hatte er erfahren, dass der alte Fürst die unfassbare Anzahl von fünfzig Musikern durchfütterte, deren einzige Aufgabe darin bestand, zweimal im Mond einen ganzen Nachmittag lang herumzufiedeln. Natürlich hatte er das gesamte Rudel sofort gefeuert. Alle bis auf einen Lautenspieler, der ihm überzeugend bewies, dass er auch deftige Sauflieder und Jägertänze draufhatte.

Er stöhnte innerlich auf. Die überkandidelten Ideen der Prinzessin würden ihn noch ein Vermögen kosten.

»Selbstverständlich habe ich ein Orchester!«, trumpfte Wukur auf. »Und es wird morgen Nachmittag ausschließlich für meine Braut spielen.«

Verstohlen winkte er Zeddir herbei.

»Lass den Lautenspieler holen«, zischte er ihm leise zu. »Er soll diese Gurkentruppe aus Fiedlern und Trötenspielern des alten Fürsten wieder zusammentrommeln und bis morgen sollen sie uns etwas vorzwitschern, das einer Königin würdig ist. Koste es, was es wolle.«

Hinter der Tür war es wiederum längere Zeit still. Diese Furie konnte einen wirklich auf die Folter spannen. Was zum Henker brütete sie aus? Hatte er wenigstens schon ein paar Punkte bei ihr gemacht?

»Wirklich? Ein Konzert?« Ihre Stimme klang verändert. Exaltiert und leicht aufgeregt.

Hörte sich hoffnungsvoll an.

»Kia Sephila, du bist das Mädchen meiner Träume. Wenn ich ehrlich sein soll, hätte ich so kühn nie zu träumen gewagt. Du bist eine Königin. Du stehst turmhoch über allen anderen Frauen. Ich liebe dich. Ich bete dich an! Ich will, dass du meine Frau wirst!«

***

Hinter ihm trabte eine Abordnung von Tempeldienerinnen den Gang entlang und stoppte vor der Tür, die er gerade belagerte.

»Die Priesterin Meriedyce, erwartet Euch am Tempel«, sagte eine schwarz gewandete Dame kurz angebunden.

Nicht schon wieder! Wukur hatte geahnt, dass ihm sein Blutbündnis mit der kaltblütigen Tempelherrin Meriedyce nicht nur Vorteile einbringen würde – wie jenen, Fürst von Darghessa zu werden.

Die Nachteile bestanden in den knallharten Forderungen, mit denen ihm seine Bündnispartnerin in letzter Zeit mächtig auf die Nerven ging.

»Jetzt nicht!«, fuhr Wukur sie an und schickte sie mit einer Handbewegung weg. Vergebens. Sie duckten sich zwar leicht unter seinen Worten, wichen aber nicht von der Stelle.

»Auf der Stelle! Es ist dringend«, insistierte die schwarz Gewandete.

Verfluchter Pferdemist! Jetzt war er so weit gekommen. Vielleicht käme er auch noch weiter?

Allerdings wollte er nicht riskieren, dass Meriedyce ihn vor dem Mädchen erniedrigte und ihn womöglich mit Gewalt abschleppen ließ … was sie schon gelegentlich getan hatte.

»Prinzessin Kia Sephila, wartet Ihr auf mich?«, fragte er drängend.

Keine Antwort. Wie immer.

***

Eine neblige Dämmerung umgab Silvrin. Sein Körper badete in Hitze und war ein einziger Schmerz. Überall pochte, zog und stach es in seinem Kopf, am Bauch, im gesamten rechten Arm und insgesamt gab es kaum eine Stelle, die ihn nicht peinigte. Geisterhafte Gestalten tanzten um ihn herum. Ein Totenschädel grinste ihn aus leeren Augen an. War das ein Dämon? Wenn die Anekdoten seiner Amme stimmten, könnte es einer sein. Ihn schauderte. Er musste weg hier! Wenn er sich doch umdrehen, wenn er kriechen könnte! Aber er war entsetzlich schwach.

Jemand berührte ihn an der Schulter und hob seinen Kopf ein Stück hoch. Eine leise Stimme sagte:

»Ich habe Euch Suppe mitgebracht. Versucht etwas zu essen.«

Langsam lichtete sich der Nebel über Silvrins Augen, und er konnte klarer sehen. Der Schädel war verschwunden.

Er befand sich in einem dunklen, feuchten Raum, durch den ein dumpfer Gesang säuselte. Der Mann an seiner Seite hob ihn in eine halb sitzende Position. Ein köstlicher Geruch stieg ihm in die Nase. Als er den Geschmack auf der Zunge spürte, durchströmte ihn grenzenloses Wohlbehagen. Er schloss die Augen und genoss die kräftigende Brühe auf der Zunge. Erst nach einer Weile realisierte er, dass es sich bei dieser Speise um eine einfache Kartoffelsuppe handelte. Vielleicht schmeckte sie deshalb so köstlich, weil er seit einer gefühlten Ewigkeit nichts mehr zu essen bekommen hatte.

Sein Blick klarte sich auf und so langsam arbeitete auch sein Verstand wieder. Wie viel Zeit war vergangen seit dem Duell? Wie lange lag er hier schon gefangen? Wie mochte es Areshva ergangen sein? Was erwartete ihn hier?

»Habt Ihr keine Angst, aufgehängt zu werden, wenn Ihr mich so freundlich umsorgt?«, fragte Silvrin seinen Retter. Das Sprechen strengte ihn an, er kam dabei außer Atem.

»Das geschieht auf Befehl der Priesterin von Darghessa.«

»Wirklich? Ich hatte bis jetzt nicht den Eindruck, dass ich ihr Favorit bin«, versuchte Silvrin zu scherzen.

»Oh, gewiss nicht. Sie hasst Euch. Alle am Tempel hassen Euch. Auf der Fürstenburg ist das anders. Wenn Ihr wüsstet, wie die Leute dort für Euch beten! Heimlich, wenn es niemand hört. Offiziell seid Ihr natürlich auch dort unbeliebt und niemand wagt es, laut etwas zu Euren Gunsten zu sagen. Der Fürst fängt an herumzubrüllen, wenn er nur Euren Namen hört. Er hat sogar schon Diener deswegen umgebracht.«

»Es scheint ein Wunder zu sein, dass ich immer noch am Leben bin. Warum töten sie mich nicht?«

Der Pfleger zuckte die Achseln.

»Ich vermute, sie planen etwas, wozu sie Euch brauchen.«

***

Auf dem Burghof erwartete Wukur eine kleine Überraschung. Eine achtspännige Kutsche stand dort bereit, umgeben von einer Truppe Soldaten und Tempeldienerinnen. Neben diesem Aufgebot erblickte er seine Partnerin Meriedyce, die zum Volk der Elgo gehörte, heute wieder einmal mit einem Ausdruck im Gesicht, der gar nichts Gutes verhieß. Sie sah verbissen und gereizt aus wie eine Kobra, die ihre Giftzähne zur Attacke ausstreckt. Ihre schwarz-weiß gestreifte Pferdemähne stand wie üblich steil gen Himmel und die ultrakurz geschnittenen Haare waren so zusammengekleistert, dass sie ihn an Igelstacheln erinnerten. Ungefähr genauso stachelig blitzten auch ihre Augen. An dem Gürtel um ihren schwarzen Umhang baumelten drei menschliche Schädel, die bei jeder ihrer Bewegungen hässliche knöcherne Geräusche von sich gaben.

Neben ihr auf dem Boden lag ein verkrümmter Körper. Er erkannte seinen gestürzten einstigen Nebenbuhler Silvrin. Tja, der Knabe machte gerade keine imposante Figur, wie er sich da in seinen Ketten wand, stöhnend, mit geschlossenen Augen, einem zertretenen Wurm nicht unähnlich. Viel Leben schien nicht mehr in ihm zu sein. Hass wallte in Wukur auf. Dem einmal mit dem Schwert mitten ins Gesicht zu schwingen, welch ein prächtiger Auftakt für diesen Tag! Die eisigen Blicke der Priesterin ließen es jedoch ratsam erscheinen, sich zuerst ihr zuzuwenden.

»Was gibt's?«, fragte Wukur kühl und zog sirrend sein Schwert aus der Scheide. Es juckte ihm mächtig in den Fingern, diesen ersehnten Auftakt möglichst bald in die Wege zu leiten. Wenn ein Schlag nicht reichte, würde er weitere draufsetzen. Er würde diesen Wicht zerhacken und zerstückeln.

»Du hast deine Pflichten noch immer nicht erledigt!«, fuhr Meriedyce ihn an. »Womit hast du bei deinem letzten Besuch auf Ygramor eigentlich deine Zeit vertändelt, hm? Wieder nur mit der verrückten Areshva kokettiert? Bei der großmächtigen Gorrogon, hatte ich dir nicht auf das Deutlichste eingeschärft, dass du mit Prinzessin Isimela von Pallanthia ein Kind zeugen sollst?«

»Ich zeuge von mir aus so viele Bastarde, dass du eine ganze Söldnerarmee aus ihnen rekrutieren könntest«, witzelte Wukur.

»Das ist kein Spaß!«, fauchte die Priesterin. »Hast du vergessen? Kirisha, die Seherin, hat mittels eines Orakels vorausgesagt, dass der zukünftige König unseres Landes aus dem Blut der Prinzessin Isimela stammen wird. Zeuge ein Kind mit ihr, und du gründest eine neue Königsdynastie! Das ist der Weg zur Macht, dein Weg zur Königswürde und der Weg für mich, Hohepriesterin zu werden!«

Wukur schnaubte.

»Ja, ja. Ich erinnere mich. Das sagtest du bereits.«

»Warum bist du dann so taub auf den Ohren?«, schrie Meriedyce. »Prinzessin Isimela befindet sich als Gefangene des Räuberhauptmanns Smorkyn auf dessen Burg in Ygramor. Es sollte kein besonderes Problem sein, den Alten zu einem kleinen Handel zu überreden. Du lieferst diesen Gefangenen«, sie bekräftigte ihre Worte, indem sie Silvrin einmal kräftig in die Seite trat, »an Smorkyn aus und verlangst als Gegenleistung die Herausgabe der Prinzessin Isimela, die du in dieser

Kutsche«, sie zeigte auf das Gefährt neben sich, »zu uns bringen wirst.«

Wukur spuckte aus. Silvrins gequältes Stöhnen klang wie Musik in seinen Ohren.

»Du kennst den alten Smock und seine cholerischen Ausbrüche nicht. Der rückt keine Prinzessin raus für einen jämmerlichen Gefangenen. Außerdem will ich die aravennische Filzlaus selbst umbringen. Dieses Dreckschwein. Das wird ein Fest. Davon träume ich schon jede Nacht!«

»Davon träumt auch dein Freund Smorkyn jede Nacht, darauf kannst du Gift nehmen! Ich kann dir versprechen, dass er dich vor Freude abküssen wird, wenn du ihm den Hurensohn überlässt, und dir dafür sämtliche Prinzessinnen der Welt nachwirft. Los jetzt! Ich habe schon alles vorbereitet.«

Wukur biss sich auf die Lippen.

»Hör mal, Partnerin, das Mädel auf Smorkyns Burg ist die Schwester meiner zukünftigen Braut. Ich kann nicht zwei Schwestern in meinen Palast laden und gleichzeitig mit beiden herumturteln, ohne dass ich mir Probleme einfange. Jetzt bin ich bei Prinzessin Kia Sephila schon praktisch durchgebrochen. Ich will ihr Herz, und auch noch ihre Hand. Das lasse ich mir nicht zerstören. Wenn es dir so wichtig ist, kann ich mir meinetwegen Prinzessin Isimela auf Ygramor mal zur Brust nehmen und ich kann der Schickse auch einen Bastard anhängen, aber ich werde das keinesfalls in meinem Reich tun! Verstanden?«

»Warum nicht? Deine Braut muss es ja nicht erfahren.«

»Sie würde es erfahren, wenn es in Darghessa passiert, sie hat hier Augen und Ohren. Nein, das ist ausgeschlossen. Ich erledige das oben bei Smorkyn. Und ich will zur Belohnung, dass du mir die Heirat mit Kia Sephila erlaubst!«

***

Der Plan ging, jedenfalls für den Geschmack des Fürsten von Darghessa, anfänglich erstaunlich gut auf. Er brachte Silvrin nach Ygramor, wo er Smorkyn im Delirium und dessen Bande im Vollrausch antraf. Nie zuvor hatte er diese Gesellen in so desolatem Zustand gesehen.

Smorkyn wurde allerdings schlagartig nüchtern, als er Silvrin erblickte, der ordentlich gefesselt war und mit Blessuren übersät, denn Wukur hatte es nicht lassen können, ihm unterwegs ein paar Haken zu verpassen.

Als Wukur seinem Handelspartner dann auch noch eröffnete, dass er Silvrin in dessen Burg abladen wolle, kam der alte Räuber auf die Beine. Die Aussicht, sich endlich an dem Krieger rächen zu können, der ihn so gedemütigt und zusätzlich noch seine Tochter erstochen hatte, ließ sein reichlich mit Alkohol durchtränktes Blut richtig munter werden. Nach Herzenslust würde er dieses Stück Dreck misshandeln und ihn so zerstückeln, dass er seine Überreste den Würmern mundgerecht servieren konnte!

Er packte den Gefangenen am Arm und schleifte ihn über den Burghof, wobei er in ein dröhnendes Lachen ausbrach. Es klang wie das Grunzen eines Wildschweines, das gerade einen Haufen Trüffel gefunden hat.

Die Art und Weise, wie sich die Fingernägel des Alten in Silvrins Fleisch bohrten, zauberte ein gehässiges Grinsen auf Wukurs Gesicht. Der Mistkerl war hier in guten Händen, so viel stand fest! Wie gerne hätte er dieses Dreckschwein selbst zerstückelt, ihm den Bauch aufgeschlitzt und alle Organe einzeln herausgerissen. Es würde Silvrin verdammt noch mal leidtun, dass er Wukur damals bei der Brücke so gedemütigt und zu allem

Überfluss auch noch Areshva auf seine Seite gezogen hatte.

Als er kurz darauf die Höhle betrat, in der Prinzessin Isimela festsaß, geisterten immer noch wilde Fantasien von Daumenschrauben oder Messerstechereien in seinem Kopf herum.

Prinzessin Isimela hatte eben noch mit zwei Dienerinnen auf einer Sitzgruppe aus Steinen gesessen. Sie sprang jedoch sofort auf und starrte ihn aus schreckgeweiteten Augen an. Er taxierte seine Beute. Blondlockig, schlank, schüchtern, in einem pompösen goldenen Ballkleid, etwas blass um die Nase. Passte eigentlich ausgezeichnet in sein Schema.

Trotzdem ließ das Mädel ihn kalt. Irgendwie war er heute gar nicht in Stimmung. Dabei könnte er nicht behaupten, dass sie hässlich war. Sie fürchtete sich nur entsetzlich vor ihm, wich rückwärts und presste sich gegen die hinterste Wand der Höhle. Ihre Dienerinnen waren gar noch furchtsamer, sie entwichen – eine nach links und eine nach rechts – und anstatt ihre Herrin zu schützen, verdufteten sie wie ein Schwarm Fliegen.

Wukur verfügte über reichlich Erfahrung mit Frauen und hatte es bisher nie nötig gehabt, sich ein Mädchen zu nehmen, das ihn nicht wollte. Im Grunde genommen widerte ihn so etwas kolossal an. Das half aber nichts, er musste seine Priesterin zufriedenstellen.

Eine Weile musterte er die Gefangene, die ihn anstierte, als würde sie gleich in Ohnmacht fallen. Er versuchte, sich einzureden, dass sie Kia Sephila doch recht ähnlich sei.

Tja, das war sie wirklich, aber irgendwie wirkte diese Ähnlichkeit bei ihr nicht einmal annähernd so faszinierend und so anziehend wie bei der Schwester. Ach, wie wünschte er sich, die Lage könnte doch umgekehrt sein: Nicht Isimela, sondern Kia Sephila möchte diejenige sein, auf die er gerade zu schlenderte – und natürlich sollte sie sich nicht rückwärts gegen die Wand drücken, sondern vielleicht mit geröteten Wangen auf ihn zu stolzieren. Leider war er nämlich, all seinen beträchtlichen Anstrengungen zum Trotz, bei Kia Sephila bis jetzt noch nicht wesentlich weiter gekommen als bis vor die Tür ihrer Gemächer.

Schluss jetzt. Er musste die Sache hinter sich bringen. Schließlich hatte er einen Pakt mit der grässlichen Meriedyce.

Kurz entschlossen packte er Isimela, riss ihr das obere Ende ihres goldenen Kleides herunter, ohne ein Wort zu sagen und ohne sich um ihr schrilles Schreien und ihre wild fuchtelnden Hände zu kümmern. Er warf sie zu Boden … und jetzt hätte er wohl in der Horizontalen weiterarbeiten müssen, aber er konnte nicht. Diese Höhle widerte ihn an und das Mädchen stieß ihn ab.

Wütend über sich selbst machte er kehrt, ging zum Ausgang der Höhle … kehrte wieder um … sie lag da noch, so wie er sie hingeworfen hatte, halb tot vor Schrecken. Sie dachte vielleicht, er würde sie nicht mehr sehen, wenn sie sich nicht bewegte. Er schloss die Augen und sah Kia Sephila vor seinem geistigen Auge. Er würde das hier tun müssen, damit die Priesterin ihm die Hochzeit erlaubte.

Wieder marschierte er zu dem Mädchen. Sachte berührte er ihren Arm. Er war eiskalt. Hier lag keine zarte, süße Jungfrau vor ihm, die unter seinen Berührungen schmelzen würde, sondern ein Eisklumpen der Angst.

Draußen vor der Höhle stapften Schritte heran. Wukur beschloss auf der Stelle, demjenigen, der da käme, die Szene zu vermitteln, die Meriedyce von ihm verlangte. Er warf sich auf die Prinzessin und schob ihr das Kleid bis zur Hüfte hoch. Darunter trug sie eine mit weißen Spitzen bestickte Unterhose, er fasste sie mit geübtem

Griff und zerriss sie. Früher mal hatte ihm das Spaß gemacht, auf diese Weise Trophäen zu sammeln, und es gab einige Mädchen, die so etwas anmachte. Tja. Diese Prinzessin hier gehörte nicht zu der Sorte. Die war sogar unter dem Kleid eiskalt. Aber egal. Jetzt würde die Lage bedeutungsvoll genug aussehen für denjenigen, der gleich hereinkäme.

Wukur wartete stumm und bewegungslos ab, bis die Schritte nah genug herangekommen waren. Dann hob er den Kopf. Smorkyn stand auf der Schwelle.

»Was tussssde da?«, brüllte der Alte quer durch die Höhle. »Verrückt geworrrn? Ich bring dich um! Die Kleine gehört mir!«

»Na, na! Ich habe doch wohl großzügig für sie bezahlt«, erwiderte Wukur und zwang sich ein Grinsen auf die Lippen. Smorkyn sollte wenigstens davon überzeugt sein, dass er Prinzessin Isimela besessen hätte, damit er das später vor Meriedyce bestätigte. »Was für ein Leckerbissen, ha ha! Außerdem habe ich dir dafür doch Silvrin gebracht.«

Wukur stand auf, ohne die Prinzessin noch eines Blickes zu würdigen, die ihr Kleid rasch wieder herunterschob und lautlos zu weinen anfing.

»Die P-prinzessin ghört miir!«, brüllte Smorkyn auf, schwankte, hätte fast das Gleichgewicht verloren, aber schließlich konnte er sich retten, indem er sich an die Felsenwand der Höhle lehnte. »Was willssse mit der? Hau ab da! Sei bloß froh, dass ich so absssslut voll bin heut', ich würd' dich rösten aufm Grill, du Schwein … hau ab da! *Hau ab!*«

»Ich verschwinde ja schon«, sagte Wukur. Er überlegte einen Augenblick, ob er mit dieser Schwindelei vor seiner Priesterin bestehen könnte, aber sie hatte ihn hier oben nicht beobachten können, weil die Burg des Smorkyn unter einem Zauberbann stand, der sie in den

Kristallkugeln unsichtbar erscheinen ließ. Das musste ganz einfach genügen. Natürlich würde Isimela jetzt nicht schwanger werden, jedenfalls nicht von ihm, aber es war anzunehmen, dass Smorkyn das früher oder später schon besorgen würde.

Wenn Wukur nach der Geburt des Bastards kommen und behaupten würde, das wäre seiner, würde ihm kein Mensch das Gegenteil beweisen. Dieser ganze Hohepriesterinnenquatsch, der Meriedyce so wichtig war, interessierte ihn sowieso einen Dreck. Er wollte bloß Kia Sephila und sonst nichts.

Wukur ging dem Ausgang der Höhle entgegen, doch da versperrte Smorkyn ihm den Weg.

»Areshva hast' wohl schon vergessen, wa'? Es is' noch nicht mal 'n Mond her, dass der Hurensohn Silvrin sie bei dem Duell umgebracht hat, und schon läufst du andern Mädels nach. Du Stück Dreck!«

»Bist du deswegen so besoffen?«, fragte Wukur. »Nee, Mann, natürlich hab ich sie nicht vergessen. Wieso hat sie dieses Duell verloren, hm? Das will mir heute noch nicht in den Kopf.«

Aufbruch

Areshva glitt im Schwebflug durch die Luft. Direkt auf ein Gebirge mit zerklüfteter Silhouette zu, dessen hoch aufragende Gipfel schneebedeckt waren. Der Schreck fuhr ihr durch alle Glieder. Das musste Kalamachai sein, der Ort, wo die Hohepriesterin lebte! Wieso flog sie darauf zu, war sie wahnsinnig? Sie war nicht vorbereitet. Sie hatte nicht genug Kraft. Weg hier!

Sie wollte abdrehen. Aber ihr Körper verweigerte ihr den Gehorsam. Ihre Flügel bewegten sich weiter, von ganz allein. Jetzt sogar schneller. Ihr brach der kalte Schweiß aus, als vor ihr eine brennende Wolke aus dem Erdboden wuchs. Diese sah aus wie ein Drachenkopf in Bergeshöhe mit einem Riesenmaul in der Mitte. Und das würde sie gleich verschlingen. Seltsamerweise schnarchte und stöhnte dieses Maul, als litte das Monster unter einer Erkältung. Ob das die Hohepriesterin war?

Sie hatte doch zuletzt eher wie eine Feuersäule ausgesehen? Aber die magische Aura um sie herum, die an ihren Umrissen blitzte und flackerte, sprach eine deutliche Sprache.

Verflucht. Konnte es ihr wirklich gelingen, die mächtigste Zauberin des Landes zu besiegen? Aber das war nicht die richtige Frage. Es *musste* ihr gelingen! Sie musste daran arbeiten … musste sich die richtigen Waffen dafür besorgen.

Solange sie diese nicht besaß, durfte sie nicht angreifen. Sie hätte keine Chance. Weg hier!

Warum ging das nicht? Warum flog sie wie ein kompletter Idiot frontal auf den wolkendampfenden Megadrachen zu?

Zur Seite, heilige Agga, hilf mir doch abzudrehen, wieso geht das denn nicht? Was ist mit meinen Flügeln los?! Ich fliege ihr direkt ins Maul!

Sie erwachte. Um sie herum war alles dunkel.

Ein Traum.

Uh, wie war sie erleichtert.

Nur das sägende Schnarchen eines älteren Mannes am Nachbarbett war zu hören. Und das Stöhnen eines kleinen Jungen weiter hinten. Sie fühlte sich schon nicht mehr ganz so geschwächt wie an den Tagen zuvor. Und sie hatte eine Aufgabe zu erfüllen.

Auf geht's!

Vorsichtig erhob sie sich, suchte unter dem Schein einer magischen Flamme, die sie auf einen Finger schnippte, ihre Sachen zusammen und schlich leise, um keinen aufzuwecken, aus dem Spital hinaus. Alle Kranken schliefen.

Im Kräuterladen war auch noch niemand. Sie stöberte in den Dosen und Schubladen herum, sah aber sofort, dass nichts davon für sie von Nutzen war. Die Ausgangstür war verschlossen. Areshva schnippte mit dem Zeigefinger, ein schmaler blauer Strahl zischte heraus, und schon öffnete sich die Tür. Der Magiestrahl war ihr allerdings nur kümmerlich gelungen. Ihre Aura war noch nicht wieder straff. Leer und kraftlos umgab sie ihren Körper.

Sie trat nach draußen. Die Luft war feucht vom Morgentau. Am Horizont schimmerte ein hellblauer

Schein, der den herannahenden neuen Tag ankündigte. Alles um sie herum war still. Sie ging den schmalen, regennassen Pfad entlang in den Wald hinein.

Der netteste Mensch, den ich je getroffen habe, ist tot.

Das Herz wurde ihr schwer. Hunderte niederschmetternde Gedanken drückten sie nieder. Rechts und links des Weges wuchsen nachtschwarze Bäume, starr und stumm wie Totempfähle. Das hier war die Zukunft. Finsternis, wohin sie blickte. Sie würde den Fürsten nicht mehr fragen können, warum er ihr geholfen hatte. Sie hatte ihn verloren, bevor sie ihn überhaupt verstanden hatte. Über was hatte er mit ihr reden wollen? Was hatte er für Gedanken? Sie würde es nie erfahren. Er war tot. So einen würde sie nie wieder treffen. Ein tiefer Schmerz hatte sich in ihre Seele gebohrt. Er hing mit seinem ganzen Gewicht an ihr und zog sie zu Boden. Sie versuchte ihn abzuschütteln.

Warum dachte sie noch immer an ihn? So schwer ihr das Herz auch war, aber sie durfte über ihrer Trauer nicht ihr großes Ziel aus den Augen verlieren. Lystrella, die großartige, heilige Göttin des Lichts, war doch wohl wichtiger als irgendein Krieger mit gütigen warmen Augen. Ihre Göttin lag am Boden, sie hatte all ihre Macht verloren und wenn Areshva ihr nicht bald neue Kräfte brachte, würde sie verschwinden! Lystrella musste ja glauben, sie hätte keine Anhänger mehr. Oder hatte sie verstanden, dass Areshva nur zum Schein zu der finsteren Göttin Agga übergelaufen war? Natürlich wollte Areshva den dunklen Mächten nicht wirklich dienen! Sie würde Aggas Kräfte nur benutzen, um wieder Zauberkraft zu bekommen und damit die Hohepriesterin angreifen zu können. Denn wenn sie die mächtigste Zauberin des Landes besiegte, könnte sie selbst auf den Thron steigen und regieren. Und dann könnte sie auch bestimmen, welche Götter die Oberherrschaft bekommen sollten.

Das war der einzige Weg, Lystrella wieder an die Macht zu bringen. Sie war bereit, dafür zu kämpfen.

Sogar dafür zu sterben.

Wusste Lystrella das?

Hoffentlich!

Areshva biss die Zähne zusammen. Sie durfte keine Zeit mehr verlieren. Jeder Tag, den sie vertrödelte, konnte einer zu viel sein. Sie sollte den großen Kampf planen! Noch war sie nicht mächtig genug. Sie musste ihre Zauberkraft steigern. Magie ansammeln. Erst, wenn sie es schaffte, ihr Machtniveau deutlich zu erhöhen, könnte sie einen Angriff auf die Hohepriesterin wagen. Ihr war nur allzu bewusst, dass sie davon noch weit entfernt war. Aber sie konnte es schaffen.

Sie *musste* es schaffen.

Sonst hatte sie schon der bloße Gedanke an ihr bevorstehendes Duell gegen die Oberhexe erhitzt und mobilisiert. Heute dagegen …

Warum erschienen ihr diese Pläne heute so leer? So uninteressant wie die Kieselsteine unter ihren Füßen? Weil sie diese neue Welt, die sie erschaffen wollte, nicht mehr mit Silvrin teilen könnte?

Im Traum hatte sie sein hübsches Gesicht mit dem klaren, offenen Blick immer so deutlich gesehen, hatte sich daran berauscht, sich ihr nächstes Treffen auszumalen.

Und nun würde es kein Treffen mehr geben. Außer vielleicht mit einem kalten, unbarmherzigen Grabstein.

Silvrin, der Unbesiegbare. Der Hexentöter. Das hatte sie das Publikum schreien hören. Es war das Letzte gewesen, was ihre Ohren noch gestreift hatte, bevor sie das Bewusstsein verloren hatte. Bei Agga, wie dumm, wie blind die Menschen waren. Man könnte viele schöne Dinge über Silvrin sagen, aber ein Kämpfer oder gar ein Sieger war er nicht. *Nicht gewesen* musste sie jetzt wohl hinzufügen. Irgendeine große Macht oder faszinierende Waffen hatte er bei dem Duell nicht benutzt. Weil er so etwas gar nicht besaß. Schließlich hatte auch nicht er den Kampf gewonnen, selbst wenn die Leute das hinterher behaupteten. Er hatte Glück gehabt, dass sie sich selbst ins Aus manövriert hatte. Anfängerglück! Das war keine Kunst.

Inzwischen hatte ihn längst das Glück verlassen.

Und sie auch.

Sie fühlte es in ihren Adern, wie alles Glück herausrann, das jemals darin geflossen war. Und wie es sich durch eine miese schwarze Masse ersetzte, die genauso mies und schwarz war wie der Himmel und der Wald, durch den sie ging.

Richtig gesund fühlte sie sich auch noch nicht. Das Gehen war anstrengender, als sie erwartet hatte. Schon nach der zweiten Wegbiegung musste sie sich auf einen Stein am Wegesrand setzen und ausruhen.

Wie sollte sie ihre Zauberkraft verstärken? Wie die Hohepriesterin besiegen? Wie würde sie es schaffen, auch nur in ihre Nähe zu kommen? Im Augenblick war daran nicht zu denken. Sie konnte sich ja kaum auf den Beinen halten.

Wenn sie nach Hause flog und abwartete, bis sie wieder zu Kräften käme? Aber das war undenkbar. Ihr Vater musste kochen vor Wut darüber, dass sie es nicht geschafft hatte, seine Niederlage gegen den aravennischen Fürsten angemessen zu rächen. Dass sie stattdessen eine Blamage kassiert hatte. Ihr Vater würde dies als doppelte Schmach empfinden, das wusste sie. Er würde ihr das nicht verzeihen.

Welches Elend! Nachdem ihre Göttin Lystrella und ihre Lehrmeisterin Kirisha sie schon verstoßen hatten … und Silvrin nicht mehr lebte … verlor sie jetzt auch noch den Vater! Sie hatte niemanden. Keinen einzigen Menschen.

Weiter konnte sie nicht denken. Ihr war das Herz so schwer, dass sie sich am liebsten auf den Boden geworfen und geweint hätte. Aber sie hatte keine Tränen mehr. Sie war schon längst in ihrer Verzweiflung ertrunken.

»Willkommen, Areshva!«, erklang eine wohlvertraute Stimme über ihrem Kopf. Unverkennbar gehörte sie der Göttin Agga. Areshvas Stimmung sank unter den Nullpunkt. Die hatte ihr noch gefehlt! Die Allerletzte, mit der sie jetzt reden wollte.

»Ich freue mich, dass du wieder auf den Beinen bist!«, beteuerte die Göttin enthusiastisch, deren Stimme körperlos vom Himmel herunter hallte. »Lange genug hat es ja gedauert. Wenn ich dich erinnern darf, deine letzte Opferung ist bereits geschlagene sechs Wochen her. Du bist über der Zeit.«

»Danke für das Mitgefühl und die erbauenden Worte«, murmelte Areshva. Sie hatte nicht mal Kraft zu streiten.

»Mit mir hat auch keiner Mitleid«, konterte Agga. »Sechs Wochen ohne Opfer. Mein intergalaktisches Strahlenfeld bekommt schon Dellen. Aber wie man so hört, hast du entzückende Pläne. Darghessa zerstören, hm? Die ganze Stadt, mit allen Einwohnern, sogar noch inklusive der Kinder? Da läuft mir ja das Wasser im Munde …«

»Still!«, fuhr Areshva sie an. »Das habe ich nur gesagt, weil ich so wütend war! Und damit die Kleine aufhört mich anzubeten. Mein Plan hat sich nicht geändert. Ich habe nach wie vor die Hohepriesterin im Visier. Weiß nur noch nicht richtig, wie ich es anfangen soll. Das sagte ich dir doch schon in diesem Spital.«

»Und ich sagte dir auch schon, was du tun musst, um die Kraft zu bekommen, die du für einen Sieg brauchst.«

»Zwanzig Opfer, ja! Zwanzig weiße Seelen. Ich vergesse es schon nicht. Bin bloß noch etwas angeschlagen. Gib mir etwas Zeit, in Ordnung? Bevor man zwanzig Typen attackiert, sollte man wenigstens gerade auf den Füßen stehen können!«

»*Zeit.*« Es knisterte und knackte in der Luft und die Göttin erschien in der Gestalt einer putzigen Fledermaus mit schwarz glänzendem Pelz, die Areshva mit ihren langen Flügeln vor der Nase herumflatterte. »Ist ja nicht so, dass ich dir keine Zeit gegeben hätte, oder? Schön, zwanzig traust du dir jetzt noch nicht zu, aber das Opfer dieses Mondes will ich haben!«

Areshva würgte eine plötzliche Übelkeit. Den Gedanken hatte sie in den letzten Tagen nach Kräften verdrängt. Aber dass sie ab sofort um echte Opfer nicht herumkommen würde, war ihr nur allzu klar. Die Strahlung aus den Tempeln konnte ihr nicht Macht genug geben, um die Hohepriesterin zu überflügeln. Sie brauchte stärkere Waffen.

Todesopfer.

Und nicht irgendwelche Opfer, sondern solche mit weißen Totenseelen. Sie würden sowohl ihrer Göttin Macht geben, als auch ihr persönlich. Sie hatte doch schon einmal erlebt, wie ihre Kraft angestiegen war, damals, als sie versehentlich die Priesterin von Manika getötet und deren wunderschöne Seele erbeutet hatte. Sie konnte sich sehr gut vorstellen, zu welch einer machtvollen Zauberin sie aufsteigen könnte, wenn sie Aggas Wünschen folgte!

Allerdings, in vollem Bewusstsein Menschen umzubringen zu müssen, und gleich zwanzig auf einmal, trieb ihr den Schweiß auf die Stirn. Vermutlich würde sie wesentlich mehr attackieren müssen, denn nach Aggas Wünschen sollten es ja die weißen Seelen sein, die so verflucht selten waren. Selbst wenn sie mit nur einer einzigen anfangen konnte – das war grauenhaft. Gäbe es doch einen anderen Weg! Könnte sie auf irgendeine andere Weise Lystrella wieder an die Macht bringen und die Kriege in diesem Land beenden! Schon war sie in derselben Gedankenspirale wie in den letzten Tagen gefangen. Wer in Damarynth etwas Großes bewegen wollte, benötigte Mengen an Macht. Und die bekam man nur von den Göttern.

Und nur durch Opfer.

Es gab keine andere Möglichkeit.

»Moment mal!«, rief Areshva. »Du hast doch massenhaft Opfer bekommen bei meinem Duell! Habe ich nicht eine Menge Zuschauer erwischt, als ich die Felsen abgeschossen habe? Das waren doch sicherlich mehr als …« Sie schluckte. »… zwanzig?«

»Das zählt nicht. Du hast ihnen die Seele nicht herausgerissen. Solche Happen sind für mich bloß eine Vorspeise.«

Areshva sank auf ihrem Stein in sich zusammen wie ein Häufchen Elend. Sie war gefangen in ihrer eigenen Idee und kam nicht heraus.

»Ist irgendwo ein geeignetes Opfer in der Nähe?«, fragte sie heiser. »Aber nur eins, hörst du! Mehr bringe ich im Augenblick nicht.«

»Flieg einfach Richtung Kalamachai. Unterwegs finden wir schon etwas.«

Areshva nickte. Mühsam stand sie auf. Ihr war, als lastete das Gewicht des gesamten Himmels auf ihren Schultern.

Nach Kalamachai käme sie am schnellsten durch die Luft. Die einfachste Methode war es, von oben herunterzusegeln. Das kostete am wenigsten Kraft, und so richtig bei Kräften war sie ja noch nicht wieder.

Sie aktivierte einen Schleuderzauber, der sie in den Himmel katapultierte, weit über die Wipfel der höchsten Bäume, die sie von hier oben nur noch wie eine schwarze Masse wahrnahm. Schon ließ die Schleuderkraft nach. Sie wirbelte über die Wolken. Der Himmel leuchtete klar und dunkelblau. Höchste Zeit, ihre Flügel zu entfalten.

Ein stechender Schmerz durchzuckte sie. Den linken konnte sie nicht ausstrecken. *Schreck lass nach!* Sie stürzte in die Tiefe. Heftig schlug sie mit der intakten rechten Schwinge, um den rasanten Absturz zu stoppen. Die linke versuchte sie anzuwinkeln, damit sie sie nicht ausfalten müsste. Sie kam aus der Fluglinie, überschlug sich, fing sich wieder auf, grässliche Pein durchzuckte den linken Flügel bei jeder kleinen Bewegung. Viel zu schnell sauste sie nach unten, eiskalter Wind fegte über ihre Haut. Verdammt, sie musste doch ihre Flügel mit dem Federzauber verstärken, weil ihre Tragkraft sonst zu schwach war! Die Qualen im Flügel waren himmelschreiend, immer wieder überschlug sie sich in der Luft, weil sie sich krümmte und dadurch die gerade Linie nicht halten konnte. *Notlandung, schnell!* Sie ließ sich absinken. Versuchte den Flug auszubremsen. Es fühlte sich an, als ob sich irgendwelche Sehnen in dem Flügel überstreckten. Sie schrie auf vor Schmerz. Unter ihr tauchten die schwarzen Wipfel eines Waldes in der Dämmerung auf, die rasend schnell größer wurden. Wieder versuchte sie abzubremsen. Diesmal war es, als ob es den linken Flügel zerschnitt. Sie krachte in das Geäst eines Baumes, stürzte ab, griff mit den Händen nach irgendwas, das sie halten könnte, fand aber nichts, Zweige und Blätter schlugen ihr ins Gesicht, sie stürzte glatt hindurch und steil abwärts. Gerade noch schaffte sie es, einen großen Strohhaufen am Boden entstehen zu lassen, in den sie hineinfiel. Sofort faltete sie den linken Flügel eng zusammen. Noch immer stach es darin wie hundert Nadelstiche.

Rasende Pein bohrte sich durch ihren ganzen Körper. Sie bog den verletzten Flügel ein wenig zur Seite, in der Hoffnung, dadurch die furchtbare Qual zu dämpfen, aber sie verschlimmerte sich nur. Der Strohhaufen unter ihr löste sich langsam auf. Sie rutschte tiefer und lag irgendwann am Boden. Direkt auf hartem Fels. Der Schmerz im Flügel stach bis ins Rückenmark und fuhr dann sogar in beide Beine. Sie wagte nicht, sich zu bewegen, lag da geraume Zeit, bis endlich die schlimmste Qual überstanden war und es bloß noch im Flügel pochte und zwickte. Dann setzte sie sich vorsichtig hin.

Ein blasser Tag hatte sie inzwischen überholt, die ersten Sonnenstrahlen suchten sich ihren Weg durch die Baumkronen. Diese Stümper in dem Spital, was hatten sie an ihrem Flügel verbockt? Falsch zusammengenäht? Sehnen überkreuz geklebt?! Sie hätte ihnen mehr zerstören sollen als ihr armseliges Spinnrad!

Jetzt musste sie anscheinend zu Fuß weiterlaufen. Auch das noch! Missgelaunt stand sie auf und pfiff ohne Hoffnung nach ihrem Pferd.

Kaum anzunehmen, dass die treue Shelley sie hören würde. Es müsste ja ein Wunder sein, wenn sie in Rufweite wäre.

Zu der tiefen Trauer in ihrem Inneren, die ihr wie ein Fels auf dem Herzen lastete, gesellte sich Wut über ihre Ohnmacht: Zu Fuß! Sie würde eine Ewigkeit brauchen! Natürlich tauchte der Rappe nicht auf. Sie ging los. Das fühlte sich gar nicht gut an. Sie war noch schwach nach der langen Krankheit. Wie weit war wohl der Weg von hier aus? Frustriert tappte sie vorwärts. Ihre einzige Hoffnung war, dass sie unterwegs ein Pferd besorgen könnte. Falls denn irgendwer von den Hinterwäldlern hier eins hätte oder falls in dieser Einöde überhaupt jemand wohnte. Deshalb untersuchte sie ihren Weg ganz genau und linste quer durch alle Bäume, um nicht irgendeine kleine Hütte zu übersehen.

Ein Geräusch über ihrem Kopf ließ sie zusammenfahren. Sie blickte auf. Ein Wesen mit langen schwarzen Fledermausflügeln kam von oben direkt auf sie zugeflogen und kreiste zweimal über ihrem Kopf.

Hatte es Areshva als sein Opfer auserkoren?

Blitzschnell hob sie daraufhin die Hand und feuerte in den Himmel. Daneben. Die fliegende Skeff war gedankenschnell ausgewichen. Jetzt hörte die Zauberin leise eine Stimme ihren Namen rufen und ein kleiner Gegenstand von surrender Strahlung sauste ihr aus dem Himmel entgegen. Areshva fing ihn auf und ließ ihn zu Boden gleiten.

Es war ein schmaler pechschwarzer Totenschädel, der von schwarzer Magie nur so glühte. Das Artefakt strahlte wesentlich mächtiger als alle Einzelteile, die sie damals für ihren Entmachter besorgt hatte. So etwas gab es selten. Sie starrte nach oben. Sollte das ein Geschenk sein? Welches verdorbene Wesen wollte sich denn da bei ihr einschmeicheln?

Sie hörte auf zu feuern.

Die Fliegerin trudelte abwärts und landete kurz darauf, in respektvollem Abstand, neben Areshva auf dem Weg. Es war das anhängliche Mädchen aus dem Spital. Pirina. Sie klebte ja an ihrem Hintern wie festgebannt.

»Gefällt er dir?«, wisperte die Kleine und wies auf den Totenschädel.

Wieso sollte mir ein schwarzmagisches Artefakt gefallen, für das ich keine Verwendung habe?

Areshva kehrte ihr den Rücken und setzte ihren Weg fort.

»Er ist noch viel besser, als du denkst!«, rief Pirina, während sie ihr hinterher trippelte. »Damit kann man sogar einen Zauberbann durchbrechen.«

Verdammt. Jetzt musste sie sich auch noch solchen Blödsinn anhören. Areshva fuhr herum. Pirina stand hinter ihr, sehr eingeschüchtert, und hielt ihr den Totenschädel entgegen.

»Wenn du nicht gleich verschwindest, dann feuere ich auf dich«, drohte ihr Areshva. »Und einen Zauberbann kann man nicht brechen. Weil er alle Magie löscht! Kapiert?«

»Dieser hier kann das«, stammelte Pirina eingeschüchtert. »Vielleicht kannst du ihn brauchen.«

»Wozu, bei allen Dämonen der Unterwelt, sollte ich ihn *brauchen*?«, fauchte Areshva. Dann bedachte sie Pirina mit einem bösen Blick. »Und wo hast du ihn überhaupt her?«

Das Mädchen senkte den Kopf.

»Gefunden.«

Areshva prustete los.

»Gefunden! Solche Gegenstände verliert man doch nicht.«

Sie packte den Schädel und rieb daran.

»Sieh, welche Macht er hat.«

Aus den Augen des Hauptes quoll schwarzer Dampf. Areshva warf ihn mit Schwung in den Wald und zog Pirina mit sich nach hinten. Der Dampf zischte fontänenweise aus dem Schädel und umhüllte alles um sich herum in einer dicken schwarzen Wolke, die in den Himmel stieg und sich dort auflöste.

Das gesamte Gebiet im direkten Umkreis des Skelettes lag abgestorben vor ihnen. Schwarze, blätterlose Bäume ragten vor ihnen auf. Der karge Boden war übersät von toten Vögeln.

Pirina zuckte zusammen und starrte entsetzt auf die Verwüstung.

»Wolltest du mir wirklich so ein Vernichtungsgerät schenken?«, fragte Areshva sarkastisch.

»Ich wollte ... ich dachte ...«, sagte Pirina unglücklich. »Ich will doch deine Schülerin sein!«

Areshva begann die Sache immer weniger zu gefallen. Pirina hatte dieses Spielzeug nicht zufällig gefunden. Jemand wollte ihr den Schädel zuspielen. Aber warum?

»Jetzt sag, woher du ihn hast!«, zischte Areshva im Befehlston.

»Leute aus Darghessa waren bei uns«, berichtete Pirina leise. »Steuern eintreiben. Eine von ihren Zauberinnen hat ihn verloren. Ist ihr aus dem Gürtel gefallen.« Sie war den Tränen nahe. »Die waren gemein, wir haben doch nichts. Fürst Kimiko von Darghessa hat noch nie vorher Steuern von uns verlangt. Aber als Thessa das erzählt hat, haben sie gelacht und gesagt, jetzt ist Fürst Wukur an der Macht und es ist vorbei mit der Schmarotzerei.«

Areshva durchfuhr eine plötzliche Kälte.

»Was?«

»Das findest du auch gemein, nicht?«

»*Fürst* ... Wukur?«

»Ja, der neue Fürst.«

»Wukur ist nichts weiter als ein kleiner Hilfsdiener des neuen Fürsten!«

»Ähm ... Nein, das ist der Name von dem neuen Fürsten.« Pirina senkte furchtsam den Kopf. »Ich hab das ganz genau gehört. Sie sagten *Fürst Wukur*. Sogar ein paarmal haben sie das gesagt.«

Wer Fürst einer Provinz werden will, der muss sich mit der Priesterin verbünden, die über den Tempel dieser Provinz regiert. Und das hat Wukur ja wohl kaum getan, wo er doch damals noch mit mir zusammen war, als diese Meriedyce dort Priesterin wurde.

Areshva verschlug es die Sprache. Hatte sie nicht mit Wukur über genau dieses Thema debattiert? Hatte er sie nicht damit genervt, dass sie versuchen sollte Priesterin zu werden? Und sich mit ihm zu verbünden? Danach war diese Meriedyce aufgetaucht, die genau gewusst hatte, dass Areshva den Tempel von Darghessa eben in genau diesem Moment freischlagen würde.

Und wenn das nun ein geplantes Manöver gewesen war? Wenn Wukur sie absichtlich nach Darghessa gelockt hatte, nicht wegen seiner Tante in der Stadt, sondern damit Areshva die Priesterin und als Folge davon auch den Fürsten stürzte? Damit sie ihm den Weg ebnete, seine eigene Priesterin einzusetzen und selber Fürst zu werden?

Aber dazu hätte sich Wukur heimlich mit der niederträchtigen Meriedyce verbünden müssen!

Nein!!!

Auch wenn er ein Verbrecher war und ein gewissenloser Betrüger, er konnte sie nicht dermaßen hintergehen.

Oder?

War Wukur jemals anständig gewesen? Auch wenn er es hundertmal behauptet hatte?

Nein, der doch nicht.

Sie hatte sich hereinlegen lassen. Von dem Kerl, den sie für ihren Freund gehalten hatte. Der hatte sich tatsächlich mit dieser Dampfzauberin Meriedyce verbündet, hinter ihrem Rücken. Und sie hatte ihm den Weg zu einem Fürstentum und Meriedyce den zu einem Tempel freigeschlagen, ohne zu ahnen, was sie tat. Unvermittelt schrie sie auf.

»Ich bin so ein *Kretin*!!! Dieser Wurm! Dieser Verräter!«

Glühend vor Zorn sah sie Pirina an.

»Ich hab mich also von ihm zum Affen machen lassen. Warum schickt er mir diesen Schädel? Was soll ich damit für ihn zerstören?«

»Aber der ist gar nicht vom Fürsten, Areshva. Ich sag doch, den hat eine von denen verlo…«

»Schweig! Du kapierst nichts! Was haben sie dir erzählt?«

Pirinas Gesicht nahm einen hoffnungsvollen Ausdruck an.

»Die Darghessaner haben Silvrin von Aravenna gar nicht getötet. Sie haben ihn an einen Smorkyn in Ygramor ausgeliefert und falls er tot sein sollte, dann hat Smorkyn das getan.«

Wieso Smorkyn? Was hatte ihr Vater damit zu tun?

Vielleicht war das wieder so ein Handel zwischen ihnen. Wukur hatte doch schon öfter mit dem Vater Geschäfte gemacht. Und Smorkyn hasste Silvrin dermaßen...

Und dann: Falls er tot war? Wieso *falls*?

Sollte das heißen, er könnte noch leben?

Einen kurzen Moment lang hatte Areshva das Gefühl, als ob gerade eine Handvoll Sterne am Himmel wild anfingen zu blinken und zu explodieren, wobei sich ein Sternenregen in hundert bunten Farben über sie ergoss.

He, Areshva, vergiss nicht, wer dir diese Information bringt! Der Obergauner Wukur. Alles, was dem aus dem Maul fällt, ist erlogen, von vorn bis hinten.

Mühsam versuchte sie sich zu beruhigen. Himmel, sie fühlte sich plötzlich zittrig in allen Gliedern. Es wäre einfach zu schön gewesen.

»Ich weiß schon, warum sie dir das erzählt haben«, knurrte sie. »Die alte Hexe Meriedyce hat mich sicher in ihrer Kristallkugel beobachtet und gehört, wie ich in eurem Spital gesagt habe, dass ich Darghessa zerstören will. Und jetzt schwitzt sie vor Angst und hofft, sie kann mich dazu bringen, dass ich nicht auf sie einschlage, sondern auf irgendwen anders, auf den sie mich hetzt. Sie muss mich für eine Idiotin halten. Als ob Wukur Silvrin am Leben lässt, wenn er ihn in den Fingern hat! Als ob er ihn den weiten Weg von Darghessa bis auf den Gipfel von Ygramor hochkarren würde! Natürlich nicht! Das ist der größte Schwachsinn, den ich jemals gehört habe.«

»Vielleicht ist irgendwas passiert, das du nicht weißt«, sagte Pirina schnell. »Vielleicht lebt Silvrin noch.«

Es begann in Areshvas Eingeweiden zu kribbeln. Was für ein Gedanke! Ein Funke Hoffnung elektrisierte sie. Die Blätter der Bäume erschienen ihr grüner und die Sonne heller. Es war, als hätte sie vorher in einer Wüste gestanden und würde nun eine blühende Wiese betreten. Sie schluckte.

Schon erlosch der Funke wieder.

»Ich dachte, sie hätten ihn bei der Belagerung getötet, oder nicht? Warum sollte Wukur ihn zu meinem Vater auf die Burg schicken? Und selbst, wenn er durch irgendein Wunder bis nach Ygramor gelangt wäre, dann kann ich dir flüstern, dass Smorkyn ihm schon zur Begrüßung das Genick zerschlagen hätte. Mein Vater hat doch gewollt, dass ich dieses Duell ausrufe. Es war seine Idee. *Er* wollte, dass ich Silvrin öffentlich skalpiere.«

Sie schloss die Augen. Es war, als ob sich die Last auf ihrem Herzen verdoppelte, nur weil sie für einen kurzen Moment lang eine völlig sinnlose und unmögliche Hoffnung gehabt hatte.

»Silvrin ist tot«, stieß sie schließlich hervor. »Und zwar vermutlich schon so lange, dass ich nie mehr beweisen kann, wer es war, der ihn getötet hat.«

»Und wenn du dich irrst? Wenn Silvrin noch lebt?«

»Aber ich irre mich nicht!«, schrie Areshva auf. »Egal, was ihm passiert ist, egal, wie seltsam das auch immer gelaufen ist, alle hier sind seine Feinde und sie würden ihn ums Verrecken nicht am Leben lassen, da kannst du sicher sein!«

»Das kannst du nicht wissen. Nicht bevor du ihn mit eigenen Augen gesehen hast.«

»So?« Areshva schlug das Herz so laut, dass sie meinte, es wie Donnerschläge durch den Wald hämmern zu hören. Sie knirschte mit den Zähnen. »Warum sagst du das? Hat Meriedyce dir das eingeflüstert? Schick Areshva nach Ygramor! Sag ihr, dass Smorkyn Silvrin getötet hat!

Und dann gibst du ihr noch diesen verfluchten Zauberschädel, der die Antimagie oben auf Smorkyns Burg zerschlagen kann, denn sonst kann sie sich an ihm gar nicht rächen. Lass sie ihr eigenes Nest zerbomben!«

Sie geriet in Aufruhr. Diesmal konnte sie ihn nicht so leicht niederzwingen. Wenn das doch wahr wäre! Wenn Silvrin am Leben wäre! Vielleicht war ein Wunder geschehen. Oder gleich zwanzig auf einmal, denn so viele wären wohl dafür nötig.

Auch wenn der Strohhalm winzig war: Sie *musste* es überprüfen. Verdammt. Das war vermutlich genau, was Meriedyce geplant hatte. Sie wollte sie nach Ygramor locken. Sie würde sich vor Lachen auf die Schenkel klatschen, wenn Areshva schon wieder auf ihre Tricks hereinfiele.

Schweigend stapfte Areshva in den abgestorbenen Wald hinein und hob den noch immer leicht dampfenden Schädel auf. Sie schickte einen Luftstrahl gegen den Dampf, woraufhin er verlöschte. Dann band sie sich den makabren Skelettknochen an ihren Gürtel. Ob er wirklich die Antimagie auf Smorkyns Burg löschen konnte? Bestimmt nicht! Sie würde geradewegs in Meriedyces Falle stolpern. Zum zweiten Mal hintereinander. Diese verdammte Giftschlange! Aber es half nichts. Auch wenn das eine Falle war, musste sie hineingehen. Egal, wie sehr sie sich dabei blamieren würde. Das war Silvrin schon wert.

»Gehst du?«, wisperte Pirina hoffnungsvoll. Vorsichtig setzte sie hinzu: »Und darf ich mit?«

Areshva wollte das Mädchen schon wegscheuchen. Mitkommen, ha! Dann würde sie es ja nie wieder loswerden. Allerdings … Sie ergriff eine Haarsträhne und wickelte sie gedankenverloren um einen Finger. Wie wollte sie nach Ygramor gelangen? Zu Fuß? Sie wäre Ewigkeiten unterwegs, weil sie so geschwächt war. Nein danke. Und ein Pferd müsste sie erstens organisieren und zweitens würde auch das lange dauern und ihre Nerven strapazieren. Sie war so aufgewühlt, dass sie schnell eine Antwort haben musste. Rasend schnell, am liebsten auf der Stelle.

Sie musste fliegen. Mit ihren lädierten Flügeln würde sie momentan jedoch kaum weit kommen und Aggas Zauber reichten nicht aus, sie zu richten. Sie würde mit diesem Fiasko leben müssen, bis sie eine gute Heilerin fand, was im schlimmsten Fall bedeuten konnte: für den Rest ihres Lebens.

Aber Pirina konnte doch ebenfalls fliegen. Sie konnte ihr dabei helfen, die Abkürzung durch die Luft zu nehmen.

»Du darfst nicht mit«, sagte Areshva kurz angebunden, »aber wenn du willst, kannst du mich hinbringen.«

»Ja!«, jubelte Pirina. »Das mach ich!«

»Du bringst mich hin«, warnte Areshva sofort, »aber dann machst du auf der Stelle kehrt, fliegst zu deinen Leuten zurück und versuchst nie wieder mir hinterherzulaufen!«

»Aber …«

»Kein *aber*! Versprich, dass wir uns in Ygramor trennen! Sonst lass ich dich hier!«

»Okay! Okay!«

Flug zur Burg

Areshva verstärkte die Flügeldicke und die Kraft der um so viel jüngeren Pirina um das Vierfache. Dann band sie dem Mädchen ein Seil um den Bauch und knotete sich selbst daran fest. Es konnte losgehen. Fliegend war es bis zur Burg ihres Vaters gar nicht weit. Allerdings hatte sie das noch nie im Schlepptau ausprobiert.

Pirina erhob sich. Es gab einen Ruck, Areshva wurde hochgerissen, und schon waren sie in der Luft. Ihre eigenen Flügel wagte sie kaum zu bewegen, den linken konnte sie ja nicht richtig ausstrecken. Aber da sie ihren Zugvogel wie ein nasser Sack herunterzog, geriet sie bald in die Gefahr, bis zu den Baumwipfeln herab zu trudeln und dabei den Flug zu behindern oder gegen Bäume zu prallen.

So ging es nicht. Sie musste etwas mithelfen. Wenigstens die Schwingen in den Wind halten, damit sie segelte. Das wurde der schrecklichste Flug, den Areshva je erlebt hatte. Der verletzte Flügel schmerzte bei jeder kleinen Bewegung, bei jedem verkehrten Windhauch. Sie hätte schreien mögen. Immer wieder bog sie ihn zurück, versuchte eine Schonhaltung zu finden, die weniger schmerzhaft wäre, aber es gab keine. Areshva konnte kaum eine halbwegs gerade Linie halten. Immer wieder kam sie zwischendurch aus der Bahn, ab und zu sogar auf eine Weise, welche die arme Pirina aus dem Gleichgewicht brachte und beide auf Absturzkurs. Aber das kleine Mädchen kämpfte sich durch, schaffte es, sich in der Luft zu halten, und sie kamen trotz andauernder Schwierigkeiten vorwärts.

Sie überflogen das bergige Hinterland von Darghessa und gerieten in das Einzugsgebiet von Ygramor. Der Flug war eine einzige Qual. Areshva konnte sich kaum auf die Richtung konzentrieren, weil die Pein in der Sehne des lahmen Flügels immer stärker wurde.

Endlich tauchte der Berg Ygramor vor ihnen auf. Er war an seinem Fuß lang gestreckt und eher flach, wurde aber mit zunehmender Höhe steiler und unregelmäßiger, mit Klippen, Steilhängen und ungemütlichen Wegen, auf denen sich Wolfsrudel herumtrieben.

Nun musste Pirina aufwärtsfliegen und das gelang ihr nicht so leicht. Immer wieder verlor sie an Höhe. Zwischendurch half Areshva mittels Schleuderzaubern nach, die aber nicht ungefährlich waren, weil sie dabei grundsätzlich für eine Weile die Orientierung verloren und Absturzgefahr lauerte. Außerdem war es unmöglich, den lädierten Flügel dabei zu schonen.

Als sie auf diese Weise etwa drei Viertel des Berges bezwungen hatten, hielt Areshva die Schmerzen nicht mehr aus und zwang Pirina zu einer Landung. Aus ihrem linken Flügel sickerte Blut. Er fühlte sich an wie eine einzige Wunde. Wahrscheinlich hatte sie durch die Anstrengung noch viel mehr zerstört. Sie würde nicht mehr fliegen können. *Nie wieder!* Von hier aus war es jedoch auch nicht mehr so weit bis zu Smorkyns Burg. Den restlichen Weg konnte sie zu Fuß schaffen.

Areshva waren inzwischen längst Zweifel an dem gekommen, was sie gerade unternahm. Es war doch klar, wie ihr Vater sie empfangen würde. Mit Schmähungen und vermutlich einem Wutanfall. Sie hatte sich blamiert und ihn mit. Und natürlich war Silvrin nicht hier, wieso denn auch. Sie konnte unmöglich zu Smorkyn reiten und ihn fragen, ob Wukur vor ein paar Wochen den Fürsten von Aravenna zu ihm hochgebracht hätte und er womöglich immer noch dort wäre. Was sollte er denn davon halten, dass sie sich den Kopf zerbrach über den Kerl, den sie nicht besiegen konnte? Und der sowieso schon so lange tot war, dass keiner mehr wusste, wo sein Leichnam moderte?

Und danach, wenn sie die Bestätigung eingeholt hätte, dass Silvrin nie hier aufgetaucht war, sollte sie dann mit Pirinas Hilfe nach Darghessa zurückfliegen? Nein, auf keinen Fall, mit dem Fliegen hatte es ein für alle Mal ein Ende. Von dem Mädchen musste sie sich trennen. Auf Smorkyns Burg gab es genug Pferde, sie würde danach wenigstens wieder beritten sein, sie brauchte keine Hilfe mehr.

»Wir sind da«, sagte Areshva daher zu Pirina, ohne ein Wort des Dankes zu verlieren. »Hier oben ist es gefährlich. Du fliegst jetzt wieder zu deinen Leuten zurück, so wie wir das vereinbart hatten.«

»Soll ich dir nicht helfen?«, fragte Pirina schüchtern. »Man kann ja nie wissen. Ich würde alles für dich tun, was du willst.«

»Du sollst nach Hause fliegen!«, sagte Areshva scharf. In ihrem Magen begann es zu rumoren. »Jetzt hör mir zu. Ich war auch mal ein anständiges kleines Mädchen so wie du. Du kannst dir gar nicht vorstellen, wie oft ich mir wünsche, ich hätte damals meiner Meisterin gehorcht und wäre nie weggelaufen. Dann würde ich jetzt nicht bis zum Hals im Sumpf stecken und gezwungen sein mir immer neue, immer grausamere Ziele zu setzen. Begreifst du das? Ich will nicht, dass du mir das nachmachst. Marsch, nach Hause!«

Areshva wandte sich um und machte sich auf den Weg nach oben. Der war hier schon sehr steil, eng, voller vorspringender Felsen und Unebenheiten. Nach einer Weile drehte sie sich um. Pirina kletterte ihr hinterher.

»Pirina!«, brüllte sie. »Verschwinde, das ist mein letztes Wort. Das hier ist nichts für kleine Mädchen. Wenn ich mich noch einmal umdrehe und du klebst immer noch an meinem Hintern, dann schieße ich dich ab!«

Areshva setzte ihren Weg fort. Sie erreichte ein Hochplateau, das mit Moos und Tannenbäumen bewachsen war. Hier konnte sie leichter gehen, auf dem geraden Gelände kam sie nun schneller vorwärts. Wenig später passierte sie jedoch den nächsten Steilhang. Auf der Hälfte drehte sie sich um.

Irgendwie hätte sie es wissen müssen. Pirina hing natürlich noch immer an ihren Hacken. Zwar mit einigem Abstand, aber die würde sie nicht loswerden. Areshva richtete sich auf, formte ein magisches Stahlseil und warf. Es wirbelte durch die Luft, wand sich Pirina um den Bauch und klebte sich dann gegen die Steilwand. Gut so. Der Zauber würde sie festhalten. Also hatte sie jetzt Ruhe vor ihr. Danach begriff das Mädchen hoffentlich, dass Areshva kein Umgang für sie war.

Es war Nachmittag geworden, als die Palisade rings um Smorkyns Burg endlich vor Areshvas Augen auftauchte. Schwarze, spitze Baumstämme, dicht nebeneinander, von Querhölzern zusammengehalten, umsäumten das großflächige Gelände. Dahinter erhoben sich die Mauern der alten Burg und ihre beiden Türme. Wie immer umkreiste ein Schwarm von Fledermäusen den rechten davon, in dem Areshva ihre Gemächer hatte.

Als sie bis auf zwanzig Schritt an die Palisade herangekommen war, überschritt sie den Bannkreis und wurde sofort von Antimagie eingehüllt. Ein grässliches Gefühl überfiel sie, als ob eine unsichtbare Macht ihr die

Aura raubte und ein kalter Wasserstrahl sie erfasste. Danach fühlte sie sich nackt, nämlich gänzlich ohne Zauberkraft. Diese war komplett von dem Zauberbann aufgesogen worden.

Areshva hasste dieses Gefühl und wurde jedes Mal wütend, wenn sie in den Einzugsbereich der Burg eintrat, in dem solche Ladungen von Antimagie herumschwebten, dass ihre Zauberkraft komplett lahmgelegt war. Sie packte mit der Hand nach dem schwarzen Schädel an ihrem Gürtel. Auch dessen Magie war erloschen. *Natürlich!* Das hatte sie doch gewusst. Auch das Artefakt konnte keine Antimagie durchdringen. Dazu schwebte hier zu viel auf dem Gelände. Meriedyce war nicht nur eine üble Natter, ihre Zauber taugten auch nichts.

Areshva ging ein Stück an der Palisade entlang, bis sie das Eingangstor erreicht hatte. Zwei Wachtposten hockten in halb liegender Position davor. Voll bis zum Anschlag, dämmerten sie im paradiesischen Schlaf der Betrunkenen vor sich hin. Areshva kickte erst dem einen, dann dem Anderen mit dem Fuß derb gegen die Knie respektive die Schulter. Ohne Erfolg. Einer der beiden grunzte ein bisschen, während sein Partner ein Auge öffnete und kicherte, als er Areshva vor sich sah. Sie trat noch einmal zu, diesmal mit ordentlich Kraft.

»Hol Smorkyn, aber ein bisschen hurtig, Mann!«, fauchte sie.

Der Wächter kam halbwegs zu sich und öffnete jetzt auch sein zweites Auge.

»Areshva«, murmelte er. Plötzlich kam er hoch.

»Ich werd´ verrückt, das ist wirklich Areshva! Smocky wird´s nicht glauben!«

Er kam schwankend auf die Beine und griff nach einer Art Trompete, die er an seinen Gürtel gesteckt hatte. Damit trötete er einen kurzen Ruf, der nur aus ein paar

Tönen bestand und sich ungefähr so anhörte, als röhrte ein Hirsch in einer Tonne. Das war Areshvas Signal. Es klang normalerweise hübscher. Smorkyn würde jedenfalls sofort wissen, wer draußen vor dem Tor auf ihn wartete.

Hoffentlich beeilte er sich, denn Areshva war plötzlich speiübel. Als ob der Boden unter ihren Füßen schwankte. Vielleicht war Smorkyn der Mörder Silvrins? Ihr eigener Vater?! Was für ein Albtraum! Das durfte nicht sein! Das konnte auch nicht sein. Das war nur eine besonders dumme Lüge dieser Meriedyce und die letzte, auf die sie hereinfallen würde.

Endlich hörte sie von drinnen Stimmen und dann sprangen die Tore auf, weit zu beiden Seiten. In der Mitte seines Gefolges stand ein untersetzter schwarzhaariger Mann mit mächtigen Schultern und ordentlicher Leibesfülle. Obwohl er nicht besonders groß war, besaß er doch die Gabe, sich so zu bewegen, dass seine Gestalt imposant und einschüchternd wirkte. Ihn umringte eine Schar Männer, die ebenso dunkelhaarig und nicht größer waren als ihr Anführer. Die ganze Mannschaft sah verkatert aus, einige konnten sich kaum gerade auf den Beinen halten. Zwischen ihnen sprangen die Wolfshunde der Burg herum, hechelnd und manchmal schnappend, dass man sie mit Stöcken abwehren musste.

Smorkyn jodelte vor Glück.

»Areshva!«, brüllte er quer über den Hof. »Du bist am Leben! Das ist wunderbar!«

Er lief ihr entgegen, um sie in die Arme zu nehmen und vor Freude fest an sich zu drücken.

Areshva grinste vor Überraschung. War er gar nicht sauer? Sie ging ein paar Schritte auf ihn zu, erstarrte dann aber mitten in der Bewegung. Ihr Blick war auf seinen Waffengurt gefallen und daran baumelte ein Schwert mit drei Adlerköpfen am Knauf. Von denen einer kaputt war.

Silvrins Schwert.

Wie kam es dahin?

Das Bild vor Areshvas Augen fing an zu flimmern. Um sie herum öffnete sich die Unterwelt. Ihr war zumute, als ob hinter und unter ihr Feuer aus dem Boden schlüge und sie alle Dämonen gleichzeitig heulen und johlen hörte.

Smorkyn sah selber wie ein Totengeist aus. Sie hätte schwören können, dass sein Gesicht feurig flammte und hinter ihm schwarze Dämpfe aus dem Boden waberten. Das Schwert an seinem Gürtel glänzte dagegen grell, blitzte ihr direkt in die Augen.

Silvrin war tot. Und ihr Vater sein Mörder!

Sie ertrug es nicht, ihn zu anzusehen. Außer sich vor Erregung rannte sie zur Seite, ihm aus dem Weg. Hölle! Ihr ganzer Körper revoltierte. In ihrem Kopf begann es zu dröhnen, als wollte er gleich zerspringen. Sie packte den Schädel, den Pirina ihr gebracht hatte, und riss ihn gewaltsam von ihrem Gürtel. Das Bild vor ihren Augen flimmerte so, dass sie ihn kaum klar erkannte, aber das war egal. Alles war egal, alles war so zum Kotzen, dass es über ihren Verstand ging.

»Areshva!«, rief Smorkyn, der sich jetzt zu ihr drängte. »Ich bin hier! Was ist denn los mit dir, warum läufst du von mir weg?«

Sie wirbelte herum. Ihre Augen glitzerten. Wild schwenkte sie den Schädel über dem Kopf. Sie wusste plötzlich, dass er trotz Antimagie funktionieren würde. Meriedyce wollte doch, dass sie etwas zerstörte. Und zerstören *würde* sie. War doch ihr ganzes Leben nur noch ein Trümmerhaufen!

»Heute ist Abrechnung!«, schrie Areshva. »Denn ich sprenge heute diesen ganzen Berg mitsamt den Dämonen darunter!«

»Das kannst du gar nicht, Areshva, hast du die Antimagie vergessen?«, erwiderte Smorkyn, laut und betont ruhig, als spräche er zu einem kleinen Kind. »Du könntest hier nicht einmal einen Strohhalm behexen.«

»Du hast keine Ahnung, was ich alles kann!«, schrie Areshva wild, packte den Schädel fester und warf ihn dann mit aller Kraft so hoch in den Himmel, wie sie nur konnte, mehrere Meter über ihren Kopf. »Ich bin die mächtigste Zauberin des Universums!«

Sie versuchte, mithilfe des schwarzen Schädels einen Feuerstrahl zu erzeugen. In ihrem direkten Umfeld konnte sie nichts produzieren, aber der Strahl erschien drei Meter über ihrem Kopf, dort, wohin die Antimagie nicht mehr reichte, schlug da oben gegen den schwarz glühenden Schädel und hielt ihn in der Luft fest. Areshva blickte hoch.

Das funktionierte!

Sie sandte eine Handvoll weiterer Strahlen hinterher. Der Schädel in der Luft begann sich zu dehnen und grässliche schwarze Dampfwolken zu formen, die er fontänenweise in den Himmel sprühte. Areshva verzog das Gesicht.

Giftwolken, pah! Das ist also Meriedyces Stil.

Jetzt begann der Schädel unheilvoll zu summen und zu dröhnen. Areshva kam es nicht besonders laut vor, der dumpfe Klang in ihrem Kopf war wesentlich heftiger. Allerdings wurden die Männer um sie herum still und bleich, starrten den abnorm gewachsenen himmlischen Schädel an, der donnerte und vibrierte und gleichzeitig dicke schwarze Strahlen in alle Himmelsrichtungen sandte. Kreuz und quer liefen sie über das Firmament.

»Auf der Burg liegt ein Zauberbann, Areshva«, keuchte Smorkyn. »Was auch immer du für einen Zauber hier anwenden willst, der funktioniert bloß oben im Himmel, aber nicht hier unten, hast du das vergessen?«

»Falsch!«, schrie Areshva. »Wenn ich ihn oben explodieren lasse, dann vernichtet er auch alles darunter, ob unter Bann oder nicht! Das ist hochgradige Magie! Ich kann den gesamten Berg in die Luft jagen!«

Smorkyn wich einen Schritt zurück.

»Areshva!«, brüllte er. »Willst du uns alle umbringen?«

»Wieso nicht?«, schrie sie. »Spielt das noch irgendeine Rolle?«

»Du bist verrückt!«, stammelte Smorkyn, tödlich erschrocken. »Tu´s nicht, sonst bereust du es später!«

»Tu´s nicht, tu´s nicht!«, äffte Areshva ihn nach. Sie war so außer sich, dass es ihr vorkam, als hob und senkte sich der Boden unter ihren Füßen und der Himmel würde gleich über ihrem Kopf zusammenkrachen. »Weißt du, wie oft ich das schon gehört habe? Alle Priesterinnen sagen das, wenn ich vor ihren Tempeln stehe. Gib mir einen Grund, es nicht zu tun!«

Smorkyn packte nach einem Seil, das er an seinem Gürtel trug, wirbelte es durch die Luft und warf es in Richtung des Schädels. Er erreichte ihn aber nicht, sondern traf auf eine der schwarzen Dampfspuren. Ein elektrischer Schlag fuhr Smorkyn in den Arm. Er zuckte zurück und fiel zu Boden, rappelte sich hastig wieder auf und starrte seine Tochter an.

»Feigling!«, schrie Areshva. Sie blitzte die Männer an, die vor ihr zurückwichen, als wäre sie ein giftiges Reptil. Eigentlich sah sie aber kaum etwas anderes als das Schwert. Das Zeichen, dass Silvrin hier gewesen war, dass sie ihn vielleicht hätte herausholen können, wenn sie schneller hergekommen wäre. Smorkyn folgte ihren Blicken, bis auch seine zuletzt auf Silvrins Waffe landeten. Als wäre es glühend heiß, zog er das Schwert aus dem Gurt und warf es Areshva vor die Füße.

»Ist es diese Klinge? Willst du sie haben?«

Sie bückte sich blitzschnell, hob sie auf und wog sie in der Hand. Dabei fiel ihr auf, dass Blut von dem Eisen tropfte.

Frisches Blut.

In ihrem Kopf begann es zu pochen. Warum war Blut an dem Schwert, hatten sie Schweine damit geschlachtet? Smorkyn benutzte doch ein Schwert nur im Kampf! Das magische Surren über ihrem Kopf wurde leiser und erstarb und zuletzt fiel der magische Schädel vom Himmel herunter, wäre ihr fast auf den Kopf geflogen.

Sie erschrak, hüpfte rückwärts, noch immer war ihre Aufmerksamkeit hauptsächlich auf das Schwert gerichtet. Im Räuberhof herrschte Totenstille.

Sie ließ die Klinge langsam durch die Luft fahren und sah ihren Bewegungen hinterher.

»Wer hat ihn umgebracht? Du?«, fragte sie ihren Vater mit leiser, kaum hörbarer Stimme.

Smorkyn brachte kein Wort hervor.

»Bist du taub? Ob du ihn umgebracht hast, hab ich gefragt!«, wiederholte sie heiser. Sie hielt ihrem Vater das Schwert vor die Brust.

»Nein!«

Smorkyn wich zurück. Sie schlug mit dem Schwert nach ihm. Er hob die Hände.

»Ich sagte, nein! Du kannst ihn selbst töten, wenn es dir dann bessergeht. Er sitzt hinten in der Gefängnisgrotte.«

»Was?«, fragte Areshva schwer atmend. »Wie kann er da sitzen? Lebt er noch?«

»Ja.«

»Das kann nicht sein!«

»Wenn ich es doch sage!«

Er lebt? Ist das ein Traum?

»Wie lange ist er schon hier?«

»Paar Wochen.«

»Und du lässt ihn leben? *Paar Wochen?!*« Wieder schlug sie mit dem Schwert nach ihm. »Du lügst!«

»Areshva, das ist eine ganz schräge Sache. Hier auf dem Berg treiben sich massenhaft Soldaten rum und alle seinetwegen. Hab noch nie vorher an einem einzigen Gefangenen so viel verdient. Ständig kommen Boten aus Aravenna und schenken mir kistenweise Silberhellonen und Diamanten dafür, dass ich ihn freilassen soll. Deshalb hab ich ihn aufbewahrt. So lange, wie er mir so gute Geschäfte macht! Allerdings ist jetzt Schluss damit. Neuerdings schicken sie mir Leute auf den Hals, die versuchen ihn zu befreien. Hab schon ein halbes Regiment solcher Typen umgelegt oder eingefangen, langsam wird's mir zu heiß damit.«

Silvrins Schwert fiel ihr aus der Hand und landete klirrend auf dem Boden.

Ist das ein Märchen? Das kann doch nicht stimmen?

»Sag mal, was ist los mit dir, Areshva?«, fragte Smorkyn.

In ihrem Kopf wirbelten alle Gedanken durcheinander. Sie rieb sich die Stirn. Langsam bückte sie sich nach dem schwarzen Schädel und band ihn wieder an ihren Gürtel. Danach nahm sie das Schwert auf und steckte es ein.

»Ich geh nachsehen.«

Sie drehte sich um und ging quer über den Burghof davon in Richtung der Gefängnisgrotten.

»Soll ich ihr hinterher?«, hörte sie einen der Männer fragen.

»Lieber nicht, Mann«, stoppte ihn Smorkyn. »Warte ab, bis sie sich beruhigt hat. Sie ist doch bestimmt bloß sauer, weil sie das Duell verloren hat. Wenn sie es dem verfluchten Kerl erst heimgezahlt hat, wird´s ihr bessergehen.«

Der Gefangene

Areshva ging die in den Fels hineingeschlagene Treppe hinauf und an einem schmalen Erdstreifen vorbei, wo Heide und Wacholderbäume wuchsen. Weiter hinten führte der Weg durch Gräser und Gestrüpp. Dort trieben sich zahlreiche Wölfe herum. Große graue Geschöpfe mit glimmenden gelben Augen, die halbwegs zahm waren, aber auch mal Menschen anfallen konnten, wenn sie gereizt wurden.

Areshva bahnte sich ihren Weg durch die Wiese wie im Traum. Sie wagte nicht zu glauben, dass Silvrin am Leben sein konnte.

So funktioniert das nicht, man hält sich keine Gefangenen hier oben. Smorkyn hat das bloß gefaselt, um Zeit zu gewinnen.

Die bewusste Grotte befand sich in einer lang gestreckten düsteren Höhle weit hinter den Feuerplätzen. Wachtposten gab es hier keine. Sie waren unnötig, weil niemand die Räuberburg verlassen konnte, den Smorkyn nicht mit seinem Torzauber hinausließ.

Areshva betrat die Höhle. Gleich am Eingang machte der Gang eine Biegung. Bis dorthin spendete eine kleine Öllampe ein wenig Licht, doch hinter der Kurve war alles dunkel. Da der Zauberbann hier oben die Magie löschte, konnte sie den Raum nicht wie sonst erhellen.

Sie nahm eine der Fackeln aus ihrer Halterung, die am Eingang hingen, und entzündete sie an einer Lampe. Dann trat sie langsam ein. Ihr zitterten die Beine. Sie wollte nicht gehen. Sie wollte nicht womöglich noch seinen Leichnam finden. Aber sie musste. Eine unsichtbare Kraft zwang sie vorwärts.

Direkt hinter der Kurve sah sie den ersten Gefangenen. Es war ein junger Soldat in aravennischer Uniform. Angekettet an die Wand. Areshva trat näher, bis sie im Schein ihrer Fackel sein Gesicht erkannte.

Er war es nicht.

Sie ging weiter. Da gab es noch viel mehr Gefangene. Die ganze Grotte war voll von ihnen! Einem nach dem anderen leuchtete sie ins Gesicht, fand aber nicht den, den sie suchte. Ob das wirklich so war, wie Smorkyn sagte? Dass alle diese Soldaten versucht hatten Silvrin zu retten? Wie bizarr! So etwas hatte sie noch nie erlebt. Sie hätte sich nicht mal vorgestellt, dass es geschehen könnte. Wieder ging es um eine Kurve und da saßen weitere gefesselte junge Krieger.

Märchenhaft.

Wieder leuchtete Areshva jedem einzelnen ins Gesicht und jetzt zitterten ihr die Hände. Grell flackerte Hoffnung in ihr auf und nieder, bei jedem Neuen, an dem sie vorbeiging.

Dort. Sie sah ihn sofort, ohne ihn anzuleuchten. Silvrin hockte an einem Felsen, an den er mit Eisenketten an Händen und Füßen gefesselt war. Seine Kleidung hing in Fetzen und war an zahlreichen Stellen von Blutflecken übersät. Wo sie die Haut an Armen und Beinen sehen konnte, zeichneten sich dicke blau unterlaufene Striemen ab. Sein linkes Auge war geschwollen, seine blonden Haare verdreckt und an einer Stelle blutig, sein Gesicht von Schürfwunden entstellt. Seine Lippen waren derartig ausgetrocknet, dass sich Haut abpellte. Und er hatte

Fieber, denn seine Stirn schwamm in Schweiß, der an den Seiten herunterrann. Mit dem Hinterkopf lehnte er am Felsen; seine Augen waren geschlossen. Er sah aus wie eine Krähe, die unter die Löwen geraten ist. Aber sie sah ihn atmen.

Noch nie hatte der Anblick eines Menschen sie in einen solchen Wonnezustand versetzt.

Gelobt seien die Götter in allen Himmeln! Er war am Leben, und nur deshalb, weil diese zwanzig, dreißig Kerle hier in der Grotte ihren Hals für ihn riskiert hatten. Das wurde ja immer verrückter. Was war das für ein Mensch?! Was hatte er an sich, das ihm so viele echte Freunde verschaffte? Sie konnte sich gar nicht beruhigen. Ein tosendes Glücksgefühl floss durch all ihre Adern, es war überwältigend.

Das Bild vor ihren Augen verschwamm. Sie wischte sich die Tränen weg, aber sie kamen immer wieder. Sie wollte nicht, dass diese Männer sie so sahen. Hastig machte sie kehrt und lief aus der Grotte heraus.

***

Pirina befand sich unterdessen in einer misslichen Lage. Verzweifelt riss sie an dem behexten Seil, mit dem Areshva sie an den Felsen gefesselt hatte. Aber das war eisenhart und es heftete sich so an dem Gestein fest, als hätte es dort schon gesessen seit Anbeginn der Zeit. Obwohl ihre Anstrengungen nicht den geringsten Effekt zeigten, ruckte und zog Pirina mit all ihren Kräften. Sie musste Areshva folgen. Unbedingt. Sonst würde es ein schlechtes Ende nehmen. Sie hängte sich in das Seil und stieß ihre Füße gegen den Felsen, sodass ihr gesamtes Gewicht nun daran lastete. Zugegeben, es handelte sich nicht um ein nennenswertes Gewicht. Nichts geschah.

Sie trampelte gegen den Felsen. Sie versuchte von ihm wegzurennen. Aber nichts ging. Sie zerwühlte nur den steinigen Boden unter den Füßen. Zuletzt prügelte sie wütend auf das Gesteinsmassiv ein. Das lockerte natürlich das Seil auch nicht, sondern zerkratzte nur ihre Hände.

Mist! Wenn ich doch zaubern könnte wie Areshva!

Sie konnte zaubern, das wusste sie. Sie hatte schon damit experimentiert. Heimlich. Aber viel war dabei nicht herausgekommen. Sie begriff den Trick nicht, wie man es machte. Aber sie konnte die Strahlen erkennen, wenn andere hexten. Sie würde es auch können. Irgendwann. Vielleicht musste sie dafür einfach nur etwas älter werden.

Oder sie musste es sich stark genug wünschen!

Sie versuchte es. Aufgeregt rieb sie die Handflächen aneinander.

War das richtig so? Vielleicht musste man auch noch einen Spruch dazu wissen?

Nichts.

Ihr traten die Tränen in die Augen. Wieso hatte sie nicht intensiver geübt? Wie wichtig wäre es jetzt, wenn sie irgendetwas könnte! Sogar der allerkleinste Zauber wäre in dieser Situation hilfreich. Aber sie bekam nichts zustande. Jetzt würde sie Areshva verlieren. Hoffentlich hatte die Zauberin keine bösen Pläne. Sie fing wieder an zu rucken. Vielleicht hatte sie Glück. Sie brauchte Glück. Unbedingt.

Eine kleine Fledermaus segelte zu ihr herab und hockte sich auf einen hervorstehenden Ast ein Stück über ihrem Kopf. Es schien sie nicht zu stören, dass Pirina wie eine Wilde hampelte und mit Händen und Füßen gegen den Felsen hammerte. Vielleicht hatte sie ihr Nest in der Nähe.

Pirina änderte die Richtung ihrer Zugtechnik. Sie riss nach rechts und nach links, nach oben und nach unten.

Aber das Seil bewegte sich keinen Millimeter. Es war zum Heulen.

»Du Arme«, hörte sie eine weiche, mitleidige Stimme.

Sie drehte sich um. War Areshva zurück? Aber sie sah niemanden. Da gab es nur die massige Felsenwand, den Weg, auf dem sie stand, und dahinter den Steilhang. Komisch.

Wieder ruckte sie an dem Felsen.

»Soll ich dir helfen?«

Pirina zuckte zusammen. Hatte etwa die kleine Fledermaus

zu ihr gesprochen?

Erschrocken drehte sie sich zu allen Seiten um. Aber kein Mensch war in der Nähe. Falls sich nicht einer mitten im Felsen versteckte.

»Wo bist du?«, fragte sie angstvoll.

»Hier!« Die Fledermaus nickte ihr zu und verbeugte sich sehr elegant, indem sie ihre Flügel und ihren Kopf erst streckte und dann senkte.

Pirina blieb vor Verblüffung glatt der Mund offen stehen. Sprechende Tiere gab es nur im Märchen. Das konnte nicht sein!

»Das sieht anstrengend aus, was du machst«, plapperte das schwarze Pelztierchen eifrig. »Soll ich dir dabei helfen?«

Pirina musste lachen.

»Wie willst du mir denn helfen? Du bist ja noch viel kleiner und schwächer als ich. Aber das ist nett von dir, dass du es vorschlägst. Danke.«

»Versuch´s doch mal mit Zaubern«, schlug die Fledermaus vor. Sie hatte große schwarze Kulleraugen und weit auseinandergestellte Ohren. Pirina hörte auf zu zerren.

»Zaubern. Oh! Leider kriege ich das nicht hin.«

»Das ist gar nicht so schwer«, erklärte das Tierchen. »Streck mir deine Hand entgegen und fang auf!«

Wenn ich das Ilayna erzähle, glaubt sie mir kein Wort, dachte Pirina völlig perplex. Zaudernd öffnete sie ihre Hand, hielt sie der Fledermaus entgegen und fragte sich, was passieren würde.

Im nächsten Moment fühlte sie etwas Weiches, Warmes, Zitterndes auf den Fingern. Sie versuchte es zu erkennen, konnte aber nichts sehen außer ihrer eigenen Haut. Oder? Flimmerte da nicht etwas in der Luft? Etwas, das ihre Hand unscharf und verwackelt aussehen ließ? Sie umfasste es vorsichtig. Die Wärme strömte in ihre Finger hinein und von dort durch den gesamten Arm.

Pirina sprang auf.

»Himmel! Was ist das?«

Die Fledermaus kicherte.

»Keine Angst! Das sind ganz ordinäre Magiestrahlen. Du gewöhnst dich schon dran. Jetzt sammelst du ein Strahlenbündel zwischen zwei Fingern und zerschneidest damit deine Fesseln. He, guck nicht so erschrocken! Dir passiert nichts dabei. Du schaffst es!«

Pirina versuchte, die Strahlen wieder zurück zu ihren Fingern zu dirigieren. Es zischte und surrte um ihren Arm. Sie fühlte, wie ein Schwung harter Luft unsanft ihre Wange berührte. Bei allen Göttern, das war ja heftig! Wie sollte sie diese sogenannten Strahlen festhalten? Oder gar sammeln? Sie flutschten ihr weg, sie sausten durch die Luft, sie wirbelten überallhin.

Da! Ein Ruck! Der Widerstand verschwand, der sie bisher am Felsen festgehalten hatte, sie verlor das Gleichgewicht, strauchelte und fiel, schlug hart am Boden auf, rollte abwärts, immer tiefer, rammte einen Baum …

Benommen öffnete sie die Augen. Sie lag auf einem schräg gewachsenen Baumstamm etwa in der Mitte des

Steilhanges. In ihrem Kopf pochte ein wütender Schmerz.

Die Fledermaus landete neben ihr und sah sie besorgt an.

»Hast du dir wehgetan?«

»Und wie«, murmelte Pirina.

Sie umschlang den Kopf mit den Armen. Das half leider nicht gegen das unbarmherzige Pochen.

»Weißt du, es gibt Sprüche, die einen abfangen können, wenn man fällt«, erklärte die Fledermaus. »Du solltest so etwas üben.«

»Ich weiß ja noch nicht mal, wie ich Magie erzeuge.«

»Ich kann dir dabei helfen.«

»Wirklich?«

»Na klar. Wollen wir nicht Freunde sein, wir beide?«

Pirina vergaß fast ihre Schmerzen.

»Oh ja! Du bist die netteste Fledermaus, die ich jemals getroffen habe.«

»Wir könnten ein Freundschaftsbündnis schließen, wie findest du das?«

»Was ist das?«

»Dass wir immer zueinanderstehen, in guten und in schlechten Zeiten. So machen Freunde das doch. Du brauchst mich nur zu rufen, wenn du ein Problem hast, dann komme ich sofort und ich helfe dir gerne, so wie eben.«

Ein Bündnis! Pirina wurde hellhörig. Das war viel mehr als nur eine normale Freundschaft wie mit Ilayna oder mit Frynna. Ein Bündnis schloss man für das ganze Leben. Wie die großen Priesterinnen, die sich mit ihren Fürsten verbündeten. Dara hatte ihr davon erzählt.

Pirina war überrascht und verwirrt. Dara hatte sie damals gewarnt. So eine Verbindung sei sehr weitreichend. Das dürfe man niemals leichtfertig schließen. Denn es gäbe auch finstere Wesen, die einen damit in die Dunkelwelt locken wollten.

Diese liebe Fledermaus war natürlich kein Dunkelwesen! Allerdings ... ein normales Tier konnte sie wohl auch nicht sein?

»Was ist? Warum schweigst du?«, fragte das kleine Flügelwesen, das jetzt etwas angespannt aussah.

»Ich frage mich nur gerade, was du für eine bist.«

»Siehst du das nicht?« Die Fledermaus drehte sich herum und zeigte dem Mädchen ihren Pelz und die Flügel von allen Seiten.

»Ich meine, du bist doch kein normaler Vogel, oder? Bist du vielleicht eine Art Elfe? Meine Mama hat mir erzählt ...«

Plötzlich tauchten etwa zwei Meter unter ihr auf einem tiefer liegenden Weg vier Reiter auf, die in blaue Uniformen gekleidet waren. Sie hielten an, als sie sie sahen.

»Was machst du denn hier?«, fragte einer. »Dies ist keine Gegend für ein junges Mädchen.«

Nein, wirklich nicht, dachte Pirina. Die Fledermaus an ihrer Seite flog auf und verschwand hinter dem nächsten hohen Felsen.

»Wir haben nach dem Fürsten von Aravenna gesucht«, sagte Pirina ängstlich. Sofort ging ihr auf, dass sie so etwas nicht vor wildfremden Leuten hätte verraten sollen, aber sie fühlte sich schon so elend, dass es darauf ohnehin nicht mehr ankam. Die Schmerzen im Kopf dröhnten furchtbar, sie konnte kaum klar denken.

»Wirklich?« Einer der Soldaten kletterte zu ihr hoch und half ihr herunter. »Du auch? Wir bewachen diese Gegend schon seit Wochen. Der Fürst wird auf der Räuberburg des Smorkyn als Gefangener festgehalten. Wir versuchen ihn freizubekommen.«

Pirina riss die Augen auf.

»Ist er denn noch am Leben?«

»Bis jetzt, ja. Leider werden sie auf der Burg oben immer unzugänglicher und wollen neuerdings auch nicht weiter verhandeln. Aber wir holen ihn heraus, egal, was es uns kostet.«

Pirina klatschte in die Hände.

»Toll!«, rief sie begeistert. »Das muss ich gleich Areshva erzählen. Jetzt wird sich alles ändern.«

Sie sah sich nach der Fledermaus um, aber die blieb verschwunden. Darum konnte sie sich jetzt nicht weiter bekümmern. Sie breitete ihre Flügel aus und schwang sich in die Luft. Das bekam ihr gar nicht, die Schmerzen im Kopf wurden so stark, dass sie kaum richtig sehen konnte. Aber sie musste! Wo war diese Burg? Sie flog höher, um einen Überblick zu bekommen. Dann sah sie auch schon die Palisade, von der ihr Areshva erzählt hatte. Sie lag direkt an einer Klippe, die steil mehrere hundert Meter tief abfiel.

Pirina kämpfte sich durch die Luft. Endlich war sie oben, überflog die Begrenzung der Burg, suchte nach Areshva und fand sie auch, ganz hinten, neben einer Grotte, an einen Felsen gelehnt.

Pirina ließ sich hinabgleiten, flog näher zu ihr. Ihr Kopf dröhnte zum Zerspringen, aber sie durfte nicht schlappmachen, sie musste Areshva die frohe Nachricht bringen! Was machte sie da eigentlich?

Areshva lehnte am äußeren Rand der felsigen Grotte, den Kopf gegen das Felsgestein gedrückt.

Areshva drehte sich um, gerade als Pirina landete. Ihre Augen waren feucht. Spuren von Tränen liefen ihr über die Wangen. Sie war anders als vorher. Sehr anders. Ihr Gesicht glühte. Sie strahlte wie eine Sonne.

»Aha, du weißt es schon, oder?«, fragte Pirina aufgeregt.

Areshva starrte das Mädchen mit einem Blick ungläubigen Erstaunens an.

»Pirina!« Die Zauberin beugte sich zu ihr herunter und umarmte sie mit solcher Heftigkeit, dass Pirina kaum Luft bekam. »Götter im Himmel! Bin ich froh, dass du kommst! Was ist dir denn passiert? Zeig deine Stirn.« Sie tastete vorsichtig mit der Hand darüber.

Pirina zuckte zurück. Es fühlte sich an, als ob ihr Kopf gleich explodieren würde.

»Nicht!«

»Verdammt. Verdammt, ich brauch unbedingt deine Hilfe. Glaubst du, du kannst fliegen?«

»Klar!« Pirina wurde jetzt regelrecht schwindelig. Ihr Kopf dröhnte auch immer stärker. Das war aber nicht schlimm. Sie klammerte sich an Areshva, damit sie nicht fiel. Sie war in Sicherheit. Alles war gut. Jetzt konnte nichts mehr passieren.

»Ochsenfurz und Rattendreck!«, fluchte Areshva, die sie glücklicherweise sehr fest hielt.

Pirina hörte sie wie aus einer anderen Welt. Alles um sie herum verzerrte sich. Ihr Kopf pochte und dröhnte, als wollte er platzen.

»Der Fürst von Aravenna ist am Leben«, murmelte Pirina undeutlich. Sie war auf einmal so müde.

»Ich weiß«, sagte Areshva hastig. »Komm schon, Pirina, mach nicht schlapp. Ich muss den Fürsten aus der Burg befreien, sonst bringen sie ihn um. Aber allein bekomme ich ihn nicht heraus. Wegen dem verfluchten Zauberbann, ich bin hier machtlos. Und ich kann nicht mal fliegen. Das ist so erbärmlich. Aber du kannst fliegen. Du kannst … O Himmel … mach die Augen auf, Pirina!«

»Das wird schon gut«, nuschelte Pirina. »Ich hab Leute von ihm getroffen …«

Dann verlor sie das Bewusstsein.

Konfrontation

Areshva stöhnte. Sie legte das Mädchen vorsichtig auf den Boden. Pirina hatte sich ordentlich den Kopf angeschlagen. Da wölbte sich eine dicke Beule oberhalb der Stirn. Sie würde Ruhe brauchen, vermutlich sogar ein paar Tage. Ruhe, genau das, was Areshva überhaupt nicht hatte, wenn Silvrin überleben sollte. Sie musste mit ihm sprechen. Hören, wie es ihm ging. Und überlegen, wie sie ihn hier herausholen konnte. Leicht würde das nicht werden.

Die Zauberin zog ihre Weste aus und deckte Pirina zu. Sie riss ein Stück von ihrem Hemdsärmel ab und umwickelte damit die Beule. Mehr konnte sie im Augenblick nicht für das Mädchen tun.

Und für Silvrin?

Entschlossen stand sie auf und trabte noch einmal auf die Grotte zu. Die Fackel hing in derselben Halterung, in die sie sie hineingesteckt hatte, und war jetzt weit heruntergebrannt, aber es würde wohl für einen zweiten Spaziergang reichen.

Areshva betrat die Grotte. Ihr begann das Herz heftig zu schlagen. Sie beschleunigte ihre Schritte, umrundete eine Kurve und dann die nächste. Diesmal sah sie ihn schon von Weitem, weil sie wusste, wo er saß. Direkt vor ihm blieb sie stehen. Wie vorhin fühlte es sich himmlisch an, ihn zu so lebendig zu sehen.

Allerdings wurde ihr immer klarer, dass *seine* Situation fatal war. Wie sollte sie ihn befreien?

Sie war bereits verschiedene Möglichkeiten durchgegangen, hatte aber keine Lösung gefunden.

Hoffentlich war er nicht zu schwer verletzt, denn die Aufgabe wäre auch schon für einen Gesunden schwierig. Sie musterte seine rechte Hand, wo sein magischer Kontaktring hätte sein sollen. Aber er trug keinen. Seltsam. Hatte er sie belogen? War er gar nicht Fürst?

Er öffnete die Augen einen Spalt weit. Seine Blicke waren fiebrig, sie glitten langsam an ihren Beinen hoch, zu ihren Flügeln, an denen sie verharrten, und er zuckte zusammen, als er sie erkannte.

»Areshva«, brachte er mit heiserer Stimme heraus. »Du bist am Leben! Dann habe ich mich also doch nicht verhört. - Wie kommst du denn hierher?«

»Ich wohne hier«, erklärte sie leise. »Und du, wer hat dich hergebracht? Die Schwestern in dem Spital sagen, du hättest eine Menge Hellonen für mich ausgegeben. Ich weiß gar nicht, wie ich dir danken soll.«

»Ich hörte, wie du geschrien hast, du wolltest diese Burg und den gesamtem Berg Ygramor in die Luft jagen«, sagte er kühl und mit deutlicher Feindseligkeit in der Stimme. »Felsen zu zerschlagen scheint dir Freude zu machen.«

Sie wollte schon widersprechen – als ihr klar wurde, dass sie damit tatsächlich gedroht hatte. Offenbar hatte er das komplett missverstanden. Er musterte sie so genau wie ein Stadtwächter, der eine verdächtige Person nicht hereinlassen will. Er dachte hoffentlich nicht, *sie* hätte ihn so zugerichtet? An dem Schädel, den sie an ihrem Gürtel trug, blieb sein Blick hängen und verfinsterte sich noch tiefer.

»Und was ist das – schwarze Magie?«, fragte er mit zusammengebissenen Zähnen.

Seine Worte rieselten wie Gift durch ihre Kehle und hinterließen ein scharfes Brennen. Als ob ein blöder Schädel sie gleich auf die Seite von Verbrechern stellte.

»Hör auf damit, mich anzuklagen, ich bin auf deiner Seite«, erwiderte sie eindringlich. »Es tut mir leid, was dir geschehen ist. Und das war nicht ich, die dir das angetan hat! Ich weiß, ich hätte dich nicht zum Duell fordern sollen ...«

Er lachte ironisch, als glaubte er, sie wollte ihn mit diesen Worten verhöhnen, doch gleich darauf schüttelte ihn ein Hustenanfall, der ihn sichtlich schwächte. Keuchend versuchte er, wieder zu Kräften zu kommen. Sein Anblick schmerzte sie. Smorkyns Leute hatten ihn fürchterlich zugerichtet.

Mit geschlossenen Augen lehnte er sich an die Grottenwand. Dann öffnete er sie wieder. Seine Blicke wanderten von dem dampfenden Schädel zu ihr hinauf.

»Dienst du der Todesgöttin?«

»Nein! Natürlich nicht. Es ist nichts weiter als eine nützliche Waffe«, entgegnete sie. Wieso versteifte er sich auf das bescheuerte Artefakt! Und wieso ließ sie sich von ihm durcheinanderbringen? Okay, er lag nicht falsch. Dieser Schädel gehörte tatsächlich zum Arsenal der Todesgöttin. Na und?

»Stört es dich, wenn ich eine gute Waffe benutze?«, begann sie verärgert. »Wichtig sind doch nur die Ziele, die ich damit verfolge.«

»Spar dir die Worte«, sagte Silvrin. Seine Stimme war so leise, dass sie ihn kaum verstand. »Werden deine Freunde mich nachher umbringen oder machst du es selbst?«

Wollte er heute eigentlich alles missverstehen, was sie tat oder sagte?

»Silvrin, ich bin nicht deine Feindin! Ich werde dir helfen! Dir wird nichts mehr geschehen«, erklärte sie eindringlich, obwohl sie genau sah, dass er ihr nicht glaubte. »Ich schütze dich. Irgendwie hole ich dich hier heraus. Zwar weiß ich noch nicht wie, aber mir wird ein Weg einfallen.«

»Wie wäre es durch das Burgtor?«, krächzte Silvrin ironisch. Er atmete schwer. Seine wütenden Blicke trafen sie mitten ins Herz. Wenn sie ihm doch erklären, ja, am besten beweisen könnte, dass er sie falsch einschätzte! Dass gar nicht sie an seiner Qual die Schuld trug.

»Das Burgtor liegt unter einem Bann. An dem komme ich nicht vorbei.«

»Hältst du mich für einen Esel?« Seine Augen flackerten.

»Silvrin, ich lüge dich nicht an«, sagte Areshva beschwörend. »Der gesamte Innenhof der Burg ist voller Antimagieschwaden und der Zauber am Burgtor gehört meinem Vater, ich habe darauf keinen Zugriff. Die Schwaden siehst du nicht, aber vielleicht fühlst du es , wenn sie wie Watte um deine Gliedmaßen streichen. Sie fressen Magie und schlucken sämtliche Strahlung. Ich kann hier drinnen nicht mal einen Kieselstein explodieren lassen.«

»Antimagie?«, wiederholte Silvrin mit einem spöttischen Unterton. Das Sprechen bereitete ihm hörbar Mühe. »Was du nicht sagst.«

In seinem Mienenspiel mischten sich jetzt Hass, Wut, Schmerzen und grenzenlose Enttäuschung; wie sehr wünschte sie sich, das könnte anders sein, er könnte sie wieder mit so guten, warmen Augen ansehen wie damals, als sie ihn zum ersten Mal traf. Wie sollte sie ihm beweisen, dass sie ihn niemals so misshandelt hätte?

In diesem Moment erschien der alte Smorkyn. Breitbeinig stand er mitten in der Kurve, die sie von ihrem Platz aus sehen konnte, und stemmte die Hände in die Seiten. Hinter ihm tauchten einige seiner Männer auf.

Er winkte seiner Tochter.

»Areshva, komm rüber!«

Ihr fröstelte. Es war gar nicht gut, dass der Vater kam. Er hatte so voller Hass von Silvrin gesprochen. Wogen geballter Angst rauschten über ihren Rücken.

Sie raunte Silvrin zu: »Schweig über das, was ich dir gesagt habe!«

Eilig kehrte sie um und ging ihrem Vater entgegen. Der Räuberhauptmann packte sie bei der Hand und zog sie zu sich. Dann umarmte er sie ungestüm.

»Meine Motte«, sagte er mit rauer Stimme. »Hab doch gedacht, er hätte dich zertrampelt. Die Pest soll ihn holen! Nein, nicht die Pest. Das wäre nicht genug für diesen Schweinehund, der erst mich und dann sogar dich abserviert. Dem zerquetsche ich alle Gräten! Ich durchbohre ihm die Gedärme!«

Areshva war wie gelähmt. Die Stimme ihres Vaters hatte drohend geklungen, voller tödlichem Hass. Wie sollte sie ihn besänftigen? Wie ihn und seine Leute von ihren mörderischen Plänen abbringen?

Smorkyn schleifte sie mit sich, ohne dass seine Tochter Widerstand leistete. Er durfte nicht ahnen, wie sehr ihr das Herz donnerte … vor allem nicht, warum.

»Sag bloß, der Kerl ist dein Vater! Na, jetzt verstehe ich alles!«, hörte sie Silvrin mit zerrissener Stimme ihr nachrufen. »Der Apfel fällt nicht weit vom Stamm!«

Am liebsten hätte sie auf der Stelle kehrtgemacht, ihn geschüttelt und ihm erklärt, dass er sich irrte. Dass Smorkyn im Grunde seines Herzens überhaupt kein Übeltäter war, im Gegenteil, genauso wenig wie sie.

Smorkyn war mal ein schmucker, schlanker Bursche gewesen, der seine Frau auf Händen getragen und all seine Kraft den Tieren und Äckern seines Hofes zugewendet hatte. Er war ein fleißiger Farmer gewesen und ein liebevoller Vater. Und ein guter Mensch!

Ach, das war furchtbar lange her. Sie müsste mit Silvrin reden, ihm versuchen zu erklären ...

Smorkyn hielt inne und drehte sich lauernd zu seinem Gefangenen um. Sein Gesicht verzog sich zu einem Grinsen.

»Hörst du, wie er jault, der Kojote?«, sagte er zu seiner Tochter und schlug ihr kameradschaftlich auf die Schultern. »Soll bloß sein Maul halten, weil ich's nicht leiden kann, wenn einer zur falschen Zeit jault. Den machen wir fertig. Jetzt, auf der Stelle. Wir packen uns den Kojoten und hängen ihn beim Lagerfeuer an einen Pfahl. Dann holen wir die ganze Bande her und amüsieren uns.«

Areshva schnappte nach Luft.

»Nein!«

Er blitzte sie mit funkelnden Augen an.

»Was sagst du?«

Sie begriff, dass sie einen Fehler gemacht hatte. Sie durfte ihm nicht zeigen, was sie fühlte. Das würde alles nur verschlimmern. Sie müsste ihn später beiseitenehmen und ihn behutsam auf ihre Seite ziehen. So wie damals, als er die Prinzessin gegen Lösegeld verkaufen wollte. Das hatte sie ja auch erfolgreich verhindert.

»Nicht jetzt«, stammelte sie. »Es ... geht mir nicht gut.«

»Wie du willst. Warten wir bis zum Abend. Ich kann's kaum erwarten. Später wollte der Gremma, der auf den Südklippen seine Brenne hat, noch rüberkommen mit Rum. Dann gibt's die richtige Dröhnung dazu.«

Smorkyn hakte sie ein und schlenderte mit ihr aus der Grotte heraus, einen steinigen Weg hinunter, zu dessen Seiten weitere Felsenhöhlen mündeten.

Areshva konnte an nichts anderes denken als an Silvrin. Seine schweißnasse Stirn. Seine aufgesprungenen Lippen. Er brauchte dringend Hilfe. Sie musste ihm etwas zu trinken bringen und seine Wunden versorgen. Und danach musste sie ihn so schnell wie möglich befreien.

Sie gelangten zu dem Lagerfeuer, wo schon eine größere Gruppe anderer Männer saß, die zu klatschen anfingen, als sie Areshva erblickten.

»Johoo!«, brüllte Viggur ausgelassen und wedelte mit seinen zerrissenen Flügeln. »Areshva! Wie haben wir dich vermisst! Komm, setz dich zu uns!«

»War wohl zu heiß in der Unterwelt, wie?«, johlte Rak. Sie hob die Augenbrauen. Wie meinte er das? Glaubte er, sie sei von den Toten auferstanden? Nach dem Duell hatten ihre Leute sie bestimmt für tot gehalten. Oder war das eine Anspielung darauf, dass sie der dunklen Göttin Agga zu Diensten war und neuerdings sogar gezwungen, ihr Todesopfer zu bringen?

Areshva schüttelte sich insgeheim, ließ sich aber nichts anmerken. Das war kein Thema, über das sie Lust hatte zu reden.

Wer hätte gedacht, dass diese Gaunerbande sie derartig vermissen konnte? Als sie sich jedoch ausmalte, dass es genau diese grinsenden Gefährten waren, die Silvrin so übel zugerichtet hatten, fing sie an sie zu hassen. Sie erschrak vor sich selbst.

Hassen, nein. Ich hasse doch nicht meine eigenen Leute, oder gar Vater. Gleichzeitig hassen und lieben, geht das denn?

Es brodelte in ihrem Inneren. Als ob zwei gegensätzliche Pole an ihr zerrten. Der eine wollte sich an ihren Vater anlehnen und ihm gefällig sein, während der andere zu Silvrin drängte und ihn retten wollte, und zwar um jeden Preis. Beides gleichzeitig zu erreichen schien unmöglich. Oder konnte sie einen Weg finden? Von nun an würde sie wie auf einem Drahtseil balancieren.

Sie zwang sich ein Lächeln auf die Lippen.

»Ich hab euch auch vermisst, Jungs«, brachte sie hervor. Ihre Stimme klang so gequält, wie sie sich fühlte. Da kam ihr ein Gedanke. Silvrins Fürstenring ... der interessierte sie sowieso.

»Hat der Fürst nicht einen Kontaktring getragen, Vater?«, fragte sie. »Er muss einen gehabt haben, oder? Gib ihn mir!«

Smorkyn lachte.

»Ja ... mal sehen.«

Er fummelte in seinen Hosentaschen. Schließlich zog er einen Beutel hervor, öffnete ihn und schüttete den Inhalt in seine großen Hände.

Da fanden sich ein rötlicher Kristall, Perlen und Smaragde, einige Goldmünzen. Und ein blau schimmernder magischer Kontaktring. Mit einem Adler darauf, dem Symbol der aravennischen Göttin.

Areshva griff danach und steckte ihn sich an den Finger. Dann hob sie die Hand und betrachtete den Ring ehrfürchtig. Es kam ihr vor, als brächte er sie in eine andere Sphäre. Silvrin war ein so feiner Mensch. Und die Soldaten von Aravenna wussten es. Sie patrouillierten um die Burg und setzten ihr Leben aufs Spiel, um ihn zu befreien. Tja, leider war das völlig nutzlos. Sie würden sich daran aufreiben, aber nichts erreichen. Der Zauber hier war viel zu stark. Irgendwelche Soldaten würden niemals hereinkommen. Leider konnte auch niemand von drinnen flüchten, dem Smorkyn es nicht erlaubte.

Silvrin durfte nicht sterben! Auf gar keinen Fall!

Was willst du dagegen tun? Dich mit deinem Vater anlegen? Seine Liebe verlieren? Das letzte Mitglied ihrer Familie gegen sich aufbringen, das ihr geblieben war?

Ihr wurde schwindelig. Im nächsten Moment war der Alte bei ihr und hielt sie fest. Sie wäre beinah gefallen.

»He!«, rief einer der Räuber misstrauisch. »Solche Anfälle hat sie doch sonst nicht gehabt.«

Mehrere der Männer runzelten die Stirn.

»Hab ich gleich gesagt, Smock«, bemerkte einer von ihnen. »Irgendwas stinkt. Als ob sie ihre Kräfte verloren hätte oder was. Sie hätte das Duell gewinnen müssen. Sie konnte nicht verlieren, unmöglich.«

»Da is' was faul, das isses.«

»Maul halten!«, brüllte Smorkyn wütend, ohne seine Tochter loszulassen, die ihrer Sinne noch immer kaum mächtig war. »Nix ist faul, was? Nicht, Areshva? Bist doch meine Motte?«

»'türlich«, flüsterte Areshva.

Plötzlich packte er sie unvermittelt am Arm und zog sie zu sich heran.

»Wenn du mir abtrünnig wirst, dann geht's dir schlecht. Da würdest du wünschen, du wärst nicht geboren!«, zischte Smorkyn.

»Wie kannst du das von mir denken«, flüsterte Areshva heiser. Sie stand noch immer nicht wieder fest auf den Beinen. So rasch, wie Smorkyn der Jähzorn überfallen hatte, war er auch wieder verschwunden.

Er nickte.

»Denke ich ja nicht. Bloß diese Bastarde dahinten, die immer böses Blut machen … geht's jetzt, Areshva?«

Sie antwortete nicht. Tatsächlich hielt die Schwäche immer noch an.

»Ruh dich besser aus«, schlug Smorkyn schließlich vor. »Damit du heute Abend drauf bist, wenn's losgeht.«

Areshva nickte und ging. Heilige Göttin, das Schreckliche würde tatsächlich passieren, er wollte Silvrin töten! Ihr eigener Vater, ein Mörder, ein Schändling …

Eigentlich hätte sie das schon viel früher realisieren müssen. Es war nicht seine erste böse Tat. Nur die erste, die ihr bis tief ins Herz stach. Mit so einem Menschen sollte sie nichts zu tun haben! Nur – wenn dieser Mensch ihr Vater war, ein Teil von ihr?

Sie war gezwungen, ihn zu hintergehen, seinen Plan zu sabotieren. Schon der Gedanke schlug ihr dumpf auf den Magen. Es war, als müsste sie sich selbst zerreißen.

Heute Abend. Verdammt wenig Zeit. In ihrem Kopf purzelten Fluchtwege durcheinander. Einer unpassierbarer als der Nächste. Ein Gedanke kristallisierte sich jedoch immer klarer heraus: Sie würde bei ihrem Plan Hilfe brauchen. Sie konnte nicht alles selbst machen, weil ihre Leute Verdacht schöpfen würden. Nur: Wer konnte ihr helfen? Pirina?

Sie marschierte über Felsen und Gestein den Weg entlang, der zu den Gefängnisgrotten führte, wo sie das Mädchen zurückgelassen hatte. Pirina lag noch an derselben Stelle wie vorher, an die steinerne Wand gelehnt, und schlief fest. Areshva fluchte. *Wenn man schon Pech hat, dann aber auf der ganzen Linie!*

Vielleicht bekam sie das Mädchen mit einem Stärkungstrank wieder auf die Beine?

Sie kniete bei ihr nieder, nahm sie auf ihre Arme und hob sie hoch. Schwankend trug sie Pirina über Steine und Geröll bis zum Eingang der Burg. Mühsam stapfte sie die Treppe hinauf, drückte die Türklinke mit dem Kinn herunter und trat ein.

Die Eingangshalle war von zahlreichen Fackeln erhellt, die in Reih und Glied an den Wänden hingen, und der Holzboden glänzte frisch geschrubbt. Eine Magd wischte gerade den Staub von den uralten Porträts zwischen den Fackeln.

Areshva bog nach rechts ab und stieg ächzend die Treppe hinauf. Wer hätte gedacht, dass ein zartes Mädchen ihr so schwer in den Armen liegen würde.

Keuchend erreichte sie das obere Stockwerk. Hier endete glücklicherweise der antimagische Raum. Sie stellte sich auf die Winde, die sie sogleich aufwärts hob, durch das sich öffnende Dach, durch die Luft, bis sie direkt auf Höhe ihres Turmzimmers zum Stillstand kam.

Sie ging hinein und legte Pirina vorsichtig auf ihr Bett: eine gemütliche Schlafstätte aus Strohballen und Decken. Dabei fiel ihr Blick auf den roten Samtteppich auf dem Fußboden.

He ... wo kommt der denn her? Und die schnörkelig geschnitzte Spiegelkommode mit den beiden lächelnden hölzernen Mädchengestalten ihr gegenüber? Wer hatte sie neben ihr altes Regal mit den bruchfälligen Schubladen gestellt? Und ... wo war der Magiebaum? Ihre Haustiere? Zinga kam ihr gar nicht entgegen, nicht eine einzige Fledermaus hing von der Decke herunter, sie waren alle fort! Areshva konnte es nicht glauben. Eilig spähte sie umher, blickte hinter die Kommoden, in alle Ecken und Winkel ...

Nichts. Jemand hatte ihre Tiere weggejagt, den strahlenden Baum und die Kräutervasen weggeworfen, mit denen sie ihr Zimmer schmückte! Hatte sie hier etwa keinen Platz mehr? Ihr war zumute, als hätte man sie mit eisigem Wasser überschüttet.

Und ... bei den gehörnten Dämonen, stattdessen stand ein Himmelbett in der hinteren Ecke. War das ein Geschenk für sie? Aber Smocky hatte sie für tot gehalten. Vielleicht war er durchgedreht.

Sie hörte draußen die Winde rauschen und scheppernd anhalten. Rasche, dumpfe Schritte. Die Tür wurde aufgerissen und Smorkyn stand auf der Schwelle.

»Vater!«, rief Areshva aufgebracht. »Schau dir das hier mal an. Wo ist Zinga? Und was hast du mit meinem Magiebaum gemacht?«

Er schien es nicht gehört zu haben.

»Wo warst du? Bist du schon wieder bei den Gefangenen gewesen?«, fragte er scharf.

Was ist jetzt denn los?

Areshva stand auf und zeigte auf Pirina.

»Ich hab bloß das Mädchen geholt.«

»Was? Wer ist das?«

»Pirina, eine Bekannte.«

»*Bekannte?*« Smorkyn rollte mit den Augen. »Seit wann …«

»Sie ist meine Schülerin. Ich bilde sie aus. Das ist ein altes Ritual unter Zauberinnen. – He, du hast meine Frage nicht beantwortet. Ich will wissen, wohin meine Fledermäuse verschwunden sind!«

Misstrauisch blickte Smorkyn zwischen Areshva und Pirina hin und her.

»Hör zu, Areshva! Ich will nicht, dass du mir noch mal zu diesem Dreckskerl und seinem Gesindel in die Gefangenengrotte läufst. Du nicht und diese Schülerin auch nicht.«

Seine Stimme klang wie die eines Drachen, kurz bevor er Feuer speit. Noch nie hatte er sie derartig angefahren.

»Wie du willst«, sagte sie langsam und beobachtete ihn lauernd. Sie musste vorsichtig sein.

»Hast du das verstanden?«

»Ja!«

Immer noch auf der Schwelle stehend, wandte sich Smorkyn zum Gehen und warf die Tür hinter sich zu. Areshva hörte seine lauten Schritte auf der Winde hallen. Sie erzitterte innerlich. Die Lage verhedderte sich schauderhaft. Er würde jetzt aufpassen, dass sie Silvrin nicht mehr besuchte und auch Pirina bespitzeln lassen. Wie sollte sie den Fürsten herausholen, wenn sie nicht zu ihm konnte? Ihre kleine Freundin war sowieso nicht handlungsfähig. Nicht in diesem Zustand.

Eine andere Möglichkeit! Sonst ist er verloren!

Bis zum Abend war es nicht mehr lange. Es würde ihr nichts einfallen. Sie würde zusehen müssen, wie er …

Areshva fuhr sich erregt durch die Haare, sie zitterte am ganzen Leib. Wie eine gefangene Tigerin stapfte sie im Kreis durch ihr Zimmer, immer denselben Weg von der Tür zum Bett und zurück, bis ihr klar wurde, dass es nur eine einzige Möglichkeit gab. Sie musste ihren Vater auf ihre Seite bekommen. Das war zu schaffen! Auch wenn er wütend war. Schließlich hatte er doch ein Herz.

Sie riss die Tür mit Wucht auf und schrie wild:

»Smorkyn! Smorkyn!!!«

Totenstille lastete in ihren Ohren.

»Vater! Komm zurück!«

Endlich hörte sie das Rattern der Winde und Smorkyn stand im Eingang zu ihrem Zimmer.

»Was?«

»Komm rein!«

Er trat ein. Sie schaffte es nicht, ihm ins Gesicht zu sehen, sondern drehte sich zur Wand. Was sollte sie nur sagen? Wie die richtigen Worte finden, damit er nicht durchdrehte?

»Was ist jetzt wieder?«, fragte Smorkyn hitzig.

Areshva drehte sich langsam, ganz langsam zu ihm hin.

Mein Vater ist ein guter Mensch. Er hat ein liebevolles Herz. Er muss mich ganz einfach verstehen. Diese Lügerei führt doch nur in die Irre. Ich sag ihm jetzt die Wahrheit.

»Vater … ich habe dich nie um etwas gebeten, das dir vielleicht nicht gefällt«, flüsterte sie leise.

Smorkyn stemmte die Hände in die Hüften.

»Um was willst du denn bitten?«

Areshva holte tief Luft.

»Der Fürst von Aravenna … Du kannst dir nicht vorstellen … Er hat mir das Leben gerettet, als Kirisha mich verflucht hat und die Waldhexen auf mich losgingen. Nach dem Duell hat er mich beschützt, statt mich zu erstechen. Ich habe ihn auch kämpfen sehen gegen Wukur. Hast noch nie so einen genialen Kampf gesehen. Und du glaubst nicht, welchen Mut er hat, er ist gegen uns angetreten, obwohl er allein war gegen die ganze Bande!«

»Areshva!« Smorkyns Gesicht verfärbte sich. »Was willst du damit sagen?«

»Du darfst ihn nicht umbringen. Lass ihn am Leben!« Als sie sah, wie er die Fäuste ballte und seine Stirnadern auf furchterregende Weise anschwollen, fiel sie vor ihm auf die Knie. »Er ist es wert, Vater … Bitte! Kannst ihn ja auspeitschen, dass er seine Lektion lernt, aber lass ihn leben, tu das für mich!«

Da brach auch schon das Gewitter über sie herein.

»Was'n mit dir?«, brüllte Smorkyn los. »Bist du krank oder was? Das hab ich wohl nicht richtig gehört?«

»Mach eine Ausnahme für ihn. Schlag mir das nicht ab!«, flehte Areshva.

»*Verdammich*, langsam dämmert mir was!«, fluchte Smorkyn. »Du hast das gottverfluchte Duell nicht bloß durch Pech verloren, oder? Bist ihm mit voller Absicht ins Schwert gerannt?«

»Blödsinn, denkst du etwa, dass ich sterben wollte? Klar wollte ich nicht!«

»Aber du wolltest ihm nicht die Haut ritzen, was?«, schrie Smorkyn. »Jetzt wird mir klar, warum du so zimperlich mit dem Schleimscheißer umgesprungen bist, Mann, gar keine Todeszauber, rein gar nichts von den harten Geschossen, bloß so kleine Kügelchen feuerst du auf ihn ab. Wir haben alle gedacht, dir sitzt 'ne Lähmung in den Fingern! War es so?«

Er ging auf sie zu, drohend, mit geballten Fäusten.

Areshva wich zurück.

»Nein«, wimmerte sie.

Sie hatte schon begriffen, dass ihre Worte ihn nicht erreicht hatten und ihn auch nicht erreichen würden, egal, mit welchen Argumenten sie es noch versuchen könnte.

»Bist du total bescheuert?«, schrie er sie an. »Solltest du nicht den Drecksack umlegen? Nö, stattdessen lässt du ihn laufen und noch viel schlimmer, du drehst es so, dass ihn auf einmal alle für einen großen Helden halten! Und dabei ist er `ne Null als Heerführer und hat sich bei der Belagerung von Darghessa bis über die Hutschnur blamiert. Stell dir vor: Er stand mit einem gewaltigen Heer vor den Toren von Darghessa und ich dachte, dass ihm kein Mensch den Sieg mehr nehmen kann – und weißt du, wer ihn erledigt hat? Na? Eine Jungfrau mit einem Sonnenschirm in der Hand! Er ist der größte Idiot auf Erden und nicht wert, dass du auch nur eine einzige Träne an ihn vergeudest.«

Er packte sie und schüttelte sie. Dann schlug er ihr rechts und links mit solcher Gewalt ins Gesicht, dass sie glaubte, er hätte ihr Kinn zerschmettert. Es riss sie vom Boden weg und im nächsten Moment krachte sie gegen die Wand. Ihr Kopf dröhnte.

Sie sprang auf. Eine irre Wut tobte in ihr.

»Jetzt hörst *du* zu!«, schrie sie. »Bist du ein Tier? Wie kannst du Menschen foltern und dich nicht dafür schämen? Was hat der Fürst von Aravenna dir getan? Er hat dich im Kampf besiegt, na und? Das bedeutet nicht, dass er ein Schwein ist, sondern nur, dass du deine Kampftechnik verbessern musst. Sieh dich doch an. Was ist aus dir geworden? Du warst einmal ein ehrenhafter Mensch, aber wer bist du jetzt? Kehr um, Vater! Geh diesen Weg nicht weiter! Ich bitte dich … nein, ich bitte dich nicht nur. Ich verlange das von dir! Und ich *warne dich*, schlag mir das nicht ab!«

»Wie redest du mit mir!« Smorkyn brüllte so laut durch das Zimmer, dass der Widerhall seiner Stimme ihr wie

Donnergebrüll in den Ohren klang. Dann ging er auf sie los wie ein wilder Stier, hieb mit der Faust so auf sie ein, dass sie rückwärts flog, bis sie krachend gegen die Felswand geschleudert wurde. Dabei stieß sie sich so heftig mit dem Kopf an, dass ihr schwarz vor Augen wurde.

Antimagie

Areshva erwachte. In ihrem Kopf hämmerten und
stachen hundert Teufel und auf ihrer Zunge schmeckte
sie Blut. Langsam richtete sie sich auf. Sie lag auf dem
roten Samtteppich in ihrem Turmzimmer und ahnte, dass
sie sich hier befand, seit Smorkyn sie niedergeschlagen
hatte. Wie lange war das her? Ob sie Silvrin schon geholt
hatten? Sie erzitterte. Ein eigentümliches Dröhnen
umtoste ihre Ohren, ihr war übel, aber sie hatte keine
Zeit, sich darum zu bekümmern.

Ihr Vater, ein Monster …

Sie musste Silvrin helfen.

Jetzt. Sofort!

Aber nachdem sie Smorkyn ihre Gefühle verraten
hatte, würde er vor ihr auf der Hut sein. Sie konnte nicht
mehr offen für ihn einstehen. Sie musste jemand anders
finden, der Silvrin befreite. Wer? Pirina? Das Mädchen lag
noch immer ihr gegenüber auf dem Strohlager, in
unveränderter Lage. Areshva stand auf. Ihr war
schwindelig, sie taumelte rückwärts gegen die Steinmauer,
presste beide Hände auf den Kopf, der wie zum
Zerspringen dröhnte, und kämpfte gegen die stärker
werdende Übelkeit an. Eine ganze Weile stand sie still, bis

der Schwindel nachließ und es ihr gelang, sich einigermaßen vorwärtszubewegen.

Sie schleppte sich zu dem kleinen Fenster nahe der Feuerstelle, auf dessen Sims sie einen einzigen Kräuterkrug entdeckt, den Smocky wohl bei seiner Wegwerf-Orgie vergessen hatte. Herb duftende Thyramille wuchs darin. Davon pflückte sie drei Stängel. Diese konnten Kräfte erwecken. Hoffentlich genug, damit die kleine Skeff wieder einsatzbereit wäre. Sie hockte sich zu Pirina und schüttelte sie. Zuerst leicht, dann heftiger.

»Wach auf! Komm, Schnecke, wach doch auf! Das ist verdammt wichtig, du musst mir helfen!«

Pirina öffnete die Augen, aber nur halb. Es sah aus, als nähme sie die Zauberin nur wie im Traum wahr. Dann fiel sie wieder in Schlaf.

Areshva griff sich verzweifelt in die Haare. Hatte sich denn die ganze Welt gegen sie verschworen? Ruckartig sprang sie auf und begann im Zimmer auf und ab zu gehen.

Silvrin darf nicht sterben! Das war das Einzige, das sie denken konnte. Irgendeinen weg nach draußen konnte sie aber für ihn nicht finden. Ihr Körper verkrampfte sich in namenloser Angst.

Ein unterdrücktes Husten ließ sie aus dieser Spannung hochfahren. Es kam aus der rechten Ecke. Von dort, wo das dämliche Himmelbett stand. Wieso bewegte es die rosafarbene Daunendecke? Ob sich die Fledermäuse darin versteckt hatten?

Mit schnellen Schritten hastete Areshva zu dem pompösen Möbelstück und riss die Decke weg. Auf dem silbrig schimmernden Bettlaken lag eine elegante junge Dame in einem goldenen Seidenkleid. Dasselbe Kleid, das sie getragen hatte, als Areshva sie zuletzt sah.

Abgesehen von einem gewissen Grauschleier über den Schultern war es noch immer in tadellosem Zustand.

»Prinzessin Isimela!«, stammelte Areshva verständnislos. »Du bist hier? Ich dachte ... Aber der Vater hat dich doch nach Hause gebracht!«

»Wieso hätte er das tun sollen?«, flüsterte die Prinzessin und rutschte verängstigt auf dem Bett so weit nach hinten wie möglich. »Der weidet sich doch daran, mich auf seiner Burg zu haben. Er hat dir nur Theater vorgespielt.« Sie fing haltlos an zu schluchzen. »Ich dachte, er würde versuchen, Lösegeld für mich zu bekommen, aber das will er gar nicht mehr, seit ein paar Tagen faselt er davon... droht mir ... er wollte mich zu seiner Frau machen!«

Areshva zuckte zusammen, als hätte sie eine Ohrfeige bekommen. »Bei der großen Göttin«, keuchte sie.

Smorkyn war ein Scheusal. Sie hatte ein Scheusal zum Vater. Und einen Mörder. Das Dröhnen in ihrem Kopf wurde so laut, dass sie ihn mit beiden Händen festhalten musste, um von dem penetranten dumpfen Schmerz nicht überwältigt zu werden.

Und jetzt? Es war ihre Pflicht, die Prinzessin zu befreien, sie selbst war schuld daran, dass sie sich überhaupt in dieser widrigen Lage befand.

Zum Wahnsinnigwerden, dachte sie, während es in ihrem Kopf peitschte und bohrte. Schon Silvrin bekäme sie aus der Burg nicht heraus und er war ihr viel wichtiger. Wie sollte sie gleich zwei Gefangene entkerkern?

»Wieso steckst du ausgerechnet in meinem Zimmer?«, fragte Areshva.

»Sie haben mich hier angekettet.«

Prinzessin Isimela hob die Hände, damit die Zauberin sehen konnte, wie sich Eisenketten um ihre Handgelenke schlangen, die bis zur Mauer hinführten und dort befestigt waren.

»Und meine Fledermäuse? Was ist mit ihnen passiert?«, fragte Areshva erbittert. Ihr Kopf dröhnte zum Zerspringen und sie hatte das dringende Gefühl, dass sie sich gleich übergeben müsste. Alles lief ihr aus dem Ruder. Anstatt Lösungen türmten sich immer neue Probleme vor ihr auf. »Das hier ist mein Zimmer und keine Gefängniszelle!«

»Diese dreckigen Tiere haben hier alles beschmutzt, das war fürchterlich, du hättest es auch nicht ausgehalten. Smorkyn hat zu mir gesagt, dieses Zimmer würde meine Residenz werden.«

»Na toll. Wirklich toll.« Krampfhaft massierte Areshva ihre hämmernden Schläfen. Zinga hatten sie also vertrieben. Wo sollte sie ihr Mäuschen wiederfinden? Hieß das – sie war ihr verloren für immer? Im Augenblick hatte sie keine Zeit zu suchen, galt es doch einen Mord zu verhindern. Sie brauchte einen Plan! Aber in ihrem Kopf dampfte nur eine dicke schwarze Wolke. Sie war dabei zu verlieren, sie spürte es. Alles zu verlieren, was ihr wichtig war.

»Das war unglaublich mutig von dir, wie du vor deinem Vater für den aravennischen Fürsten gebeten hast«, durchbrach Isimelas ängstliche Stimme die Stille.

Areshva verdrehte die Augen.

»Sagt bloß, das hast du gehört.«

Die Prinzessin duckte sich und schwieg.

Areshva wurde hundeelend zumute. Na wunderbar. Jetzt hatte sie sich vor der hochnäsigen Adligen erniedrigt wie ein Wurm. Ausgerechnet. Mit der hatte sie sich früher schon nicht verstanden, als sie noch praktisch Tür an Tür miteinander gelebt hatten. Der pallanthische Fürstenpalast lag nicht weit vom Tempel entfernt, in dem Areshva damals diente.

Die Fürstentöchter, Isimela und ihre Schwester Kia Sephila, flanierten häufig durch den Tempelpark und besuchten auch die heiligen Hallen im Tempel. Sie hatten gelegentlich die älteren Priesterschülerinnen höflich gegrüßt, aber die jüngeren, zu denen Areshva damals gehörte, hatten ihnen nur als Zielscheibe für Spott oder Beleidigungen gedient.

Plötzlich kroch ihr ein neuer Gedanke in den Kopf. Was hatte die Prinzessin gesagt? Sie hatte sich darüber gefreut, dass Areshva für Silvrin gebetet hatte. Natürlich! Die Pallanthier waren mit Aravenna verbündet. Sie kannte ihn bestimmt. Er gehörte zu ihren Freunden. Und es wäre in ihrem eigenen Interesse, ihm zu helfen.

Vielleicht sollte sie ihre Strategie ändern?

Areshva fuhr sich nachdenklich mit dem Zeigefinger über die Stirn. Abrupt ließ sie ihn wieder sinken und hockte sich zu der Prinzessin auf das Himmelbett.

»Kennst du Silvrin von Aravenna?«, fragte sie angespannt.

»Wen?«, wisperte Isimela, kaum hörbar.

»Silvrin von Aravenna! Mit ihm bist du doch bestimmt befreundet, oder?«

Etwas Unstetes trat in den Blick der Prinzessin.

»Ach so, der! Ja … hm … in der Tat habe ich ihn bereits getroffen. Sag bloß, du kennst ihn auch.«

»Was ist daran so erstaunlich? Wo hast du ihn getroffen? In Pallanthia?«

Eine gewisse Röte stieg der Prinzessin ins Gesicht.

»Ja, natürlich, wo sonst. Auf dem Frühlingsfest vor einem Jahr spazierte er durch unseren Palastgarten und behauptete ganz dreist, er suchte nach einem Hufeisen, das sein Kumpel über die Mauer geworfen hätte.«

»*Hufeisen?*« Was war das für eine seltsame Geschichte. »Liegen die in eurem Park herum?«

»Nein, aber er arbeitete mit den Dingern. Er war, glaube ich, Pferdeknecht. Oder so ein Handwerker.«

Areshva blieb glatt der Mund offen stehen.

»*Pferdeknecht?*«

Prinzessin Isimela errötete immer mehr.

»Wieso wunderst du dich darüber? Hat dir niemand von der Laube erzählt und von dem Tanz und dass mein Vater ihn hat herauswerfen lassen?«

»Das wird ja immer bunter«, murmelte Areshva. Nun durchbohrte sie Prinzessin mit ihren Blicken. »Du hast einen Pferdeknecht auf den Frühlingsball geholt?«

»Natürlich nicht! Ich weiß nicht, wie er herkam. Meine Schwester hat ihn zuerst gesehen und mir von ihm erzählt. Und Silvrin war ja auch ziemlich … also wie soll ich das sagen …« Sie verstummte.

Areshva sah sie forschend an.

»Warum haben sie ihn zum Fürsten erhoben?«

»Zum *Fürsten?*«, wiederholte die Prinzessin wie ein Echo.

»Er ist jetzt Fürst von Aravenna. Ungefähr seit einem Mond«, erklärte ihr Areshva.

Es war, als ginge im Gesicht der Gefangenen eine paradiesische Sonne auf.

»Fürst … von … Aravenna?!«

»Das hast du noch nicht gehört?«, forschte Areshva weiter.

»Nein. Ich bin seit Wochen hier eingekerkert, wie hätte ich davon hören soll? Ist es denn wahr? Wirklich und wahrhaftig?«

»*Wirklich und wahrhaftig.*«

»Ja!«, jubelte die Prinzessin auf. »Das ist wundervoll. Das ist die beste Nachricht, die ich seit Langem gehört habe.«

Sie stutzte.

»Bedeutet das, dass er es ist, den sie hier gefangen haben?«

»Genau.«

Isimelas Augen weiteten sich.

»Himmel, dieser Smorkyn hat furchtbar gegen ihn geflucht. Er wird ihn vielleicht umbringen.«

Der Klang des Namens klatschte Areshva wie eine erneute Ohrfeige gegen die Wange. Ihr Vater, der Mörder. Plötzlich sah sie ihn, wie er wirklich war: ein Verrufener, ein Schurke. Kaum zu ertragen.

»Sie werden ihn ganz bestimmt umbringen, wenn man nichts dagegen unternimmt«, bekräftigte sie heiser. Erst jetzt wurde ihr klar, was das bedeutete: Sie würde ihren Vater sabotieren, womöglich gegen ihn kämpfen müssen! Sie konnte sich gar nichts Schlimmeres vorstellen.

»Ach! Ach! Aber du befreist ihn, oder?«, rief Isimela.

Areshva nickte langsam. Innerlich zerfiel sie in kleine Stücke, fühlte alles in sich zerfasern, wusste kaum noch, wer sie war. Wenn sie zu Smorkyn nicht mehr gehörte — wohin dann eigentlich?

»Wenn ich bloß wüsste, wie ich ihn hier herausholen soll. Meine Zauberkraft wirkt unten auf der Burg nicht. Natürlich hat Silvrin gedacht, ich lüge, als ich ihm das gesagt habe.« Nervös malte sie mit den Fingern Striche und Bögen in das weiche Bettlaken. »Er glaubt mir gar nichts, nicht ein Wort.«

»So schwer kann das für dich doch nicht sein, Zauberin. Flieg ihn einfach in die Freiheit!«, bemerkte Prinzessin Isimela.

»Die Flügel hab ich mir bei dem Duell zerfetzt.« Areshva knirschte mit den Zähnen. »Und Smorkyn wird jetzt ein Auge auf mich haben, weil ich dumm genug gewesen bin, mich vor ihm zu verraten. Ich kann nicht mal mehr zu Silvrin in die Grotte gehen.«

Da kam ihr ein Gedanke. Ein ausgesprochen guter Gedanke.

»Aber du könntest gehen«, überlegte sie laut. »Wenn ich dich als Magd verkleide, wird dich keiner verdächtigen und Silvrin wird dir genug vertrauen, um zu tun, was du ihm sagst, oder?«

Die Prinzessin drückte sich mit dem Rücken an das Kopfende ihres Bettes und starrte Areshva entsetzt an.

»Wie stellst du dir das vor?«, stammelte sie. »Ich kann doch nicht da unten herumgehen, wo alle diese Verbrecher sind. Außerdem bin ich angekettet. Du hast nicht zufällig einen Schlüssel für meine Ketten?«

»Ich bin eine Zauberin und hier oben blockt mich die Antimagie nicht«, erklärte Areshva, berührte leicht das Eisen um die Hand der Prinzessin und eine der Ketten sprang auseinander. Schnell zog das Mädchen den befreiten Arm an ihren Körper und tastete um das Gelenk, wo die Fessel gesessen hatte.

Ausgerechnet die Zicke Isimela als Komplizin, dachte Areshva und zog die Augenbrauen zusammen, aber wählerisch konnte sie in dieser Lage nicht sein. Die Frage war, wie könnte sie Silvrin herauslotsen? Es gab keinen freien Weg nach draußen, keine offene Tür. Nur Hindernisse auf allen Seiten.

Areshva untersuchte ihre Taschen und den Waffengürtel um ihre Hüfte. Irgendetwas musste sie finden, das ihre neue Kameradin ihm zuschmuggeln konnte. Ihre Wasserflasche. Die sollte er haben, zusammen mit dem Stärkungstrank, den sie für Pirina angerührt hatte. Dann sein Schwert. Es konnte nicht schaden, wenn er eine Waffe hätte. Aber wie käme er hinaus? Es war so vertrackt, dass die Antimagie im Burghof all ihre Kraft erstickte.

Vielleicht mit dem Totenschädel von Meriedyce? Den könnte sie anwenden, er funktionierte wenigstens außerhalb des Zauberbanns. Also hinter den Palisaden, wo es keine Antimagie mehr gab. Leider würde Silvrin bis dahin überhaupt nicht gelangen. Nachdenklich tippte sie mit dem Zeigefinger auf die knöcherne Struktur und die Augenhöhlen.

Außerdem war er doch ebenfalls angekettet. Seine Fesseln öffnen … Das war leicht. Sie nahm das gesprungene Kettenstück, das jetzt auf dem Bett lag, und formte es, als wäre es aus Lehm, zu einem Schlüssel, der exakt in das Schloss passte. Diesen drückte sie ihrer Komplizin in die Hand.

»Nimm den mit. Normalerweise benutzt mein Vater einfache Schlösser, ich hoffe er wird passen. Verlier ihn nicht.« Fieberhaft dachte Areshva nach. Ihn aus der Grotte zu holen, würde ihn noch nicht retten, er musste aus dem Burggelände heraus. *Eine Idee, irgendeine gute Idee* …

»Ich gehe gleich nach draußen und versuche, meinen Vater abzulenken. Du hängst dir die graue Decke dort über die Schulter, verdeckst damit dein Kleid, fährst mit der Winde nach unten, verlässt die Burg durch die Vordertür und gehst dann zu der Grotte mit den Gefangenen.«

»Aber ich weiß gar nicht, wo diese Grotte ist.«

»Halte dich rechts und geh den Hügel hinauf. Dann einfach immer geradeaus. Vor der Grotte treiben sich Wolfshunde herum. Falls du den Weg nicht gleich findest, folgst du dem Geheul.«

»*Wolfshunde?*«, Prinzessin Isimelas Stimme bebte. »Hilfe! Und wenn sie mich angreifen?«

»Das tun sie schon nicht«, beruhigte Areshva sie. »Geh in die Grotte. Am Eingang findest du Fackeln, damit du was siehst. Silvrin sitzt weit hinten. Angekettet. Das ist aber kein Hindernis, du hast ja den Schlüssel. Mach seine Ketten ab und gib ihm die Wasserflasche und das Schwert. Und erschrick dich nicht, wenn du ihn siehst. Sie haben ihn grässlich malträtiert. Ich weiß nicht, ob er überhaupt Kraft genug haben wird, um allein zu gehen.«

Areshva schob das Wasser und das Schwert zu Isimela herüber.

»Aber sie werden mich sehen«, klagte die Prinzessin. »Überall laufen irgendwelche Leute herum, irgendwer könnte mich zufällig erwischen, und dann? Es geht nicht. Das ist zu gefährlich.«

»Isimela!«, fauchte Areshva wild. »Wehe, du lässt dich erwischen! Das darf nicht schiefgehen, sonst kriegst du es mit mir zu tun! Haben wir uns verstanden?«

»Willst du mir etwa Befehle erteilen? Ich bin eine Prinzessin!«

»Du bist eine Gefangene, und du kommst hier nicht heraus, wenn wir uns nicht gegenseitig unterstützen!«

Isimela drückte sich schwer gegen das Bettende. Auf ihren Wangen glühten hektische Flecken, ihre Augen funkelten unversöhnlich – das würde sie Areshva nicht verzeihen. Die Zauberin tat, als hätte sie die aufblitzende Wut in den Zügen der Adligen nicht gesehen.

»Er wird vielleicht schwach auf den Beinen sein«, sinnierte Areshva und strich sich eine Haarsträhne aus der Stirn. »Also braucht er ein Pferd. Das kann ich organisieren. Ich treibe eins zu diesem Tannenhain in der Nähe der Grotten. Sobald du ihn befreit hast, führst du ihn dahin.«

Plötzlich kam ihr ein Geistesblitz. Sie ballte die Faust und schlug einmal kräftig auf den Boden.

»Genau! Jetzt weiß ich, wie er entkommen kann. Hinter dem Grillplatz gibt es eine Stelle, wo sie keine Palisade gebaut haben, weil dahinter ein Abgrund ist. Ich werde die Stelle mit einem Rumfass markieren, damit er sie findet. Sag ihm, er soll genau dorthin reiten, einen anständigen Anlauf nehmen und springen, so weit das Pferd nur kann. Dann ist er gerettet! Niemand wird ihm folgen.«

Prinzessin Isimela starrte sie entsetzt an.

»Du willst, dass er in den Abgrund springt?«

»Ich will, dass Smorkyn denkt, er *wäre* in den Abgrund gesprungen. Die Antimagie der Burg wirkt möglicherweise noch zwei oder drei Meter hinter der Klippe, aber den Bereich kann Silvrin überwinden, wenn er weit genug springt. Dahinter kann ich mit dem Totenschädel wieder einen Zauber setzen, nämlich einen festen Weg. Er wird das gar nicht merken. Es wird sich anfühlen, als ob er über einen Graben gehüpft ist. Springen aber unsere Leute, dann lasse ich den Zauber, also den festen Weg, verschwinden und niemand kann ihm folgen. Er wird ganz in Ruhe nach Hause reiten können.«

Isimela schüttelte den Kopf.

»Das hört sich verrückt an. Silvrin wird mir bestimmt nicht glauben, wenn ich ihm solch eine Geschichte erzähle.«

»Du darfst ihm natürlich die Details nicht verraten. Nur dass ein Pferd auf ihn warten wird, und dass er weit springen muss, weil da ein Graben ist, fertig. Klar? Sonst gehorcht er dir nicht.«

»Aber er hat sicher schon selbst verstanden, dass diese Burg von einem Abgrund umgeben ist, und er wird vorsichtig sein. Und vielleicht wird er nicht springen wollen.«

»Hör mal, Isimela, es ist verdammt wichtig, dass er sich das traut. Falls er von diesen Tiefen gehört haben sollte, sagst du, sie wären woanders.«

»Das klappt nie«, sagte die Pallanthierin mit bebender Stimme.

»Doch, das klappt«, widersprach Areshva drohend und packte den Totenschädel an ihrem Gürtel, den sie Funken sprühen und auf eine üble Weise knacken ließ. »Das *muss* klappen, weil das seine einzige Chance ist.«

Prinzessin Isimela stürzten die Tränen in die Augen. Vergebens versuchte sie, die Beherrschung zu wahren. »Ich kann das nicht, ich kann das nicht«, stieß sie unter abgehackten Schluchzern hervor. Areshva riss den Schädel aus seiner Verankerung und ließ ihn grellrot aufleuchten. Dann schwenkte sie ihn vor dem Kopf der Fürstentochter hin und her.

»Bei allen Dämonen der Unterwelt!«, schrie sie auf. »Ich weiß noch ganz gut, dass du nichts kannst. Ich wünschte, ich hätte eine andere Wahl, aber ich hab keine!«

»Ich *kann* auf keinen Fall …«, kreischte Isimela laut und schrill, aber die Zauberin übertönte sie:

»Damit wir uns verstehen. Wenn er stirbt, stirbst du mit ihm! Also rate ich dir: Vermassel das nicht.«

Sie ließ den Schädel sinken, sprang auf und ging in den vorderen Teil des Raumes zurück. Heftig atmend warf sie sich bäuchlings auf ihr Lager. In ihrem Kopf dröhnte und hämmerte es grässlich. Am liebsten wäre sie hier liegen geblieben, aber das durfte sie nicht. Sie musste sich unbedingt draußen zeigen, um der Prinzessin den notwendigen Raum für die Befreiung zu geben.

Da hörte sie Geräusche auf der Treppe. Unverkennbar waren das die schweren, wuchtigen Schritte ihres Vaters. Dann knarrte die Winde. Sie hatte nie vorher Angst vor ihm gehabt, aber jetzt war sie sich nicht mehr so sicher: Was würde er tun?

Sie presste das Gesicht tiefer in ihre Leinendecke und hoffte, er würde sie in Ruhe lassen, wenn sie sich nicht bewegte.

Die Tür knarrte, jemand trat herein.

»Areshva!«, erklang die raue Stimme ihres Vaters. Seine Stirn war umwölkt, seine Augen wirkten erschreckend kalt. »Wir müssen reden.«

»Das Gefühl habe ich auch«, erwiderte Areshva, der das Herz dumpf in der Brust donnerte.

»Du pfuschst mir neuerdings in meine Geschäfte«, begann Smorkyn mit dunkler Stimme. »Das kann ich nicht ausstehen. Da hältst du dich raus, verstanden?«

»Was denn für Geschäfte? Sag nicht, du meinst damit die Prinzessin?« Die Worte auszusprechen schmerzte. Es kam ihr vor, als redete sie zu einem Fremden, als hätte sie ihren Vater nie gekannt.

»Oder den Fürsten«, fuhr Smorkyn ungerührt fort. »Ja, genau die beiden meine ich. Es geht dich *nichts* an!«

»Aber meine Fledermäuse verjagen oder mich verprügeln findest du normal?«, gab Areshva zurück. Das Ungeheuerliche, das sie gerade erlebt hatte, laut auszusprechen, machte es noch viel grausiger.

»Die Fledermäuse haben meine Braut gestört«, erklärte Smorkyn mit dem Anflug eines Lächelns auf den Lippen.

»Braut? Du meinst …« Entsetzt blickte Areshva von ihm zu der Prinzessin, die sich wie ein ängstliches Kaninchen auf ihrem Bett zusammengekauert hatte.

Smorkyn warf sich in die Brust.

»Soll das Leben etwa an mir vorüber gehen? Sollen nur die anderen hübsche Bräute heimführen? Ich habe auch ein Recht auf eine Familie! Das hast du sogar selbst schon zu mir gesagt, falls du dich erinnerst.«

Er trat auf das Himmelbett zu, packte Prinzessin Isimela am unteren Teil ihres Kleides, wo er ihren Unterschenkel zu fassen bekam, und zog sie gewaltsam zu sich heran. Sein Opfer stieß einen entsetzen Schrei aus und versuchte, ihm das Bein zu entziehen, was ihr aber nicht gelang. Ihre Augen waren nass, als würde sie jeden Moment in Tränen ausbrechen.

Ein süßes Summen und Klingen in der Luft ließ ihn aufhorchen und brachte ihn dazu loszulassen. Areshva hatte schon einen Luftwirbel zwischen ihren Fingern erzeugt, den sie auf ihn loslassen wollte, doch sie stoppte in der Bewegung.

Um das Gesicht ihres Vaters flimmerte die Luft golden, als fiele ein Sonnenstrahl über ihm von der Decke, er lächelte verzückt. Ein betörender Duft von Lavendel zog Areshva in die Nase – sehr fremdartig, diese Pflanzen gediehen hier eigentlich nicht. Smorkyn ging ein paar Schritte zur Seite, wo sich das Leuchten wie ein schwebender Sonnenball fortsetzte. Er schien wie in Trance und starrte glücklich ins Licht, als gäbe es dort ein Paradies zu sehen. Als ob ihn jemand behext hätte, dabei war Areshva die einzige Magierin im Raum …. oder? Gleichzeitig froh über die Hilfestellung, aber auch alarmiert, schaute sie sich um.

Der Ursprung der Strahlung schien das Himmelbett zu sein. Areshva lokalisierte dort eine winzige Aura, kaum größer als eine Maus. Ob die Prinzessin sie erzeugt hatte? Aber das magische Feld war zu klein und schien sich auch auf die Handgelenke des Mädchens zu konzentrieren. Normalerweise umstrahlte die Aura ihre Besitzerin vollständig, daher war Areshva irritiert, eine zu finden, die lediglich über den Handknochen entlang huschte.

Bis sie die feinen, kaum sichtbaren Umrisse einer winzigen Schutzelfe entdeckte. Es war ein kleines, kaum mausgroßes Wesen mit filigranen Flügeln und einem zierlichen Puppengesicht. Seine Augen schienen riesengroß und klebten angstvoll an Areshva. Hastig hielt sich das kleine Elfchen ihr winziges Händchen vor den Mund und gab der Zauberin durch Zeichen zu verstehen, dass sie schweigen sollte. Denn jetzt dirigierte sie ihre schillernde Sonne in Areshvas Richtung und der Vater folgte ihr.

Als er Areshva sah, leuchteten seine Augen auf, als hätte er sie genau in diesem Moment zum ersten Mal gesehen und es wäre weiter überhaupt nichts vorgefallen.

»Meine Motte! Mein hübsches Töchterlein!«, rief er aus, stürmte auf sie zu, nahm sie schwungvoll in die Arme und wirbelte sie herum. Areshva wusste gar nicht, wie ihr geschah. »Ich freue mich so, dass du wieder hier bist!«

Hinter sich hörte die Zauberin die leise Stimme des Elfchens, so als säße diese auf ihrer Schulter und flüsterte ihr ins Ohr: »Sag ihm, er soll draußen auf dich warten, du kommst gleich herunter. Ich habe die letzten Augenblicke aus seinem Gedächtnis gelöscht. Er wird sich nicht erinnern, was du vorhin sagtest.«

Areshva dachte fieberhaft nach. Einfach den Worten einer Unbekannten zu folgen, das lag ihr fern, aber eine Schutzelfe war ein Geschöpf Lystrellas. Sie hatte geglaubt, die Elfen seien mitsamt der leuchtenden Göttin verschwunden. Deshalb beschloss sie augenblicklich, ihr zu vertrauen.

»Geh schon zu den anderen, ich komme gleich nach«, sagte sie laut. Smorkyn hielt sie noch immer fest, fing an, vom Sonnenschein und von trillernden Vögeln zu erzählen, die seiner Meinung nach im Zimmer herumflogen, doch Areshva bugsierte ihn zu ihrer Ausgangstür und wiederholte noch einmal, sie würde ihm gleich folgen.

Dann war er hinaus.

»O ihr Götter, das war knapp«, keuchte Prinzessin Isimela schwer atmend. »Er macht das immer wieder. Und dann rennt er plötzlich in letzter Sekunde aus dem Zimmer, ich weiß nicht warum. Oh, wenn ich doch hier herauskönnte! Das ist so schrecklich! Hilf mir, Areshva, bitte!«

Der Zauberin wurde klar, dass Isimela die kleine Elfe offenbar nicht sehen konnte und gar nicht wusste, wer sie gerade gerettet hatte. Vorsichtig ging sie zum Himmelbett, und kniete an seiner Kante nieder, wo sie mit dem feingliedrigen Wesen fast auf gleicher Höhe war.

»Danke dir, du hast mir sehr geholfen«, flüsterte sie mit unterdrückter Stimme, denn sie wusste, dass Elfen sich vor lauten Worten erschrecken. »Dich habe ich ja noch nie gesehen. Willst du zu mir kommen?«

Sie streckte lockend ihren Arm aus. Die kleinen Elfen pflegten sich der Person, die sie schützten, auf den Arm zu setzen und tauchten gleichsam unter ihre Haut, wo sie unsichtbar wurden. Nur bei Gefahr kamen sie heraus und verteidigten dann ihren Menschen notfalls sogar mit ihrem eigenen Leben.

»Das geht nicht«, piepste das kleine Wesen.

»Nicht? Bist du nicht meine Schutzelfe?«, fragte Areshva belustigt.

Diese schüttelte sich und verzog entsetzt ihren Mund.

»Nein, ganz sicher nicht. Ich beschütze diese Parva und wohne in ihrem Körper«, erklärte sie und zeigte auf die Prinzessin, die hinter ihr saß und Areshva irritiert und verständnislos betrachtete – vermutlich, weil sie dieses Gespräch nicht hörte und die Elfe auch nicht sah.

»Und warum rührt meine eigene Elfe keine Hand?«, fragte die Magierin, »ich meine, ich bin doch geweiht worden gleich nach der Geburt. Meine Mutter ist extra deswegen mit mir zum Seelenfest an den Tempel von Pallanthia gegangen, als ich noch ein Baby war, wie sie es auch mit allen meinen Geschwister machte. Sie hat oft erzählt, wie eine Elfe aus dem Seelenbaum mich ausgewählt hat und mir unter die Haut gekrochen ist. Warum tut sie denn gar nichts für mich?«

»Vermutlich hat sie dich verlassen, als du deine Seele so grausig befleckt hast«, wisperte das Elfchen furchtsam. »Keine von uns würde bei dir wohnen wollen, deine Seele ist furchtbar grau und hat sogar pechschwarze Flecken, das halten wir nicht aus.«

Areshva fuhr hoch. Wie, verlassen? Sollte das bedeuten, die Geflügelte schätzte die hochnäsige Isimela mehr als Areshva, die doch für die wichtigsten Ziele kämpfte?

»Ich dachte, Schutzelfen sterben, wenn sie ihren Menschen verlassen?«, widersprach sie dem winzigen Wesen eine Spur heftiger als beabsichtigt, das Thema wühlte sie auf.

»Nein, sie gehen dann in einen Baum und leben als Baumgeist weiter«, erklärte die Beschützerin leise und sah vorsichtig zu Areshva auf. »Neben einer schwarzen Seele kann es keine von uns aushalten.«

Ruckartig stand Areshva auf. Schwarze Seele! Wie konnte sie wagen … Wann ist das passiert? *Habe ich meine Seele bei dem Angriff auf Manika verdorben, als die Priesterin starb? Aber das war doch ein Unfall! Es kann nicht sein. Sie will mich ärgern, mich provozieren! - Habe ich darum so viele Probleme, weil meine Schutzelfe mich verließ?*

»Ich muss bei meiner Parva bleiben«, fuhr die kleine Elfe mit zarter Stimme fort. »Sie ist hier in großer Gefahr. Dein Vater hat schon ein paarmal versucht, sich ihr unanständig zu nähern.«

Areshva stand mit geballten Fäusten im Raum, sie hörte das leise Wispern hinter sich, spürte die versteckte Anklage in den Worten des filigranen Wesens. Wie Wellen wogten in ihr die Gefühle. Ihr Vater - ein Verbrecher. Sie selbst - eine Mörderin mit schwarzer Seele, und Silvrin sollte heute sterben! Sie hätte schreien mögen, oder wenigstens irgendetwas in diesem Raum zerstören! Mühsam zwang sie den Aufruhr nieder, der in ihr tobte.

Ruhig Blut. Klar denken, sonst ist alles verloren.

»Und nicht nur Smorkyn, ständig lauern ihr Männer auf. Ich habe schreckliche Angst, dass meine Zauber sie irgendwann nicht mehr davon abhalten, ihr Böses anzutun«, klagte die Elfe. »Wirst du uns helfen?«

Was erwartest du? Ich könnte selber Hilfe gebrauchen! Areshva drehte sich um. Die Elfe stand winzig und in ihrer rührenden Zerbrechlichkeit mit ihren durchsichtigen Flügelchen auf dem Bett und sah sie flehentlich an.

Areshva hatte sie anfauchen wollen, aber die Worte erstickten ihr im Hals. Das kleine Elfchen erschien ihr wie eine Botin einer längst untergegangenen Welt. Vielleicht sogar als ein Zeichen, dass diese Welt noch nicht ganz verloren war.

»Ich will, dass Isimela den Fürsten aus der Grotte befreit, es gibt überhaupt nichts Wichtigeres«, sagte Areshva fordernd. Sie bekam die Worte kaum heraus, ein dicker Kloß saß ihr im Hals. »Kannst du ihr dabei helfen?«

Die Elfe duckte sich. Areshva sah, dass sie am liebsten widersprechen wollte, denn sie schwieg geraume Zeit, doch dann nickte sie ihr zu. »Wir versuchen es«, flüsterte sie.

»Danke.«

***

Entschlossen verließ Areshva ihr Turmzimmer und flog auf den Burghof herunter. Wie üblich fühlte es sich an, als tauchte sie unten in eine Wolke ein, die sich wie feuchter Nebel über ihre Glieder legte und alle Magie löschte.

Nur ein paar Schritte weiter, neben dem Pferdestall, stand ihr Vater. Anscheinend hatte er dort auf sie gewartet.

In ihrem Inneren war sie seltsam leer. Ihr Herz schien nicht zu schlagen. Als hätte er es zerstört, als mit den Fäusten auf sie losging. Ihre Glieder waren wie Eis. Sie ertrug ihn nicht, dieses Scheusal, das er geworden war. Sie kannte ihn nicht mehr. Dieser Skeff, er war nicht ihr Vater, er war eine Täuschung. Eine böse, schmerzhafte Täuschung, noch viel schlimmer als das Dröhnen in ihrem Kopf.

»Was ist eigentlich los mit dir, hm?« Er kam zu ihr und sah sie aufmerksam an. Wie gut er Theater spielen konnte. Als wäre er besorgt um sie, ha! Sie hatte sein wahres Gesicht gesehen! »Hörste mich? Bist du in Ordnung?«

Sie brummte etwas Unverständliches. Am liebsten wäre sie weggelaufen. Jetzt mit ihm reden, ihn anzusehen, war wie eine Marter, weil sie wusste, wozu er fähig war.

»Hör mal«, fuhr er fort. »Du warst komisch. Du hast gedroht, die Burg und uns alle in de Luft zu sprengen, und das hat sich – *Verdammich!* – echt angehört! Was ist los mit dir?«

Areshva musste sich zwingen, ihm nicht aus dem Weg zu gehen. »Tut mir leid«, erwiderte sie mechanisch. »War dumm, was ich gesagt hab. Du kannst dir vielleicht vorstellen, dass ich mich mies fühle. Wegen dem Duell, du weißt.«

»*Verdammich*, wieso gehst du dann auf *uns* los, Areshva? Der Typ ist doch hier, ich überlasse ihn dir, um dich an ihm zu rächen!«

Das Wort traf sie wie ein Faustschlag in die Magengrube. Niemand, schwor sie sich, wird sich hier an irgendjemandem rächen, das verhindere ich schon. Ich muss Smorkyn nur von hier wegbringen, damit Isimela freie Bahn hat und zu den Grotten hingehen kann, wo er gefangen ist.

»Ich sagte, tut mir leid! Mir ist alles quergelaufen!«

Smorkyn sah sie mit kummervollem und auch etwas misstrauischem Blick an. Über seinen Augenbrauen entstand eine tiefe Falte.

»Du bist blass wie eine Leiche.«

»Lass du dich doch abstechen, dann sprechen wir uns wieder.« Areshva verzog die Lippen zu einem gezwungenen Grinsen.

Die Falte über seinen Augenbrauen glättete sich. Smorkyn grinste ebenfalls.

»Kommste zu uns?«

Sie nickte.

Voller Bestürzung kam ihr zu Bewusstsein, dass die Sonne schon tief stand. Ihr blieb fast das Herz stehen. Sie wollten Silvrin doch am Abend holen! Was, wenn sie das bereits getan hatten?

In der Kerkergrotte

Ihn umgab Nacht.

Ein hitziges Fieber schüttelte seine Glieder, und seine Zunge fühlte sich trocken an. Sein Körper drückte ihn zu Boden, schwer wie Blei, sein Rücken brannte wie Feuer. Angestrengt versuchte er, sich zu erinnern, wo er war, aber die Bilder in seinem Kopf wirbelten durcheinander. War wirklich Areshva bei ihm gewesen, als Todesbotin mit einem Schädel in der Hand? Hatte er sich so in ihr getäuscht?

»Silvrin!«, erklang inmitten der Finsternis eine Stimme zu seiner Rechten. Sie schien seinem Kameraden Grevor zu gehören. »Bist du in Ordnung?«

Er nahm jetzt die Eisenketten wahr, die sich hart und kalt um seine Handgelenke pressten. Seine Kehle war so ausgedörrt, dass er Mühe hatte zu sprechen, nur ein dumpfes Ächzen bekam er heraus.

»Hör zu, wenn sie uns abholen und uns von der Wand losketten, dann werden wir uns wehren«, tönte Grevors Stimme undeutlich durch den feuchtklammen Raum. »Wir versuchen, ihnen ein Bein zu stellen oder Unruhe zu schaffen. Vielleicht kann sich einer von uns losreißen.«

»Das wird nichts nützen«, hörte Silvrin wie aus weiter Ferne eine andere Stimme, die er ebenfalls kennen sollte, aber sie verklang, als wäre es nur ein Nebelhorn gewesen. Angestrengt versuchte er sich zu besinnen, wo er war. Seine Wange fühlte sich an, als wäre sie auf das Doppelte ihres gewöhnlichen Umfanges angeschwollen, und sein Körper zog ihn schwer auf das Gestein, auf dem er lag. Hart und schmerzhaft bohrte es sich ihm in den Rücken.

»Hörst du mich?«, erklang die zweite Stimme wieder. Sie gehörte möglicherweise Kessinaj, einem seiner Regimentsführer. »Es sind noch mehr unserer Leute draußen und suchen nach dir. Ich hoffe, sie werden erfolgreicher sein als wir. Das Problem hier ist die Magie in der Palisade um die Burg, die alle Geschosse auf den Angreifer zurückschleudert.«

Die Stimmen drifteten ins Leere ab und Silvrin fühlte sich, als glitte er ebenfalls in ein dunkles Nichts.

Kühles Nass auf seiner Zunge riss ihn schlagartig in die Wirklichkeit zurück. Es war ein belebender, erfrischender Saft, der durch seine Kehle rann. Gierig trank er davon, wollte mit den Händen nach dem Gefäß greifen, doch die Ketten hinderten ihn an der Bewegung. Mit jedem Schluck kehrte mehr Kraft in seinen Körper zurück, bis sich der Nebel in seinem Kopf auflöste und er in der Lage war, die Augen zu öffnen.

Über ihn beugte sich eine Dame in einem goldenen Kleid, die aussah wie eine bestimmte Prinzessin, die er vor langer Zeit mal in einem Palastgarten gesehen hatte. Das ist sicher ein Fiebertraum, dachte er, denn so ein herrschaftliches Wesen verirrt sich doch nicht in ein Kerkerverlies? Angestrengt versuchte er, den Wirbel in seinem Kopf zu zähmen, um die Trugbilder zu verscheuchen. Aber der Anblick veränderte sich nicht. Neben ihm kniete tatsächlich Prinzessin Isimela von Pallanthia in einem prunkvollen höfischen Kleid, die einen hölzernen Becher in der Hand hielt und ihn mit großen ängstlichen Augen anstarrte.

»Hast du mehr Wasser?«, brachte er angestrengt heraus.

Sie nickte eifrig und führte den Becher an seinen Mund, wobei ihre Hand zitterte. Es fühlte sich an, als rann flüssige Kraft in ihn hinein. Er leerte das Gefäß bis auf den letzten Tropfen. Ihm wurde bewusst, dass er in sich zusammengesackt an der Wand gehockt hatte. Er richtete sich auf.

»Wo bist du angekettet?«, wisperte Prinzessin Isimela mit kaum hörbarer Stimme. »Ich hab einen Schlüssel. Ich mache dich los.«

Er musterte sie voller Erstaunen.

»Wie kommt Ihr in diese Höhle? Das ist ungeheuer mutig von Euch!«

Sie lächelt gequält, er sah jetzt, dass sie am ganzen Körper bebte. Seine Verwunderung wuchs, solch eine Kühnheit hatte er von ihr nicht erwartet. Als seine Augen sich langsam an die Dunkelheit gewöhnten, erkannte er nun auch die zahlreichen Kameraden in aravennischen Uniformen, die in einer langen Reihe gleich ihm an die Grottenwand angekettet waren. Wie viele hatten sie denn gefangen?

»I…ich habe einen Plan, wie du hier herauskommst«, stotterte die Prinzessin, die sich nervös immer wieder zum Gang hin umdrehte, wohl weil sie befürchtete, entdeckt zu werden. »Da steht ein Pferd draußen bei den Tannen. Nimm das und reite geradeaus, bis du weit hinten ein Fass mit Rum stehen siehst. Dort ist ein Graben. Nimm Anlauf und spring über den Graben, dann bist du gerettet!« Je länger ihre Blicke auf ihm verweilten, desto sicherer schien sie zu werden, sie zitterte jetzt auch nicht mehr so arg. »Jetzt zeig mir, wo das Schloss von deiner Kette ist, damit ich dich losmachen kann!«

»Prinzessin, ich fange an Euch zu bewundern«, erwiderte Silvrin voller Hochachtung. »Habt Ihr wirklich ein Schloss für die Ketten? Dann befreit zuerst meine Kameraden! Grevor, zeig ihr dein Schloss.«

»Dafür ist keine Zeit«, fuhr Isimela ihn an. »Es ist furchtbar eilig, diese Verbrecher können jeden Moment kommen und ich habe nur ein Pferd! Ich kann nur Euch alleine befreien.«

»Ich gehe nicht ohne meine Kameraden«, widersprach Silvrin. Fieberhitze tobte in seinem Körper und die Schwäche saß weiterhin in seinen Knochen, aber der Gedanke fliehen zu können gab ihm neue Kraft. »Hier werden noch mehr Pferde sein. Die müsst Ihr nicht für uns organisieren, das machen wir selbst. Es reicht vollkommen, wenn Ihr uns befreit!«

»Ich verbiete es!« Prinzessin Isimela stieg das Blut in die Stirn, ihre Blicke wurden panisch. »Dann geht es schief, begreift Ihr nicht? Glaubt Ihr, das hier ist leicht für mich? Es wird schon ein Wunder, wenn ich Euch hier lebendig herausbekomme!«

Silvrin schob seine Hand mit dem Kettenschloss unauffällig dichter unter seinen Körper, damit sie darauf nicht aufmerksam wurde, und sah sie eindringlich an.

»Jetzt beruhigt Euch, Prinzessin. So viel Zeit muss sein. Alle diese Soldaten haben ihren Hals für mich riskiert. Ich werde ohne sie keinen Schritt machen! Geht jetzt, schließt Grevors Ketten auf, und dann eine nach der anderen, ganz in Ruhe.«

»Du hast mir nichts zu befehlen, ich bin deine Herrin«, fauchte das herrschaftliche Mädchen, »und du tust, was ich wünsche!«

»Und wenn Ihr die Königin des Himmels wäret, würde ich meine Freunde auch nicht im Stich lassen«, erwiderte Silvrin nachdrücklich. »Prinzessin Isimela, Ihr seid eine

Heldin, ich werde für Eure Hilfe ewig dankbar sein. Grevor! Zeig ihr, wo du angekettet bist! Jetzt!«

Erbittert sprang die Prinzessin auf, rang mit sich, ob sie diesem unangemessenen Plan folgen sollte und blickte dabei immer wieder panisch in Richtung Ausgang, doch schließlich wusste sie sich keinen anderen Weg, als Silvrins Anweisungen zu folgen. Wütend packte sie ihren Schlüssel, fuhrwerkte damit in Grevors Schloss herum, bis es aufklickte. Weil das so lange gedauert hatte, übergab sie die Aufgabe an den Soldaten, der nun eilig einen Kameraden nach dem anderen befreite.

»Wer frei ist, bleibt sitzen, so lange, alle Ketten gelöst sind«, dirigierte Silvrin. »Wir haben die besten Chancen, wenn wir alle gleichzeitig loslaufen und uns gemeinsam verteidigen.«

Prinzessin Isimela stand mit verschränkten Armen vor ihm.

»Das war dumm von dir«, kritisierte sie spitz. »Du hast keine Ahnung, was das für Mörder sind, sie werden uns alle massakrieren!« Immer hektischer blickte sie sich um. »Sie haben angekündigt, sie holen dich am Abend. Die können jeden Moment hier sein.«

»Beruhigt Euch, es wird schon gehen«, sagte Silvrin. »Sagt mir, warum Ihr hier seid?«

Ein leises Geräusch aus einer Ecke ließ die Prinzessin aufspringen. »Sind hier Mäuse? Was quiekt da so?«, kreischte sie. Vorsichtshalber stellte sie sich auf einen aufragenden Stein. »Areshva hat mich entführt. Sie ist eine Verrückte, seid auf der Hut vor ihr.«

Der Name drang ihm unter die Haut. Noch immer brachte er sein Blut in Wallung, geisterte sie nachts durch seine Träume. Doch neuerdings war sein Bild von ihr getrübt. Dass Areshva mit Todesmagie hantierte, entsetzte ihn. Und wenn es stimmte, dass sie sogar

Menschen raubte, musste er sich ernsthaft fragen, ob er sie sich nicht aus dem Kopf schlagen sollte.

»Ihr seid also auch gefangen?«, fragte er alarmiert.

Ihr entfuhr ein Schluchzer und sie nickte gequält. »Ja. Schon seit Wochen.«

»Dann kommt Ihr mit uns!« Silvrin versuchte, die Details zusammenzupuzzeln, die Isimela ihm bis jetzt gegeben hatte. Diese Flucht könnten sie auch zu zweit schaffen. »Ich nehme Euch auf mein Pferd, und wir springen zusammen über die Palisade!«

Prinzessin Isimela hob entsetzt die Hände.

»Bist du verrückt? Ich habe Angst vor Pferden. Das geht nicht!« Er sah jedoch, wie es in ihrem Kopf arbeitete, wie sie begann Hoffnung zu schöpfen. »Es gibt eine Kutsche hier, vielleicht …«

Er schüttelte den Kopf. »Mit der Kutsche im Schlepp können wir nicht über diesen Graben springen, der uns retten soll, Prinzessin. Die können unsere Feinde auch zu leicht aufhalten. Ihr müsst nicht reiten können. Ich setze Euch vor mich auf das Pferd und halte Euch fest. Habt Mut, das ist zu schaffen!«

Vom Eingang her erklangen Schritte und entferntes Gemurmel.

»Sie kommen!«, rief Prinzessin Isimela erschrocken und rang die Hände. »Das hab ich doch gewusst! Was machen wir jetzt?«

»Versteckt Euch, schnell!«

Der Marterpfahl

Die Winde flog abwärts. Smorkyn legte Areshva seine gewaltigen Pranken auf die Schultern und zog sie dicht an sich.

»Ich glaub's noch immer nicht, dass du wieder da bist, Areshva«, brummte er. »Hab gedacht, alles wär vorbei. Kannst dir gar nicht vorstellen, was hier los war bei uns. Reine Grabesstimmung, Mann … bist wohl auch froh, dass du wieder zu Hause bist, oder?«

»Ja«, flüsterte Areshva. Das war nicht mal gelogen. Sie *war* froh. Sie schmiegte sich an ihn. Die Augen weit offen, starrte sie den Himmel an. Das hier wurde immer schlimmer. Sie hatte es sonst genossen, wenn Smorkyn sie umhätschelte, sie seine »Motte« nannte und vor seinen Leuten mit ihr prahlte. Und aus irgendeinem Grund, den sie selbst nicht verstand, genoss sie seine Nähe auch jetzt. Er war doch ihr Anker, ihr Hafen im Sturm. Am liebsten würde sie einfach vergessen, was er getan hatte – und was er noch plante zu tun.

Sie erreichten die Burg, stiefelten durch die Gänge zum zentralen Platz, auf dem ein großes, helles Lagerfeuer brannte. Darum herum standen die Mitglieder von Smorkyns Bande. Lustig und allerbester Laune rissen sie Witze, knufften und pufften einander und brachen immer wieder in lautes Gelächter aus.

Allerdings war es nicht das Feuer, das die ganze Bande hier so erheiterte. Es war natürlich das Honigwasser, das mehrere Männer in weiteren drei Fässern heranrollten, sowie die dicken Wildschweine, die aufgespießt über den Flammen brieten. Die leeren Fässer stellten sie üblicherweise oben neben die Klippe hin. Genau an die Stelle, wo keine Palisade mehr war: dort, wo Silvrin abspringen sollte. Da stand jetzt auch schon solch ein Fass, so wie sie es erwartet hatte.

Als Smorkyn und Areshva sich näherten, brachen die Kumpane in lautes Gejohle aus und der lange Jeggen fing an, seine Fiedel zu spielen. Es erklang eine wilde, fröhliche Weise, Areshvas Lieblingslied, zu dem sie sonst immer unter frenetischem Beifall der Bande getanzt hatte. Alle blickten zu ihr hin, denn sie pflegten sich daran zu vergnügen.

Silvrin sah sie nirgendwo. Also hatten sie ihn noch nicht geholt. Ein Glück. Höchste Zeit, ihren Plan in Gang zu setzen. Sie durfte jetzt nicht tanzen, sondern musste dem Gefangenen ein Pferd organisieren.

»Kommt!«, brüllte Jeggen übermütig und winkte ihnen zu. »Hier spielt die Musik!«

Areshva blieb stehen.

»Wo ist mein Pferd eigentlich?«, fragte sie ihren Vater abrupt.

»Was?« Die Falte über seinen Augenbrauen war schlagartig wieder da. »Dein *Pferd*? Das brauchst du jetzt nicht, Mädchen.«

»Ich will bloß wissen, ob du meine Shelley nach dem Duell mit nach Hause genommen hast.«

»Verdammt, Areshva!« Er packte sie bei der Schulter und schüttelte sie leicht. »Wir haben gedacht, du wärst tot. Glaubst du, ich hätte an was anderes denken können?«

»Aber die anderen. Vielleicht hat einer von denen sie mitgenommen?«

»*Verdammich!* Wohl kaum. Kriegst einen anderen Gaul, wir haben genug. Kannst ihn dir selbst raussuchen. Komm jetzt, Areshva. Hör doch, willst du nicht tanzen?«

Gerade jetzt fiedelte Jeggen den Refrain. Den liebte Areshva besonders, er hörte sich an, als ob sie in voller Fahrt durch einen Engpass ritte und an seinem Ende plötzlich in eine Oase eintauchte, mit einem Wasserfall in der Mitte.

»Später«, sagte sie schwer atmend. »Jetzt guck ich nach der Rappstute. Vielleicht ist sie von allein mit euch gekommen.«

Sie machte sich los und stapfte davon, zum Pferdestall. Insgeheim hatte sie gehofft, ihr Vater würde sie allein gehen lassen, sodass sie Silvrin in Ruhe ein Reittier besorgen und unterwegs geschwind auch noch einige andere wichtige Dinge überprüfen könnte, aber er folgte ihr auf dem Fuß.

Er ist misstrauisch. Verdammt!

Was Silvrin jetzt wohl machte? Ob die Prinzessin schon bei ihm war?

»Was soll das, Areshva? Was kümmert dich jetzt dein Pferd?«, grummelte Smorkyn hinter ihr. »Das hat doch Zeit!«

Areshva antwortete nicht. Da vorn war der Stall. Eher eine Bruchbude zu nennen, oberflächig zusammengebastelt aus abgestorbenen Baumstämmen und Lehm. Aber er war geräumig, darin gab es Platz für gut fünfzig Tiere. Das Eingangstor hing schief und öffnete sich mit einem lang gezogenen Knirschen.

Drinnen war es so dämmrig, dass sie kaum ein Pferd von dem Nächsten unterscheiden konnte, aber Areshva wollte nicht noch mehr Zeit verlieren, indem sie nach einer Laterne suchte, egal, wie verdächtig das für ihren

Vater aussehen mochte. Schließlich war ihr völlig klar, dass die scheue Shelley in dem Chaos nach dem Duell ganz sicher durchgebrannt war und sich wahrscheinlich irgendein Darghessaner die Rappstute unter den Nagel gerissen hatte. Sie würde sie nie wieder sehen. Zu jedem anderen Zeitpunkt hätte sie das traurig gestimmt. Jetzt aber zitterte sie um Silvrins Überleben, die Sorge um ihn türmte sich riesengroß in ihrem Kopf und ließ daneben keinen Raum für Anderes. Und ihm konnte schließlich jedes beliebige Pferd zur Flucht verhelfen.

Hastig griff sie sich das dritte Tier in der Reihe, betastete seine Vorderschenkel und befühlte seine Zähne, so als hätte ihr diese Untersuchung etwas verraten, führte es dann nach draußen und sattelte es.

»Schön!«, rief sie gespielt enthusiastisch. »Da ist sie ja. Wusste ich doch, dass ihr an alles denkt.«

Der Gaul war ihrer wunderbaren Shelley kaum ähnlich. Sein Fell war nicht mal richtig schwarz, aber das würde Smorkyn in der Dunkelheit nicht sehen können. Sie hörte, wie er sich hinter ihr ein paarmal räusperte, aber er sagte nichts. Stattdessen sattelte er selbst ein Pferd.

Gar nicht gut. Er würde sie überwachen, vermutlich mit Adleraugen. Sie durfte sich nicht verraten. Langsam schwang sie sich auf den Rücken des Tieres und klopfte ihm auf den Hals.

»Gutes Mädchen«, wisperte sie ihm zu, gerade laut genug, dass Smorkyn es hören sollte, »hast mich vermisst, oder? Ich dich auch. Zeig mir doch, wie du drauf bist.«

Dann setzte sie sich in Trab. Sie musste die Klippen überprüfen, die Stelle, wo Silvrin abspringen sollte. Sie musste testen, ob sie ihm wirklich so einen Weg in die Luft zaubern könnte, auf dem er in der Lage war, zu landen und sich zu retten. Sie hatte so ein Experiment früher schon mal gemacht, es sollte funktionieren. Das einzige Problem war die Antimagie im Hof, die es sabotieren könnte. Deshalb war ein Test wichtig.

Langsam ritt sie an die Palisaden heran, berührte unauffällig den Totenschädel an ihrem Gürtel und versuchte, Strahlung nach draußen zu schicken. Es fühlte sich nach gar nichts an, da die feinen, unsichtbaren Wirbel der Antimagie, die sie wie einen Hauch von Feuchtigkeit auf ihrer Haut spürte, um sie herum alle Energie ausradierten. Sie hoffte jedoch, dass ihr Strahl hinter der Palisade, wo es kein Antimagiefeld gab, wieder auftauchen würde. Leider konnte sie das aus dieser Position heraus nicht sehen, weil die Stämme der Palisade hier überall um die drei Meter hoch waren.

Sie wurde nervös. So ging das nicht! Sie musste an der Originalstelle testen, wo es keine Hindernisse gab. Dort würde sie genau sehen, wie der Zauber wirkte. Also trabte sie vorwärts, immer an der Palisade entlang, in Richtung des großen Lagerfeuers, das einen schwachen orangefarbenen Schein bis in die ferneren Bäume warf. Die ganze Bande dahinten grölte und johlte immer lauter. Jeggens Gefiedele ging bei dem Lärm fast völlig unter.

Smorkyn ritt an ihre Seite.

»Na«, fragte er, »bist du jetzt zufrieden?«

»Klar!« Sie hoffte, dass ihre Stimme nicht so nervös klang, wie sie sich fühlte. »Hab mir schon Sorgen um Shelley gemacht, aber sie ist prächtig. Wie immer. Jetzt können wir feiern.«

Die Palisade zu ihrer Linken wurde niedriger, dann verschwand sie ganz. Stattdessen gähnte ein pechschwarzer Abgrund an dieser Seite.

»Dann komm mit, setzen wir uns zu den anderen!«, forderte Smorkyn.

»Gut!«, bekräftigte Areshva. Gleichzeitig berührte sie unauffällig den schwarzen Schädel an ihrem Gürtel und erzeugte einen Magiestrahl über den Abgrund hin. Wie vorhin spürte und sah sie nichts, solange er sich durch die Antimagie pflügte, aber dahinter lag seine ganze Kraft offen, dorthin würde sie einen Weg zaubern können. Areshva ließ direkt an dieser Stelle ein kleines Stück Erde auftauchen, das schwach leuchtete – eine in der Luft schwebende winzige Insel.

Sie war wesentlich weiter von ihr entfernt, als sie geglaubt hatte. Mindestens zehn Meter, wenn nicht mehr. Dann ließ sie den Zauber wieder verlöschen und damit verschwand der Weg.

Er würde meterweit springen müssen! Ob das Pferd so weit überhaupt kam? Was, wenn nicht?

Es ist zu gefährlich!

Sie erstarrte wie zu Eis. *Was jetzt?*

Fieberhaft blickte sie sich um. *Um aller Götter willen, schnell, ein anderer Weg!*

Aber sie fand keine Lösung. Silvrin war verloren.

»Areshva!« Smorkyn zog ihr Pferd am Zügel zu sich hin. »Sag mal, träumst du? Willst du nicht absteigen?«

»Neinein.« Areshva zwang sich zu einem schrägen Grinsen. »Oder vielleicht doch, also ich … seh gerade so … Spukbilder …«

»*Spukbilder?*« Er musterte sie zunehmend misstrauisch.

»Visionen!«, verbesserte sie hastig. »Du weißt. Ich hab dir mal davon erzählt.«

»*Visionen?*«, wiederholte er langsam. »So was hast du lange nicht gehabt. Was sind das für Visionen?«

Er stieg ab und nötigte sie dazu, ebenfalls abzusteigen, indem er nach ihrem Zügel griff.

Areshva erkannte, dass diese Stelle für Silvrins Absprung ungünstig war, weil die Männer ihn vom Lagerplatz aus viel zu gut überwachen konnten.

Aber was machte das jetzt noch für einen Unterschied? Sie konnte ihn nicht mehr springen lassen.

Direkt in den Abgrund. Denn der Schädelzauber würde versagen.

Smorkyn hakte sie unter und führte sie zum Lagerplatz. Was sie dort sah, traf Areshva wie ein Schlag in die Magengrube.

Unter lautem Gebrüll und allgemeiner Begeisterung schleppten Vaters Leute Silvrin über den felsigen Boden zu einer Eiche nahe des Feuers. Der Gefangene baumelte kraftlos zwischen seinen Peinigern, seine Füße schleiften auf der Erde, sein Kopf hing herunter. Areshva hätte beinahe laut geschrien, konnte sich aber gerade noch einmal heftig auf die Lippen beißen. Dennoch war sie so arg zusammengezuckt, dass ihr Vater sich darüber wundern musste. Also tat sie, als ob sie über etwas gestolpert wäre. Smorkyn fing sie auf.

»Also irgendwas stimmt doch nich´ mit dir, Mann«, knurrte er, während er ihr wieder auf die Beine half.

»Verwünschte Visionen«, stammelte Areshva, und fügte schnell hinzu: »Das geht schon seit meiner Verletzung so, also seit dem Duell.«

Smorkyn hielt sie jetzt so fest, als ob er befürchtete, sie könnte sonst völlig durchdrehen. Er bahnte für sie einen Weg mitten in die Menschenmenge hinein und pflanzte sich dann auf einen erhöhten Stein in Form eines wuchtigen Throns, auf dem ein Bärenfell als Sitzpolster lag. Von hier aus würde er die Hinrichtung perfekt verfolgen können.

Areshva kam direkt neben ihm zu sitzen, sie war ja schmal, es gab Platz genug für beide. Sie fühlte sich, als ob sie gleich in Ohnmacht fallen würde. In ihr war alles leer, besonders im Kopf. Sie konnte kaum einen klaren Gedanken denken, außer dem einen, dass sie Silvrin nicht retten konnte, dass sie ihn umbringen würden, und noch direkt vor ihren Augen!

Gerade waren sie dabei, ihn an der Eiche festzubinden. Er war bewusstlos. Sie mussten ihn mit mehreren Männern festhalten, damit er nicht fiel.

Smorkyns Finger bohrten sich in ihre Schultern wie Eisenklauen. Er murmelte irgendwas in seinen Bart und ihr wurde erst nach einer Weile klar, dass er mit ihr geredet hatte und eine Antwort erwartete.

»Ja«, brachte Areshva auf gut Glück hervor, ohne dass sie begriffen hätte, wovon Smorkyn sprach.

Sie starrte immer noch auf den Gefangenen und die Banditen, die ihn umringten und nun mittels klatschender Ohrfeigen zu wecken versuchten.

»Dir is´ wirklich kalt, so nah am Feuer?«, fragte Smorkyn und presste sie noch enger an sich. Jetzt erst kam seine Stimme bei ihr an.

»Nee, ist nicht kalt. Ist okay«, sagte sie tonlos.

Um sie herum herrschte ein ohrenbetäubender Krach. Die Männer schimpften und johlten, krakeelten durcheinander und drängelten sich disziplinlos wie eine Horde junger Löwen um das neue Fass, das einer von ihnen gerade angezapft hatte. Literweise schoss das Honigwasser heraus, und literweise landete es teils in den Bechern der wildesten Kerle, teils auf ihren Köpfen, Händen oder ihren Schuhen, weil keiner dem anderen den Vortritt gönnte und sie sich daher gegenseitig beiseite stießen oder umwarfen. Mit diesem Spektakel waren sie eine ganze Weile beschäftigt, so lange jedenfalls, bis endlich jeder von dem Fass probiert hatte. Das beruhigte die Gemüter und führte dazu, dass sie nun geduldiger miteinander umgingen und begannen um die Wette zu bechern.

Smorkyn stellte ein Fass für sich allein zur Seite. Das wagte ihm keiner streitig zu machen, obgleich zu vermuten war, dass selbst ein Kerl wie er einen so gewaltigen Wasserfall nicht allein hinunterspülen könnte.

Praktischerweise konnte er den Behälter von seinem *Thron* aus erreichen, ohne sich groß zu bewegen und Areshva dabei loszulassen. Völlig teilnahmslos hockte sie neben ihm, während seine breiten Pranken ihr die Schultern zerquetschten, so fühlte es sich zumindest für sie an, und er schweigend einen Becher nach dem anderen in sich hineinschüttete.

Silvrin war immer noch nicht bei Bewusstsein. Sein Kopf hing seltsam nach unten und er war umringt von Leuten. Areshva wäre am liebsten aufgesprungen und zu ihm gelaufen, um zu sehen, was bei allen Göttern mit ihm los war, aber der Klammergriff ihres Vaters hielt sie an ihrem Platz und sie war wie versteinert. Wenigstens schrien die Kerle inzwischen so laut, dass Smorkyn ihr keine weiteren Fragen stellen konnte.

»Wir machen ihn kalt, jooo-hooo!«

»Scheiße, macht den doch erst mal wach, dass er den Spaß nich' verpasst.«

»Da hast du, du Hund!«, reagierte sogleich einer aus der Menge.

»Klatsch ihm Wasser an den Schädel, Idiot!«, grölte Smorkyn.

Sie holten einen Eimer und kippten dessen Inhalt Silvrin über den Kopf. Und das wirkte tatsächlich.

Er blickte verwirrt um sich und zerrte an seinen Fesseln. Sehr zum allgemeinen Amüsement.

»Seht ihn euch an, den großen Helden!«, schrie Viggur und wedelte mit seinen zerrissenen Flügeln.

»Dich werden heute noch die Würmer fressen!«, posaunte Rak und fing meckernd an zu lachen.

»Du Ratte!«, brüllte einer, der so gierig getrunken hatte, dass ihm das Honigwasser die Kinnlade heruntertropfte.

»Du stinkender Kojote!« Smorkyn lachte schallend und erhob sich. Er drehte sich zu Areshva, um sicherzugehen, dass sie ihm folgte.

Also zwang sie sich zu einem schrägen Grinsen und ging mit ihm. Innerlich zitterte sie bis zum Bersten. Silvrins geschwollene rechte Wange, das blau unterlaufene Auge, die Blutstriemen an den Armen und über dem Bauch – sie ertrug es nicht. Sie meinte bohrende, stechende Schmerzen in ihrem eigenen Körper zu fühlen, genau an den Stellen, wo sie ihn gemartert hatten. Und sie konnte ihm nicht mal ein Zeichen geben, dass er nicht allein war! Nicht wenn seine Flucht gelingen sollte.

Götterverwünschter Höllendreck!

Die Gedanken in ihrem Kopf rasten. *Das Feuer … kann ich vielleicht die Flammen nutzen, um ihm zu helfen?*

Sie bückte sich und zog einen dicken brennenden Stock hervor, den sie wie eine Fackel erhob. Smorkyn grinste auf eine so niederträchtige Weise, dass Areshva übel wurde.

»Gute Idee«, knurrte er und griff ebenfalls nach einer solchen Waffe.

Dann marschierte er auf Silvrin zu und baute sich vor ihm auf, wobei er immer wieder kontrollierte, ob Areshva ihm folgte. Das tat sie natürlich. Schließlich war ihr Vater gereizt und argwöhnisch genug, sie durfte es nicht auf die Spitze treiben – ohne einen Anlass, der sich lohnte.

Areshva hatte ihren Vater immer für den imponierendsten Menschen gehalten, den es überhaupt gab. Jetzt aber, da Silvrin ihm gegenüberstand, wirkte er klein. Und nicht ihr Vater, sondern Silvrin war die bedeutendste Gestalt hier, selbst wenn er verletzt war, selbst wenn er in Fesseln hing. Der Parva war ja mehr als nur einen Kopf größer als Smorkyn und dessen

Gefolgsleute, er war hochgewachsen, sehnig und … sehr anders als alle hier.

Vielleicht lag das auch nur daran, dass Vaters Freunde, einschließlich ihrer Person, kleine schwarzhaarige Skeff waren, zu denen er schon allein durch sein verblüffendes Goldhaar einen extremen Kontrast bildete. Das sie nur zu gerne mal angefasst hätte. Auch seine muskulösen Arme und seine kraftvoll wirkende Statur versetzten sie in einen Zustand gewaltiger Unruhe. Fantasien stiegen vor ihren Augen auf, wie es sein könnte, wenn sie jetzt mit ihm hier ganz alleine wäre …

Aber eigentlich lag der größte Kontrast zwischen Silvrin und den ihn umringenden Männern nicht in ihrem Aussehen, sondern in etwas anderem, Unsichtbarem. Etwas, das sie in ihrem Inneren trugen.

Ihre Blicke trafen sich.

Er war noch viel wütender als zuletzt bei dem Duell und blitzte sie an, als wäre das ihre Schuld, dass er in diese Lage geraten war. Und dieser Blick stach ihr direkt ins Herz.

»Du jämmerliches Stück Dreck«, raunzte Smorkyn ihn an und schlug ihm mit der geballten Faust kräftig auf das rechte Auge.

Areshva hätte ihn beinahe an den Armen gepackt und von Silvrin weggerissen. Aber sie war gezwungen, diesen Impuls gewaltsam zu unterdrücken, weil sie ihre Leute in Sicherheit wiegen musste und sich nicht verdächtig benehmen durfte, bevor sie nicht einen Rettungsweg hätte.

Aber sie hatte ja nicht mal das!

Stattdessen sah sie mit Entsetzen, wie Silvrins Auge anschwoll und sich eine Beule über seinen Augenbrauen bildete. Das war natürlich nur der Auftakt.

Smorkyn lachte dröhnend, schwang seine Fackel über seinen Kopf und ließ sie dann abrupt sinken. Direkt auf

Silvrins Oberarm. Es gab ein ekelhaftes knirschendes Geräusch. Silvrin zuckte rückwärts, soweit das möglich war, sein ganzes Gesicht verzerrte sich, aber er gab keinen Laut von sich. Areshva unterdrückte einen Aufschrei. Neben ihm zu stehen und keinen Finger rühren zu dürfen war eine furchtbare Marter.

Smorkyn hob die Fackel wieder hoch und wandte sich an seine Tochter, wobei sie genau sah, wie eine grenzenlose Schadenfreude seine Augen zum Glitzern brachte.

»Na?«, grunzte er und lächelte breit, »willst auch mal, meine Motte?«

»Nein!«, hätte sie am liebsten laut geschrien. Aber sie zerquetschte den Ausruf und zwang ein gepresstes »Klar« auf ihre Lippen. Es gelang ihr nicht, das leise Zittern in ihrer Stimme zu unterdrücken. Inzwischen bereitete es ihr sogar Mühe, gerade stehen zu bleiben, denn ihr drehte sich fast der Magen um. »Musst mir bloß Platz machen.«

Sie trat direkt vor den Gefangenen. Auf dessen Stirn und Wangen mischten sich jetzt Schweiß und Blut. Er sah elendig aus. Die Banditen durften ihn nicht noch mehr verletzen. Er musste weg hier, und zwar schnell. Wenn es keine andere Lösung gab, dann eben doch über den Abgrund!

Und wenn sie es sich genau überlegte … Pferde waren große Tiere, wieso sollten sie nicht zehn Meter weit springen können?

Es *musste* einfach klappen. Und sie musste es riskieren, weil ihm andernfalls der Tod sicher war.

»Wenn ich gewusst hätte, dass du so eine falsche Schlange bist!«, fauchte Silvrin voller Abscheu.

Er atmete schwer und unregelmäßig. Bestimmt gab es kaum eine Stelle an seinem Körper, die nicht schmerzte. Wenn sie ihm doch zeigen könnte, dass sie ihm helfen wollte! Aber wenn es gelingen sollte, musste sie genau das Gegenteil tun.

»Dann hättest du deine Hellonen in etwas anderes investiert, hm?«, erwiderte Areshva gespielt höhnisch.

»*Hellonen?*« Beim Thema *Geld* war ihr Vater immer gleich hellwach. »Was? Wie viele?«

Er starrte auffordernd zuerst Areshva an, und da sie nicht antwortete, Silvrin, der ebenfalls keine Antwort geben wollte. Allerdings verriet der erschrockene Ausdruck auf seinem Gesicht, dass er sehr genau wusste, wovon Areshva redete.

»Du weißt nicht mal, wie viele es waren«, spottete Areshva, zu Silvrin gewandt. Dann drehte sie sich zu ihrem Vater. »Hundertzweiunddreißig Hellonen hab ich ihm abgeluchst.«

»Silberne?«, fragte Smorkyn eifrig.

»Quatsch, silberne. Goldene, natürlich! Die großen.« Areshva zeigte ihm mit der Hand, wie groß sie waren.

»Zur Hölle! Und du sagst kein Wort!« Smorkyn klatschte Areshva begeistert auf die Schulter. »Wo hast du sie!?«

Areshva winkte ab.

»Später.«

»Das fasse ich einfach nicht«, stöhnte Silvrin.

Sein Gesicht rötete sich, seine Mundwinkel klappten nach unten. Ein tiefer Schatten fiel um seine Augen. Um das andere auch noch, das erste verfärbte sich ja bereits tiefblau, vom Faustschlag ihres Vaters.

Areshvas Eingeweide verkrampften sich. Wie enttäuscht musste er sein, dass sie so gefühllos daherredete. Und sie war gezwungen, noch so weitermachen, damit ihr Vater Vertrauen zu ihr bekäme und ihr freie Hand ließe, die sie unbedingt brauchte.

»Was hast du denn erwartet, dass ich die Klunker zu irgendwelchen edlen Zwecken spende?« Areshva verdrehte die Augen und sah sich beifallheischend um.

Smorkyn lachte aus vollem Hals. In ihrem eigenen Hals dagegen steckte plötzlich ein dicker Klumpen Reue. Heilige Göttin, sie zerstörte gerade jedes Gefühl in Silvrin, falls er jemals etwas für sie empfunden hatte. Das sah sie an seinen zu Eis erstarrenden Blicken und es tat mehr weh als die Prügel ihres Vaters am Morgen. Aber sie musste ihn hier rausbekommen und das war die einzige Chance! Heiße Tränen quollen ihr in die Augen und sie musste kräftig blinzeln, damit es niemand sah.

Der krummbeinige Farkhil tauchte neben Silvrin auf und wies auf das Schwert, das der Gefangene trug.

»Eh, und guckt euch mal diesen Rosthaufen an. Das is' doch kein Schwert.«

»Nein, das is' ein Feuerhaken«, krakeelte einer aus der Menge.

»Den hat vielleicht sein Urgroßvater im Müll gefunden«, geiferte Viggur.

Areshva erstarrte. Silvrin trug tatsächlich sein Schwert am Gürtel. Bedeutete das, Prinzessin Isimela war bei ihm gewesen, hatte ihm das Schwert gebracht, so wie besprochen – und dann *vergessen*, seine Ketten aufzuschließen? Oder den Schlüssel verloren? Oder sich erwischen lassen?

Diese oberdämliche Schickse! Sie hat alles vermasselt! Verdammt, verdammt!

Und wie sie ihren Vater kannte, würde er gleich ebenfalls begreifen, dass hier was schiefgelaufen war. Und sich womöglich zusammenreimen, dass Areshva darin verwickelt sein könnte. Dem musste sie zuvorkommen.

»Wie zum Teufel kommst du an das Schwert?«, fauchte sie Silvrin an.

»Das hast du doch gehabt.« Smorkyn sah sie vorwurfsvoll an.

»Das hatte ich in meinem Turmzimmer, natürlich!«, zischte Areshva ihn an. »Aber du schickst ja neuerdings Leute da rein, die meine Fledermäuse verjagen und meinen Magiebaum klauen. Wenn die jetzt auch noch Waffen rauben, kannst du nicht mir die Schuld dafür geben!«

Vorwurfsvoll sah sie ihn an.

Smorkyn knurrte etwas Unverständliches. Dann wandte er sich wieder seinem Gefangenen zu.

»Schluss jetzt mit dem Geschwätz! Wir fangen an. Der Hund soll winseln. Yrres, komm vor! Brich ihm den rechten Unterarm!«

Der Sprung in den Abgrund

In Areshvas Kopf fing es an surren. *Nicht das. Nicht der Arm!* Sie konnte nicht zulassen, dass sie ihn verkrüppelten!

Da stapfte allerdings der grobschlächtige Yrres auch schon heran. Er war stark wie ein Ochse und seine Arme so dick wie Baumstämme. Der konnte jedem die Hand brechen, schon bei einer einfachen Begrüßung.

Sie musste einschreiten.

Yrres durfte Silvrin nicht anfassen, auf keinen Fall!

»Das mach ich selbst!«, trumpfte Areshva auf. »Kannst mir doch nicht alles wegnehmen!«

Sie wirbelte mit ihrer Fackel vor der Nase des Gefangenen herum. Was sollte sie unternehmen? Wie ihn hier herausholen, ohne Schaden, und ohne dass Smorkyn sie daran hinderte? Als Erstes müsste sie noch einmal an die Klippe gehen und den Fluchtweg prüfen … aber so, dass ihr Vater ihren Plan nicht durchschaute.

»Du bist das allerletzte … Stück Dreck«, keuchte Silvrin mit berstender Stimme.

In Areshva zerbrach etwas und jetzt schossen ihr die Tränen so heftig in die Augen, dass sie sich ruckartig wegdrehen musste, damit es niemand sah.

»Ich hol mir von dem Rum«, stotterte sie und stürmte auf das Fass zu, das am Abgrund stand. Sie nahm genau den Fluchtweg, den Silvrin nehmen sollte, wenn es möglich wäre. Natürlich rannte Smorkyn ihr hinterher, erreichte sie auf halbem Weg und packte sie, sodass ihr die Fackel aus der Hand fiel.

»Was ist eigentlich los mit dir, sag mir das?«, brüllte er.

»Er macht mich wahnsinnig!«, schrie sie zurück und wischte sich hektisch über die Augen. »Jetzt lass mich, ich hol mir was vom Rum, klar?«

»Der Rum steht da drüben.« Smorkyn wies mit der Hand auf seinen Bärenfellthron beim Lagerfeuer, hinter dem in der Tat drei bereits offene Fässer standen.

Sie riss sich los und blaffte ihn an: »Euer Zeug da schmeckt scheußlich. Der hier hinten ist viel besser.« Damit zeigte sie auf eines der Reservefässer, die nahe der Klippe standen.

Es handelte sich selbstverständlich um exakt denselben Rum, was sowohl Areshva als auch Smorkyn genau wussten, aber sie konnte so schnell keine andere Ausrede finden.

»Seit wann trinkst du Rum? Du verträgst das doch gar nicht!«

»Willst du mir das etwa verbieten, alter Säufer? Lass mich los!«

Zögerlich gab der Alte seine Tochter frei. Trinken war das Einzige, wogegen er nie etwas einzuwenden hatte. Allerdings kam es ihm seltsam vor, dass Areshva ausgerechnet heute damit anfangen wollte.

Eilig ging sie die Klippe hinauf. Glücklicherweise war das Fass ein wenig demoliert. Irgendwer hatte den Deckel eingeschlagen und sich bedient. Sogar ein Krug stand noch daneben.

Areshva fuhr unauffällig mit der Hand über den Totenschädel an ihrem Gürtel, um dessen Magie zu entfachen, und ging dann weiter zu dem Krug. Sie tauchte ihn in das Fass und füllte ihn. Da stand Smorkyn bereits neben ihr und beobachtete sie genau. Sie führte die Flüssigkeit an ihre Lippen, während sie gleichzeitig auf ihrer rechten Seite einen Magiestrahl über den Abgrund gleiten ließ. Noch störte ihn die Antimagie im Burghof, deshalb blieb er unsichtbar. Doch drüben über dem Abgrund wurde er mit einem leichten Glimmen sichtbar. Gar nicht so leicht, dieses Glimmen da draußen zu entdecken, weil sie nicht direkt hingucken durfte, nur aus den Augenwinkeln.

Dort. Beim Horn der Dämonen, das sind nicht bloß zehn Meter, das sind ja locker zwanzig. Das kann er nie im Leben schaffen.

Vor lauter Schreck verschluckte sie sich. Der Rum brannte ihr scheußlich in der Kehle. Sie musste husten, sodass der Krug ihr aus der Hand fiel. Smorkyn hielt sie fest. Inzwischen dachte er wohl, sie wäre krank. Sie fühlte sich auch so.

Eine Lösung, dachte sie fieberhaft. *Es muss eine geben, es muss!*

Ihre Beine waren wie Watte. Sie kam hoch und da ihr nichts anderes einfiel, wiederholte sie die Prozedur. Mit der Hand gedankenschnell gegen den Schädel, dann zum Krug, noch mehr Rum. Nicht um den zu trinken.

»Areshva, lass das doch, das verträgste nich´…«

Und wenn sie versuchte, einen Weg auf einer *höheren* Ebene zu erzeugen? Vielleicht reichte die Antimagie nicht bis dorthin?

»Areshva, weißt du, was ich mir gedacht hab?«, sagte Smorkyn sehr vorsichtig. Er hörte sich an, als hätte er Angst, sie würde gleich den Verstand verlieren. Das konnte heute auch noch passieren. »Du musst deinen Ruf wieder aufpoliern. Zuerst säubern wir Ygramor von diesem Gewürm aus Aravenna, die sind ja überall, wie

Blattläuse. Wenn wir hier fertig sind, werfen wir ihnen die Leiche ihres Fürsten vor die Füße. Wirst sehen, dann sind sie erledigt. Und dann kannste Aravenna in Schutt und Asche legen ohne Widerstand.«

Das hatte er sehr laut gesagt, wahrscheinlich damit auch Silvrin es hörte.

Areshva war wie gelähmt. Was musste der Fürst für ein Bild von ihr bekommen? Das einer perfiden Mörderin. Das könnte sie vor ihm nie wieder geradebiegen, er würde sie hassen! Wie ein Felsbrocken krachte der Gedanke über sie nieder. Sie konnte ihrem Vater nicht antworten. Zu sehr raste ihr das Herz in der Brust. Dabei wäre es gut, wenn sie das Gespräch in die Länge zöge, um Zeit zu gewinnen.

Konzentriert starrte sie ihrem neuesten Zauber hinterher.

Nein! Auch das klappte nicht. Den Weg weiter oben, den sie in der Luft erzeugen wollte, den knallte der Zauberbann einfach weg.

Gut, dass Männer keine Magie sehen konnten und darum niemand erkannte, was sie hier eigentlich machte.

»Und dann, Areshva«, fantasierte Smorkyn weiter, während Areshva ihren Strahl noch eine Etage höher schickte, »danach rufst du ein Duell aus gegen den Fürsten von Karghena. Der hat in seinem Palast angeblich ganze Schatzkammern voll mit Goldschmuck bis an die Decke. Du machst ihn platt, wir holen uns die Schätze und dann steht uns eine bessere Zukunft bevor, das verspreche ich dir! «

Der Strahl wurde ebenso von dem verfluchten Bann gefressen wie alle vorherigen. Areshva warf den Krug in tiefer Verzweiflung gegen das Fass. Von der Zukunft wollte sie schon überhaupt nicht reden.

»Das ist alles *wertlos*!«, schrie sie auf. »*Verflucht!* Du kannst fünfzig Kämpfe gewinnen und einen verlieren, wovon reden sie dann? Na? Von dem einen, wo du versagt hast!«

Smorkyn starrte beunruhigt auf ihre Hand, mit der sie den Totenschädel berührte.

»Willst du Ygramor in die Luft jagen, nur weil du einmal in deinem Leben einen verdammten Kampf verloren hast?«

»Was du plapperst, ist auch alles wertlos!«, schrie Areshva ihn an. »Du kannst nicht groß denken. Aravenna angreifen, oder Karghena, oder Ygramor. Pah! Was soll das denn bringen? Wenn schon, dann müsste man *richtig* was wagen. Ganz oben anfangen.«

»Was meinst du mit *ganz oben*?«

»Wer steht denn über uns allen? Die Hohepriesterin in Kalamachai!«

Das Ziel. Das große Ziel. Eigentlich sollte ihr nichts wichtiger sein als das. Stattdessen hing sie plötzlich an Silvrin fest und ließ sich von ihm aufhalten.

Bei allen Göttinnen dieser Welt, als ob ich eine Chance hätte, die Hohepriesterin zu besiegen!, dachte sie bei sich. Aber sie musste es versuchen. Sie hätte dieses Unternehmen schon längst beginnen sollen. Nichts anderes ergab Sinn.

Die Hohepriesterin abservieren, selbst die Macht übernehmen, selbst steuern, was im Land passierten und vor allem: was nicht. Egal, wie viel Widrigkeiten sie dafür auf sich nehmen müsste. Sie sah doch gerade, dass sie um diese sowieso nicht herumkam.

Eine Gänsehaut rieselte ihr kalt über den Rücken, dass es ihr schauerte. Sie ballte die Fäuste. Langsam und deutlich wiederholte sie: »Genau! Ich greife die Hohepriesterin an. In Kalamachai.«

Stille.

»Nein!«, keuchte Smorkyn. »Das lässt du schön bleiben. Bist du übergeschnappt? Sie hat ganz andere Möglichkeiten als du. Sie legt dich um.«

Areshva testete nun einen Magiestrahl eine Ebene tiefer. Und der erzeugte einen Effekt. Leider strömte er irgendwo unterhalb dem Klippenende, deshalb sah sie ihn nicht, aber sie fühlte die Kraft. Da unten wirkte der Bann nicht.

Ha!

Sie könnte Silvrin dort einen Weg erschaffen, sogar bereits direkt unter der Klippe! Er müsste nicht mal ein Luftloch überwinden.

»Yiiiiiiiipp!«

Sie schrie so laut, dass ihre Stimme an den Felsklippen weit hinter der Schlucht ein Echo erzeugte und unwirklich zurückhallte.

Ja! Da ist sie, meine Lösung!

Jetzt musste sie nur noch ihre Leute ablenken und dann versuchen Silvrin zu befreien!

»Areshva!«, brüllte Smorkyn und schüttelte sie. »Was ist los mit dir?«

Sie lachte ihn an.

»Entschuldigung. Ich bin einfach … du weißt, die Visionen. Aber jetzt ist es besser. Viel besser sogar. He, wollten wir den Dummkopf da unten nicht rösten?«

»Areshva.« Er sah ihr in die Augen. »Du bist komisch. Bist du betrunken?«

»Was ist daran *komisch*? Komm!«

Sie hob den brennenden Stock auf, der ihr heruntergefallen war, und lief zu Silvrin zurück. Sein malträtiertes Auge war vollkommen zugeschwollen, er sah fiebrig aus, geradezu erbärmlich. Hoffentlich konnte er in dem Zustand überhaupt reiten. Und eine Sache wusste er noch nicht. Isimela hatte ihm doch laut ihrem Plan erklärt, er müsse weit springen.

Wenn er dann plötzlich zwei Meter nach unten fällt, wird ihn das überraschen, dachte Areshva, *und er und sein Pferd können sich verletzen. Ich muss ihm das irgendwie sagen. Unauffällig.*

Und das, obwohl Smorkyn schon wieder neben ihr stand. Aber weil sie gut gelaunt auftrat, besserte sich auch seine Stimmung. Sie schlenderte zu Silvrin und stemmte beide Hände in die Hüften.

»Na?«, sagte sie und musste sich Mühe geben, das Schwanken in ihrer Stimme zu überspielen. »Dir hat man wohl gesagt, dass du weit kommen wirst?« Sie zeigte ihm eine gewisse Weite mit der Hand. Smorkyn und die ganze Bande hinter ihm fingen an zu lachen. Silvrin stand da wie versteinert. Sie erzitterte unter seinen eisigen Blicken und fuhr mit eindringlicher, flehender Stimme fort: »Das wird aber nicht passieren. Stattdessen wirst du *tief* fallen«, und machte bei dem vorletzten Wort mit der Hand eine abrupte Abwärtsbewegung. Die Männer hinter ihr lachten dröhnend. Etwas leiser fügte Areshva hinzu: »So zwei Meter, ungefähr.«

Das ging aber schon in der allgemeinen Begeisterung unter.

Smorkyn klatschte ihr auf den Rücken und bölkte: »Areshva, Areshva, endlich kenne ich dich wieder!«

Dann winkte er erneut Yrres zu sich heran. Dieser Muskelprotz war durch eine harte Schule gegangen, wovon seine zertrümmerte Nase und eine Augenklappe ein stummes Zeugnis ablegten.

»Machen wir weiter. Los jetzt, brich ihm endlich den Arm! Den rechten!«

Areshva sah rot. Sie musste handeln, schnell. Den Henker stoppen konnte sie nicht, er war zu stark. Sie musste ihn ablenken. Bloß wie? Mit der Fackel, die sie in der Hand hielt? Aber was konnte man damit anzünden?

Den Rum?

Sie duckte sich, entwischte ihrem Vater, hüpfte blitzschnell durch die Menschenmenge, im Zickzack, damit niemand sie festhalten könnte, erreichte die Fässer hinter dem steinernen Thron und kippte sie um, eines nach dem anderen. Ihre Fackel warf sie obendrauf.

Ein Flammenmeer schoss in den Himmel, entflammte ein Terrain, so groß wie ein See, und außerdem noch eine hochgewachsene Tanne, die plötzlich loderte wie eine himmelhohe Fackel.

Alle schrien, brüllten, rannten durcheinander. Areshva musste selbst einen ordentlichen Satz machen, um nicht ins Feuer zu geraten. Die Flammen flackerten plötzlich überall. Sie sprang, rannte und rettete sich endlich keuchend aus dem Inferno, indem sie in die Luft emporstieg.

Da das Gelände nur karg bewachsen war – es bestand zumeist aus Geröll, Sträuchern, Felsen und Höhlen –, fand das Feuer schon bald keine Nahrung mehr. Lediglich die Tanne brannte noch, was aber niemanden gefährdete.

Plötzlich hörte Areshva ein Pferd wiehern und dann das Trappeln von Hufen. Sie fuhr herum.

Am Lagerfeuer war kein Mensch, außer Silvrin. Alle anderen mussten in Panik fortgerannt sein, kehrten nun aber erst aus allen Himmelsrichtungen zurück.

Was war das für ein Geräusch? Wieso war das Trappeln so laut? Das hörte sich ja so an, als galoppierte eine ganze Herde auf sie zu! Egal, sie musste zu Silvrin, ihn befreien. Bevor die Männer begriffen, was hier gespielt wurde.

Ein Reiter sauste auf die Klippe zu. Er sprang in den Abgrund und verschwand in der Tiefe.

War das Silvrin? Aber er ist doch gefesselt?

Sie begriff gar nichts, versuchte hastig, den geplanten Weg unter der Klippe herbeizuzaubern, doch zu spät. Sie hörte einen schrillen Aufschrei, der lang anhielt und schnell leiser wurde, dann geisterhaft und hohl verklang.

Schon kam ein zweiter Reiter herangaloppiert. Dabei stand Silvrin noch immer an dem Baum!

Wem, bei allen gehörnten Dämonen, hat die behinderte Prinzessin die Geschichte mit dem Sprung in den Abgrund erzählt? Und wen hat sie befreit? Sie ruiniert alles, alles! Ich bringe sie um!

Den Zauberweg unter der Klippe hatte Areshva inzwischen befestigt und hielt ihn fest, weil sie nicht begriff, was hier ablief, aber vorsichtshalber keinen Fehler machen wollte, der Silvrin das Leben kostete. Sie starrte den Gefangenen an. Und erst jetzt wurde ihr klar, dass sie nicht ihn vor sich hatte. Der Typ dort war zwar ebenfalls groß und blond, aber er hatte ein rundes Gesicht und war unverletzt.

Areshva hielt den Atem an. Was lief dort? Wohin war Silvrin verschwunden? Alles ging so schnell, schon galoppierten die nächsten Reiter heran. Die Zauberin verkrampfte sich. Sie konnte die Gesichter nicht erkennen. Auch diese sprangen die Klippe hinab und verschwanden. Areshva hielt den Zauber fest, so hart sie konnte. Wenn sie nur wüsste, ob Silvrin schon in Sicherheit war!

»Die Gefangenen sind los!«, brüllte Smorkyn quer durch den Hof. »Fangt sie, tötet sie, lasst sie nicht entkommen!«

In einem großen Pulk kamen immer mehr Reiter heran. Sie galoppierten mitten durch die verblüfften Räuber des Smorkyn, die nun einzelne attackierten, aber sie waren zu langsam und da sie nicht beritten waren, entwischten ihnen die Flüchtigen. Da begannen sie mit Lanzen und Pfeilen auf diese zu schießen. Hier und dort fielen Getroffene von ihren Pferden.

Wieder kam ein Pulk neuer Reiter. Areshva hörte eine schrille Mädchenstimme kreischen: »Nicht so schnell, nicht so schnell!«

Pferde wieherten, Männer brüllten Kommandos, ein goldenes Kleid blitzte in der Menge der Flüchtigen auf. Smorkyns Wächter stürmten auf die neue Gruppe zu, schafften es, einige Pferde zu stoppen, Reiter herunterzureißen. Es wurde unübersichtlich. Mehrere Männer kämpften, Lanzen schwirrten durch die Luft, der Boden dröhnte von dem lauten Hufgetrappel. Doch die meisten Reiter preschten ungehindert vorwärts. Dann sprangen sie, einer nach dem anderen.

Mitten in den Abgrund.

Und es wurde still auf dem Lagerplatz. Nur die fünf Männer, deren Pferde gescheut hatten, kämpften noch um ihre Freiheit, wurden aber bald überwältigt.

Smorkyns Leute standen wie vom Donner gerührt und glotzten in die schwarze Leere, in die ihre Gefangenen gesprungen waren.

»Was war das denn?«, fragte jemand.

»Die konnten wohl ihr Ende nicht abwarten!«, rief ein anderer Räuber verwundert. »Ich begreif's nicht. Dahinter ist doch ein Abgrund.«

»Vielleicht stimmt etwas nicht mit ihren Augen«, erwiderte ein Dritter.

»Oder mit ihrem Verstand«, grinste Viggur.

»Untersucht die Toten!«, brüllte Smorkyn. »Sucht nach Hinweisen, kriegt raus, was ihnen in die Köpfe gestiegen ist!«

Areshva fiel ein Stein vom Herzen. Er war in Freiheit. Jetzt hatte er eine Chance. Die Räuber waren zu dämlich, um zu erraten, mit welchem Spuk sie sie genarrt hatte. Silvrin befand sich auf ihrem magischen Weg. Natürlich war er damit noch nicht gerettet, denn ihr Zauber hing ja frei in der Luft. Smorkyn würde außerdem früher oder später draufkommen, was los war, und dann würde er ihn jagen. Also brauchte Silvrin einen ordentlichen Vorsprung. Das ging am leichtesten, indem sie den Weg in der Luft absenkte. Die Klippe hier fiel senkrecht in die Tiefe, sie musste ihn nur fallen lassen. Langsam, damit die Passagiere nicht vom Fahrtwind herabgerissen würden.

Sie schloss die Augen, um sich besser zu konzentrieren. Dann senkte sie den Zauberweg so lange, bis sie ihren Kontakt schwach werden fühlte. Nun musste sie den frei schwebenden Magieweg seitlich an echte Wege *andocken*. Leider sah sie nicht, was sie tat. Sie konnte nicht ahnen, wo ihr Weg landen würde. Aber weit nach rechts wurde der Berg flacher, wie sie wusste. Dort wäre ein Übergang möglich.

Sie hielt die Augen fest geschlossen und konzentrierte sich. Ob ihr Weg schon den Berg berührte? Oder bräuchte sie noch ein Stück?

»Was zur Hölle tust du?«

Jemand schlug ihr heftig auf die Schulter, wodurch er ihre Konzentration und damit den gesamten Zauber zerbrach. Sie zuckte zusammen und war abrupt wieder in der Wirklichkeit zurück.

Smorkyn.

»Geh doch weg da!«, schrie Areshva auf.

»Ich will wissen, was du tust!«, brüllte Smorkyn, indem er sie bei den Schultern schüttelte. »Bist du normal? Hast du das gewollt, dass er springt? Hast du was zusammengehext?«

»Lass mich los!«, keuchte Areshva und versuchte sich zu befreien.

Aber umsonst, sie kam nicht los und konnte auch den Zauber nicht wiederherstellen. Smorkyn starrte sie an.

Dann klatschte er sich mit der Hand an die Stirn. Der Groschen war gefallen.

»*Lass ihn leben!*«, äffte er Areshva nach. »*Er ist das wert!*«

Wütend spuckte er vor ihr aus.

»Bist du etwa verknallt in den? In einen Parva? Hast du gar keinen Verstand in der Birne? Glaubst du, er sieht dich an? Quatsch, Mädchen! In seinem ganzen Leben nicht. Die Parva verachten uns, falls du es noch nicht gemerkt hast. Für ihn bist du ein Stück Dreck. Selbst wenn du ihm die Füße küsst, bleibst du trotzdem bloß ein Stück Dreck!«

Seine Worte hatten die Wirkung einer eisigen Dusche. Areshva trat unwillkürlich einen Schritt zurück. Die Kälte durchrann ihren ganzen Körper.

»Du kennst ihn nicht«, sagte sie trotzig. »Er ist nicht so wie die anderen.«

»Ha, ha!«, höhnte Smorkyn. »Also blind bin ich nicht. Ich hab ganz gut gesehen, wie er dich angestiert hat, als ob er dir am liebsten rechts und links ordentlich eine verpasst hätte. *Verdammich!* Er hasst dich wie die Pest. Oder, wie hat's für dich ausgesehen?«

Genauso, wie du sagst, fuhr es Areshva durch den Kopf und sie fühlte sich plötzlich, als ob nicht bloß an ihrem Flügel eine Sehne falsch angenäht war, sondern gar nichts mehr mit ihr stimmte – und auch nie wieder stimmen würde.

»Und dafür sabotierst du mich?«, brüllte Smorkyn sie an. »Mich, deinen eigenen Vater? Dein eigen Fleisch und Blut? Für einen Kerl, der dich nie anders anpacken wird als ein Stück Scheiße? Ich hoffe, das kuriert dich.«

Er boxte sie mit Wucht gegen die Schulter und schleuderte sie zu Boden. Sie versuchte aufzustehen, aber ihr drehte sich alles im Kopf, denn die Schläge vom Nachmittag hatte sie noch nicht überwunden. Sie hätte heulen mögen. Nicht vor Schmerz. Eher weil das Bild ihres geliebten Vaters gerade so schreckliche Risse bekommen hatte, die wohl niemals wieder verheilen würden. Sie musste weg. Keinen Augenblick länger hielt sie es hier aus. Aber ihr war so schwindlig. Deshalb schaffte sie es erst nach dem dritten Versuch, aufzustehen. Noch immer stand er vor ihr mit blutunterlaufenen Augen und einer irren Zornesfalte auf der Stirn.

Mach's doch! Schlag mich tot, du Bestie!

Smorkyn stand vor ihr mit erhobener Faust, ließ diese jedoch langsam sinken. Die Wut in seinem Gesicht wich einer noch viel tieferen Enttäuschung. Er starrte sie an wie eine Fremde. Als wäre sie eine seiner Mägde, die ihm einen halben Bronzescheller geklaut hat.

»Bist noch nich´ kuriert genug, oder?«, drohte Smorkyn lauernd, mit eigenartig hohler Stimme. Dann griff er an ihren Gürtel, riss den Totenschädel heraus und warf ihn mit Schwung durch die Luft. Er wirbelte über den Abgrund und verschwand in der Dunkelheit. Nun winkte er seine Kameraden herbei, die ihm gefolgt waren. »Fesselt sie, damit sie mir nicht mehr an den Karren fährt. Und dann suchen wir den dreckigen Fürsten.«

Im Turmzimmer

Areshva hockte in der Gefängnisgrotte ihres Vaters, die Hände an den Felsen gekettet, gar nicht weit entfernt von der Stelle, an der Silvrin vorher gesessen hatte. Volle drei Tage verbrachte sie hier schon. Damit sie zu Verstand käme, hatte ihr Vater gesagt. Leider war sie nur allzu klar zu Verstand gekommen.

Bei Silvrin hatte sie keine Chance. Nicht genug damit, dass er ausgerechnet ein Parva war. So wie sie sich an jenem Abend aufgeführt hatte, als sie ihn befreite, musste er sie für seine Feindin halten. Dieses Missverständnis würde sie nie ausräumen können. Er war unerreichbar. Sie sollte ihn vergessen. So schwer das war, aber sie durfte nicht mehr an ihn denken.

Sie hatte allerdings die letzten drei Tage ununterbrochen über ihn nachgedacht. Ihn vergessen, wie denn? Gab es etwas anderes, das das Nachdenken lohnte?

Das große Ziel. Wie konnte sie das aus den Augen verlieren? Sie musste die Hohepriesterin stürzen und selbst die Macht ergreifen. Hatte sie diese Position erst erobert, dann könnte sie noch mal versuchen, sich Silvrin zu nähern. Wenn sie ihm zeigte, was sie konnte, oder ihm

Macht übertrug, vielleicht würde er dann besser von ihr denken?

Schritte hallten durch den Gang. Sie blickte auf. Jetzt sah sie das Flackern einer Fackel in der Wegbiegung. Jemand stapfte zu ihr heran. Es war Jeggen, der Musikant. Wortlos kniete er sich neben sie und schloss ihre Ketten auf.

»Besser, wenn du jetzt verschwindest«, brummte er. »Und wenn du dich hier nicht mehr blicken lässt. Smorkyn tobt, wie du ihn noch nie erlebt hast.«

Er stand wieder auf und marschierte nach draußen, als wäre sie gar nicht mehr vorhanden. Hinter ihm senkte sich Finsternis über die Grotte.

War das ein Rauswurf? Aus ihrem eigenen Zuhause?

Sie erhob sich. Vorsichtig tastete sie sich durch die Dunkelheit, bis sie den Ausgang erreicht hatte.

Hatte sich die ganze Welt gegen sie verschworen? Der Hinterhof erschien ihr seltsam leer, weil sie darin keinen Platz mehr hatte. Keinen Ort mehr, wohin sie gehörte. Nicht zu Lystrella, nicht zu Kirisha … nicht einmal zu ihrem eigenen Vater. Sie war wie ein Blatt, das der Wind von einer Birke geweht hatte und das nun planlos durch die Lüfte trieb. Scherte sich etwa der Baum um sein verlorenes Laub? Nein, wieso denn? Es war nur Ballast, gelb und an den Rändern verdorrt, zu nutzlos, um es zu behalten. Im nächsten Frühjahr würde er wunderschöne neue Blätter bekommen und ihre Vorgänger vergessen haben. Der Wind scherte sich auch nicht drum, was aus den vertrockneten Blattresten wurde oder wo sie landeten. Vielleicht interessierten sich gerade noch die Würmer in der Erde dafür, die sie am Ende auffraßen.

Sie biss sich auf die Lippen.

Langsam schlenderte sie den kleinen Pfad entlang, der zur Burg hinführte. Sie wollte zu ihrem Turmzimmer und Pirina abholen. Natürlich plante sie nicht, das Mädchen mitzunehmen zu dem großen Kampf! Aber es musste raus hier und zurück zu seinen Leuten, wo es in Sicherheit wäre. Um die Prinzessin hatte sich ja Silvrin schon gekümmert. Ha! Bestimmt war Isimela in seine Grotte spaziert und hatte ihn angefleht, *er* möge doch bitte *sie* retten! Und er, der Kavalier, sagt zu so einem Ansinnen nicht nein, selbst wenn es ihn den Hals hätte kosten können. Als sie jetzt genauer darüber nachdachte, war sie schon nicht mehr sicher, ob er wirklich mit heiler Haut flüchten konnte. Es war so ein Durcheinander gewesen, und wieso hatte die Prinzessin so panisch geschrien? Und er war doch sehr angeschlagen, ob er sich überhaupt auf dem Pferd halten konnte? Uh, jetzt dachte sie schon wieder an ihn. Wenn sie doch seine durchdringenden Blicke aus ihrem Gedächtnis streichen könnte. Und diese Anziehungskraft, die er auf sie ausübte.

Ihre Glieder waren schwerer als sonst. Vielleicht war schon irgendwas in ihr vertrocknet und es würde gar nicht lange dauern, bis die Würmer sie tatsächlich fraßen.

Jetzt reiß dich zusammen. Denk an das große Ziel.

Die Hohepriesterin angreifen – und wenn sie verlor? Wenn die Oberhexe sie zerschmetterte? Sie ertappte sich dabei, dass der Gedanke sie gar nicht wie früher erschreckte.

Na und? Was habe ich zu verlieren? So wertvoll ist dieses Leben nicht mehr, dass ich es um jeden Preis beschützen müsste.

Wenn sie die Alte nicht besiegen könnte, wären alle ihre Ziele verloren. Dann konnte sie sich auch gleich verhackstücken lassen. Smorkyn würde wenigstens ein schlechtes Gewissen bekommen dafür, wie er sie behandelt hatte. Und seine niederträchtige Bande ebenfalls. Das hatten sie verdient.

Areshva huschte über den Hof, der menschenleer war. Vermutlich durchkämmten Smorkyn und seine Männer jetzt alle Wege und Wälder des Berges auf der Suche nach

Silvrin. Nun, darüber brauchte sie sich wenigstens nicht den Kopf zu zerbrechen. Der Fürst hatte einen gewaltigen Vorsprung, weil sie seinen Weg so weit abgesenkt hatte. Er brauchte sich nicht die endlosen Steilpfade auf dem Berggipfel herunter zu quälen. Ihr Vater würde ihn nie im Leben einfangen.

Sie betrat die Burg und ließ sich von der Winde in ihr Turmzimmer transportieren. Kaum war sie eingetreten, da wäre sie beinahe rückwärts wieder herausgefallen. Eine solche Volksversammlung hatte dieser Raum noch nie vorher beherbergt.

Die Prinzessin saß auf dem Himmelbett. Eine ungeheuer schmutzige Isimela mit aufgelösten Haaren, Kratzern im Gesicht und einem halb zerrissenen, über und über beflecktem Kleid, von dem man nur noch erahnen konnte, dass es einmal golden gewesen war. Drei höfisch aussehende Damen, deren Blusen jedoch ebenfalls etwas mitgenommen aussahen, umringten sie. Zu allem Überfluss befanden sich auch noch drei Mägde im Raum, die sonst auf der Burg dienten. Sie saßen auf dem Strohlager, vollbepackt mit Beuteln und Taschen. In der Nähe von Areshvas Feuerstelle hockten sogar zwei kleine Kinder und naschten von der einzigen Kräuterpflanze, die Smorkyn ihr nicht zerstört hatte! Pirina kniete bei ihnen auf dem Fußboden. Sie sprang auf, als Areshva eintrat.

»Endlich! Wir haben schon …«, jubelte sie, verstummte aber sofort, denn Areshva gebot ihr mit einer drohenden Gebärde zu schweigen. Wütend sah sie sich um. Eine Volksversammlung in ihrem Zimmer! Hatte hier kein Mensch mehr Respekt vor ihr und dem, was ihr gehörte?

Sie stampfte mit festen Schritten auf das Himmelbett zu und baute sich vor der Prinzessin auf, wobei sie die Hände in die Seiten stemmte.

»Kannst du mir erklären, was du in der Gefangenengrotte angestellt hast?«, zischte Areshva. »Was ist dir in den Kopf gestiegen – du befreist alle seine Leute, aber lässt Silvrin hängen? Was bringt das wohl, wenn du ihm sein Schwert gibst, aber die Ketten vergisst? Du hast mich erledigt. Mein Vater hätte es nie begriffen, dass ich die ganze Sache eingefädelt habe, wenn nur Silvrin allein geflohen wäre und nicht Dutzende seiner Leute!«

»Das war doch nicht meine Idee«, erklärte Prinzessin Isimela eingeschüchtert.

»Natürlich nicht«, zischte Areshva. »Deine Idee war, dass er doch dich retten könnte, stimmt´s? Ich habe dich in dem Gewühl gesehen. Du hast ihn genötigt, dich auf sein Pferd zu holen und dabei hättet ihr alle beide vor die Hunde gehen können!«

»Falsch«, schnitt die Prinzessin ihr schnippisch das Wort ab. »Den Kerl kennst du nicht, der ist ziemlich verdreht. Als ich zu Silvrin kam, um seine Ketten aufzuschließen, hat er gesagt, ich soll zuerst alle Gefangenen ganz vorn in der Grotte befreien und danach die ganz hinten und ihn selber zuletzt. Schließlich hätten alle Männer ihr Leben für ihn riskiert und deshalb würde er nur mit allen zusammen fliehen oder überhaupt nicht.«

Areshva griff sich an die Stirn.

»Ich habe natürlich gesagt, er soll das nicht versuchen, das ist viel zu riskant«, fuhr Prinzessin Isimela fort, »aber das hat er einfach ignoriert.«

»Hat man so etwas schon gehört«, murmelte Areshva halblaut, drehte sich zur Seite und presste ihr Gesicht gegen das Fenster. Er war unbegreiflich. Jedes Mal, wenn sie ihn traf, stellte er ihre Welt auf den Kopf. So einen Freund hätte sie auch gerne. Oh, wie gern würde sie ihn nochmal treffen!

Und wenn ich ihm hinterherlaufe …?

Aber was könnte sie erreichen? Den Keil zwischen ihnen konnte sie nicht wieder entfernen. Er würde sie nie mehr mit so warmen Augen ansehen wie damals. Diese Chance hatte sie verpasst. Wenn sie überhaupt jemals bestanden hatte. Es ergab keinen Sinn, Silvrin hinterherzulaufen. Es würde nur den Schmerz in ihrem Herzen vergrößern und sie von ihrer eigentlichen Aufgabe ablenken.

Es gab nur einen großen Sinn. Sie musste die Weltordnung wieder zurechtrücken. Die Hohepriesterin stürzen und die Macht neu verteilen, und zwar an die richtigen Leute. Und damit würde sie auf der Stelle beginnen.

Nur die Prinzessin … die konnte sie doch nicht mitnehmen zu ihrem Kampf! Aber sie hierzulassen war genauso unmöglich. Oder? Wenn sie ihr Zimmer magisch abriegelte, damit ihr niemand etwas zuleide tat, so lange bis sie sich nach ihrer Machtübernahme um sie kümmern konnte?

»Brechen wir auf?«, fragte Pirina eifrig und lief ihr entgegen.

»*Ich* breche auf, aber allein«, erwiderte Areshva brüsk. »Ich habe etwas vor, bei dem ich keine Gesellschaft gebrauchen kann. Ihr bleibt hier, bis ich euch hole.« Mit diesen Worten marschierte sie zur Tür. Aber sie hatte die Rechnung ohne Pirina gemacht.

Die Kleine klammerte sich von hinten an ihr Hemd und rief: »Areshva! Warte!«

Die Zauberin drehte sich langsam und drohend um.

»Du hast genau zwei Worte, um mir zu sagen, warum du mich aufhältst. Und dann bist du still. Das alles steht mir schon bis hier!« Sie beschrieb mit der Hand einen Strich einmal quer über ihren Hals und starrte das Mädchen dabei aus funkelnden Augen an.

Pirina erwiderte ihre Blicke und wisperte: »Rette uns!«

Areshva zog die Augenbrauen hoch.

»Willst du mich ärgern? Du kannst fliegen. Du kommst hier ganz alleine heraus und fliegst dann ganz artig zu deinen Leuten zurück.«

»Und Prinzessin Isimela? Und die anderen?«

»Die dumme Kuh hat gerade mein Leben zerstört!«

»Bitte! Das wäre doch leicht für dich, oder? Bitte!«

Areshva öffnete ruckartig die Tür und warf sie hinter sich ins Schloss. Heftig atmend stand sie auf der Plattform ihrer Winde, hoch oben in der Luft.

Pirina bildet sich immer noch ein, ich wäre eine fabelhafte Retterin.

Wenn sie jetzt anfinge, dem Mädchen Wünsche zu erfüllen, würde sie sie nie mehr loswerden. Und sie konnte ein so junges Ding doch nicht mit in den großen Kampf nehmen. Oder gar noch die Prinzessin. Nein, das kam nicht infrage.

Draußen war es windig. Ein herrlich erfrischender Sommerwind wirbelte ihr durch die Haare. Hier oben wehte immer eine frische Brise, an guten Tagen trugen einen die Winde kilometerweit durch die Lüfte, ohne dass man seine Flügel anstrengen musste. Allerdings ging Areshva jetzt auf, dass sie lieber nicht versuchen sollte zu fliegen.

Verdammt. Sie würde aus der Burg nicht so leicht herauskommen, weil ihre lädierten Flügel ihr den Dienst verweigerten! Blieb keine andere Möglichkeit, als ihren Vater zu fragen, ob er ihr das Burgtor öffnete.

Haha! Ganz bestimmt würde sie das nicht machen und sich womöglich die nächsten brutalen Schläge ihres besoffenen, mürrischen und verzweifelten Alten einfangen. Denselben Weg zu nehmen wie Silvrin, das ging auch nicht, weil Smorkyn ihr den teuflischen Schädel weggenommen hatte. Ohne den bekam sie den Zauber nicht hin.

Sie war schon wieder auf Pirinas Hilfe angewiesen. Der Gedanke gefiel ihr gar nicht. Sie durfte das Mädchen nicht an sich binden, auf keinen Fall.

Aber da trippelte Pirina bereits zu ihr nach draußen.

»Bitte!«, keuchte sie. »Du kannst doch die Prinzessin nicht im Stich lassen. Und die anderen Frauen haben auch sehr schreckliche Geschichten erzählt, die können hier nicht bleiben.«

Areshva starrte zur nördlichen Palisade hin. Wenn sie in diese Richtung flüchtete, würde sie Smorkyn sicher nicht treffen. Tja, und Silvrin auch nicht.

Verdammt, nun denk doch nicht dauernd an ihn!, ermahnte sie sich selbst.

Pirina ließ nicht locker.

»Ich finde, du solltest auch mal an andere denken und nicht nur an dich selbst. Leute wie du sind schuld daran, dass die Menschen denken, alle Skeff sind böse.«

»Du kapierst gar nichts!«, fauchte Areshva. »Es sind nicht eigene Interessen, die ich hier verfolge. Ich werde in diesem Land noch etwas bewegen, das wirst du sehen. Und jetzt schweig zu diesem Thema, das macht mich wütend.«

Einen kurzen Augenblick war Pirina tatsächlich still, aber der Friede hielt nicht lange an.

»Aber diese Männer haben sie sehr schlimm behandelt und bedroht«, begann sie vorsichtig und verstummte.

Schon der Gedanke, die bevorstehende Reise in Gesellschaft dieser Edelzicke zu machen, ließ Areshvas Stimmung endgültig in den Keller stürzen. Allerdings wusste sie, dass Pirina recht hatte. Es wäre unverantwortlich, Isimela hierzulassen und zu riskieren, dass Smorkyn oder jemand anders ihr zuleibe rückte – was, wenn ihr Schutzzauber das nicht verhinderte?

»Schön, wie du willst, ich bring sie raus aus Ygramor«, knurrte Areshva. »Hol sie her!«

»Ja!«, jubelte Pirina. »Das ist toll. Das ist …«

»Klappe«, schnitt die Zauberin ihr das Wort ab. »Ich mache das nicht, weil ich irgendeine Retterin wäre oder so, klar? Ich bringe euch bloß bis an den nächsten sicheren Ort. Von dort müsst ihr allein weitergehen. Ich habe danach nämlich etwas vor, bei dem ich keine Gesellschaft gebrauchen kann. Merkst du dir das?«

»Heißt das, dass ich jetzt deine Schülerin bin?«, fragte Pirina strahlend.

»Nein! Das heißt, dass du mir vorübergehend Gesellschaft leistest. Jetzt hol Isimela! Aber beeil dich! Ich hab´s eilig.«

»Und die anderen?«

»Welche *anderen*? He, du meinst nicht etwa diese Volksversammlung da drinnen?«

»Ob du einen rettest oder acht, macht das für dich einen Unterschied? Es geht ihnen hier sehr schlecht, eine hat geweint, als sie mir das erzählt hat!«

Flucht

Wenn man einen Flieger und eine Zauberin dabeihat, ist jede Flucht ein Kinderspiel, dachte Areshva wenig später.

Da hatte Pirina, ausgestattet mit einem prächtigen Verstärkungszauber, bereits alle sechs fluchtwilligen Damen nebst der beiden Kinder und auch Areshva selbst vom Turm her ausgeflogen. Da die Antimagie bis hier oben nicht gelangte, musste sie sich dazu nicht einmal komplizierte Fluchtpläne ausdenken.

Nun stapfte die Gruppe ein gutes Stück hinter der Räuberburg einen schmalen Bergpfad entlang, der in Zickzacklinien nach unten führte. Areshva war diese Gegend vertraut.

Als sie noch an ihrem Entmachter bastelte, war sie hier oft entlanggestreift, um beim Rascheln der Blätter und dem Knacken der Zweige unter ihren Füßen auf bessere Gedanken oder Lösungen für technische Probleme zu kommen.

Der Tag war wolkenbedeckt, aber trotzdem warm und schwül. Areshva stapfte zügig vorwärts. Sie wollte keine Zeit verlieren. Noch immer quälte sie die Erinnerung an Silvrins eisige Blicke. Es war unmöglich, daran nicht zu denken, und es schmerzte unaufhörlich. Nicht einmal die Ankunft der treuen Zinga riss sie aus ihrer Melancholie.

Die kleine Fledermaus kam unerwartet aus einem Gebüsch herausgeflattert und flog ihr um den Kopf herum. Als spürte sie die schwarze Wolke, die Areshvas Gemüt verdüsterte, hockte sie sich leise fiepend auf ihre Schulter.

Das gab ihr einen Funken Hoffnung. Einen Moment lang durchfuhr sie der paradiesische Gedanke, dass sie Silvrin treffen könnte, wenn sie sich beeilte. Der erlosch allerdings schnell. Erstens war Silvrin zu Pferd und sie zu Fuß. Zweitens hatte er satte drei Tage Vorsprung und drittens kam sie mit all dem Ballast, den sie sich hatte anhängen lassen, so gut wie überhaupt nicht vorwärts. Sie drehte sich um.

Von ihrer Reisegruppe waren nur Pirina und zwei der Mägde zu sehen, die etwas besser zu Fuß waren. Von den Kindern, der Prinzessin oder den anderen Mädchen keine Spur. Sie würden Ewigkeiten brauchen, nur um diesen Berg herabzusteigen.

Vergiss Silvrin!, versuchte sie sich einzuhämmern. *Denk lieber an den Kampf des Jahrhunderts!*

Eine Windbö fuhr ihr so heftig in den Rücken, dass sie strauchelte. Gleichzeitig hörte sie Flügel dicht an ihren Ohren vorbeirauschen. Sie fing sich, erhob die Hände, bereit, sich zu verteidigen, und spähte vorsichtig in alle Richtungen. Etwa einen Meter über ihr landete gerade eine andere, leider nur allzu bekannte Fledermaus auf dem Ast einer Eiche und putzte sich die Flügel.

Areshva kniff die Lippen zusammen. Agga. Gerade jetzt hatte sie nicht die allergeringste Lust, mit ihrer Göttin zu plaudern. Zumal sie ohnehin genau wusste, was die Herrin ihr sagen würde.

»Meine Geduld ist am Ende«, motzte die Fledermaus. »Gut, du warst in Bedrängnis. Dieser hilflose Aravennafürst hat dir die Sinne so vernebelt, dass du fast den Verstand verloren hast. Gut, du wolltest ihn unbedingt retten. Ich habe dir diese Verirrung durchgehen lassen und du darfst dich bei Gelegenheit noch dafür bedanken. Aber jetzt reicht´s! Ich habe seit sechseinhalb Wochen kein Opfer bekommen. Jetzt besorgst du mir meine Beute, sonst fängt gleich der Boden unter deinen Füßen an zu kochen. Verstehen wir uns?«

Areshva nickte wortlos. Innerlich ergriff sie das kalte Grausen. Aber sie kam um die widerwärtige Tat nicht herum. Sie war gezwungen, Aggas Wünschen zu folgen, um ihre eigene Macht langfristig auszubauen. Es mussten ja nicht gleich zwanzig Opfer sein, so wie Agga ihr empfohlen hatte. Die Göttin war zu gierig. Nein, sie würde sich ein einzelnes vornehmen. Vielleicht, wenn sie Glück hatte, fand sie irgendwo einen Greis, der im Sterben lag und der sich noch für die Erlösung bedanken würde.

Sie ging weiter, indem sie sich an diese Idee klammerte. *Ein Greis, ein elendiger Bettler. Oder meinetwegen ein Verbrecher. Um den würde keiner weinen. Große Göttin, mach, dass solch einer hier recht bald vorbeikommt!*

Die Herrin erhob sich in die Luft und begann, über ihrem Kopf Bögen zu drehen.

»Hinter uns sind ein paar Weiber«, lockte Agga. »Nimm die, dann hast du es hinter dir und wir sind einen Schritt weiter.«

»Nein!«, fuhr Areshva ihr erschrocken ins Wort. »Das sind meine eigenen Leute.«

»Ach was! Bist du mit ihnen verwandt? Oder befreundet? Du kennst nicht mal alle ihre Namen.«

»Ich finde jemanden anders.«

So tief war Areshva noch nicht gesunken, dass sie wehrlose Frauen angriff. Schlimm genug, dass sie überhaupt dazu gezwungen war, einen so grausamen Weg zu gehen.

Zum Glück war das zeitlich begrenzt. Nur bis sie endlich Hohepriesterin wäre. Dann würde sie die neu errungene Macht nutzen, um sich zu befreien!

Areshva ging schneller. Wo sollte sie hier ein passendes Opfer finden? Die Wahrscheinlichkeit, dass sie hier oben außer Wölfen oder Fledermäusen noch irgendeine lebende Seele treffen könnte, war nicht gerade hoch. Auf der Südseite des Berges wohnten einige Räuberbanden, doch zu weit von hier entfernt. Gelegentlich war sie auf Einsiedler oder Deserteure getroffen, aber die gelangten nie bis auf diese Höhe, auf der sie sich momentan befand.

Ihr Pfad war von Farnen und Brennesseln halb zugewachsen. Sie war hier lange nicht mehr gewesen. Zweige peitschten ihr ins Gewicht. Ihre Füße rutschten auf dem moosigen Untergrund. Sie musste aufpassen, dass sie nicht gegen Wurzeln oder kleine Steine stieß. Nach einer Weile mündete ihr Pfad in einen größeren Weg. Sie blieb stehen, um Atem zu schöpfen. Weit und breit war kein Mensch zu sehen. Ein Käuzchen schrie. Sie müsste hier warten, wenn ihre Schützlinge nicht den Anschluss verlieren sollten. Längst hatte sie Sichtkontakt zu ihnen verloren. Aber sie konnte nicht anhalten. Sie musste ein Opfer finden. Hastig ging sie bis zur nächsten Biegung – und erstarrte.

Vor ihr erhob sich eine Wand aus kleinen, klebrigen Fäden, die direkt über dem Erdboden begann und so hoch aufragte, dass sie nicht hinübergucken konnte. Sie sah aus wie ein dicht gesponnenes Spinnennetz, welches an einem Baum zu ihrer linken Seite anfing, sich quer über den Weg erstreckte und an einem Stamm zu ihrer rechten endete. Verblüffenderweise war bereits ein Reiter mit Pferd in dieses unübersehbar große Netz hineingeritten, allerdings wohl vor längerer Zeit, denn beide waren komplett mit weißen Spinnenfäden überzogen und größtenteils verdaut, nur ein Hinterhuf des Pferdes samt Schweif und der obere Rücken des Reiters waren noch sichtbar sowie eine unförmige Ausbeulung an der Seite, deren Ursprung nicht mehr zu erkennen war.

Wo kam das Netz denn her? Und warum war der Mann hineingeritten? Konnte man einen dermaßen großen Spinnenbau übersehen? Wie auch immer. Es störte ihren Weg.

»Agga, siehst du das? Gib mir Zunder.«

Sie brannte einen kräftigen Feuerball darauf. Er verpuffte ohne Wirkung. Lediglich eine dezente Braunfärbung zeugte von ihrem Angriff. Daran war Areshva nicht gewöhnt, ihre Feuerzauber knallten normalerweise alles weg. Sie fegte einen Windzauber hinterher, der mit Wucht gegen das Netz wirbelte, sodass es sich weit nach hinten bog.

Aber es hielt stand.

Areshva war schon vorher angespannt gewesen; jetzt wurde sie wütend. Was war das für ein Zauber, den sie nicht sprengen konnte? Sie nahm einen neuen Anlauf, diesmal mit Erdzaubern. Sie versuchte, das Netz nach unten zu ziehen, in die Erde hinein. Vergebens. Na gut, dann Wasser! Damit konnte sie nicht so gut umgehen, deshalb dauerte es eine Weile, bis es ihr gelang, aus ihren Fingern Feuchtigkeit zu sprühen und sie gegen das Netz regnen zu lassen. Es riss an einer Stelle ein wenig ein. Ganz an der rechten Seite, dort, wo es nicht angebrannt war. Bei ihrer zweiten Attacke durchtrennte sie alle Fäden und ein Durchgang entstand.

Areshva begriff, dass ihr Feuerangriff das Netz immunisiert hatte, jedenfalls dort, wo das Feuer gebrannt hatte. Die Öffnung an der Seite war groß genug, dass sie ihren Weg hätte fortsetzen können. Aber Agga hatte Spaß an der Operation bekommen und lud Areshvas Arme mit deftigen Magieladungen auf. Lava floss in ihre Adern. Es fühlte sich an, als dampfte ihre Haut vor Hitze.

Attacke! Ich zerstöre das Netz!

Mitsamt der fetten gepanzerten Riesenspinne, die sie soeben oben in dem Baum links erblickt hatte. Jede Wette, dass der Panzer, wenn sie Pech hatte, von ihrem vorherigen Angriff gegen Wasser immunisiert worden war. Es brauchte also eine etwas stärkere Wasserwaffe. *Wie ... zum Beispiel ... einen Eiskracher!*

Sie zog aus den tiefer liegenden Grundwasserstrahlen Wasser ab und ließ es zu einer Eisbombe gefrieren. Die schleuderte sie auf die Spinne. Sie wurde zerschmettert, zusammen mit dem Baum, auf dem sie gesessen hatte. Die Wucht des Aufpralles riss den Wipfel mitsamt dem daran befestigten Netz in die Luft und schleuderte ihn weit fort.

Erst jetzt gewahrte Areshva, dass hinter diesem Hindernis jemand war.

Ein Mensch. Ob Mann oder Frau, war nicht zu unterscheiden. Die Person hockte in sich zusammengekauert am Boden.

Ein Opfer! Areshva war gleichzeitig froh und entsetzt. Wenn ich doch an dem Kerl einfach vorbeigehen könnte. Aber ich muss ... ich kann mir nicht leisten ihn zu verschonen ... verdammt!

Areshva explodierte ohnehin schon fast von Aggas Magiestürmen in ihrem Körper. Sie schoss einen Windstrahl auf das Wesen am Boden. Es schleuderte in die Luft wie eine Feder, wirbelte zweimal um die eigene Achse, krachte mehrere Meter weiter hinten gegen einen Baumwipfel und fiel dann wie ein Stein zu Boden, wo es liegen blieb.

War das alles? Gab es noch mehr?

Areshva stürmte vorwärts, spähte aufgeregt nach rechts und links, aber andere Lebewesen waren nicht zu sehen.

Aus dem Wesen am Boden löste sich eine kleine, graue, geisterhafte Gestalt, die eine herrlich faszinierende Strahlung umgab.

»Da! Hooool sie dir!«, kreischte Agga ekstatisch.

Natürlich!

Areshva stürmte vorwärts, sah, wie die graue Seele aufsteigen wollte, sprang ihr entgegen, packte sie bei ihren langen, libellenzarten Flügeln, krallte sich an ihr fest und fiel mit ihrer Beute auf den Boden.

Sie fühlte einen Stoß am Bein und einen dumpfen Schmerz, aber das war egal. Agga würde zufrieden sein.

Welch ein Duft, welch eine süße, weiche Masse, die sie da gepackt hatte, welch ein betörendes Aroma! Sie öffnete den Mund und trank daraus. Kühler, prickelnder Nektar erfrischte ihre Kehle, entführte sie in ein Wunderland, in ein Paradies, in dem die Bäume über ihr kicherten, die Vögel zwitscherten, eine zärtliche Sonne ihren Körper streichelte.

Und Agga sang.

Ja, tatsächlich. Die Göttin hatte eine volle, tragende Stimme, sie füllte den Berg mit hallenden Glockentönen. Denn Areshva streckte ihr jetzt die Hand entgegen, aus der es zu dampfen begann, und ließ die neblige Essenz der Seele zu ihrer Herrin in den Himmel hochströmen. Hoffentlich konnte Agga genug Magiestrahlung daraus gewinnen.

***

Areshva öffnete die Augen. Sie brauchte eine Weile, bis sie wieder wusste, wo sie war. Über ihr schwankten die Baumwipfel im Wind. Pirina kniete an ihrer Seite mit einem sehr besorgten Gesichtsausdruck und Tränenspuren auf den Wangen.

»Bist du verletzt?«, stammelte sie.

Verletzt! Natürlich nicht. Areshva rappelte sich auf. Der Fuß schmerzte. Sie war vermutlich umgeknickt bei diesem Sprung. Das Opfer …

Sie blickte sich um. Hinten lag etwas auf dem Boden. Das Wesen sah ungefähr aus wie ein Tier, das von einem Rudel Wölfe zerrissen wurde. Ein Bündel aus Fleisch und Knochen. Leinenfetzen. Tücherreste. Ein schmaler Kinderschuh.

Prinzessin Isimela ging gerade in einem großen Bogen daran vorbei, wobei sie ab und zu erschrocken schrie.

»Iiih! O ihr Götter! Gibt es hier Bären?«

Ihr folgten die Hofdamen, die Mägde und die beiden Kinder.

Areshva schirmte sie schnell vom Anblick der Opfer ab.

Ich bin eine Mörderin. Eine Bestie.

»Was ist passiert?«, fragte Pirina ängstlich. »Wie hast du dich gerettet?«

»Frag nicht so dumm. Wir gehen weiter!«

Energisch schritt Areshva vorwärts, trotz des schmerzenden Fußes. Zinga war nicht mehr da. Klar, ihr kleines Fledermäuschen bekam immer Angst, wenn es irgendwo krachte.

Wahrscheinlich würde sie so schnell nicht zurückkommen.

Sie war allein.

Aber so eine Mission konnte sie wohl auch nur allein zu Ende führen.

Nur weg hier. Schnell weg.

Und das war erst der Anfang.

Pirinas erste Zauberstunde

Schritt für Schritt stakste Pirina den unebenen Weg entlang. Überall sprossen Farne und Gräser, sodass sie die Füße manchmal sehr hochheben musste, um nicht zu stolpern. Rechts und links erhob sich ein dicht bewachsener, dunkler Wald. Vögel keckerten in den Wipfeln. Es knackte und wisperte zu allen Seiten. Als ob jederzeit ein Unhold aus dem Gehölz brechen könnte. Vermutlich gab es hier auch Bären. Solche wie den, der den Menschen tötete, dessen Leiche sie heute früh auf dem Weg gesehen hatten. Sie erschauerte. Hoffentlich kamen sie bald aus diesem Wald heraus.

Vielleicht guckt Dara vom Himmel auf mich herab und beschützt mich.

Diese Vorstellung beruhigte sie etwas. Nicht nur Dara könnte dort sitzen, sondern womöglich auch die große Prophetin Roviana. Und Rhibris und Zendra. All die treuen, armen Aminarinnen, die damals in Darghessa gestorben waren. *Bestimmt sind sie mächtig stolz auf mich. Denn ich führe unseren Auftrag weiter, seht ihr das?* Sie reckte den Kopf und versuchte durch die dichten Baumwipfel die Wolken zu erkennen. *Ich habe Amina gefunden, die Retterin, und ich zeige ihr gerade den rechten Weg. Sie ist gar nicht so böse, wie ihr dachtet. Habt ihr gesehen? Wir retten acht*

Menschen. Hoffentlich dauert es nicht so lange und wir finden bald eine Siedlung, wo wir übernachten können. Ich bin nämlich schrecklich müde.

Direkt vor Pirina stöckelte die Prinzessin. Ihr goldenes Seidenkleid glänzte in der Dunkelheit wie Feuer. Oh ja, sie begleitete eine echte Fürstentochter. Sie hieß Prinzessin Isimela von Pallanthia. Das war ihr voller Name, Pirina hatte sich genau danach erkundigt. Nicht, dass ihr diese Dame so unbedingt sympathisch wäre. Sie hatte zwar ein zartes Gesicht mit feiner, blasser Haut und goldgelockte Haare wie ein Engel, aber unter dem pompösen Ballkleid schlug ein hochmütiges Herz. Ihre Zofen hatten am Bach knieend dieses Kleid unter mühseligem Reiben von Flecken befreit. Zu besagten drei Dienerinnen sprach sie jedoch nie anders als im Befehlston. Niemals kam ein Wort des Dankes über ihre Lippen, obwohl sie am laufenden Band Befehle erteilte und jeder eiligst ausgeführt wurde.

Und was das für Aufträge waren!

Man möge ihr Wasser bringen. Sie möchte gestützt werden beim Gehen. Bei Regen erwartete sie, ein Leinentuch über ihrem Kopf gehalten zu bekommen, damit sie nicht nass wurde. Sie wünschte außerdem, ihre Schuhe mit denen ihrer Zofe zu tauschen. Ja, auf diesen hohen Minisandaletten hätte Pirina auch nicht gehen mögen.

Jetzt war die Prinzessin jedoch bereits seit geraumer Zeit still. Sie seufzte nur ab und zu. Bestimmt war sie genauso erschöpft wie Pirina.

Wie weit noch? Ob sie es wagte, Areshva zu fragen? Aber die hastete in solcher Geschwindigkeit vorneweg, dass kein Mensch sie einholen konnte. Außerdem hatte sie schon den ganzen Tag lang fürchterlich schlechte Laune.

Prinzessin Isimela blieb ruckartig stehen.

»Anhalten!«, befahl sie. »Ich gehe keinen Schritt weiter. Juleysa«, richtete sie erneut einen Befehl an eine ihrer Zofen, »du fragst Areshva, wo hier ein Haus ist, in dem man Zimmer für die Nacht beschlagnahmen kann.«

Daraufhin verbeugte sich die Angesprochene und lief der Zauberin hinterher. Isimela ließ sich auf einen Stein in der Nähe sinken und stöhnte. Die beiden verbliebenen Zofen fächelten ihr Luft zu.

Ein Haus, wunderte sich Pirina, *glaubt sie wirklich, es gäbe welche in dieser Einöde?*

Wenig später führte Areshva sie zu einer Lichtung vor einem großen Felsen und erklärte diesen Platz zu ihrem Nachtlager. Isimela starrte ungläubig in alle Richtungen.

»Ich sehe kein Haus«, bemerkte sie scharf.

»Leg einfach deine Decke auf den Boden«, empfahl Areshva.

»Auf den … nackten … Erdboden?« Die Prinzessin streckte die Hände in tiefster Abscheu von sich.

Pirina sah, wie die drei Burgmägde sich ein stummes Kichern verbissen, während die Zofen hektisch Moos und Blätter sammelten und sie als Unterlage für ein nicht mehr ganz so *nacktes* Lager auf einen Platz häuften.

Es begann zu nieseln.

»Regen. Auch das noch!«, kreischte die Prinzessin. »Meine Haare. Das ist ein Desaster. Juleysa, bring mir eine Haube!«

Pirina lief zum Felsen hin. Vielleicht konnte sie sich hier unterstellen. Am besten weiter hinten, damit sie das Getue der Prinzessin nicht hören müsste. Schon nach ein paar Schritten fand sie eine kleine Höhle. Sie drückte sich hinein. He … ging es dort weiter? Es war nichts zu sehen, hinter dem Eingang war es dunkel. Vorsichtig schlich sie vorwärts. Jawohl. Hier gab es einen Gang. Leider war er rabenschwarz.

Ein kleines blaues Licht leuchtete auf. Es erhellte eine niedliche Fledermaus, die auf einem Felsvorsprung hockte. Hatte Pirina sie nicht schon mal getroffen?

»Halli, hallo!« Das kleine Tier zwinkerte ihr mit seinen großen Kulleraugen zu. »Wollen wir uns hier mal umschauen?«

Au ja! Pirina kicherte.

»Was gibt es denn zu entdecken?«

Die Fledermaus zuckte die Achseln.

»Was du willst! Was hättest du denn gern?«

»Och.« Pirina schloss die Augen. »Vielleicht einen Schlafsaal wie in einem Palast. Mit lauter Himmelbetten und jedes sollte einen Vorhang in einer anderen Farbe haben. Für die Prinzessin natürlich in Gold.«

Die Fledermaus lachte herzlich.

»Ist das nicht etwas kitschig? Aber gut. Es ist deine Spielwiese. Bitte sehr! Fang!«

Sie warf ihr einen kleinen, lehmigen Ball zu. Pirina fing ihn. Er ließ sich in der Hand kneten.

Wie meinte das Tierchen das? Erwartete sie, dass Pirina aus der Lehmkugel Betten formte?

Da spürte sie, wie Wärme in Hände und Arme floss. Aha, das hatte sie doch schon einmal erlebt. Mit dieser Energie könnte sie vermutlich etwas erzeugen. Sie knetete heftiger.

Nichts geschah.

»Du musst dir ganz genau vorstellen, was du sehen willst«, erklärte die Fledermaus euphorisch. »Sobald du ein Bild hast, nimmst du ein Stück von der Lehmkugel zwischen zwei Finger und lässt die Wärme wachsen.«

Hörte sich einfach an. Leider war es nicht einfach. Pirina probierte hin und her. Sie malte sich die schönsten Betten aus, die Wärme sprühte um ihre Arme, ab und zu gar in ihrem Gesicht, aber mehr geschah nicht.

»Das ist normal«, nickte die Fledermaus. »Hab ein bisschen Geduld. Lass dir von Areshva zeigen, wie es geht, dann kommst du schneller voran!«

»Pirina!«, rief jemand von draußen. »Pirina! Wo bist du?«

Das waren die beiden Kinder, Murissa und Dinny.

Pirina hatte unterwegs mit ihnen gespielt. Eigentlich befreundete sie sich nicht mit Kleinkindern, die ihr kaum bis an die Brust reichten. Aber da sie keine anderen Gespielen hatte und die beiden außerdem recht drollig fand, machte sie mit ihnen eine Ausnahme.

»Hier, im Gang! Kommt her, ich hab was gefunden!«

Das blaue Licht ließ das kleine Mädchen und ihren Bruder wie zwei einfarbige Gespenster erscheinen.

»Iiih! Du bist ganz blau!«, prustete Murissa.

»Und du erst!«, kicherte Pirina.

»Oooh! Was ist das?«

Dinny hastete auf seinen kleinen Beinchen an ihnen vorbei und als Pirina sich nach ihm umdrehte, meinte sie ihren Augen nicht zu trauen. Sie befand sich in einer Halle vom Ausmaß eines Tempels und darin standen zehn prunkvolle Himmelbetten in allen Farben des Regenbogens. Jedes einzelne war so breit, als sollte ein Elefant darauf schlafen. Dinny rannte laut juchzend auf das vorderste zu, ein dunkelgrünes mit durchsichtigen, hohen Vorhängen.

Murissa überholte ihn, riss den Vorhang zur Seite, kletterte hinauf und fing an laut jubelnd darauf herumzuhüpfen.

»Nicht!« Pirina erschrak. Was würde die Fledermaus dazu sagen. Das war doch bestimmt ein Geschenk von ihr. »Zieh wenigstens die Schuhe aus, du machst alles dreckig.«

»Das macht Spa-aß!«

Murissa juchzte und hüpfte immer wilder.

Oh ja, das sah in der Tat nach Spaß aus. Lange her, dass Pirina solch ein Vergnügen gekostet hatte. Sie war auch gar nicht mehr müde. Flugs streifte sie ihre Mokassins ab, half dem kleinen Dinny aus seinen Schuhen und auf die Matratze, und schon hüpften und juchzten und lachten sie zu dritt.

Leider erlebte das Vergnügen ein rasches Ende. Plötzlich, ohne Vorwarnung, erlöschte das blaue Licht und die Betten und die Halle, sie fiel zu Boden und fand sich unter dem Felsvorsprung liegend wieder, zusammen mit Murissa und Dinny, die kreuz und quer über ihr lagen.

Es regnete jetzt heftiger. Von der anderen Seite des Felsens her hörte sie die keifende Stimme der Prinzessin.

»Noch mal!«, quietschte der kleine Dinny und sah Pirina bettelnd an. »Noch mal!«

Zu ihrer Überraschung stellte die Skeff fest, dass sie die ihre Lehmkugel noch immer in der Hand hielt. Die Fledermaus konnte sie jedoch nicht mehr sehen. Ob dieser Trick mit der Höhle und den Betten ein zweites Mal funktionierte? Sie versuchte, sich Bilder vorzustellen, sie knetete und rieb. Aber sie bekam es nicht hin.

Und wenn sie Areshva fragte? Das hatte die Fledermaus ihr ja schon empfohlen. Versuchen sollte sie es unbedingt. Sie könnte eine Zauberin werden. Sie könnte sich alles herzaubern, was sie haben wollte. Was für eine Vorstellung!

Pirina stand auf und hastete durch den Regen um den Felsen herum. Den hatte ganz offensichtlich Areshva schon etwas aufgehext. Jetzt sah er auf dieser Seite nicht mehr wie ein gewöhnlicher Felsen aus, sondern wie eine geräumige Höhle, die hervorragend vor Regen schützte. Mit der Inneneinrichtung hatte sie sich allerdings keine Mühe gegeben. Die Frauen waren damit beschäftigt, ihre Reisedecken zweckmäßig herzurichten. Das Lager der Prinzessin war bereits so dick wie eine Matratze.

Büschelweise Moose und Blätter guckten darunter hervor. Areshva hockte ein gutes Stück über den anderen auf einem höher gelegenen Felsstück. Puh, was sie für ein mürrisches Gesicht machte. Was war los mit ihr? Freute sie sich nicht darüber, dass sie endlich anfing, Gutes zu tun?

Pirina kletterte zu ihr nach oben und setzte sich neben sie. »Könntest du nicht richtige Betten für uns herbeizaubern?«, fragte sie schüchtern.

»Nein«, erwiderte Areshva kurz angebunden. »Ich bewahre meine Energie lieber für wichtige Dinge.«

Es klang, als wollte sie Pirina herauswerfen. Sollte sie verschwinden? Aber nein, sie konnte nicht. Die Frage drängte ihr auf der Seele. Wenn sie eine Zauberin wäre, könnte sie viele Probleme selbst lösen und bräuchte nicht Areshva darum zu bitten. So wie jetzt.

»Zeigst du mir, wie man zaubert?«

»Nein!« Areshva blitzte sie unwillig an. »Bist du nicht müde? Leg dich schlafen!«

Pirina nahm all ihren Mut zusammen.

»Glaubst du, ich bin zu schlecht? Aber ich fühle deine Aura. Ich sehe die Strahlen, die du benutzt, wenn du zauberst. Ich würde es auch können. Aber das ist so kompliziert. Bitte! Bitte, Areshva, zeig es mir!«

»Hexenkünste sind Teufelszeug«, fauchte Areshva. »Lass die Finger davon, du verbrennst dich!«

»Aber …«

»Kein *Aber*! Du bist noch etwas zu jung, um das zu durchschauen. Die Götter sind durchtriebene, undurchsichtige Gestalten, die dich tausendmal hereinlegen werden. Merk dir das und hüte dich vor ihnen. Bleib ein anständiger Mensch. Pirina, du hast gar keine Ahnung, wie wertvoll sie sind. Einfach, weil es zu wenige von ihnen gibt.«

Pirina war unzufrieden. Das Gerede der Zauberin klang in ihren Ohren überflüssig. Alles, was sie sagte, war doch sonnenklar.

»Was hat denn Zauberei mit den Göttern zu tun?«

»Alles«, sagte Areshva bedeutungsvoll. »Wir bekommen unsere Zauberkraft von ihnen. Je mächtiger deine Göttin ist, desto mächtiger kannst auch du sein. Und umgekehrt: Je mehr Energie du deiner Göttin geben kannst, desto mächtiger machst du sie. Leider bekommst du das nicht umsonst. Du hast dafür einen Preis zu zahlen und glaube mir – der Preis ist für dich zu hoch.«

»Wenn ich nicht zaubern kann, kann ich doch gar nichts ausrichten. Ich kann dir nicht helfen und keine Probleme lösen.«

»Fängst du schon wieder davon an? Wenn du nicht zaubern kannst, richtest du kein Unheil an, stichst dir keine Pfeile durchs Herz und tötest keine Menschen. Willst du jemanden umbringen?«

»Nein!«

»Das würde die Göttin von dir verlangen. Denk darüber nach.«

»Ähm … aber du tötest auch niemanden.«

»Doch.«

Pirina warf einen vorsichtigen Blick auf Areshva. Meinte sie das im Ernst? Es war schon zu dunkel, um ihr Gesicht zu erkennen.

»Das stimmt nicht! Du rettest uns alle!«

»Ich könnte euch auch alle töten. Niemand garantiert dir, dass ich das nicht eines Tages mache. Pirina, die Göttin gibt mir furchtbare Waffen, die ich jederzeit gegen Menschen anwenden kann. Du wärest sicherer, wenn du dich bald von mir entfernst. Verstehst du mich?«

Nein. Das verstand Pirina nicht im Geringsten. Aber sie nickte, weil sie an Areshvas Stimme hörte, dass sie aufgeregt war. Dann rutschte sie von dem Felsvorsprung herunter, breitete ihre Nachtdecke aus und wickelte sich darin ein.

An Schlaf war jedoch nicht zu denken. Sie war viel zu verwirrt. Dieses Gerede vom Töten … das konnte doch überhaupt nicht sein. War Areshva eifersüchtig? Hatte sie Angst, Pirina könnte besser werden als sie? Sollte sie darum nicht zaubern dürfen? Und wo war die Fledermaus geblieben? Sie musste sich doch bedanken. Dumm war sie gewesen, dass sie die Freundschaft von so einem netten Wesen nicht sofort angenommen hatte. Hoffentlich traf sie das putzige Ding bald wieder.

Fußmarsch mit Prinzessin

Wenn wir in diesem Schneckentempo weitergehen, kommen wir nie unten an.

Areshva drehte sich zu ihrer Reisegruppe um. Wie üblich war auf dem halb zugewachsenen Waldweg nur Pirina zu sehen und ganz weit hinten eine der Mägde. Mit welchem Theater die Prinzessin ihre Dienerinnen wohl diesmal auf Trab hielt? Kaum zu begreifen, dass die Priesterin Kirisha von Pallanthia diese Nervensäge liebte. Aber das hatte sie immer getan.

Darüber sollte sich Areshva nicht wundern, denn Prinzessin Isimela von Pallanthia, deren ältere Schwester Kia Sephila und der erstgeborene Prinz Osving waren die Kinder des früheren Königs Thyrangar. Theoretisch hätten sie heute selbst Landesregenten sein können. Aber ihr Vater wurde vor inzwischen zehn Sommern zusammen mit seiner Verbündeten, der damaligen Hohepriesterin, ermordet. Diese hatte noch zu den Göttern des Lichts gebetet, die durch ihren Tod ihre Macht verloren. Diese Gelegenheit hatten die dunklen Götter genutzt, um die Herrschaft in Damarynth zu übernehmen. Könige konnten sie jedoch nicht aufstellen, denn seit dem Tod des alten Regenten Thyrangar war der Königsring verschwunden. Deshalb konnte sich niemand mehr zum König krönen. Sehr zum Ärger der Pallanthier, die der Meinung waren, ein Anrecht auf diesen Titel zu haben. Fürst Ishtangar von Pallanthia, der Bruder des Ermordeten und gleichzeitig der Verbündete der Priesterin Kirisha, hatte damals die drei Waisen als eigene Kinder angenommen. Darum waren sie immer Kirishas Lieblinge gewesen, und Prinzessin Isimela ganz besonders. Als wäre sie die Perle unter den dreien. Bestimmt wäre die Meisterin froh, wenn Areshva ihr das Zuckerpüppchen zurückbrachte.

Quatsch. Wieso sollte sie sich über etwas freuen, das selbstverständlich war? Vermutlich war sie eher wütend, weil Areshva die Prinzessin so lange auf der Burg ihres Vaters hatte schmoren lassen und sich nicht schon viel früher um sie kümmerte.

Sie würde Kirisha um Verzeihung bitten müssen. Dabei mochte sie ihr gar nicht mehr unter die Augen treten. Als ob sie bei der schwindelnden Höhe, die ihr Sündenregister inzwischen angenommen hatte, überhaupt noch Gnade finden konnte unter den Augen ihrer Meisterin.

***

Areshva blieb stehen. Sie musste die Gruppe sammeln, damit ihr niemand verloren ging. Pirina schien sich wenigstens zu amüsieren. Sie hüpfte, statt zu gehen, und griff mit den Händen in die Luft, als gäbe es dort Goldstücke zu fangen. Als sie Areshva erreicht hatte, überschüttete sie sie mit einem ihrer bewundernden *Du-bist-die-Retterin-Blicken.*

Ach, wenn sie wüsste, was für eine grausige Aufgabe es war, Retterin sein zu wollen!

Nun näherten sich auch die drei Mägde mit den kleinen Kindern, von denen eines leise weinte. Und dort stolperte Prinzessin Isimela heran, umschwirrt von ihren Zofen. Wie schaffte sie es nur, ihr herrliches Goldhaar selbst unter diesen Bedingungen in so tadellose Locken zu formen? Es schimmerte wie frisch gewaschen. Nicht mal ein einziges Staubkorn auf ihren milchweißen Wangen. Sie hatte sich nicht etwa gepudert? Wo hätte sie das denn hernehmen sollen? Auch das Kleid aus goldener Seide war nach wie vor fleckenfrei. Sie tippte auf eine größere Waschaktion an einem der Quellbäche.

Areshva schnaubte. »Putzen kannst du dich, wenn du wieder in deinem Palast bist. Diese Gegend ist gefährlich. Wir sollten jede Verzögerung vermeiden, damit wir aus Ygramor so schnell wie möglich herauskommen.«

»Wann erreichen wir endlich Pallanthia?«, stöhnte die Prinzessin. »Dies ist eine unglaubliche Tortur. Ich will nicht noch einmal in der Wildnis schlafen.«

»Wenn wir uns beeilen, schaffen wir es heute vielleicht bis zum *Wilden Eber*. Das ist ein Wirtshaus. Dort vermieten sie Zimmer und sie verkaufen auch Pferde«, erklärte Areshva.

Sie schluckte. *Was soll ich mit meinen Schützlingen machen, wenn ich nach Kalamachai gehe?*

Sie musste sie vorher in Sicherheit bringen. Nur wo? In einem Wirtshaus? Nein, der *Eber* war nicht sicher genug.

Nach Pallanthia? Nein, das war ein zu großer Umweg. Außerdem konnte sie der Priesterin Kirisha nicht unter die Augen treten, nach allem, was sie angerichtet hatte.

Nicht bevor sie den großen Kampf gewonnen und die Lichtgöttin wieder zurückgeholt hätte.

Oder Darghessa? Die Stadt war ganz in der Nähe. Aber dort regierte die skrupellose Priesterin Meriedyce, die Areshva zutiefst verabscheute. Darghessa auch nur einen kurzen Besuch abzustatten kam deshalb nicht infrage.

Was lag sonst noch auf dem Weg nach Kalamachai? Die Hexenstadt Rheskali?

Ja, warum nicht? Dort gab es mehr als genug passende Unterkünfte.

Dumm nur, dass ich keine Hellonen übrig habe.

Aber das Problem löse ich schon.

»Wie weit ist es bis zu diesem Wirtshaus?«, fragte Prinzessin Isimela.

»Welches *Wirtshaus*?«

»*Zum Wilden Eber*. Du redetest gerade davon.«

Das ist kein Wirtshaus, sondern eine üble Spelunke mit so heruntergekommenen Zimmern, dass du niemals freiwillig deine Nase hineinstecken wirst.

»Ein paar Stunden Fußmarsch.«

»Das geht nicht!« Prinzessin Isimela schüttelte hoheitsvoll, aber sehr bestimmt den Kopf.

»Wenn wir nicht alle fünf Meter anhalten, schaffen wir es vor Einbruch der Dunkelheit.«

»Und wenn wir eine Kutsche nehmen?«, fragte Pirina mit vor Aufregung quietschender Stimme.

»Siehst du eine?«, reagierte Areshva barsch.

Sie war wütend. Was hatte sie sich da aufgehalst? Mit diesem Kindergarten im Schlepptau würde sie niemals irgendwo ankommen.

Pirina rieb an einem kleinen Gegenstand in ihrer Hand, es funkte und blitzte, und im nächsten Augenblick erschien ein großes flackerndes Bild mitten auf dem Waldweg. Es zeigte einen Kutschbock und darunter ein einzelnes Rad. Beides verlöschte, erschien dann wieder, schließlich verschwand der gesamte Spuk mit einem lauten Knacken. Pirina schüttelte mit Feuereifer die Hände, rieb ihre Finger, aber nun bekam sie nichts mehr zustande.

Areshva sah das Kind ungläubig an.

Steht Pirina etwa im Kontakt mit einer Göttin? Gegen meine ausdrückliche Warnung?

Sie stürmte auf das Mädchen zu, packte ihre Hände, riss sie auseinander und fauchte:

»Wer hat dir diese Kraft gegeben?«

»Ich bin eine Zauberin. Wie du.«

Areshva raufte sich die Haare.

»Willst du dich ruinieren? Willst du so enden wie ich? Mach das nie wieder, hörst du! Rede nicht mit diesen höheren Wesen! Schenkt sie dir Sachen? Hm? Schmeichelt sie dir? Sei auf der Hut! Du darfst nicht das kleinste bisschen von ihr nehmen!«

Pirina fing an zu weinen.

»Das ist gar kein höheres Wesen, nur eine kleine Fledermaus. Sie ist nett. Sie schenkt mir alles, sie ist so süß, wie sie da hockt. Ich weiß nicht, warum du so wütend wirst!«

Areshva zuckte zusammen.

»Jetzt hör mir zu. Noch ist sie nett. Ihr wahres Gesicht zeigt sie erst, wenn sie dich in den Klauen hat und du ihre Sklavin geworden bist. Danach gibt es keine Geschenke mehr, das kann ich dir flüstern. Sie wird dich zwingen zu Handlungen, gegen die das kaputte Spinnrad aus eurem Nähhaus noch ein Witz ist. Aber wenn du zu der Erkenntnis erst gelangst, bist du schon ihre Gefangene und kommst nicht mehr heraus. Hast du dich mit ihr verbündet?«

»Nein.«

Areshva atmete erleichtert auf.

»Zum Glück. Versprich mir, dass du sprechende Tiere von jetzt an meidest! Egal, ob sie in Gestalt einer Fledermaus, eines Löwen, einer Schlange oder sonst irgendwie vor dir erscheinen.« Areshva streckte ihr die Hand entgegen.

Pirina wich zurück.

»Das ist ungerecht. Ich bin auch eine Zauberin. Ich will das lernen. Das kannst du mir nicht verbieten!«

»Nein, kann ich nicht.« Areshva nickte resigniert. »Es gibt eine Möglichkeit zu zaubern, ohne dass du dazu den Kontakt zu einer Göttin benötigst. Es ist nicht sehr effektiv, aber besser als nichts. Das werde ich dir zeigen. Aber nicht jetzt. Ich habe es eilig. Wir sollten sehen, dass wir weitergehen. Sonst kommen wir heute nicht mehr an.«

Sie setzte sich wieder in Bewegung.

»Warum nicht in einer magischen Kutsche?«

»Weil das zu viel Energie kosten würde, darum nicht.«

Im Wilden Eber

Es dunkelte schon, als endlich das altertümliche Wirtshaus mit den weitläufigen Stallungen vor ihnen auftauchte. Er stand neben einer Wegkreuzung auf freiem Feld. Draußen waren zahlreiche Pferde bei einer Tränke angebunden. Von drinnen leuchtete heller Lichterschein.

»Nehmt die Treppe nach oben, sie führt zu den Gästezimmern«, wies Areshva ihre Gruppe an und zeigte auf eine hölzerne Außentreppe. Es war besser, wenn das Gesindel im Ausschankraum des Hauses die Prinzessin nicht zu Gesicht bekam. Keuchend und mit schweren Schritten stapften die Mädchen die Stufen hinauf. Areshva wollte ihnen schon folgen, als sie eine scharfe Stimme zurückhielt.

»Areshva!«

Es war Agga. Sie klang äußerst ungehalten.

»Was ist? Du hast dein Opfer bekommen. Beklage dich nicht.«

»Warum schwärzt du mich vor deiner Schülerin an?«, schimpfte die Göttin. »Das war in höchstem Maße unloyal!«

Sie erschien aus dem Nichts heraus mitten in der Dunkelheit, in Gestalt einer außergewöhnlich großen, gerupft aussehenden Fledermaus mit leuchtenden gelben

Augen. Plump setzte sie sich mitten auf die Holztreppe, sodass Areshva nicht an ihr vorbeigehen konnte.

»Ausgerechnet Pirina. Du willst sie doch nicht zu Verbrechen anstiften, oder?«, fragte Areshva misstrauisch.

»Lass das meine Sorge sein. Ich bin deine Göttin. Du verehrst mich … oder etwa nicht?«

»D … doch. Ja.«

»Na also.«

»Ich meine nur, dass Pirina noch zu jung ist.«

»Sie ist nicht zu jung, sei unbesorgt. Jetzt hör mir mal gut zu! Ich wünsche, dass Pirina meine Dienerin wird, so wie du. Ich wünsche es nicht nur, ich befehle es dir! Du gehst heute noch zu ihr und sagst es ihr.«

Areshva sprang auf.

»Aber … Ehrwürdige Agga! Willst du das Mädchen wirklich unter Druck setzen? Lass sie doch selbst herausfinden, was sie will.«

»Dazu hatte sie schon Gelegenheit. Sie ist einverstanden.«

»Aber ich … ich … fühle mich für sie verantwortlich, und ich will nicht …« Areshva verstummte.

»Damit wir uns recht verstehen!«, zischte Agga. »Du solltest unsere Zusammenarbeit nicht gefährden, schließlich bist du auf meine Unterstützung angewiesen. Stichwort *Hohepriesterin*.«

»Gut, dass du es erwähnst.« Areshva holte tief Luft. »Denn ich werde Kalamachai nicht angreifen, wenn du mir Pirina verdirbst.«

»Nicht?« Agga erhob leicht einen Flügel, der einen leuchtend gelben Rand hatte und putzte ihn am Treppengeländer ab. »Hast du Angst, dass du es nicht schaffst?«

»Darüber denke ich gar nicht nach«, sagte Areshva hart. »Ich habe keine andere Wahl. Ich muss es wagen.

Ich muss gewinnen. Wenn ich verliere, habe ich sowieso alles verloren. Und ich gehe davon aus, dass du genauso scharf auf diesen Kampf bist wie ich. Also lass einfach Pirina aus dem Spiel!«

Die Fledermaus kniff die Augen zu zwei kleinen Schlitzen zusammen.

»Im Gegensatz zu dir ist mir daran gelegen, dass du gewinnst«, erläuterte sie. »Und du bist nicht genügend vorbereitet.«

»Die restlichen Opfer kriegst du schon noch, sei nicht so ungeduldig!«, schnauzte Areshva sie an.

»Aber das ist nicht alles. Wenn du Hohepriesterin werden willst, brauchst du einen Verbündeten. Ohne Verbündeten kommst du nicht an die Macht.«

»Glaubst du, ich hätte nicht schon selbst darüber nachgedacht? Einen *Verbündeten*. Na dann such mal einen, der mir ebenbürtig wäre, denn einen Geringeren werde ich nicht nehmen.«

»Wie kann man nur so eingebildet sein. Diesen Verbündeten brauchst du nur, um die Macht zu erlangen. Auf seine Eigenschaften kannst du vollkommen pfeifen. Du schleppst ihn mit dir nach Kalamachai und lässt ihn hinterher nach deiner Pfeife tanzen.«

»Ich hänge mir doch nicht selbst eine Eisenkugel an die Füße, nein danke! Wieso sollte ich einen Verbündeten brauchen? Die aktuelle Hohepriesterin hat auch keinen und konnte die Macht ihrer Kristallkugel trotzdem knacken. Oder hast du schon eine Spur von ihrem Partner gesehen? Er wäre jetzt unser neuer König.«

»Er wäre nicht unser König, denn ihm fehlt der Königsring. Es wäre übrigens eine sehr vorausschauende und weise Maßnahme, wenn du diesen Ring finden könntest, bevor Kirishas Suchtrupp oder die Späher aus anderen Provinzen ihn in die Klauen bekommen.«

Exakt zur selben Zeit weilte auch noch jemand anders im Wirtshaus *Zum Wilden Eber*. Jemand, den Areshva ganz woanders vermutete.

Fürst Silvrin war bei seiner Flucht aus der Räuberburg nicht in der Lage gewesen, selbst zu reiten. Er war schon kurz hinter dem Abgrund zusammengebrochen. Seine Leute hatten ihn in bewusstlosem Zustand den Berg Ygramor hinuntertransportiert und sich gezwungen gesehen, in der erstbesten (oder auch schlechtesten) Spelunke anzuhalten, damit er sich dort auskurieren könnte. Weit und breit war keine andere als der *Wilde Eber* zu finden gewesen. Inzwischen befand er sich schon seit mehreren Tagen dort. Sein Zustand besserte sich jedoch nur langsam.

Smorkyn hatte es über einen seiner Henkerknechte doch tatsächlich noch geschafft, ihm den rechten Unterarm zu brechen, bevor Areshvas Sabotage alle weiteren Misshandlungen unterband.

Und der Arm war gründlich gebrochen. Eines der Knochenstücke war gesplittert, seitlich abgedriftet und ragte ein Stück aus dem Arm heraus. Seinen Freunden war es unmöglich gewesen, den Knochen an seinen originalen Platz zurückzudrücken, und alle wussten, was das bedeutete.

Silvrin würde nie mehr kämpfen können. Es hatte ein Ende mit seinem Ruf als unbesiegbarer Krieger.

Zu allem Überfluss hatte sich die Wunde entzündet. Satte fünf Tage Bettruhe hatte ihn das bis jetzt gekostet. Schmerzen hatte er noch immer, der Arm war unverändert um locker das Doppelte seiner eigentlichen Größe angeschwollen, aber er konnte heute wenigstens schon wieder aufstehen. Davon abgesehen war sein Gesicht ebenfalls noch geschwollen und schmerzte, wenn er sich wusch. Das linke Auge konnte er nicht einmal öffnen. Er nahm an, dass er wie ein Prügelknabe aussah. Was jedoch in der zweifelhaften Gesellschaft dieser Absteige nicht weiter auffallen sollte, da es andere Gestalten gab, die noch gründlicher missgestaltet waren. Silvrins Truppen waren dabei, sich in der Nähe zu sammeln. Alle die versprengten Einheiten, die um seinetwillen in Ygramor herumgestrichen waren, unterrichteten sich nach und nach darüber, dass er entkommen war. Sein alter Freund, der Regimentsführer Kessinaj, war gestern bei ihm angekommen und hielt seitdem persönlich Wache vor seinem Zimmer.

Silvrin war ungeduldig und wollte bereits am Morgen aufbrechen, um Prinzessin Isimela zu befreien, die auf der Räuberburg zurückgeblieben war. Er konnte sie unmöglich in einer solchen Zwangslage zurücklassen. Allerdings hatte er wegen des komplizierten Bruchs und den Nachwirkungen der Misshandlungen noch Fieber. Deshalb widersetzte sich Kessinaj und drängte ihm einen weiteren Ruhetag auf. Silvrin wollte davon nichts wissen.

Gleich frühmorgens besuchte er eine seiner Truppen, die in einem nahen Waldstück lagerte und ihn mit großer Begeisterung empfing. Seine Soldaten schienen zu glauben, dass er ein Held war, der die schlimmsten Feinde besiegen und aus größten Gefahren entkommen konnte, und zwar gemeinsam mit allen denen, die ihn begleitet hatten. Ja, mit solch einem Anführer wollte man wohl reiten und solch einen hatten sie in Aravenna nicht gehabt, seit sie denken konnten. Das bekam er von allen Seiten zu hören. Natürlich waren die Gefährten besorgt darüber, dass er den rechten Arm in einer Schlinge trug, aber er wischte die Bedenken weg und behauptete – lachend –, er sei auch mit links unbesiegbar. Man solle sich über dieses scheinbare Handicap mal keine Sorgen machen.

Das Handicap zwang ihn jedoch direkt nach dem Besuch wieder ins Bett. Jede winzige Berührung schmerzte enorm und er hatte mit Mattigkeit und seltsamen Schwindelattacken zu kämpfen. Und natürlich war er auch selber besorgt wegen seines Arms, wollte bloß nicht, dass die Soldaten es wussten. Er würde in Zukunft mit seinem linken fechten müssen. Verflucht.

Er fiel in einen unruhigen Schlaf und erwachte erst am Abend wieder. Kessinaj hockte noch immer an seinem Bett. Silvrin stand auf ohne ein Wort. Er fühlte sich nicht wesentlich besser, der Arm schmerzte unverändert. Aber er konnte doch nicht ewig auf eine Besserung warten. Also stellte er sich in seinem Zimmer in Position und probierte ein paar Schwerthiebe mit links in die Luft.

Katastrophal.

»Ich muss es halt üben!«, stieß Silvrin wütend hervor. »Es wird schon gehen. Es muss gehen. Morgen brechen wir auf nach Ygramor.«

»Silvrin«, sagte Kessinaj langsam und vorsichtig. »Ich weiß, dass du allen helfen willst, aber wir sind dazu momentan nicht in der Lage. Sieh ein, dass du in diesem Zustand nicht kämpfen kannst. Wir müssen nach Aravenna heimkehren.«

»Das Einzige, was wir jetzt müssen, ist, Prinzessin Isimela zu befreien«, erwiderte Silvrin hitzig. »Meine Leute und ich verdanken ihr das Leben, also bin ich es ihr unbedingt schuldig. Und ich will dagegen kein Wort hören! So schwer, wie du denkst, kann das nicht werden. Ich bin doch selber ganz leicht herausgekommen. Diese Räuberburg muss man knacken können.«

Kessinaj winkte ab. Er hatte es selbst versucht und berichtete Silvrin davon, dass es dort, »unsichtbare Wände« gab, die einen blockierten. Er sei deswegen nicht näher als bis fünfzig Schritt an die Burg herangekommen. Gerade so nah, dass er die Palisaden aus der Ferne sehen konnte. Wie solle man eine Festung erobern, die von einem solchen Schutz umgeben war?

Silvrin kämpfte gegen den Schwindel und setzte sich wieder auf sein Bett, wo er sich an die Wand lehnte.

»Magie, hm?«, sagte Silvrin. »Kessinaj, du hast hier einen Experten dafür. Geh an meinen Waffengürtel. Ich brauche den Stab dort.«

»Den hier?«

Kessinaj winkte mit einem grünlich schimmernden Exemplar, der auf einer Kommode lag.

»Nein, der andere.«

Es gab noch einen Doppelstab, der aussah, als wären zwei Stäbe in der Mitte zusammengeklebt, wodurch sich eine Vierteilung ergab. Allerdings waren die beiden oberen Teile bereits abgebrannt, sie waren schwarz verfärbt und krumm gebogen. Die unteren Stäbe waren jedoch intakt und leuchteten schwach.

Eindringlich untersuchte Silvrin das Gerät.

»Ah, der Stab mit den Spezialsprüchen, den du nach deinem Kampf gegen Smorkyn erbeutet hast«, nickte Kessinaj. »Hast du inzwischen herausgefunden, was du damit tun kannst?«

Silvrin fuhr langsam mit den Fingern über die eine und danach über die andere Seite.

»Ja, es wäre nett zu wissen, was diese Waffe in meiner Hand alles so kann, bevor wir sie benutzen«, sagte er gedankenvoll. »Ich wette, dass Areshva das Teil hergestellt hat, schließlich hab ich es ihrem Vater abgenommen. Es kann vielleicht die ganze Welt zerstören.«

Da er bis jetzt keinen Effekt erzielt hatte, versuchte Silvrin an verschiedenen Stellen des Stabes zu reiben. Von einer strahlte Wärme ab. Sie lag genau in der Mitte, dort, wo die Stäbe zusammengeklebt waren. Darin war sogar etwas Kleines versteckt. Vielleicht ein Bild?

Er schob die Deckstrahlung zur Seite, klappte sie nach hinten – da fuhr auch schon eine winzige Wolke heraus. Als sich der Dampf verzogen hatte, entwuchs der Stabmitte das Bild der Zauberin. Es war etwa so groß wie Silvrins Unterarm und sah so aus, als stünde sie dort tatsächlich. Er testete, ob die Figur greifbar war, und er konnte ihre Umrisse fühlen. Und nicht nur das. Nach seiner Berührung fing sie an zu sprechen.

»Zeig auf den Stab«, hörte er eine monotone Stimme.

Er schrak ordentlich zusammen, gehorchte aber und berührte den oberen Teil der rechten Seite.

»Abgebrannt«, kommentierte sie.

Silvrin starrte die kleine Figur an wie behext. Es war exakt das Mädchen, das ihm mit Absicht – oder aus Versehen – ins Schwert gerannt war. Das Mädchen, deren Vater ihn in Ketten gelegt und wochenlang gefoltert hatte. Das Mädchen, das ihm die Sinne so benebelt hatte, dass er ihr verdorbenes Innere glatt übersah.

Er war plötzlich in abnormem Aufruhr. An sie zu denken tat weh, und er dachte viel öfter an sie, als gut für ihn war. Aber sie auch noch zu sehen und dann fast lebensecht! Diese abartige Hexe, die es mit der Dunkelheit hielt. Er hatte sich geschworen, sie aus seinem Gedächtnis zu streichen. Das war allerdings verflixt schwer. Noch immer spukte sie darin wie ein böser Geist. Aber es musste ihm gelingen. In Zukunft würde er sie strikt meiden, um sich weitere Katastrophen zu ersparen.

Es sprach allerdings nichts dagegen, ihre Waffen zu verwenden, die könnte er gebrauchen.

Langsam fuhr er mit der Hand abwärts und berührte nun den unteren Teil des Stabes.

»Dies ist ein guter Schutz gegen Attacken«, sagte die nebelhafte Illusion. »Du aktivierst den Stab durch dreifaches Reiben. Dann markierst du das gewünschte

Gebiet, indem du mit dem Stab in der Luft einen Kreis darum ziehst. Es entsteht eine Kuppel, die alles verdeckt.«

Danach stand die Hexe wieder völlig still. Silvrin starrte sie minutenlang an.

»Was ist?«, fragte Kessinaj. »Willst du nicht den anderen Spruch auch abfragen?«

Silvrin fuhr zusammen.

»Was?«

»He! Wo bist du mit deinen Gedanken?«

»Sieh doch, was sie für ein Gesicht macht.«

»Silvrin, das ist eine Illusion. Eine Spiegelung oder so.«

»Ja, aber schau doch. Es sieht aus, als wär sie ganz tief unten. So hab ich sie vorher noch nicht gesehen. Sie hatte immer einen ganz besonderen Glanz in den Augen. Aber jetzt sieht sie aus wie … am Boden zerstört. Als ob irgendwas sie vernichtet hätte. Das ist nicht bloß Kummer, das ist – ein Abgrund! Sieht so ein Mensch aus, der kein Gewissen hat?«

»Hör auf damit. Lass dich nicht von ihr verderben. Das ist außerdem nur eine Spiegelung«, beruhigte ihn Kessinaj.

»Ja, von ihr. Und ich glaube, das ist real. Ich möchte wissen, warum sie so deprimiert ist.«

»Du wärest wahrscheinlich entsetzt, wenn du es wüsstest.«

Er fuhr zusammen, weil er an ihre Verhöhnungen oben auf der Räuberburg denken musste. *Entsetzt* war milde ausgedrückt für das, was er dabei fühlte.

Kessinaj hatte recht. Er durfte sich nicht mehr von ihr rühren lassen. Sie war gespalten in ihrem Inneren und konnte nach Belieben ihre bezaubernde oder auch ihre teuflische Seite hervorkehren. Mit so einer Person durfte er nichts zu tun haben. Er musste mit ihr abschließen! Das konnte er allerdings nur, wenn es ihm gelang, die Rätsel zu klären, mit denen sie ihn zurückgelassen hatte.

»Kessinaj, weißt du, was sie zu mir sagte, bei dem Duell? Sie sagte, nicht die Menschen würden die Kriege in unserem Land verursachen, sondern die Götter.« Er kratzte sich mit der Linken an der Stirn. »Was hat sie damit gemeint, als sie so von den Göttern sprach? Ich verstehe das nicht.«

»Sie wollte dich verwirren. Das ist alles«, versuchte Kessinaj ihn zu beruhigen.

»Unsere Göttin verlangt doch keine Kriege von uns. Und sie nannte mich einen Zwerg.« Silvrin ballte die linke Hand an seiner Stirn zur Faust und ließ sie auf den Tisch knallen. »Einen Zwerg, der daran nichts ändern kann. Es hörte sich für mich so an, als hoffte sie darauf, dass ich vielleicht doch etwas ändern könnte.« Er holte tief Luft. »Ich wünschte, ich könnte.«

»Silvrin, sie ist eine Verbrecherin. Es interessiert sie nicht, ob wir gegeneinander Kriege führen oder nicht. Mach weiter. Was kann der Stab noch?«

Silvrin nickte und berührte den zweiten verbliebenen Zauber. »Das hier ist ein Zehner«, erklärte die Illusion von Areshva. »Zehn Bomben. Drücke hier, um eine abzuschießen. Du kannst wählen zwischen Feuer- oder Luftstrahlen, je nachdem, ob du den oberen oder den unteren Punkt drückst. Halt aber Abstand, sie sind stark.«

Silvrin blickte auf, Kessinaj direkt ins Gesicht.

»Na also. Wir haben sogar exklusive Waffen, wovor hast du Angst? Jetzt bin ich hungrig, gehen wir hinunter in die Schenke.«

»Kannst du denn essen mit dem Arm? Du wirst wohl Hilfe brauchen. Vielleicht sollten wir das lieber hier oben tun.«

»Kessinaj, ich kann sowohl allein essen als auch kämpfen, und das werde ich dir beweisen.«

***

Wenig später saßen Silvrin und der Regimentsführer Kessinaj zusammen an einem der hinteren Tische der Schenke, umgeben vom Dampf der Kräuterpfeifen und der zubereiteten Fleischspeisen, und diskutierten die Lage der Räuberburg. Außerdem rätselten sie über den Verlauf des Fluchtwegs. Wo genau war Silvrin entlanggeritten?

Das alles geschah natürlich hinter vorgehaltener Hand, niemand hier sollte argwöhnisch werden.

Kessinaj war äußerst reserviert. Himmel, es grenzte an ein Wunder, dass Silvrin überhaupt am Leben war. Die Verletzung behinderte ihn enorm, und da wollte der Verrückte noch einmal auf die Räuberburg zurück reiten? Bloß nicht! Er sollte schnell nach Aravenna zurückkehren, wo sich alle gewaltig freuen würden, ihn zu sehen. Und wo er auch dringend gebraucht würde.

»Warum hast du Prinzessin Isimela denn nicht sofort mitgenommen, wenn sie dich schon befreit hat?«, fragte Kessinaj.

»Das wollte ich doch«, sagte Silvrin verärgert. »Aber sie hat Angst vor Pferden, und noch mehr Angst hatte sie davor, über diesen Graben dort zu springen. Ich habe ihr natürlich zugeredet, wollte sie mit auf mein Pferd nehmen, aber sie hat sich geweigert: zu zweit wären wir zu schwer und das Pferd könne nicht weit genug springen. Dann hat sie mir, *bei ihrer Ehre*, versprochen, dass sie mir folgt. Dass sie mir nachkommt, wenn ich es wage zu springen. Aber sie ist nicht gekommen. Irgend etwas muss sie aufgehalten haben.«

»Jetzt hör mir zu, Silvrin. Ygramor ist berüchtigt. Diese Burg dort kannst du nicht stürmen, sie ist uneinnehmbar.«

»*Uneinnehmbar*, Quatsch! Das Märchen haben doch bestimmt irgendwelche Feig…«

Ihm blieb das Wort im Halse stecken. In diesem Moment nämlich drängte ein schmales, zartgliedriges schwarzhaariges Mädchen direkt an seinem Tisch vorbei. Er erkannte sie sofort. Ihre Augen blickten leer und ziellos, genau wie die der Illusion aus dem Magiestab. Etwas Hohles war in ihrem Gesicht, das ihre filigranen Züge verzerrte und ihr einen tief verzweifelten Ausdruck gab – was ihn traf wie ein Blitz. Nichts schien sie mehr wahrzunehmen – nur jenen Abgrund, den auch er gesehen hatte.

Silvrin stockte der Atem. Er hätte sie am liebsten festgehalten und sie angesprochen. Gewaltsam musste er sich bremsen. Nein! Sie hatte ihm schon genug angetan! Ihre Aura war invertiert, nur ganz schwach schimmerten Strahlentropfen um sie herum. Silvrin stieß einmal kräftig gegen Kessinajs Schienbein und warf ihm einen bedeutsamen Blick zu. Während sie an ihm vorbeihuschte, leichtfüßig wie eine Fee, fing sein Herz wie wahnsinnig an zu rasen. Er schaffte es zwar, seine Blicke auf den Tisch vor sich zu zwingen und ihr nicht zu folgen, aber er war, verdammt noch mal, schon wieder in ihrem Bann gefangen. Leider konnte er sie von seinem Platz aus auch mit gesenktem Kopf gut sehen.

Er beschloss aufzustehen und schnell in sein Zimmer zu verschwinden.

Aber seine Beine gehorchten ihm nicht.

Das Mädchen schien auf der Suche nach einem freien Platz an einem der Tische zu sein. Allerdings konnte sie da lange forschen. Es war einfach alles voll.

Plötzlich tauchte hinter einer Säule wie aus dem Nichts eine schwarz gewandete Hexe auf, betrat den Gang zwischen den Tischen und versperrte Areshva den Weg, während sie begann auf sie einzureden. Sie trug eine Kette aus menschlichen Knochen um den Hals, und drei Totenköpfe baumelten über ihrem Oberkörper.

Areshva blieb stehen. Es entwickelte sich ein Gespräch, von dem Silvrin kein Wort verstand. Beide standen zu weit weg. Auch von den Lippen zu lesen war unmöglich, da sich immer wieder Menschen durch den Gang drängten, die ihm die Sicht versperrten.

Silvrin sträubten sich die Nackenhaare. Denn ohne dass er wollte, malte er sich aus, wie es sich anfühlen würde, sie zu berühren. Schauer aus Glut und Leidenschaft rieselten ihm nacheinander über den Rücken. Er wusste, dass dies ein absolut unpassender Moment für solche Gefühle war. Dass er gehen sollte, auf der Stelle! Aber er konnte nicht. Er redete sich ein, dass er wissen wollte, was sie im Schilde führte. Dass er nur darum hier verharrte. Was hatte die Zauberin mit der Totenkopfhexe so lange zu besprechen? Das konnte nichts Gutes sein.

»Silvrin!«, zischte Kessinaj ihm ins Ohr. »Lass uns von hier verschwinden. Es wäre nicht gut, wenn die Dunkle dich hier entdeckt.«

»Sie ist abgelenkt, das siehst du doch«, brachte Silvrin heraus, der seinen Blick nicht den beiden Hexen wenden konnte. »Ich muss hören, was sie ausbrüten. Du wartest hier, ich bin gleich zurück. Ich passe auf, dass mich keine der beiden sieht.«

»Nicht!«, rief Kessinaj entsetzt, aber da war Silvrin schon aufgestanden. Er mischte sich in das Gedränge, schlenderte vorwärts, als ob auch er einen freien Platz suchte, und blieb hinter Areshvas Rücken stehen, wo er zu Boden blickte, als ob ihm dort eine Hellone heruntergefallen wäre. Von hier konnte er ihre Stimme deutlich hören.

Sie war sogar von hinten wunderschön. Jedes Mal, wenn sie den Kopf bewegte, wirbelten ihre Haare zurück und streichelten sein Kinn. Ihre Flügel hatte sie zusammengefaltet und um die Hüften war sie so schmal, dass er sie vielleicht mit beiden Händen ganz umfassen könnte. Jedenfalls, wenn er es wagen würde, das zu tun. Ihr Hemd war an dieser Stelle etwas nach oben gerutscht und ließ ein Stückchen zarte weiße Haut sehen. Ihn überkam der drängende Impuls, sie dort zu berühren.

Götter im Himmel, wenn sie auch nur in seine Nähe kam, stiegen ihm ständig solche Fantasien in den Kopf! Er kniff die Lippen zusammen und steckte beide Hände in die Hosentaschen.

»Geschenk hört sich gut an. Was ist es?«, sagte sie gerade. Sie hörte sich gereizt und gleichzeitig gelangweilt an.

»Die Priesterin Meriedyce von Darghessa schickt dir ein ganz spezielles Heer. Einhundert Geisterkämpfer. Sie stampfen alles nieder.« Die Alte kicherte boshaft. »Die solltest du dir anschauen! Ich verspreche dir, das ist eine Todesarmee. Du wirst natürlich immun gegen ihre Angriffe sein.«

Areshva schwieg gedankenvoll. Wieder flogen ihm ihre Haare ins Gesicht.

»Wie mächtig sind sie denn?« Sie schnalzte mit der Zunge. »Ich plane nämlich gerade eine kleinen Ausflug, bei dem ich etwas Verstärkung gut gebrauchen könnte.«

»*Ausflug?* Wohin denn?«

»Sei nicht so neugierig. Davon wirst du hören. Alle werden davon hören.«

»Ich verstehe. Das hört sich spannend an. Wir werden dein Abenteuer verfolgen.«

»Du hast meine Frage nicht beantwortet. Wie mächtig sind sie? Sprengen sie einen Berg?«

»Areshva, es sind Soldaten. Sie jagen keine Berge in die Luft, sondern töten Menschen. Hundert auf einen Streich.« Die schwarz Gekleidete schnäuzte sich die Nase und rotzte einmal auf den Fußboden. »Da wäre bloß noch eine Kleinigkeit.«

Areshva wich rückwärts und wandte sich ab. Sie stieß mit dem Rücken gegen Silvrin und lehnte für einen kurzen Moment vollkommen an ihm, was seinen Körper in hellen Aufruhr versetzte und ihm den Atem raubte. Reflexartig tat er ebenfalls einen hastigen Schritt rückwärts. Das wäre aber gar nicht nötig gewesen, denn sie hatte ihn nicht bemerkt.

»Pfui Teufel, hast du kein Benehmen?« Areshva legte ihre Hand über die Augen, um das Bild der noch immer rotzigen Alten nicht sehen zu müssen. »Gibt´s irgendeinen Haken bei der Sache?«

»*Haken?* Natürlich nicht! Unsere Göttin sendet dir dieses Geschenk, die allmächtige, großartige Gorrogon, die Schöpferin der Todesarmee, Herrin der Schlangen – du müsstest sie kennenlernen, du wärst beeindruckt. Kannst du dir denken, in welch unermessliche Höhen deine Kräfte steigen würden, wärest du ihre Anhängerin? Du wärest beinahe selbst eine Göttin.«

Areshva schwieg.

»Was ist?«

»Du erwartest, dass ich meiner Göttin untreu werden soll?«, fauchte sie. »Hast du vergessen, dass der Treueschwur die Grundlage unserer Macht ist? Ich bin eine Dienerin der Agga. Und das bleibe ich.«

Die Hexe erhob beide Hände.

»Verzeih! Ich sage ja nur, dass … deine hochgelobte Agga ihre besten Zeiten schon hinter sich hat, während Gorrogon gerade dabei ist, bis in ungeahnte Zenite aufzusteigen, denn die Zahl ihrer Anhängerinnen wächst täglich enorm. Du weißt, was das bedeutet. Schwindet die Macht der Agga, dann schwindet auch deine. Im ungünstigsten Fall bis in die Bedeutungslosigkeit.«

Areshva grinste.

»Mach dir um meinen Zugang zur Macht keine Sorgen. Solange *ich* eine Anhängerin der Agga bin, kann ihre Macht gar nicht bis zur Bedeutungslosigkeit sinken.«

Areshva wandte sich zum Gehen. Sie drehte sich so, dass sie Silvrin beinahe direkt in die Arme gelaufen wäre, aber zum Glück (oder Pech) für Silvrin hielt die Alte sie an der Schulter fest und drehte sie wieder zurück.

»Verzeih! Selbstverständlich kannst du dienen, wem du willst. Meriedyce wollte dir mit diesem Geschenk nur ein Zeichen ihrer Aufmerksamkeit übersenden.«

»Von deinen Soldaten habe ich keinen Nutzen. Was ich bräuchte, wäre eher eine Art magische Fußangel. Ein Gerät, stark genug, um die mächtigste Zauberin der Welt am Zaubern zu hindern. Es soll aber nicht sofort wirken. Sie soll etwa zehn Schläge tun können und dann von dem Gerät blockiert werden. Hast du so etwas im Angebot?«

Silvrin hatte genug gehört. Er zog sich vorsichtig zurück und schlich sich schnell wieder an seinen Tisch, wo Kessinaj immer noch saß.

»Worüber reden sie?«, raunte Kessinaj. »Du bist ja ganz rot im Gesicht.«

Silvrin holte keuchend Atem.

»Um aller Götter willen, lass uns von hier verschwinden. Sie ist die widerwärtigste Schlange, die ich jemals kennengelernt habe. Und sie zieht mich an wie ein Magnet.«

Nächtliches Treffen

Areshva stand am Fenster des Gästezimmers über dem Schankraum. Von unten drangen Stimmengewirr und das Klappern von Geschirr zu ihr herauf. Draußen wiegten sich dunkle Tannen im Wind. Es musste weit nach Mitternacht sein, aber sie kam nicht zur Ruhe.

Konnte sie die Hohepriesterin wirklich besiegen? Niemals würde sie vergessen, wie sich die meterhohe Feuersäule damals über ihr auftürmte.

Sie begann zu zweifeln. *Was bilde ich mir ein? Mit so einer will ich es aufnehmen können?*

Andererseits erinnerte sie sich noch sehr genau an das Machtgefühl, das sie nach dem Tod der Priesterin Igirai von Manika empfunden hatte. Sie versuchte sich auszumalen, wie viel sie davon gewinnen könnte.

Wie würde sie sich fühlen, wenn sie zwanzig gehaltvolle Opfer auf einmal erledigte und ihre weißen Seelen verschlänge? Vielleicht würde sie auf eine ebenso schwindelnde Höhe anwachsen wie die Feuersäule. Womöglich höher. Welch ein Gefühl müsste das sein!

Drüben im Tannenhain stand ein halb verfallenes Nebengebäude. Vielleicht vermieteten sie dort auch Zimmer. Von hier aus sah sie, wie einige Menschen dorthin gingen. Ob dort billige Mädchen ihre Dienste anboten?

Wie Felsbrocken lagen ihr diese schrecklichen zwanzig Opfer auf dem Magen. Entsetzlich, dass sie solch einen Weg gehen musste. Aber sie konnte die Hohepriesterin nur besiegen, wenn sie mehr Macht eroberte, als jene besaß. Und mehr Macht bedeutete mehr Opfer.

Ich kann das schaffen. Ich kann sie schlagen.

Danach nehme ich die zentrale Kristallkugel von Kalamachai in Beschlag und hole mir die gesamte Magiestrahlung, die sie dort lagern. Das bringt mir solche Macht, dass ich keine Strahlung mehr von Agga erbetteln muss. Also kann ich die hässliche Fledermaus in den Wind schießen und die Lichtgöttin zum Zentrum der Macht holen! Und dann wird Lystrella endlich wieder regieren!

Es quälte sie trotzdem, dass sie für diesen Sieg zwanzig Menschen töten musste. Sie bekam Angst vor der Finsternis in sich selbst. Angst vor dem schädlichen Einfluss, den Agga auf sie hatte, wenn sie Leute attackierte. Bei ihrem Angriff auf Darghessa hatte sie doch völlig die Kontrolle über sich verloren. Genauso bei dem Duell gegen Silvrin. Wenn sie erst anfing zu schlagen, verwandelte Agga sie in eine Wahnsinnige, die nicht mehr mit dem Töten aufhören konnte. War das mit ihren heiligen Zielen überhaupt vereinbar? Wie könnte sie danach jemals wieder der Lichtgöttin dienen?

Wäre der Weg zurück nicht dann versperrt?

Mit zitternden Händen entfernte sie den Magiehemmer, den sie in der Kneipe erstanden hatte, von ihrem Gürtel. Dieses Gerät sollte den drohenden Kontrollverlust verhindern.

Bei allen Göttern! So weit war es mit ihr gekommen, dass sie magische Artefakte gegen sich selbst einsetzen musste. Das fühlte sich an, als wäre sie selbst ihre schlimmste Feindin.

Sie musste sich zwingen. es nüchtern zu sehen. Sobald sie anfing, Seelen zu jagen, würde sie die Kontrolle über ihre Handlungen ganz sicher verlieren, aber der Magiehemmer würde sie stoppen, bevor sie Schlimmeres anrichtete.

Guter Plan.

Silvrin kam ihr in den Sinn, wie er in der Gefängnisgrotte vor ihr gesessen hatte.

»Schwarze Magie«, hatte er mit tiefer Verachtung in der Stimme zu ihrem damaligen Artefakt gesagt. Ihr war zumute, als säße er da irgendwo in den Tannenwipfeln, blickte voller Verachtung zu ihr herüber und wisperte: »Schon wieder schwarze Magie? Was tust du, Areshva?«

Raschelten drüben nicht die Blätter der Eiche mit seiner sanften Stimme? Riefen sie nicht: »Areshva, Areshva?« Als wäre er verzweifelt über das, was sie vorhatte? Sie lauschte angespannt.

Natürlich bildete sie sich alles nur ein. Er rief sie nicht. Inzwischen musste er ja Hunderte Rittstunden von ihr entfernt sein. Vielleicht war er längst wieder zu Hause. Falls er schon wieder reiten konnte. Und falls er nicht gestorben war.

Plötzlich erschrak sie. Die ganze Zeit war sie absolut sicher gewesen, dass er sich gerettet hatte und über alle Berge war, weil sie diesen Zauber mit dem Weg hinter der Klippe so wunderhübsch hinbekommen hatte. Aber konnte sie so sicher denn sein? Vielleicht hatte er den Wundbrand bekommen. Er könnte im Sterben liegen. Sie krallte ihre Hände um den Magiehemmer.

Einen Teil von ihr hatte er mitgenommen, als er aus der Burg ihres Vaters floh. Deshalb dachte sie ständig an ihn. Nein, es war nicht ihr Herz oder ihre Lunge oder irgendwas anderes, ohne das sie nicht leben könnte. Sie lebte, sie atmete, alle ihre Einzelteile funktionierten vortrefflich. Sie wusste nicht, was er aus ihr herausgerissen hatte. Irgendein dummes Stück Fleisch, eine Rippe vielleicht. Sie fühlte die Lücke in sich wie eine offene Wunde. Eine Wunde, die ständig den Verlust beklagte. Silvrin war nicht bei ihr und am liebsten würde sie ihm nachreiten. Ihn sehen. Mit ihm reden. Seine Stimme hören … und …

Sie versuchte diesen Gedankenstrom abzuschneiden. Das brachte doch alles nichts. Es würde die Wunde nur tiefer reißen. Sie hatte eine Aufgabe.

Hallo! Aufwachen!

Sie musste ihre Aufgabe erfüllen. Resultate liefern. Resultate aus Licht und Liebe. Erst dann würden alle begreifen, wie wertvoll sie als Hohepriesterin war. Silvrin würde staunen, und auch ihre alte Lehrmeisterin Kirisha. Wie froh würde sie sein. Vielleicht könnte sie sich dann mit ihr versöhnen. Ja, vielleicht sogar ihren alten Vater zu einem besseren Leben zurückführen? Wenn sie ganz großes Glück hatte, versöhnte sie sich mit allen Dreien.

Wenn sie nur in Erfahrung bringen könnte, wie es Silvrin ging! Zuletzt war er in kritischem Zustand gewesen. Sie könnte Kirisha über ihren Kontaktring anrufen.

Ein Seufzer entrang sich ihr.

Nein, das konnte sie nicht. Die einzige Nachricht, die Kirisha von ihr hören wollte, wäre die von ihrer Rückkehr zu den alten Göttern, und von denen war sie – noch – Lichtjahre entfernt.

Wenn sie doch Kontakt nach Aravenna hätte! Leider kannte sie dort niemanden. Moment mal! Hatte sie nicht ihrem Vater Silvrins Kontaktring abgeschwatzt? Wo hatte sie den nur verstaut? Sie durchwühlte ihren Lederbeutel. Tatsächlich! Triumphierend zog sie den blitzenden Ring mit dem Adler heraus, steckte ihn an ihren Zeigefinger und drehte daran. Er begann dunkelblau zu leuchten.

»Silvrin?«, rief eine aufgeregte weibliche Stimme. »Endlich meldest du dich! Wo steckst du?«

Erschrocken brach Areshva den Kontakt wieder ab. Die Person, die gesprochen hatte, musste Silvrins verbündete Priesterin am Tempel von Aravenna sein. Dort wusste also niemand, wie es dem Fürsten ging? Aber der Ring musste es wissen! Er war auf Silvrin eingestellt. Er konnte ihr zeigen, wie weit er sich von ihr entfernt hatte. War er weit, dann befand er sich bei guter Gesundheit. Falls er jedoch noch krank wäre oder in Lebensgefahr schwebte, konnte er nicht reiten und wäre also näher dran.

Bester Ring, bring mir keine böse Botschaft!, dachte sie sehnsüchtig, während sie das magische Kleinod wieder von ihrem Finger abzog. Sie legte es auf das Fensterbrett und drehte. Es wirbelte um die eigene Achse, geriet ins Trudeln, erzeugte dabei jedoch einen dünnen roten Strahl, und als es fiel, hüpfte der Strahl aus dem Fenster, flog bis zum gegenüberliegenden Nebengebäude und erzeugte über einer Tür im Obergeschoss einen kleinen roten Punkt. Zwei Männer standen neben dieser Tür, einer links, einer rechts. Beide drehten sich gleichzeitig zu dem roten Licht, aber im selben Moment erlosch es bereits wieder.

Areshva schlug das Herz bis zum Hals. Bedeutete das, er hatte sich dort eingemietet? Waren diese Kerle in Leinenumhängen, die beständig durch diese Tür ein und aus gingen, seine Leute? Das würde sie sofort herausfinden.

Sie eilte nach draußen. Damit sie nicht auffiel, behexte sie ihr Äußeres und ließ ihre Haare goldblond erscheinen. Die Flügel waren schwerer zu verstecken, sie klappte sie so tief zusammen wie möglich. In der Dunkelheit könnte er sie hoffentlich übersehen. Sie wollte nicht, dass er sie erkannte, denn er würde sie sicherlich abweisen und das würde sie zu sehr verletzen. Sie wollte ja nur herausfinden, wie es ihm ging.

Schon huschte sie die knarrenden Treppenstufen des alten Gebäudes hinauf. Mit den beiden Wachtposten hatte sie nicht diskutieren wollen und ihnen deshalb einen Lähmungszauber verpasst.

Oben angekommen, öffnete sie die Tür und trat ein.

Silvrin lag im Bett, auf einem Stapel Kissen, sodass er sich in halb sitzender Position befand. Vier Männer standen in einem Halbkreis um ihn herum. Auf einer Kommode brannten mehrere Kerzen, die das ärmlich wirkende Zimmer schwach erleuchteten.

Die Männer brachen ihr Gespräch abrupt ab und wandten sich Areshva zu.

»Was gibt´s?«, fragte einer von ihnen.

Areshva linste zu Silvrin hinüber. Seine blonden Haare hatte er wie immer ordentlich nach hinten gekämmt, sein hübsches Gesicht war auffällig blass und auf der linken Seite schwarz und violett verfärbt. Aber seine warmen blauen Augen funkelten energisch. Sein rechter Arm war unter der Bettdecke verborgen. Den linken Ärmel seines aravennablauen Hemdes hatte er hochgeschoben und sie konnte seinen kräftigen Arm betrachten. Er sah geschwächt aus, aber lebensbedrohlich schien sein Zustand nicht zu sein, dachte sie erleichtert. Innerlich begann sie zu vibrieren. Diese Arme würde sie so gerne berühren oder, noch lieber, von ihnen berührt werden. Heiß und kalt wurde ihr, als sie sich das vorstellte.

So nah war sie ihm in diesem Augenblick – und doch so fern.

»Verzeiht, dass ich störe«, sagte sie, während sie Silvrin genau musterte, um keinen Hinweis auf irgendeine Gefahr zu übersehen. »Ich habe die Gelegenheit benutzt und bin mit Euren Leuten aus der Burg geflohen. Den hier fand ich auf der Räuberburg. Ihr könnt ihn sicherlich gut gebrauchen.«

Sie hielt ihm seinen Kontaktring entgegen.

Sichtlich verblüfft nahm er ihn und betrachtete ihn von allen Seiten.

Jetzt mach schon!, dachte Areshva ungeduldig. *Du wirst doch die Funktionen des Ringes nicht vergessen haben, oder?*

Er steckte sich das Kleinod an den Finger. Mehr schien er jedoch damit nicht anstellen zu wollen.

»Damit könnt Ihr Eure Leute rufen«, erklärte ihm Areshva, um ihm auf die Sprünge zu helfen, »damit sie Euch zu Hilfe eilen. Bis jetzt wissen sie ja gar nicht, wo Ihr seid.«

»Vielen Dank«, sagte Silvrin und nickte ihr zu. Er sah nachdenklich aus, verschwendete jedoch keinen weiteren Blick auf den Ring. Areshva wäre beinahe aus der Haut gefahren.

Sag nicht, du kannst damit nicht umgehen, dachte sie entgeistert. *Bei Agga! Was für ein Stümper! Muss ich dir erklären, wie ein simpler Kontaktring funktioniert?* Das konnte sie natürlich in ihrer Verkleidung nicht tun, ohne dass er Verdacht schöpfen würde.

Himmel. Zu irgendetwas musste er doch fähig sein. Zu etwas, das schwieriger war als billige Illusionen zu erzeugen, so wie damals beim Duell. Jeden anderen hätte sie jetzt angefangen zu verachten, aber nicht ihn.

Für Silvrin würde sie eine Ausnahme machen. Er war etwas Besonderes, sie spürte es. Bei allen Göttern, dieses Gefühl war so stark, dass es schmerzte.

Am liebsten hätte sie ihn jetzt gefragt, ob er innerlich genauso zitterte wie sie und hätte ihm offenbart, wer sie war.

Aber sie wagte es nicht. Er würde sie nicht lieben, das war klar. Er würde sie abservieren und das könnte sie nicht aushalten. Nein. Es war besser, ihm solche Fragen nicht zu stellen. Dann könnte sie wenigstens weiter von ihm träumen und sich einreden, dass sie vielleicht doch eine Chance bei ihm hätte.

»Du bist also später als wir aus der Räuberburg geflohen?«, fragte Silvrin sichtlich angespannt.

»Ja«, erwiderte Areshva und sonnte sich in seiner Gegenwart. Sie liebte den Klang seiner Stimme. Okay, es gab nichts, das sie nicht an ihm liebte.

»Hast du Prinzessin Isimela gesehen?«, fragte er drängend weiter.

Das ließ sich leider nicht vermeiden, dachte Areshva bei sich, während sie ein wildes Kribbeln am Hinterkopf befiel und sich ein Wutanfall in ihr anbahnte. Es ärgerte sie, dass er sich mit ihr ausgerechnet über dieses verwöhnte Weibsbild unterhielt. Was wollte er denn von dieser Person?

»Ja!«, stieß sie hervor.

Verfluchte Prinzessin. Sag nicht, du machst dir Sorgen um sie.

»Sie hat sich nicht getraut zu springen, oder?«, fragte Silvrin. »Sie muss noch dort oben sein, die Arme. Weißt du einen Weg, wie wir in die Burg eindringen und sie herausholen können?«

Areshva hielt die Luft an. Das war womöglich noch viel schlimmer. *Hat er sich in sie verliebt?*

»Seid Ihr verrückt geworden? Wagt Euch zurück nach Ygramor, und Smorkyn bringt Euch um!«

»Mit dem werde ich schon fertig, wenn ich erst wieder gesund bin. Seine Tochter bereitet mir da mehr Kummer.«

Kummer bringe ich ihm also.

Eine seltsame Schwäche legte sich auf ihre Glieder. Na und, was soll's?, versuchte sie sich einzureden. *Er ist zwar der fantastischste Knabe, den ich je gesehen habe – aber soll er sich doch verlieben, in wen er will. Meinetwegen in die erbärmlichste Zimperliese, die unser Land zu bieten hat. Ist mir doch egal. Wo er sich ohnehin nichts aus mir macht. Aber seinen Kopf braucht er nicht gleich für sie hinzuhalten.*

»Die Prinzessin ist genauso geflohen wie wir«, erklärte Areshva deshalb nachdrücklich.

Eigentlich könnte ich sie ihm aufladen, dann bin ich sie los!

Aber – nein. So dumm war sie nun auch nicht, dass sie ihm die Rivalin quasi selbst an den Hals warf.

»Sie hatte ein schnelles Pferd, wahrscheinlich ist sie längst zu Hause«, fügte Areshva deshalb rasch hinzu.

»Welch ein Glück!«, rief einer der Männer. »Dann müssen wir uns nicht länger um ihrer Rettung willen die Köpfe zerbrechen.«

Zwanzig Opfer

Am nächsten Tag war der Himmel wolkenverhangen. Areshva hatte davon geträumt, dass Silvrin mit Prinzessin Isimela flirtete, und konnte danach vor lauter Eifersucht und Wut nicht wieder einschlafen. Entsprechend miserabel fühlte sie sich heute.

Ihre Falbstute bockte und tänzelte. Sie konnte sie kaum zügeln. Bei allen himmlischen Mächten, wie ihr die Hände zitterten! Natürlich spürte das Tier, dass Areshva nervös war. Ihre Haut kribbelte, in ihrem Magen gärte es, so als hätte sie verdorbenes Fleisch gegessen.

Energisch trieb sie das Pferd zu schärferem Tempo an. *Weiter! Ich will keine Zeit verlieren!*

Ihre Reisegruppe hatte sie längst abgehängt. Mittlerweile waren die Damen sogar beritten. Der Wirt hatte für das *Ausleihen* der Pferde nicht einmal Geld verlangt, so sehr hatten ihm die Barthaare gezittert, als sie ihm ihre Wünsche mitteilte.

Allerdings hatte keine der Frauen je vorher auf einem Pferd gesessen, nicht einmal die Prinzessin. Allein das Aufsteigen war bühnenreif verlaufen. Sie würden lange brauchen, um Areshva einzuholen. Das war auch gut so. Sie wollte nicht, dass ihre Leute sie bei dem beobachteten, was sie gleich tun würde.

Weiter! Nun mach doch nicht solch ein Theater! Jetzt trabte die Stute doch glatt auf das Dickicht zu. *Zurück! Auf den Weg!*

Die Zeit war gekommen. Heute würde sie sich auf die Jagd nach den geforderten zwanzig Opfern machen.

Als sie am frühen Morgen davonritt, hatte sie es nicht lassen können, Silvrins Wachtposten noch einmal zu belauschen. Sie hatte die beiden davon reden hören, dass ein größerer Trupp darghessanischer Soldaten nahe der Hauptstraße lagerte, nicht einmal einen halben Tagesritt vom *Eber* entfernt. Die Aravennaer waren in Sorge, dass diese Truppe Silvrins Aufenthaltsort herausfinden könnte und sie dann in Gefahr kämen. In Areshvas Ohren war dies eine ausgezeichnete Information. Soldaten, die Silvrin bedrohten? Da wäre es ja fast eine gute Tat, wenn sie diese Bedrohung zwischen ihren Fingern zerquetschen würde.

Zwanzig von ihnen reichten hoffentlich für ihre und auch für seine Zwecke. Sollte sie wirklich dadurch die Macht erlangen, die Hohepriesterin zu besiegen, dann würde die verbleibende Armee sicher vor ihr erschrecken und in alle Winde davonrennen.

Aber immer noch gab es jene zweite Angst, die in ihr wohnte.

Die Angst vor dem eigenen Kontrollverlust. Womöglich könnte sie nicht mehr aufhören zu morden, wenn sie einmal angefangen hatte. Agga würde sie bestimmt wieder an diesen Punkt zwingen. Vorsichtshalber griff sie nach dem gebogenen schwarzen Gerät, das sie an den Sattel ihres Pferdes gehängt hatte. Es sah ein wenig nach einer Zwille aus, weil ein dünnes Seil die beiden Enden verband.

Ja, sie hatte der widerwärtigen Rotzmagierin aus dem *Eber* tatsächlich dieses Artefakt abgeschwatzt, das sie gegen sich selbst einsetzen wollte. Hoffentlich hatte die

Hexe sie nicht hereingelegt und es funktionierte zuverlässig.

Dieses Gerät sollte Areshvas Blutrausch verhindern. Es sollte nur die ersten Schläge erlauben und Areshva danach lahmlegen, sodass sie nicht weiter Magie einsetzen könnte. Auf diese Weise könnte sie nicht nur sich selbst, sondern sogar und vor allem auch die durchtriebene Agga überlisten. Sie würde ihre geforderten Opfer töten und danach in ihrem unheiligen Werk gebremst werden. Der Gedanke erleichterte den Kloß etwas, der sich zur Zeit gerade in ihrem Magen ausbreitete.

Zwanzig Opfer!

Denk das doch nicht immer!, ermahnte sie sich selbst.

Doch es half nicht. *Was für eine abnorm hohe, erdrückende Zahl.*

Bei allen Göttern, wie tief war sie gesunken! In ihren schlimmsten Alpträumen hätte sie nicht geahnt, dass sie einmal auf solch finsteren Pfaden wandeln würde.

Ach, könnte ich doch umkehren!

Zwanzig weitere Opfer, das war grausam, das würde sie verderben. Nein! Sie sollte die Prinzessin nach Pallanthia zurückbringen, dann an den Tempel schleichen, Kirisha zu Füßen fallen und eingestehen, dass sie eine Versagerin war.

Tut mir leid, Meisterin, aber wir haben alles verloren und werden die Sonnengöttin nie wiedersehen.

Sie ballte die Fäuste.

Aufgeben? Jetzt, so kurz vor dem Erreichen des Ziels? War sie bis hier gekommen, dann musste sie den Rest auch noch durchziehen! Sie war doch keine Versagerin und sie würde Lystrella niemals aufgeben. Sie würde die schöne Zeit unter der Herrschaft der Sonnengöttin wieder zurückholen, sie würde eine neue Blütezeit schaffen, und nein, das war nicht zu schwer, nicht für sie!

Der Große Saal trat ihr vor Augen. Wie die Priesterin Kirisha und ihre zwölf Schülerinnen an dem breiten Holztisch gesessen und sich von den zahlreichen bunten Salatpflanzen gepflückt hatten, die in der Mitte des Tisches wuchsen. Kirisha hatte meist vor allem mit den Älteren lange Gespräche über neue Pflanzungen von Opferbäumen oder besonders komplizierte magische Sprüche geführt, während Areshva hinten bei den Kleinen saß und mit ihnen darum wetteiferte, wer die leckersten Erdbeersträucher sprießen ließ. Manchmal, wenn sie sich nach ihrer Mutter sehnte, war die Göttin auf ihrem Holzteller erschienen, als ein kleines, puppenhaftes Wesen, das exakt wie die Mutter aussah und immer genau die richtigen trostreichen Worte fand.

Diese Welt werde ich niemals aufgeben. Ich habe auch gar keine Wahl. Alle anderen Türen sind schon hinter mir zugeschlagen. Dies ist die letzte, durch die ich noch gehen kann! Und diesmal muss es mir gelingen, um jeden Preis!

Ein Geräusch über ihr in der Luft riss sie aus ihren Träumen. Pirina flog zu ihr herunter und landete heftig atmend vor ihrer Falbstute.

»Das Lager der Darghessaner ist nah. Hinter der Wegkreuzung musst du dich links halten und aufpassen, denn etwas weiter hinten stehen schon ihre ersten Wachtposten.«

»Gut. Wie viele Soldaten sind es?«

»Das war schwer zu zählen«, überlegte Pirina unsicher. »Auf jeden Fall viele. Vielleicht hundert … oder tausend.«

Ungenauer geht es wohl nicht, dachte die Zauberin, sagte aber nichts.

»Danke.« Areshva nickte dem Mädchen zu und lächelte es an, was Pirina mit einem herzzerreißenden Gesichtsausdruck beantwortete. Ihre Augen strahlten wie die Morgensonne vor den Tempeltoren ihrer glücklichsten Kindheitstage. »Jetzt flieg in die andere

Richtung, zu den Frauen zurück und sag ihnen, sie sollen Pause machen und sich ausruhen. Lasst euch viel Zeit, bevor ihr mir hinterherkommt. Ich will nicht, dass ihr mich zu früh erreicht.«

»Was hast du denn vor?«

»Nichts, was die Ohren von jungen Mädchen gerne hören möchten. Flieg jetzt.«

Pirina schien nicht einverstanden, doch sie senkte respektvoll den Kopf.

»Na gut.«

Areshva folgte dem Weg bis hinter die Kreuzung, wie Pirina ihr geraten hatte. Nicht weit entfernt band sie ihr Pferd an einer Linde fest. Sie wollte ihren Feinden nicht offen entgegenreiten. Allein gegen eine große Soldatentruppe, das konnte gefährlich werden. Am liebsten wäre sie von oben auf sie zu geflogen. Es war schwer zu verschmerzen, dass sie nun nicht mehr fliegen konnte. Aber sie würde die Bäume zu Hilfe nehmen.

Behände kletterte sie den Stamm einer alten Eiche hinauf. Aus Erfahrung wusste sie, dass ihre Feinde kaum mit Überraschungen rechneten, die sich über ihren Köpfen ereigneten. Sie bearbeitete ihre Arme mit einem kleinen Zauber und sprang dann wie ein Eichhörnchen von Ast zu Ast und von Baum zu Baum. Die Soldaten und deren Wachtposten würden sie hier oben nicht als eine gefährliche Feindin identifizieren. Allerdings knackten und raschelten die Äste bei ihren Sprüngen noch viel zu laut. Sie dämpfte die Geräusche mit einem weiteren Zauber. Bei Agga, was für eine umständliche Art der Fortbewegung. Wenn sie doch fliegen könnte! Wie sehr würde das diese Übung vereinfachen. Wie viel schneller käme sie ans Ziel.

Wenigstens wusste sie Pirina und die anderen Damen weit entfernt und in Sicherheit. Sie liebte das junge Mädchen wie eine kleine Schwester. Sie oder ihre

Reisegruppe aus Versehen zu töten – das könnte sie sich nie verzeihen. Deshalb war sie froh, diese weit von sich entfernt zu wissen. Besonders die Gegenwart der Prinzessin konnte sie gut entbehren. Sie hatte jetzt noch deren Kreischen in den Ohren wegen der zwei Wanzen auf dem Fensterbrett gestern in den Fremdenzimmern der Kneipe. Anscheinend hatte diese Zuckerpuppe solche Tierchen in ihrem ganzen Leben noch nie gesehen. Was hätte Isimela wohl gesagt, wüsste sie, dass die raschelnden Geräusche unter ihrem Bett gestern von Ratten herrührten?

Ach, wie glücklich wäre Areshva, wenn Ratten ihr einziges Problem wären!

Sie erreichte eine Biegung, an der sie die ersten Soldaten entdeckte. Es waren jedoch keine Darghessaner. Diese Männer trugen graue Uniformen.

Millesaner. O verdammt, das sind gar nicht seine Feinde!

Sie ahnte nicht, was sie in dieser Gegend zu suchen hatten, aber es schien nichts mit Silvrin zu tun zu haben. Was jetzt? Sollte sie die Kerle in Ruhe lassen oder trotzdem angreifen? Für ihren Machtzuwachs war es gleichgültig, wen sie tötete.

Sie bog einen Zweig zur Seite, der ihre Aussicht störte. Verdammte Millesaner. Konnten die Götter es ihr nicht leichter machen?

Sie kletterte weiter vorwärts, bis sich das Lager vor ihr ausbreitete. Seine genaue Ausdehnung konnte sie von ihrem Ausguck her nicht erfassen. Auf der Lichtung unter ihr befanden sich etwa zwanzig Zelte und doppelt so viele Soldaten, die in aller Gemütsruhe ihren täglichen Verrichtungen nachgingen. Sie konnte erkennen, dass das Lager sich nach hinten fortsetzte und dies vermutlich nur der vorderste Zipfel einer größeren Lagerstätte war.

Ein Schauder befiel sie. Sollte sie diese Menschen wirklich auslöschen? Eine solche Gräueltat könnte sie durch nichts wieder reinwaschen. Auch nicht als Hohepriesterin.

»Worauf wartest du?«, pflaumte Agga sie an. Die kleine Fledermaus hockte auf einem Nachbarast. Ihre Augen blitzten wütend. »Die Gelegenheit könnte besser nicht sein!«

»Ich kann nicht«, keuchte Areshva.

»Oh doch, du kannst. Sogar noch wesentlich besser, als du ahnst, denn deine Begabung ist ohnegleichen. Dieses Festmahl lassen wir uns nicht entgehen. Mir läuft schon das Wasser im Munde zusammen.«

Areshva fühlte ihr Blut zu flüssiger Lava werden. Ihre Arme füllten sich mit Strahlung. Magische Hitze wallte in ihren Körper, die sich in ihr ausbreitete, als ob sie platzen würde, wenn sie diese Energie nicht bald verschösse.

»Das sind keine Darghessaner«, stammelte Areshva. »Sie sind Silvrin nicht feindlich gesonnen.«

»Graue oder rote Uniformen, wen interessiert das. Hör zu, mein Täubchen! Ich zeige dir jetzt, wie du schöne und hässliche Seelen unterscheidest. Kannst du mit dem inneren Auge sehen?«

»Ich glaube. Habe es noch nicht oft getan.«

Areshva starrte auf die drei Soldaten, die gerade unter ihr gingen.

Hör nicht auf Agga. Verschwinde von hier, sofort!, rief die lichtvolle Stimme in ihr, die Stimme des reinen Gewissens. Aber mit einem guten Gewissen allein erreichte man keine hohen Ziele.

Die Hitze in ihren Adern ließ sie glühen wie einen Backofen. Aggas Stimme übertönte ihre Gedanken.

Gehorsam drehte sie ihre Augen so weit nach oben, bis ihr Sichtfeld verschwand.

Zuerst nahm sie nur Dunkelheit wahr. Dann klappte sie das dünne Lid auf, das ihr Innenauge verdeckte. Nun konnte sie die Männer wieder sehen. Aber sie sahen verändert aus.

Das waren keine menschlichen Gestalten mehr, sondern geisterhafte Luftschwaden. Schmale, graue Seelen. An vielen hafteten eklige schwarze Dreckbrocken. Manche waren von ihnen so überklebt, dass der Unrat sie zu Boden drückte und sie nicht mehr wie Geister, sondern wie stinkende klumpige Steine aussehen.

Sie musste an das denken, was die kleine Schutzelfe ihr erzählt hatte. *Sieht meine eigene auch so pechschwarz aus?*

»Erkennst du ihre Seelen?«, hörte sie Aggas Stimme. »Lerne sie zu unterscheiden! Lerne zu sehen, welche von ihnen deine Macht explodieren lassen können!«

Unter all den unbrauchbaren, verdorbenen Seelen stachen zwei hervor. Die eine glich einer grauen Spirale mit herrlichen weißen Sprenkeln. Die zweite war weiß und rein wie eine Taube. Agga brauchte ihr nicht zu erklären, welche Seelen machtvoll und welche wertlos waren, es lag ihr ja schwarz auf weiß zu Füßen.

Sie hätte später nicht mehr rekonstruieren können, was genau danach geschah.

War es die Hitze in ihrem Inneren, die sie zum Angriff getrieben hatte, oder hatte Agga sie vom Baum gestoßen? Sie verkrallte sich in dem herrlichen, saftigen Fleisch der Taube. Sie tauchte ein in einen See aus Glut, sie fing weißen Nebel, sie jagte nach Bissen aus Glück. Nie war sie so hungrig gewesen, nie hatte sie ein solches Festmahl heruntergeschlungen, bei dem die Speisen nicht satt, sondern immer hungriger machten. Und wie schwer war die Jagd nach Tauben, denn diese waren rar gesät. Sie musste Hunderte besudelte Steine zur Seite werfen, um sie zu erhaschen.

Die Wirkung entfaltete sich spät, aber umso gewaltiger.

Sie wuchs. Ihr Körper wurde riesig und stark, ihre Beine streckten sich bis über die Baumkronen. Ihre Ohren öffneten sich: Sie hörte die Spechte schlagen, Mäuse im Unterholz rascheln, Menschen in der Nähe in Todesangst schreien, weiter hinten warfen andere einander hastige Befehle zu und in einem entfernten Buchenwald wisperten sie in einem Zelt miteinander.

Dieses Wispern heftete sich in ihr Gedächtnis, weil sie das Wort »Königsring« darin aufgeschnappt hatte. Der Ring der Macht! Wenn diese Leute die Geheimnisse des Ringes kannten, musste Areshva sie aushorchen.

Ihre Sinne öffneten sich: Nun brauchte sie ihr inneres Auge nicht länger, sie sah alles. Die Bäume wurden durchsichtig, auch die Zelte und die Menschen erschienen wie aus Glas. Nichts blieb ihr mehr verborgen, denn ihr zeigten sich neue Dimensionen. Sie überblickte die Wipfel des Waldes bis hin zu seinem Ende. Gleichzeitig sah sie die Männer auf einer Lichtung panisch vor ihr davonrennen, und, ebenfalls zur selben Zeit, raste sie auf jenes Zelt im weit entfernten Buchenwald zu, in welchem Menschen über geheime Ringe flüsterten.

»Der Königsring wird durch uralte Magie geschützt, kein Feind kann ihn jemals berühren«, hörte sie jemanden sagen.

Es kam ihr vor, als wäre sie dreifach vorhanden. Sie konnte drei Aktionen an verschiedenen Orten gleichzeitig durchführen, ohne sich anzustrengen.

Einem Monster auf vier Beinen gleich, jagte sie neue Seelen, während ihr himmlisches Ich von oben auf die Bäume herabblickte, um die Größe des Lagers einzuschätzen, und ihr Drilling am anderen Ende des Waldes Leute in einem Zelt belauschte.

Dies war großartig. Überwältigend. Eine solche Machtfülle hätte sie sich nicht träumen lassen.

Wer war jetzt die Hohepriesterin neben ihr? Ein Zwerg? Ha! Eine Ameise war sie, Areshva würde sie zerstampfen!

Konnte sie sich nicht noch weiter vervielfältigen? Einen Vierling oder Fünfling könnte sie gebrauchen. Man stelle sich vor: Würde sie sich verhundertfachen, dann könnte sie das ganze Land gleichzeitig kontrollieren. Sie wäre überall. Wie eine Göttin!

Agga muss diese Gabe haben, dachte Areshva plötzlich. *Sie kann vermutlich mit all ihren Anhängern gleichzeitig sprechen und doch jedem das Gefühl geben, sie wäre nur bei ihm gegenwärtig.*

Wie viele Ichs mochte Agga haben? Konnte man sie zählen? Bedeckten sie den Himmel und die Erde des ganzen Landes? War Agga überall?

Auch sie selbst könnte es schaffen, eine allmächtige Göttin zu werden. Sie konnte ihre Macht noch mehr vervielfachen, so weit es ihr möglich war. Dahin musste sie streben. Ihr würden sich weitere Dimensionen auftun, von denen sie jetzt noch nichts ahnte. Sie spürte, was Macht bedeutete. Es war faszinierend. Mehr als das. Sie würde die Welt lenken können, sie würde mehr sehen, mehr wissen, mehr lenken und mehr begreifen als andere – und das war es, was sie wollte. Warum hatte sie so viel Zeit vertrödelt? Sie hätte schon längst damit anfangen sollen!

Aber besser spät als nie.

Ihr drittes Ich hatte das Zelt in jenem Buchenwald erreicht. Darin hockten mehrere Personen, zwei waren gefesselt. Sie wisperten nicht länger.

»Es ist doch klar, wer den Königsring hat!«, schrie ein stämmiger Soldat aufgebracht »Unser früherer König wurde nur deshalb ermordet, weil ihm jemand den Ring stehlen wollte. Die Frage ist deshalb: *Wer ist der Mörder?*«

»Die aktuelle Hohepriesterin, natürlich«, erwiderte ein anderer Soldat. »Sie stahl den Ring, und so konnte sie ihre Vorgängerin stürzen und ihr Amt einnehmen.«

»Unsinn!«, polterte wieder der Stämmige. »Wenn die Hohepriesterin den Ring hätte, wäre ihr Verbündeter jetzt König!«

»Und wenn jemand anders den Ring hätte, dann wäre *er* jetzt König! Da stimmt etwas nicht! Du! Sag, wo der Ring ist, sonst ersteche ich dich!«

»In Estedt«, hauchte eine schüchterne weibliche Stimme. »Er liegt in Estedt, aber niemand kann ihn berühren. Er ist sozusagen … unbrauchbar.«

Areshva lauschte der Konversation nicht länger, denn jetzt sah sie den herrlichen weißen Adler.

Bei allen Göttern! Diese einzigartige Seele gehörte einer der Gefangenen. Wenn sie sich die einverleibte, würde sie einen Berg von Macht gewinnen. Allerdings sah sie im selben Augenblick, als sie den Seelenadler erblickte, auch den Körper der Person, in dem er wohnte.

Maari.

Ihre blond gelockte beste Freundin aus Pallanthia, mit der sie zusammen Priesterschülerin bei Kirisha gewesen war. Okay, vielleicht sollte man besser sagen: ihre *frühere* beste Freundin. Denn sie hatte ja schon seit langer Zeit keinen Kontakt mehr zu ihr.

»Eine Königsseele!«, kreischte Agga über ihrem Kopf. »Mehr brauchst du nicht als diese *eine* Seele, und deine Macht wird eine weitere Dimension gewinnen!«

Eine weitere Dimension? Was bedeutete das? War sie schon so nah an göttlicher Macht?

Areshva ergriff ein so gewaltiges Begehren, wie sie es niemals zuvor gespürt hatte. Den Adler *musste* sie haben, unbedingt, koste es, was es wolle!

Eine Halbgöttin würde sie werden und damit die Hohepriesterin mit Leichtigkeit vom Thron stoßen. Sie würde selbst die Macht erobern und niemand würde ihr mehr etwas befehlen. Vielleicht käme sie auch noch weiter? Vielleicht war dies die Art und Weise, wie Götter geboren wurden? Areshva stampfte mit ihren riesenhaften Drachenbeinen vorwärts und auf ihre Beute zu. Der Unterschied zwischen ihrer Machtfülle und dem kleinen, zarten Mädchen unter ihr war gigantisch.

Maari sprang auf und rannte rückwärts. Sie kam nicht weit, denn ihre Ketten hielten sie fest. Schon war sie gezwungen stehen zu bleiben. Ihr Gesicht war kalkweiß, der Mund zu einem Schrei geöffnet, aber kein Laut kam heraus.

Maari ... du schöne Seele und meine alte Freundin ...

Areshva zögerte. Das konnte sie doch nicht tun, ihre Schulfreundin anzugreifen, bei der sie sich immer so wohlgefühlt hatte! Auch dann nicht, wenn es ihre Macht verdoppelte.

»Hoool sie dir!«, brüllte Agga hinter ihr.

Areshva näherte sich der Seele Maaris immer mehr, sie wollte nach ihr greifen. Halt! Was tat sie denn da?

Nein! Nein! Nicht Maari!

Sie wollte sich bremsen, konnte aber nicht. Zu heftig war ihr Begehren, zu viel Energie tobte in ihr. In letzter Sekunde schwang sie ihren Kopf an der kleinen Blonden vorbei und schlug ihre Hauer mitten in einen Baum, der knackte, zerbarst und unter ihrem Biss wie ein Konstrukt aus Streichhölzern in sich zusammenfiel. Widerlich. Das Zeug schmeckte wie trockenes Stroh. Aber sie fuhr fort, ihn zu zermalmen. Sie musste, denn sie schäumte vor Energie und war gezwungen sie verbrauchen, weil der Druck in ihrem Inneren ihren Körper sonst zerfetzen würde. Sie zerknackte Äste, fraß Wurzeln und packte weitere Bäume, unermüdlich.

Ihre beiden anderen Existenzen waren mit diesem Misserfolg jedoch gar nicht einverstanden. Während einer ihrer Köpfe Bäume zermahlte, jagte ihr zweites Monster-Ich gerade Seelen weit am Ende des Waldes. Ihr drittes Ich schwebte etwa in Waldmitte über den Baumkronen.

Das zweite Ich lechzte nach der überragenden Seele wie ein Verdurstender. Ihr Mund war trocken, als wäre sie tagelang durch eine Wüste marschiert.

Eine Adlerseele! Ich werde eine Gigantin!

Dieses Ich flog über Wipfel, stieß mit dem Kopf, der kräftig war wie ein Felsen, abwärts durch Bäume sowie Dickicht und erreichte schließlich das Adlernest. Es fand einen Berg umgestürzter Stämme, das Zelt war zerrissen, die Soldaten geflohen. Nur die beiden angeketteten Gefangenen standen noch am selben Platz, zitternd und schlotternd an allen Gliedern.

Erst jetzt erkannte Areshva auch die andere: Billa, eine pallanthische Tempeldienerin. Ihre Seele war ebenfalls weiß und rein, aber Maaris Glanz überstrahlte sie vollkommen.

Areshva fühlte sich wie in sich selbst zerrissen. Ihre Gier nach der Adlerseele war unbezwinglich stark, sie konnte sich nicht zurückhalten.

Aber doch nicht Maari!, ermahnte sie immer noch ihr lichthelles Gewissen.

Maari, die einzige treue Seele, die ihrer Meisterin Kirisha geblieben war. Solch eine durfte sie nicht vernichten.

Sie könnte statt ihrer Billa nehmen. Ein kalter Schauer rieselte über ihren Rücken.

Billa – war sie noch normal, so eine *Lösung* als Ausweg zu erwägen? Welche Rolle spielte das, ob sie Maari oder Billa vernichtete, beides war gleichermaßen abscheulich!

Abscheulich – und unvermeidlich. Denn sie konnte nicht anhalten. Ihr Körper lechzte derart nach der Adlerseele, dass er sie auch gegen ihren Willen weiter vorwärtsdrängte. Sie war bestürzt. Das durfte nicht sein.

Sie musste diese Macht dirigieren können!

Mit großer Anstrengung gelang es ihr, auch ihren zweiten Kopf haarscharf an Maari vorbeizischen zu lassen und in das Zelt hinein. Ihre Kraft war so stark, dass sie dabei nicht nur dessen Leinwand zermahlte, sondern bis in das Erdreich hineinbiss und wühlte, ausdauernd und wild, bis sie nur noch Lehm und Staub um sich herum wirbeln sah.

Ihr drittes Ich hatte von dieser Pleite kaum erfahren, da sauste es auch schon heran. Spätestens jetzt verfluchte Areshva ihre neu gewonnene Macht auf das Allerschärfste.

Sie würde nicht ihre dritte Existenz auch noch ablenken können, das wusste sie.

Sie würde Maari töten.

Sie *musste* sie vernichten.

Denn diese einzige Seele fehlte ihr noch, um ihre Macht ins Unermessliche zu steigern.

Sie musste sich nicht die Mühe machen, vor irgendetwas auszuweichen. Nichts war härter als ihre Knochen, die baumgroßen Beine eines überdimensionalen Drachen.

Alles krachte, splitterte, dröhnte, Baumstämme fielen um sie herum wie Grashalme und dort war der Adler.

Sie hätte lachen mögen, denn es sah seltsam aus. Drüben stapelten sich Holzberge übereinander, tanzende Bäume, denn ihr erstes Ich unter ihnen hackte immer noch seine Hauer in die Äste und hatte schon einen Berg aus Stämmen gefällt.

Nebenan gähnte eine tiefe Schlucht, aus der ihr zweites Ich Brocken von Erde feuerte. Der Adler stand vor ihr, die Krönung ihres Festmahles, er gehörte ihr!

Sie riss ihr Maul auf und …

Ein brüllender Schmerz übertönte alles. Die Welt über ihr wirbelte. Sie sah nichts mehr, konnte sich nicht rühren. Etwas presste sie zusammen. Nein, es drückte eigentlich nur ihren rechten Arm. Es quetschte ihn so brutal, als wollte es ihn abbeißen. Was war das? Warum war alles so dunkel?

Mit Schrecken wurde ihr klar, dass sie nicht länger dreifach existierte, sondern dass ihr Körper schmal und verletzlich war wie immer und ihre Augen und Ohren ebenfalls wieder auf ihre gewöhnlichen Fähigkeiten zurückgeschrumpft waren.

Sie erwachte wie aus einem Traum. Ihr Körper lag auf kühler Erde und es war das fürchterliche Hemmgerät an ihrem rechten Arm, das die grässlichen Schmerzen verursachte. Sie wollte es abstreifen, weg damit.

Aber dann blickte sie auf und sah Maari und Billa. Die beiden standen nur zwei Schritte von ihr entfernt, blass und starr wie Salzsäulen.

Nein, sie durfte den Magiehemmer nicht abstreifen. Egal, wie sehr das Ding ihren Arm zerstach. Es fühlte sich an, als wären Messer darin, auch wenn sie kein Blut sah. Areshva biss auf die Zähne und stand auf.

Himmel. Maari war übel zugerichtet. Drei riesige, blutige Kratzspuren verliefen quer über ihren Leib. So als hätte ein Monster sie angefallen. Ihre Ketten waren straff gespannt. Das lag daran, dass sie sich so weit von Areshva entfernt hatte, wie ihr die Fesseln erlaubten. Der Magiehemmer hatte Maari das Leben gerettet und Areshva davor bewahrt, einen brutalen Mord zu begehen – den sie sich nie verziehen hätte. Sie begriff nicht, was in sie gefahren war und warum die Macht in ihr sie so verändert hatte, dass sie einen Moment lang sogar bereit gewesen war, die schlimmste aller Taten zu begehen.

Egal, was ich verliere, aber Maari muss überleben, dachte Areshva fieberhaft. *Ob sie weiß, dass ich das Monster war, das sie überfallen hat? Ihren Blicken nach zu urteilen, weiß sie es.*

Die Zauberin schluckte.

»Du zitterst ja wie Espenlaub«, sagte sie stockend. »Ich kann mir denken, dass ich dich erschreckt habe. Hör mir zu. Es sah für dich sicherlich nicht so aus, aber ich bin deine Freundin. Ich bin auf deiner Seite, so wie immer, und das wird sich auch nicht ändern.«

»Ich fände es besser, wenn du mich nicht schamlos anlügen würdest, sondern mir die Wahrheit sagst«, erwiderte Maari zitternd. »Das sieht ein Blinder, dass du auf die andere Seite gewechselt hast.«

Tiefe Verachtung lag in ihren Worten. Und Angst. Todesangst.

Der Magiehemmer riss und stach in Areshvas rechten Arm. Dieser Schmerz war inzwischen jedoch unwesentlich. Viel größer war der Stich in ihrem Herzen, der sich tief in ihr Inneres hineinbohrte.

»Du irrst dich«, sagte Areshva beschwörend. »Es mag nach außen böse wirken …« *Wie habe ich denn ausgesehen? Hatte ich Klauen? Und die drei Köpfe, war ich eine dreiköpfige Hydra?* »Aber wenn du mein Herz sehen könntest, dann würdest du mir glauben.«

Der Zweifel und die Todesangst in Maaris Augen wollten einfach nicht verlöschen.

»Was wirst du unserer Lehrmeisterin Kirisha über mich erzählen?«, wisperte Areshva.

Maari starrte sie noch immer aus weit aufgerissenen Augen an.

»Wenn ich über dich schweige, lässt du mich dann laufen?«

»Maari, du bist meine Freundin! Selbstverständlich lasse ich dich laufen! Egal, was du Kirisha erzählst.« Wie mies sie sich fühlte. Wie eine Verbrecherin. Nein, Smorkyn war nichts das schlimmste Scheusal, das sie kannte - sie selber war es! Ob Kirisha Bescheid wusste? »Ist sie sehr wütend auf mich?«

Maari schwieg.

Ob es nur der Schmerz in Areshvas Hand war oder auch die tiefe Unruhe in ihrem Inneren – der Zustand war unerträglich.

»Sag doch! Hasst sie mich? Gibt es Neuigkeiten vom Tempel?«

Maari schien verwundert zu sein, ratlos.

»Du weißt, dass Kirisha eine Meisterin der Orakel ist. Sie sieht in letzter Zeit nur noch Todeszeichen darin. Und was sie von dir hält, weiß ich nicht, weil sie es nicht sagt. Wir versuchen … nicht über dich zu reden.«

Areshva saugte ihre Worte auf wie ein Schwamm. Sie würde am liebsten alles wissen, was in und an ihrem früheren Tempel geschah, an dem Ort, der einmal ihre Heimat gewesen war. Noch lieber wäre sie selbst dort und würde ihre alte Lehrmeisterin wiedersehen. Sich mit ihr versöhnen …

Ja, Kirisha, vielleicht wird es solch ein Treffen eines Tages geben?

Wenn sie erst ganz oben auf dem Thron säße und ihren Untertanen Gnaden walten ließe. Macht musste nicht grundsätzlich schlecht sein. Man konnte sie auch dazu benutzen, gute, ja sogar wunderschöne Taten zu vollbringen.

»Wenn du meine Freundin bist … wirst du uns freilassen?«, flüsterte Maari.

Areshva nickte eifrig.

»Natürlich!«

Sie versuchte, einen magischen Keil entstehen zu lassen, um die Fesseln damit zu zerschlagen, aber es kam keine Wärme in ihre Hände.

Natürlich nicht. Der Magiehemmer. Sie würde das Hemmgerät entfernen müssen, damit sie wieder zaubern könnte. Nur ganz kurz, versteht sich, denn ansonsten könnten schreckliche Dinge geschehen.

Allerdings konnten auch in sehr kurzer Zeit schon schreckliche Dinge geschehen. Sie ahnte ja nicht, ob sie sich womöglich wieder in eine Art dreiköpfige Hydra verwandeln würde oder lediglich in ein kleines Monster mit nur einem Kopf.

»Pass genau auf, was ich sage, Maari«, erklärte Areshva stockend.

Sie wünschte, sie müsste ihr das nicht sagen, aber sie war sich nicht sicher, ob sie sich selbst trauen konnte. Es war besser, Billa und Maari fortzuschicken, als sie in ihrer Nähe zu haben, wo sie die beiden jederzeit überfallen könnte … und wahrscheinlich auch würde.

Himmel, sie musste so schnell wie möglich nach Kalamachai kommen und den Kampf gegen die Hohepriesterin beginnen. Damit sie die richtigen Leute attackierte und nicht Unschuldige traf. Und damit sie ihre schöne neue Welt endlich errichten könnte.

»Ich werde gleich deine und Billas Ketten zerschlagen. Ihr beide müsst auf der Stelle verschwinden. Ihr nehmt eure Füße in die Hand und rennt vor mir davon, so schnell und so weit ihr könnt. Seht euch nicht um.«

In der Hexenstadt

Nach einer ausgiebigen Rast brachen Pirina und ihre Reisegefährtinnen auf, um Areshvas Weg zu folgen. Da keine von ihnen an das Reiten gewöhnt war, dauerte es lange, bis alle auf ihren Pferden saßen. Am längsten brauchte wie üblich Prinzessin Isimela. Diesmal verlangte sie, dass man ihr einen Podest aus Feldsteinen baute, von dem aus sie den Pferderücken bequem erreichen könnte.

Sie ritten los. Pirina war unruhig. Was war das für ein Geheimnis, das Areshva ihr nicht verraten wollte? Was hatte sie bei dieser Truppe von Soldaten zu suchen? Wollte sie die Armee belauschen? War das nicht viel zu gefährlich?

Eine plötzliche Unruhe ließ den Wald brausen. In der Ferne ertönte Hufgetrappel, Rufe und entsetzte Schreie. Die Frauen fürchteten sich, sie stiegen von ihren Pferden und versteckten sich im Wald. Denn es hörte sich an, als käme das Unheil näher und könnte jeden Moment auf sie einprasseln.

Tatsächlich galoppierten bald Scharen von Flüchtigen auf sie zu und donnerten an ihnen vorbei. Es handelte sich um Soldaten, die genau dieselben grauen Uniformen trugen wie jene, zu denen Pirina Areshva geführt hatte. Ihr wurde unheimlich zumute. Was mochte die Zauberin dort angezettelt haben? Eine Revolte? Oder hatte jemand sie entdeckt? Aber dann würden die Männer nicht fliehen. Pirina konnte sich kein Bild davon machen, was passiert war. Himmel, vermutlich befand sich Areshva direkt im Auge des Sturms!

Langsam flaute der Strom der Flüchtlinge ab. Es wurde wieder still im Wald. Über ihnen tschirpten die Vögel, als wäre nichts geschehen.

»Es ist vorbei, wir können weiterreiten!«, befahl Prinzessin Isimela. »Baut mir einen neuen Podest.«

Pirina wartete nicht ab, bis dieser vollendet sein würde. Das hatte ja das letzte Mal schon Ewigkeiten gedauert. Sie schwang sich in die Luft, um die Lage zunächst von oben auszukundschaften. Vorsichtig glitt sie über die Wipfel der Bäume hinweg und spähte dabei nach vorn.

Da erblickte sie den zerstörten Wald. Es sah aus, als wäre ein Tornado darüber hinweggefegt, der mehrere Schneisen hineingefressen hatte. Sie sah massenhaft gesplitterte Stämme, aus dem Boden gerissene Baumwurzeln und zerfetzte Gewächse, die in chaotischen Haufen überall rings um die Schneisen herum lagen. Hier stapelten sich entwurzelte Bäume, dort gähnte ein riesenhaftes Erdloch. Zeltstangen und –häute waren kreuz und quer über den Wald verteilt, und dazwischen ... was bei allen Göttern waren das für zerstörte Gegenstände überall? Kleidungsfetzen? Nein, es mussten zerrissene Ziegen sein oder Rehe, von Mänteln bedeckt, es war beim besten Willen nicht zu erkennen, was für Tiere ... oder Menschen ...

Pirina erschrak so tief, dass ihr schwindelig wurde. Die Welt begann sich zu drehen. Hastig landete sie auf dem nächstgelegenen Baumwipfel und klammerte sich am Hauptast fest.

Zerfetzte Menschenkörper. Dutzende Leichen. Als ob ein Wolfsrudel über sie hergefallen wäre. Oder eher eine Art Werwolfsrudel. Dämonen vielleicht. Bestien der Unterwelt.

Pirina presste ihren Kopf an den kühlen Baumstamm und atmete tief ein und aus. Was hatte sie gesehen? Das konnte doch nicht die Wirklichkeit sein. Irgendein Trugbild narrte sie. Vorsichtig spähte sie zwischen Zweigen und Blättern hindurch nach unten.

Inmitten des blutigen Schlachtfeldes kniete Areshva. Sie schien unverletzt zu sein. Unglaublich. Sie hockte mitten in einem Katastrophengebiet, aber selbst war ihr gar nichts passiert. Welch ein Glück!

Pirina musterte die Umgegend noch einmal ganz genau. Alles ruhig. Nirgends eine Spur von Gefahr. Diese Dämonen waren anscheinend genauso schnell verschwunden, wie sie kamen. Ein gruseliger Spuk.

Pirina flog zu Areshva hinunter. Die Zauberin saß immer noch am Boden, in gekrümmter Haltung. Ein magisches Gerät klemmte um ihren rechten Arm, das ihr sichtlich Schmerzen bereitete, denn sie presste die linke Hand darüber und stöhnte laut.

»Areshva! Was ist hier passiert?«, stammelte Pirina ängstlich.

»Nichts«, stieß Areshva kaum verständlich mit zusammengebissenen Zähnen hervor, während sie anfing, an dem Artefakt um ihren Arm herumzufummeln.

Diese Antwort erschreckte Pirina nur noch tiefer.

»Waren es Wölfe?«

Areshva warf ihr einen finsteren Blick zu und rieb dann wieder an ihrem Arm.

Da stimmt was nicht, dachte Pirina schaudernd. *Was macht sie, wenn ich sie allein lasse? Das ist unheimlich. Ist sie wirklich die Retterin? Ich muss sie zur Rede stellen! Nein. Ich sollte weglaufen. Jetzt. Sofort. Und nie wieder zurückkommen.*

Sie starrte Areshva an. Aber … böse sah sie eigentlich nicht aus. Sie war weiß im Gesicht wie ein Leinentuch. Aus ihren Augen leuchtete Entsetzen. Ihre Hände zitterten.

Ich darf nicht so viel Angst haben, dachte Pirina, obwohl sie immer noch innerlich bebte. *Sie braucht Hilfe. Es ist meine Aufgabe, ihr zu helfen. Wenn ich nur wüsste, was sie im Schilde führt! Anscheinend ist es entsetzlich gefährlich. Vielleicht sollte ich doch abhauen?*

»Sag mir doch, was hier passiert ist«, bettelte Pirina.

»Nichts«, wiederholte Areshva unwirsch. »Gut, dass du kommst. Reiten wir weiter. Ich habe es eilig. Ich will so schnell wie möglich in die Hexenstadt Rheskali, denn das liegt auf meinem Weg, und dort seid ihr in Sicherheit. Von dort reite ich alleine weiter. Ihr werdet in Rheskali bleiben, dort gefällt es dir ganz bestimmt und der Ort ist magisch geschützt.«

Ihre Stimme klang hektisch, sie wirkte zerfahren und nervös. Pirina kroch eine immer größere Angst den Nacken hoch.

»Du reitest allein weiter? Wohin willst du?«

»Ich habe eine Verabredung. Für dich wird es Zeit, wieder nach Hause zurückzufliegen. Sie machen sich doch bestimmt schon Sorgen um dich.«

»Und die Prinzessin? Wolltest du sie nicht nach Hause bringen?«

»Nein. Das dauert mir zu lange. Ich bringe sie nur bis nach Rheskali, dort ist sie in Sicherheit.«

Areshva strich über die Klemme des Artefaktes und massierte ihren Arm. Sie atmete sehr schnell. Ihre Stirn war gerötet.

Pirina musste wissen, was los war.

»Was ist mit deinem Arm passiert?«, fragte sie besorgt.

»Nichts. Das wird schon wieder.«

Die Welt um sie herum liegt in Trümmern und sie sagt, es wäre nichts! So wenig Vertrauen hat sie in mich.

»Aber dieses schwarze Ding an deinem Arm, tut das nicht weh? Willst du das nicht lieber abmachen?«

»Das ist ein Armschützer. Jetzt frag nicht so viel!«

Areshva löste die Klemme des Artefaktes und nahm es vom Arm. Ein erleichterter Seufzer kam über ihre Lippen.

Erst jetzt bemerkte Pirina die Zacken an Areshvas Flügel. Was war mit den Flügeln passiert? Diese grünen Zacken und die Panzerung an den Enden, das sah ja aus wie bei einem Drachen! Auch an ihren Oberschenkeln glänzten große bronzene Schuppen. Pirina stolperte rückwärts und wäre beinahe gefallen.

Hilfe! Wer war Areshva? Wer oder was, sollte sie vielleicht eher fragen? Erschrocken starrte Pirina auf den »Armschützer«, wie Areshva ihn nannte und den sie gerade an ihrem Gürtel verstaute.

Brauchte sie ihn, weil sie damit die Bestien abwehrte, die Leute überfielen? Aber das wäre harmlos.

Nein. Es war etwas viel Schlimmeres.

Areshva stand auf. Ihre Blicke trafen aufeinander. Areshvas Augen waren schwarz und aufgewühlt und glühten glatt durch Pirina hindurch, so als betrachtete sie etwas in einer endlosen Ferne.

»Hast du … alle diese Leute umgebracht?«, stotterte Pirina.

Areshva fuhr zusammen.

»Eine Retterin sein zu wollen ist gar nicht so einfach, wie du dachtest. Vielleicht sollte man es gar nicht versuchen«, flüsterte sie. »Es wäre besser für dich, wenn du so schnell wie möglich wieder nach Hause fliegst. Es wäre auch besser für mich. Nur dann kann ich sicher sein, dass dir nichts passiert.«

Was war das für eine Antwort? Bedeutete das: *Ja?!*

Ist sie eine Mörderin?

»A… aber wie soll ich nach Hause kommen? Ich habe keine Ahnung, w-wo wir sind und wie ich von hier fliegen muss. Und g-ganz allein …«

Areshva nickte angespannt.

»In Rheskali gibt es magische Kristallkugeln. Darin kann ich dir eine Landkarte aufrufen und dir zeigen, wie du fliegen musst.«

Pirina prüfte ihre Gesichtszüge immer noch sehr genau.

Was für einen verbissenen Ausdruck Areshva um die Mundwinkel hat, dachte sie bei sich. Ihre Augen waren zusammengekniffen wie Striche. Pirina wurde es immer unheimlicher zumute.

Vielleicht werden uns Bestien überfallen und sie beißen in die Arme, und man ist verloren, wenn man keinen Armschutz hat.

Sie überfiel eine riesige Woge Todesangst, die ihren ganzen Körper umfing. Denn sie wusste genau, dass die Gefahr nicht von außen kam, sondern mitten unter ihnen war.

Ich muss weg hier. So schnell wie möglich.

***

Es fiel Areshva schwer, den verbleibenden Weg auf ihrer Falbstute fortzusetzen, als wäre sie noch immer ein gewöhnlicher Mensch. Am liebsten hätte sie der ganzen Welt gezeigt, dass sie sich längst in höhere Sphären erhoben hatte. In ihrer Gestalt als Halbgöttin, mit Beinen, die sich bis über die Baumwipfel erhoben, dazu die Verdreifachung ihres Ichs, durch die sie drei entfernte Plätze gleichzeitig kontrollieren und drei verschiedene Handlungen zeitgleich unternehmen konnte – wer würde sich nicht vor ihr verneigen? Allerdings war der Thron dornig, der in diesen höheren Ebenen auf sie wartete. Die

Angst ließ sie nicht los, sie könnte sich dadurch zu einer blutrünstigen Bestie entwickeln.

Die Zeit zerfloss wie in einem Fiebertraum. Wiesen und Wälder glitten an ihr vorbei. Tagsüber ritten sie, des Nachts errichteten sie ein Lager. Rheskali kam immer näher und Kalamachai ebenso. Das Ziel war schon fast zum Greifen nahe.

Genauso stark wie ihr Machthunger wuchsen ihre Zweifel.

Ich stecke in der Haut einer Verbrecherin. Was mache ich hier? Bin ich wirklich auf dem rechten Weg?

Agga wich ihr nicht von der Seite. Während sie ritt, flatterte die alte Fledermaus über ihrem Kopf herum. Stündlich, ja manchmal sogar alle paar Augenblicke, musste sie sich die Sprüche der Göttin anhören.

»Ich grüße Euch, Hohepriesterin von Kalamachai!«, oder »Hohepriesterin, wie geht es Euch?«, und so weiter und so fort. Die Alte redete von überhaupt gar nichts anderem mehr, sie zappelte wie ein Kleinkind vor Aufregung. Mehr als einmal hatte sie Areshva schon ihre Flügel ins Gesicht gehauen, weil sie so wild herumfuchtelte.

Die Reise mit dieser Prozession aus Weibsbildern kostete Nerven. Welche Wohltat, sich vorzustellen, dass Rheskali nahe war und Areshva den ganzen Rattenschwanz dort abladen konnte, um dann frei und ungebunden allein nach Kalamachai weiterzureiten.

Zum Kampf des Jahrhunderts!

»Na?«, hörte sie Aggas Stimme, die diesmal aus dem Nichts heraus an ihr linkes Ohr krächzte. »Fühlst du dich stark?«

»Mörderisch!« Areshva grinste. So hatte sie Agga noch nie erlebt. Wo war ihr üblicher Sarkasmus geblieben? Vermutlich war ihr geplanter Aufstieg das Größte, was die Göttin jemals erreichen könnte. Gut möglich, dass ihr das in Hunderten von Jahren – oder wie lange sie schon existierte – nie widerfahren war. Areshva wollte diese Gelegenheit nutzen, um den wichtigsten Teil ihres Planes durchzuboxen. Jetzt. Solange Agga so gute Laune hatte.

»Übrigens habe ich eine Bedingung«, fügte sie hinzu.

»Bedingung für was?«

»Dafür, dass ich mich ins Feuer stelle und gegen die Hohepriesterin kämpfe.«

»Du glaubst, du wärest jetzt schon in der Position, Bedingungen zu stellen? Gewinn erst den Kampf, dann reden wir weiter!«

»Verehrte Agga, du wirst durch meinen Aufstieg einen gigantischen Machtzuwachs bekommen. Wie werden dich die anderen dann titulieren? Obergöttin? Göttermutter?«

»Zur Sache«, maunzte Agga und setzte sich auf den Kopf von Areshvas Falbstute. »Krongöttin ist der korrekte Ausdruck. Was willst du?«

»Damit wir uns klar verstehen: Ich kämpfe den Kampf nicht, wenn du meine Bedingung nicht erfüllst!«

Die Göttin flatterte wütend vor Areshvas Nase herum.

»Du hast den Kopf voller unausgegorener Ideen. Werde erwachsen und erkenne, was deine Lage hergibt und was nicht! Schön. Ich höre. Wie lautet deine Bedingung?«

»Ich werde Hohepriesterin und mache dich zur Krongöttin. Du erlaubst mir im Gegenzug, zwei oder drei Personen zur Lichtgöttin Lystrella zurückkehren zu lassen und diese Auserwählten vor der Rache der anderen Hexen und Göttinnen zu beschützen. Außerdem dürfen diese zwei oder drei auserwählten Personen ausschließlich Lystrella Opfer bringen. Natürlich nur ganz bescheiden, versteht sich, sodass sie dich nicht stören.«

Agga klappte das Maul auf und biss dann so heftig auf die Zähne, dass es ungesund knirschte.

»Das ist nicht dein Ernst!«

»Mein voller Ernst.«

Natürlich gingen Areshvas Vorstellungen sehr viel weiter, als sie zugegeben hatte. Sie sah diese Zukunft schon vor sich: Pirina, Maari, Billa, vielleicht auch Kirisha. Ihnen würde sie erlauben, Lystrella zurückzuholen. Sie würde sie sogar persönlich beschützen vor allen finsteren Kreaturen, die bestimmt versuchten würden, sie anzugreifen oder zu töten. Kirisha würde einen neuen Opferwald pflanzen. Der paradiesische Park um den Tempel von Pallanthia würde neu entstehen. Friedenszonen, blühende Beete, Feiern, bei denen die Salate aus den Tischen sprießen würden … vielleicht könnte sie sich hinschleichen und heimlich dabei sein.

Kirisha könnte im Untergrund neue Schülerinnen ausbilden. Sie würden eine Untergrundorganisation bilden, eine Rebellion vorbereiten und eines Tages bis nach Kalamachai kommen. Wenn sie dort erst stünden, dann würde Areshva ihnen selbst den Thron freimachen. Oh, ja! Sie würde beiseitetreten, würde der neuen Priesterin Lystrellas die Krone überreichen und ihr zeigen, wie sie die Macht übernahm. Wenn dann das Licht Lystrellas über das ganze Land erstrahlte, wäre sie die Erste, die vor ihr auf die Knie fiele und riefe: »Heil dir, Lystrella! Hier bin ich, endlich, ich kehre zu dir zurück! Verzeih mir, bitte, wenn du kannst!«

Areshva war so in ihre eigenen herrlichen Träume versunken, dass ihr erst nach einer Weile auffiel, wie Agga sich auf dem Kopf des Pferdes hingehockt hatte und dort bei jedem Schritt des Tieres auf und ab gehoben wurde.

Schweigsam und verkniffen wirkte sie zunächst, bevor sie anfing, wie eine kleine Löwin zu fauchen.

»Das ist Blasphemie! Gotteslästerung!«

»Das ist meine Bedingung und das musst du schlucken, sonst wird nichts aus dem Fest. Zwei, drei Leute lässt du aus der Reihe tanzen und eine fremde Göttin anbeten … was vergibst du dir dabei? Ich meine, du musst doch ohnehin die anderen Göttinnen der Finsternis neben beziehungsweise unter dir tolerieren und ich nehme nicht an, dass sie deine Freundinnen sind. Wieso nicht eine einsame und schwache Göttin des Lichts ebenfalls ein wenig akzeptieren, wo sie doch ohnehin nur drei Anhängerinnen hat?«

Die Göttin schlug mit einem Flügel nach ihr.

»Das ist der Gipfel! Rede nie wieder in meiner Gegenwart über verbotene Götter!«

»Verehrte Agga, ich habe diese ganze Aktion nur deshalb gestartet, weil ich die Welt schöner machen will. Du selbst hast es vorgeschlagen. Jetzt fall mir nicht in den Rücken, wenn ich es umsetzen will.«

»Ich habe nichts dagegen, wenn du die Welt schöner machen willst, aber fremde Götter lässt du aus dem Spiel!«

»Ich werde mit ihnen doch nichts zu tun haben. Ich will lediglich ein paar kleinen Hexen erlauben …«

»Schluss jetzt! Ich bin deine Göttin, du wirst keine andere Göttin neben mir dulden! Verstehen wir uns? Weder für dich selbst noch für andere!«

»Dann werde ich nicht Hohepriesterin!«

Agga flatterte über Areshvas Kopf hoch und lachte.

»Ach wirklich? Nach allen Hindernissen, die du schon überwunden hast? So kurz vorm Ziel? – Jetzt beruhige dich mal. Du bekommst deine schöne Welt, auf die eine oder andere Weise. Wir werden uns schon einig.«

Die Fledermaus löste sich abrupt in Luft auf.

Areshva grinste gequält. Das musste sie noch hindrehen, es musste funktionieren. Sie hatte eine Chance. Eine Riesenchance.

Vor ihr eröffnete sich der Eintritt in die Hexenstadt Rheskali. Sie ritt über den kleinen Moosweg, der einen Bach überquerte und rechts und links von schrillen orange- und rosafarbenen Pilzen gesäumt war.

Areshva führte ihre Gruppe über die Brücke und in den verzauberten Wald hinein.

Unsichtbare Netze

Die Hexenstadt Rheskali war kaum wiederzuerkennen. Überall zwischen den Bäumen des Waldes prangten mannshohe klebrige und glitzernde Spinnennetze. Daran hätte sich Areshva nicht weiter gestört, aber diese Netze waren allgegenwärtig: Sie wucherten über leeren Kräuterbuden, sie versperrten Wegabzweigungen, sie wehten an Ästen und Sträuchern.

Es dauerte eine Weile, bis Areshva klar wurde, dass die gesamte Heilerinnensiedlung verlassen war. Außer leer stehenden Buden und den hunderten von Spinnennetzen – viele hingen zwischen den Bäumen wie riesige weiße Teppiche – gab es hier nichts mehr. Alle Kunden, die Kranken, die sonst hierher pilgerten, und auch sämtliche Verkäuferinnen waren wie vom Erdboden verschlungen. Eine Geisterstadt.

Areshva drehte sich zu ihrer Reisegruppe um.

»Seid vorsichtig mit den Netzen. Macht einen weiten Bogen um sie. Wahrscheinlich kann man sterben, wenn man aus Versehen eines berührt.«

»Welche *Netze*?«, fragte die Prinzessin schnippisch. »Ich sehe keine. Sollte hier nicht eine Stadt sein?«

»Die Netze direkt vor deiner aufgepuderten Nase!«, fauchte Areshva und zeigte mit der Hand auf ein riesiges rundes Fadengewirr am linken Wegesrand.

»Langsam habe ich genug davon, dass du mich immer zum Narren halten willst!«, murrte die Prinzessin. »Ich sehe nur Dschungel, wohin ich blicke, und jede Menge Unkraut.« Sie kickte verärgert mit dem Fuß gegen einen herabhängenden Efeustrang. »Wahrscheinlich gibt es hier keine Stadt und wir werden wie üblich im Dreck schlafen wie eine Horde Bettler.«

Die magischen Netze, ging es Areshva plötzlich auf. Gut möglich, dass die Prinzessin sie tatsächlich nicht sah.

»Was ist mit dir? Erkennst du das blaue Netz hier drüben?« Areshva wandte sich an eine der Dienerinnen und zeigte ihr ein weiter entferntes Spinnengewebe.

Die Dienerin zuckte die Achseln.

»Wo?«, stammelte sie.

»Das ist doch ganz deutlich!«, rief Pirina. »Seid ihr blind?«

»Magieblind«, konstatierte Areshva.

Hoffentlich ist es im HexMex *besser. Dort wohnen echte Hexen, sie dürften sich wohl gegen die paar läppischen Spinnen wehren können?*

Areshva führte ihre Reisegruppe durch die gespenstische Stille, bis sie den Eingangsbaum erreicht hatte, von dem aus sie das Tor ins *HexMex* öffnen konnte.

Sie rieb an dem kleinen Zeichen am Stamm. Schon sprang ein aus hölzernen Planken markierter Weg mitten aus dem Waldboden hervor, der zwischen Bäumen und über Bäche hinweg führte und schließlich in einem bunten Tor mündete, hinter dem sich ihnen die innere Stadt eröffnete.

Auch hier bot sich Areshva nicht das gewohnte Bild. Zwar reihte sich wie immer Läden, Hütten, Buden und

Hotels aneinander, aber fast alle waren von der Netzkrankheit gezeichnet. Wahrscheinlich huschten deshalb kaum Hexen über die Straßen. Die Wege waren auffallend leer. Wenigstens, so bemerkte Areshva, hatten die Bewohnerinnen der Stadt bereits Maßnahmen ergriffen, um der klebrigen Plage Herr zu werden.

An den Kreuzungen gab es aktive Wassersprüher, die sich kreisförmig drehten. Diese Stellen waren völlig netzfrei. Sie hatten auch Spinnenfallen aufgestellt: Große magiesprühende Gitterkonstruktionen fanden sich neben Hauseingängen und vor Nebenstraßen, in denen so manch eine Spinne zappelte. Enorme Tiere waren das, wie mittelgroße Hunde.

Was für ein Pech. Nun war sie endlich in Rheskali und froh darüber, denn sie hatte doch gehofft, sämtliche Frauen, insbesondere die nervtötende Prinzessin, hier abladen zu können, weil sie hier in Sicherheit wären – und was stellte sie fest? Dass man sich nicht mal auf die Hexen von Rheskali mehr verlassen konnte.

»Es muss hier irgendeinen sicheren Platz geben«, überlegte Areshva vor sich hin. »Ich kann euch doch nicht mitnehmen!«

»Mitnehmen, wohin?«, wisperte Pirina.

Bei Agga, sie konnte dem Mädchen nicht mehr ins Gesicht sehen. Pirina war tiefsinniger, als sie gedacht hatte. Sie schien alles zu wissen. Ihre Augen waren riesig und sie weinte im Schlaf. Längst war sie nicht mehr so vertrauensseelig wie früher. Manchmal zuckte sie sogar zusammen, wenn Areshva nur in ihre Richtung blickte. Dabei hatte die Magierin aufgepasst und ihr nichts gesagt, was sie verängstigen könnte. Aber das Mädchen wusste ja schon alles. Wahrscheinlich blickte sie tief bis in die Abgründe ihrer Seele. Falls davon überhaupt noch irgendwas übrig war. Areshva war jedenfalls froh, dass sie ihre eigene Seele mit dem inneren Auge nicht wahrnehmen konnte genauso wenig wie ihr Äußeres, wenn sie nicht gerade einen Spiegel vor der Nase hätte. Den Anblick wollte sie sich lieber ersparen.

Zu ihrer Linken tauchte inmitten zahlreicher verlassener Gebäude ein altes, zweistöckiges Gasthaus auf. *Zum Magischen Kessel* stand auf einem gelb bemalten Schild, das vom oberen Stockwerk herunterhing und in Form eines Kessels geschnitzt war. Ein leichter energiegeladener Nieselregen tropfte um seinen Eingang herum, der vermutlich dafür verantwortlich war, dass die Gegend hier spinnenfrei aussah. Areshva sprang vom Pferd und öffnete die Tür.

Drinnen war alles dunkel. Sie entzündete ein strahlendes grünes Licht über ihrem Zeigefinger und leuchtete den Empfangsraum aus. Die rechte Gaststube war derartig von weißen Netzen überwuchert, dass es aussah, als hingen dort Hunderte dünne Teppiche übereinander, auf die es einmal kräftig geschneit hatte. Eine Hexe in ärmlichen Leinenkleidern kam ihr aus dem linken Raum entgegen.

»Ich suche ein Gastzimmer«, erklärte Areshva ihr Anliegen, »wo man sich für einige Zeit einmieten kann und wohin die Spinnen nicht kommen.«

»Tja.« Die Hexe zuckte die Achseln. Ihre Augen wurden groß und immer größer. Sie hüpfte plötzlich rückwärts. »Ich will Euch natürlich gerne helfen. Leider kann ich die Spinnen nur von mir selbst ablenken, aber nicht Fremde beschützen, wie Ihr seht ...« Sie zeigte mit der Hand auf den von Netzen überwucherten Nebenraum.

Areshva zog die Augenbrauen zusammen.

»Was, bei allen Göttern, ist hier passiert? Wo kommen diese Parasiten her?«

»Man munkelt, dass es in Rheskali Abtrünnige gegeben hat, die verbotene Götter angebetet haben«, murmelte die Hexe ängstlich und wich vorsichtig einen halben Schritt vor Areshva zurück.

»*Verbotene Götter ... angebetet?*« Areshva zuckte zusammen. Welch eine Vorstellung! Sie war nicht allein. Es gab andere, die sich auch nach den Lichtgöttern sehnten. Ja, die sogar versuchten, gegen die Götter der Dunkelheit Widerstand zu leisten. Nie zuvor hatte sie von solchen Versuchen gehört! »Wie ist das möglich? Haben diese Ketzer versucht den verbotenen Göttern zu *opfern?*«

»Himmel, nein! Natürlich nicht.« Die Hexe wurde immer blasser und trippelte noch einen halben Schritt rückwärts. »Jemand in Rheskali hat uralte, verbotene Kräuter gezüchtet. Solche, die schon seit Jahren gar nicht mehr wachsen. Die nicht wachsen können ohne die Kraft der verbotenen Götter. Angeblich handelt es sich um das Heilkraut Soralisse. Natürlich wurden Hausdurchsuchungen durchgeführt. Befragungen. Sie haben alles durchkämmt. Es gab Festnahmen und Todesurteile. Und dann kamen die Spinnen.«

Areshva durchfuhr es wie ein Stich.

Soralisse! Silvrin hatte ihr damals davon gegeben. Wie kam er an ein verbotenes Kraut? An eine Pflanze der Lichtgötter? War er ein Rebell? Hatte er mit den heiligen Göttern zu tun? Sie konnte es nicht fassen. Das war unerhört. Himmel, sie hätte es selbst schon begreifen müssen, damals. Sie hätte so weit denken müssen.

Wenn das stimmte, dann hatte sie ihn gewaltig unterschätzt. Dann war er viel mehr als nur ein besonders netter Mensch, eigentlich war er ein ... ein Held ... ein größerer Held, als sie je gewesen war. Man stelle sich vor, was er gewagt hatte! Ob er noch mehr solche Kräuter produzierte? Er hatte vielleicht einen eigenen Garten? Womöglich kannte er Dinge, die ihr nicht eingefallen waren.

Ihr Herz raste. Ihr ganzer Körper geriet in Aufruhr. Unfassbar. Dabei war er nur ein Mann und keine Zauberin. Aber sie erinnerte sich doch noch genau, wie anständig er dachte, wie herzergreifend er reden konnte, wie ehrlich er handelte. Und sie hatte ihn einfach weglaufen lassen. Ein Fehler.

»War ein Mann hier in der Inneren Stadt?«, fragte sie hastig.

Die Hexe schüttelte den Kopf.

»Wieso das denn? Nein. Man munkelt, eine der Blumenhändlerinnen in der Kräutergasse sei die Rädelsführerin gewesen. Sie wurde dazu verurteilt, in ein Spinnennetz zu gehen. Es hängt direkt neben dem Eingang zum *Valhalla*.«

»Aha.«

Areshva fühlte sich, als hätte sie eben noch auf einer Wolke geschwebt und stürzte jetzt mit voller Wucht wieder zurück auf den Erdboden. Natürlich. Was hatte sie erwartet? Selbstverständlich war eine Hexe die Rebellin. Silvrin hatte mit der Angelegenheit nichts zu tun. Oder …?

Wie war er an diese seltenen und verbotenen Kräuter herangekommen? Er war vielleicht kein Held, aber etwas hob ihn aus dem Volk hervor, etwas, das sie nicht benennen konnte, das sie aber gepackt hielt, das sie umschlang und schüttelte, und das sie auch nicht mehr loslassen würde, sie wusste es.

Silvrin. Wo mochte er stecken? Immer noch in diesem Wirtshaus? Sie bereute jetzt, dass sie nicht in seiner Nähe geblieben war. Was für ein rätselhafter Mann. Was für ein feiner, anziehender, ja, ein herausragender Mensch.

»Wenn Ihr eine sichere Herberge sucht, könnte ich Euch den *Magischen Hof* empfehlen«, lispelte die Hexe. »Allerdings akzeptieren sie dort nur Gäste, die Datooka anbeten, die Göttin der Spinnen. Ich weiß nicht, ob Ihr zu ihren Anhängerinnen gehört.«

»Nein.« Silvrins Bild stand Areshva so deutlich vor Augen, dass sie Mühe hatte, in die Wirklichkeit zurückzufinden. *Reiß dich doch zusammen!*, ermahnte sie sich. Vielleicht fände sie ja später einen Weg zu ihm, wenn sie erst an der Macht war. Vielleicht konnte sie ihn dann begünstigen, ihn zu sich holen. Das würde seine Meinung über sie hoffentlich ändern.

Aber erst mal musste sie dahin kommen. Und diese Frauen sicher unterbringen. »Ein anderes Lokal gibt es nicht? Kann auch ein Lagerraum sein?«

»So viel ich weiß, vermietet die Restaurantchefin einige Magipartments. Sie sind allerdings teuer.«

»Danke.«

Das Problem mit dem Geld muss ich noch irgendwie lösen. Mit etwas Glück haben sie genug Angst vor mir, dass sie nicht fragen werden.

Areshva kehrte auf die Straße zurück. Ihre Reisegesellschaft bot einen verlorenen Anblick. Die Pferde drängten sich eng aneinander, die Reiterinnen blickten ängstlich um sich.

Ein riesiges Netz hing vor dem benachbarten Schuppen. Ein Kunstwerk in gleichförmigen Ringen und Querstreifen, das die gesamte Vorderfront bedeckte. An der Stelle, wo vermutlich mal das Scheunentor gewesen war, traten deutlich die Ausbuchtungen verschiedener, von weißen Fäden umwobener Gestalten hervor: Zwei Kühe, drei Menschen und ein Hund waren von drinnen in das Netz gelaufen und von ihm eingewickelt worden. Der Hund steckte noch seine Schnauze heraus. Von den Menschen waren ein halbes Gesicht mit dunklen Haaren und zwei Beine zu sehen, während eine der Kühe fast ganz aus dem Gebäude herausgelaufen war, bevor das

Netz sie auf die Knie gezwungen und mit seinen klebrigen Fäden umwickelt hatte.

»Wir suchen woanders«, sagte Areshva, bestieg ihr Pferd und setzte ihren Weg fort.

Sie folgte der Hauptstraße, die zum Stadtzentrum führte. Hier schienen die Bewohnerinnen der Spinnenplage bereits bemeistert zu haben. Die Läden und Buden am Straßenrand präsentierten sich unversehrt, prangten in magischen Beleuchtungen, orange, blau oder grün, und wetteiferten miteinander in opulenten Warenangeboten. Hier gab es alles, was sich eine Hexe nur wünschen konnte, von der Nebelkerze über sich selbst tragende Rucksäcke bis hin zu Kraftverstärkern, Feuerbomben und einer Unzahl weiterer magischer Artefakte, die meist wie Steinklumpen oder wie hölzerne Figuren aussahen.

Areshvas Besuch erregte Aufsehen. Alle Passanten, die ihr entgegenkamen, glotzten sie an, sprangen zur Seite oder rannten gar hinter die nächste Hausecke. Darum kümmerte sie sich jedoch nicht. Wichtig war nur, dass dieser Bezirk endlich sicher zu sein schien. Hier könnte sie ihre Schützlinge unterbringen, zum Glück. Vorn an der Kreuzung erhob sich auch schon das prunkvolle Handelshaus mit dem palastartigen Eingangsbereich und dem von acht spinnenartigen *Beinen* getragenen Restaurant zwei Etagen darüber.

Areshva führte ihre Reisegruppe an die Tränke nebenan und band ihre Stute dort fest. Die Rundbögen im Tor zum *Valhalla* schimmerten silbrig. Hohe magische Fackeln erleuchteten die zahlreichen Eingänge, die wie Ritterschilde aussahen. Sie waren in ständiger Bewegung, unaufhörlich klappten sie nach außen oder innen. Zauberinnen in schwarzen Umhängen strömten scharenweise hinaus und hasteten davon, als wären sie auf der Flucht.

Fliehen sie vor mir? Na, solange drinnen keine Spinnen sind, soll es mir egal sein.

Jemand zupfte sie am Hemd. Vor ihr stand Pirina.

»Warte auf uns! Die anderen sind nicht so schnell. Sie sehen ja nichts und fürchten sich.«

Areshva blickte zu den Frauen herüber, die noch damit beschäftigt waren, ihre Pferde umständlich neben der Tränke anzubinden. Alle außer der Prinzessin, die sich ängstlich an ihr Reittier klammerte.

Ohne dass sie wollte, wechselten ihre Augen abrupt auf die innere Sicht – und sie sah nicht mehr die Gestalten, sondern nur noch ihre Seelen. Heilige Agga – ihre gesamte Reisegruppe bestand aus hübschen hellgrauen oder sogar perlweißen Sahneseelen! Die zwei Kleinen, unscheinbaren waren sicherlich die Kinder, auch Pirinas Seelchen schien noch unentwickelt (zum Glück), offenbar reiften sie erst mit dem Erwachsenwerden zu großen wertvollen Schwaden. Ihr lief das Wasser im Mund zusammen und sie spürte den Hunger in sich beängstigend wachsen. Gleichzeitig überlief sie gewaltiges Entsetzen vor sich selbst. Was war los mit ihr, sie durfte auf keinen Fall auf ihre Reisegruppe herfallen wie ein tollwütiges Raubtier! Feiner Lavendelgeruch stieg ihr in die Nase. Wo kam der denn her und warum verwirrte er sie? Ruckartig wechselte ihre Sicht zurück und sie nahm die gewöhnlichen Gestalten der Mägde und der Prinzessin wieder wahr. Leider hatte sich das innere Auge nicht komplett zurückgefahren – ganz schwach sah sie über den Frauen immer noch, wie hübsch ihre Seelen sie umschwebten. Und der furchtbare Hunger schien Löcher in ihren Magen zu fressen und wollte sie antreiben, auf die Gruppe loszugehen. Sie musste sich gewaltsam zurückhalten, um stehenzubleiben.

Wieso kam ihr die Silhouette der Prinzessin eigentlich so nebelhaft vor? Ihre Seele schien sogar ganz verschwunden.

Sie schüttelte sich. Nicht darüber nachdenken! Das war zu gefährlich!

Da sah sie Isimelas kleine Schutzelfe an deren Ausschnitt hängen und mit einem Händchen feinen Nebel versprühen.

Und sie begriff. Die Elfe versuchte, das Seelenbild zu verwischen, um ihre Prinzessin vor Areshva zu beschützen. Sie dachte, Areshva hätte mörderische Absichten und wollte angreifen! Das würde sie natürlich niemals tun, wusste das kleine Wesen das nicht?

»Keine Angst, ich bin keine Mörderin«, dachte Areshva und schickte den Gedanken an die kleine Elfe.

»Bist du nicht? Was ist mit den Seelen, die du getötet hast?«, hörte sie die Elfe antworten. »Und mit ihren Beschützern?«

Areshva schrak zusammen. Ohne dass sie wollte, überkam sie die Erinnerung an ihren Überfall auf die Soldaten und an die Seelen, die sie dort erbeutet hatte. Hieß das – sie hatte auch einige Lichtwesen mit erwischt? Hatte sie *Elfen* getötet?

»Wir schützen unseren Menschen mit unserem Leben, das ist unsere Aufgabe«, hörte sie die Gedanken des Elfchens.

Ein dumpfer Schmerz fuhr ihr in die Herzgegend. Sie hatte möglicherweise *Elfen* getötet! Geschöpfe Lystrellas! Das hatte sie nie gewollt, und nicht gewusst, dass es passieren könnte! Und das wäre eine absolut widerwärtige, unverzeihliche Tat. Ihr wurde der Brustkorb eng, sie meinte, keine Luft mehr zu bekommen.

War der Überfall auf die Seelen falsch gewesen – und damit schlecht? War … vielleicht … ALLES falsch, was sie gerade machte? Denn alles baute doch darauf auf, dass sie Seelen erobern musste! Ihre gesamte Macht, ihre Taktik, ihr Plan …

Würgende Übelkeit überkam sie.

Aber welche Alternative hatte sie denn? Sollte sie die Mächte der Dunkelheit gewähren lassen? Aufgeben? Lystrella verloren geben? Das wäre noch viel schlimmer! Auch in dem Fall wären weder die weißen Seelen noch die Elfen zu retten. Die Feinde der Lichtgöttin würden so oder so danach trachten, sie zu vernichten.

Nein, dachte sie grimmig, es gibt keinen anderen Weg. Ich muss ihn weitergehen. Jetzt habe ich das Schlimmste ja schon hinter mir. Die einzige Attacke, die ich noch führen muss, ist die gegen die Hohepriesterin und da kann ich keinen Fehler machen, den ich bereuen würde.

Obwohl sie versuchte, sich auf diese Weise zu beruhigen, wollten das ekelhafte flaue Gefühl und die würgende Übelkeit nicht weichen. Es war eine grauenhafte Aufgabe, die sie übernommen hatte.

»Es ist schwer, sich hier zurechtzufinden«, hörte sie wie aus weiter Ferne Pirinas zarte Stimme. »Ich habe eine Weile gebraucht, bis ich die Strahlung von den Häusern und den Warenständen erkennen konnte. Sie sehen alle so neblig aus, als wären sie nur Träume. Die Netze sind besonders schwer zu erkennen.«

Areshva war schon kribbelig bis ins Mark vor lauter Pein, vor Reue und Ungeduld. Jetzt musste sie diese widerwärtige Aufgabe zu Ende führen, am besten so schnell wie möglich. Das Grummeln in ihrem Magen übertönte zum Glück ihre Gier nach weiteren Seelen, jedenfalls für den Augenblick. Sie musste ihre Reisegruppe in Sicherheit bringen und von hier verschwinden, je eher, desto besser. Sie brauchte eine Unterkunft, wo die Spinnen nicht hinkamen, und dann mussten die Damen sich einen anderen Reiseleiter suchen, der sie bis nach Pallanthia transportierte. Die Zuckerprinzessin konnte ruhig mal ihr eigenes verweichlichtes Köpfchen anstrengen.

Nur Pirina mochte sie nicht im Stich lassen. Ihr wäre wohler zumute, wenn sie das Mädchen wohlbehalten zurück bei ihrer Familie wüsste.

Sie öffnete eine der Schildtüren. Drinnen funkelten zahlreiche riesenhafte Kristallkugeln. Die konnte sie benutzen, um Pirina den Rückweg zu zeigen.

Inzwischen hatten ihre Begleiterinnen es auch endlich geschafft, ihre Tiere zu vertäuen. Areshva winkte Pirina ins Innere des *Valhalla*.

»Was ist das?«, staunte das Mädchen und wies auf die vorderste durchsichtige Kugel, die so hoch war, dass sie Areshva locker überragte. Darin spiegelte sich gerade ein groteskes Monster. Es schien eine Art Riesendrache zu sein, mit langen, baumartigen Beinen, einem gezackten Panzer, krokodilartigem Schwanz und einem ellenlangen Hals, der ein Feuer speiendes Maul bis hoch in die Lüfte erhob. Dieser Drache donnerte gerade mit wuchtigen, knallenden Schritten durch ein im Wald gelegenes Zeltlager. Unter ihm flüchteten scharenweise Soldaten. Areshva sah genauer hin. Seltsam! So ein Wesen hatte sie noch nie gesehen. So viel sie wusste, waren die letzten Drachen von Damarynth schon vor Jahrhunderten ausgestorben.

Der Unhold begann plötzlich zu wachsen. Sein Hals verbreiterte sich, verdoppelte seine Größe und teilte sich abrupt in zwei, vergrößerte sich weiter und teilte sich ein weiteres Mal. Areshva blickte nach oben und erkannte, dass das Gleiche auch mit seinem Kopf passiert war. Die Verwandlung schien aber noch gar nicht abgeschlossen, denn der nunmehr dreiköpfige Drache splitterte sich in drei Einzelwesen auf, die sich zu dritt auf den Weg durch den Wald machten, mit den Köpfen auf dem Boden schnüffelnd wie Hunde, die eine Beute jagen. Sie verfolgten die Soldaten, spürten sie auf und schnappten nach ihnen mit ihren riesigen, scharfzähnigen Mäulern.

Du große Göttin, das bin ich, bei meiner letzten Jagd! Lass das bloß Pirina nicht erkennen!

Areshva lief schnell nach vorn, schlug einmal mit der flachen Hand auf die Kugel und das Bild verlöschte. Sie sah für einen Moment aus den Augenwinkeln die Miene der Prinzessin, deren Augen so sehr aus den Höhlen quollen, als würden sie jeden Moment herausfliegen, und die ihren Mund so weit aufsperrte, so als würde sie gleich anfangen zu kreischen.

Spinnenjagd

»Komm her, Pirina«, sagte Areshva und spürte dabei, wie ihr das Herz schmerzhaft im Leibe schlug. Ob Pirina dasselbe verstanden hatte wie Prinzessin Isimela? Aber es spielte keine Rolle. Die Hauptsache war, dass Areshva sie in Sicherheit brachte, denn das anhängliche Mädchen lag ihr am Herzen und sie wollte sie vor Unheil schützen. »Dann zeige ich dir, wie du nach Hause kommst.«

Zögerlich ging Pirina vorwärts. Sie schien die Kugel nicht zu sehen, sondern starrte nur mit großen Augen Areshva an.

Plötzlich wünschte die Zauberin, sie hätte in ihrem ganzen Leben nie etwas Böses getan. Sie hätte eine nette ältere Schwester sein können, die Pirina unschuldig die Funktion von Kristallkugeln erklärt. Das war so eine rührende Vorstellung, dass ihr die Tränen in die Augen stiegen. Himmel. Was war denn heute mit ihr los? Diese dämliche nette große Schwester hätte den Kampf ihres Lebens nie gewinnen können, das waren die Tatsachen! Sie dagegen, die mächtige Areshva, die sich in einen dreifachen Riesendrachen verwandeln konnte …

Gedanklich schüttelte sie den Kopf.

Reichte das? Vielleicht konnte die Hohepriesterin noch mehr? Dann würde sie ihren Kampf verlieren.

Verflucht. Das kam davon, wenn man Angst hatte vor einem Duell! Dabei hatte sie dazu keinen Grund. Nein, die Oberhexe konnte *nicht* mehr! Sie konnte sich in eine fünf Meter hohe Feuersäule verwandeln, na und? Das taugte zum Erschrecken von kleinen Mädchen wie Pirina oder wie Areshva, damals. Zu mehr nicht.

»Ich zeige dir, wo euer Spital steht und wo deine Leute wohnen, damit du nach Hause zurückkehren kannst und dich dabei nicht verfliegst«, erklärte Areshva und ließ in der Kugel ein neues Bild aufleuchten.

Es spiegelte die Hexenstadt mit dem großen Handelshaus in der Mitte, in dem sie sich gerade befanden. Danach sank das Bild der Stadt tiefer nach unten, so als hätten sich die Betrachter in die Lüfte erhoben.

»Schau«, fuhr Areshva fort, »Wir sind hier. Du fliegst hoch und siehst dich um. Dahinten, das hohe Gebirge mit dem Schnee auf den Gipfeln hier ganz in der Nähe, das ist Kalamachai, davor hütest du dich. Du musst genau in die entgegengesetzte Richtung. Flieg geradeaus über diese Wälder und halte Ausschau nach einer bergigen Gegend. Darghessa ist umgeben von sieben Bergen, das siehst du aus der Luft schon von Weitem sehr gut.«

Während sie das sagte, ließ sie per Bild Pirina den genannten Weg mitverfolgen. Die Strecke führte über ein flaches, von Laubwäldern bedecktes Gebiet zu einer Gruppe von Bergen in der Ferne.

Eifrig verfolgte Pirina Areshvas Beschreibungen.

»Diese Gegend kenne ich! Es ist da drüben auf dem Nachbarberg!«, rief sie begeistert. »Siehst du die Linden? Dort sind mehrere Quellbäche! Dahinter wohnt ein Bauer.«

Areshva berührte die Kristallkugel mit zwei Fingern und ließ magische Wärme hineinfahren. Darunter wurde die Oberfläche lebendig und sie konnte das Bild des

Berges näher zu sich heranziehen. Lächelnd betrachtete sie Pirinas geröteten Wangen und die leuchtenden Augen, mit denen diese den Bildern folgte. Bis sie die Soldatentruppe bemerkte.

Darghessaner. Sie standen vor dem Spital, in dem die Ordensschwestern Areshva nach ihrer Verletzung gepflegt hatten. Einige Soldaten liefen hinein und wieder heraus.

»Was passiert da?«, keuchte Pirina. »Wo ist Thessa? Ilayna? Kannst du noch näher herankommen?«

Areshva holte das Bild so nah heran, dass sie in den Eingang und sogar in das Spital hineinblicken konnten.

Das Gebäude war von Soldaten besetzt. Sie schienen es als Lager zu benutzen und im Krankensaal zu schlafen, wo sie ihr Gepäck und ihre Waffen verteilt hatten. Von den früheren Bewohnern war keine Spur zu sehen. Pirina schlug beide Hände vor ihre Augen und fing an zu schluchzen. Eisige Kälte legte sich auf Areshvas Herz. Hatten die Soldaten Pirinas Schwesternorden angegriffen? Umgebracht womöglich?

Hatten sie ihre Familie ermordet?

Sie wusste, wie sich das anfühlte.

Sie hatte es schon selbst erlebt.

Ohne dass sie wollte, stiegen die Erinnerungen ihrer Kindheit vor ihren Augen auf. Bilder, die sie so gut verdrängt hatte.

Jene Nacht, in der sie mit rasender Angst im Herzen aufgewacht war und ihre Eltern geweckt hatte.

Sie hatte davon geträumt, dass das Haus brannte. Nein, *geträumt* war nicht das richtige Wort. Sie wusste, dass es brennen würde. Sie fühlte es so drängend in allen Poren, dass sie außer sich war vor Angst.

Sie hatte Vater und Mutter aus ihren Betten zu zerren versucht. Aber die Eltern schickten sie nur wieder in ihr Zimmer. Auch ihre Brüder schimpften sie aus.

Areshva war vollkommen hysterisch geworden und schaffte es zuletzt, wenigstens ihren Vater mit sich zu schleppen, der ihr in seiner Gutmütigkeit in die grimmige Winterkälte nach draußen folgte.

Nie würde Areshva die grelle Stichflamme vergessen, die, wie von einer unterirdischen Macht gesteuert, aus dem Gebäude herauszischte und es in Sekundenschnelle in Brand setzte. Wenige Augenblicke danach ging das Haus in Flammen auf. Sedie, ihr Lieblingsbruder, hatte noch versucht sich zu retten, indem er aus dem Fenster flog. Das Feuer griff sofort auf seinen Körper über. Wie eine brennende Fackel verglühte er am Himmel.

Nur deshalb hatten sie und ihr Vater überlebt.

Sie könnten alle noch leben. Wenn sie nur hartnäckiger gewesen wäre, mehr an ihre Vision geglaubt hätte. Sie hätte die anderen mit Gewalt aus dem Haus zerren müssen.

Aber das hatte sie versäumt. Diese Schuld würde ihr nie jemand vergeben. Vor allem sie selbst nicht.

Schon früh war ihr der Gedanke gekommen, dass der Tod ihrer Familie kein Unglücksfall war, sondern von feindlichen dunklen Göttern oder deren Hexen organisiert. Kreaturen, die Angst vor Areshvas Kräften hatten und sie töten oder schwächen wollten. Man kann einem Menschen nicht mehr schaden, als wenn man ihm die Familie nimmt.

Plötzlich war sie sich sehr sicher, dass Pirina ebenfalls zur Zielscheibe finsterer Mächte geworden war. Das süße, gutherzige junge Mädchen, das keine Ahnung vom wahren Leben hatte.

Womöglich war das auch ihre Schuld. Sie hätte sie nicht mitnehmen dürfen. Nun konnte sie das Mädchen nicht einmal zurückschicken – wohin denn?

Pirina schluchzte so heftig, dass es ihren ganzen Körper schüttelte. Areshva nahm sie in die Arme, drückte sie eng an sich und küsste sie aufs Haar.

»Glaub nicht, dass das ein Zufall ist, Pirina«, flüsterte sie. »Es bedeutet, dass die dunklen Götter Angst vor dir haben. Sie wollen dich schwächen. Das haben sie mit mir auch gemacht. Aber ich lasse nicht zu, dass sie dich erwischen. Ich lasse nicht zu, dass sie dich so verderben, wie sie mich verdorben haben.«

Was für ein hohles Versprechen, das ich nicht halten kann, dachte Areshva gleichzeitig mit Schrecken.

Wie sollte sie Pirina denn verteidigen, wenn sie nach Kalamachai ging? Sie mitnehmen? Unmöglich. Dann würde sie scheitern. Nein, sie musste Pirina hierlassen, in *relativer Sicherheit*, und sie bewaffnen. Am effektivsten wäre das natürlich, wenn das Mädchen Dienerin einer Göttin würde. Dann wäre ihr Leben geschützt, aber Areshva konnte sich denken, wozu Agga – oder auch jede beliebige andere Herrscherin der Finsternis – ihren Schützling verbiegen würde, und zwar so weit und so gründlich, bis Pirina genauso verdorben und vermonstert wäre wie sie jetzt. Dabei war es ja gerade dieses Elend, das sie ihr unbedingt ersparen wollte.

Wie sonst konnte sie Pirina schützen? Sollte sie ihr beibringen, Magiestäbe anzuwenden? Das war lächerlich, aber sie sah keinen anderen Weg. Vorsichtig machte Areshva sich los und strich Pirina die Tränen aus den Augen.

»Deine Leute haben sich vielleicht gerettet«, sagte sie mit sanfter Stimme. »Wir suchen nach ihnen, sobald Zeit dafür ist. Sobald ich die Aufgabe erledigt habe, wegen der ich hergekommen bin. Kommt jetzt. Ich werde eine Unterkunft für euch finden und danach bekommst du Unterricht in Hexerei, Pirina.«

Eilig stürmte Areshva die Treppenstufen hoch, die sich vom *Valhalla* quer durch die Einkaufspassagen nach oben wendelten, bis sie das Obergeschoss erreichte und sich vor ihnen die Tische und Bänke des Restaurants eröffneten. Sie rieb sich die Augen. Was war mit den Saftfontänen passiert, mit den kreiselnden Salaten? Statt ihrer wanderten Feuerstellen durch den Raum, über denen an Spießen Rehe, Kaninchen und Fasane grillten. Rauchschwaden waberten durch die Luft, es roch nach Räucherfleisch. Neuerdings gab es sogar Kellnerinnen, die, als Männer verkleidet, mit roten Hörnern auf der Stirn durch das Lokal schlichen und dabei Tabletts mit Toastbroten und gegrillten Tomaten an den Tischen vorbeigleiten ließen, von denen sich die Gäste nach Lust und Laune bedienten.

»Das ist deine letzte Chance, dir endlich einen Verbündeten zu nehmen!«, raunte Agga ihr ins Ohr. »Sieh doch nur die knackigen Kerle. Bedenke, wie sehr sich deine Macht durch ein Bündnis potenzieren würde.«

»Schweig doch. Das sind verkleidete Weiber.«

»Der Typ da vorn ist ein echter Mann. Sieh genau hin.«

»Ich verbünde mich nicht mit einem Niemand«, raunte Areshva. »Der Einzige, der infrage käme, kann mich nicht leiden und hat außerdem schon längst eine Partnerin, sonst wäre er ja nicht Fürst. Also sei still!«

»Du könntest bei dem Kampf scheitern, weil du ohne einen Partner vermutlich die Kristallkugel nicht unter deine Kontrolle kriegst. Ist dir klar, dass du nur die Wahl hast zwischen Siegen oder Sterben? Schlepp den Kerl mit, ich beschwöre dich! Wenn du ihn dann nicht brauchst, kannst du ihn ja fallen lassen.«

Siegen oder Sterben. Klang recht theatralisch. Die Worte dröhnten in Areshvas Kopf wie zwei Trommeln mit verschieden hohen Tönen. *Siegen* war ein hoher, euphorischer Ruf, während *Sterben* einem dumpfen, unterirdischen Gongen entsprach. *Bimm Bong. Bimm Bonggg. Bimm Bongggg.*

Im Restaurant waren alle Tische belegt. Der Druck, die Frauen so schnell wie möglich unterzubringen, saß Areshva im Nacken. Für irgendwelche Zimperlichkeiten hatte sie deshalb keine Nerven. Nicht mehr. Sie beschloss daher, einfach die nächstgelegenen Plätze zu beschlagnahmen und sich dort hinzusetzen.

Da saßen bereits zwei Personen, die ihr den Rücken zukehrten. Areshva erzeugte mit der Hand einen Funkenregen, den sie den Gästen direkt vor die Nase warf, sodass sie davor zurückschreckten.

»Dieser Tisch ist reserviert. Sucht euch einen andern Platz!«, befahl sie.

Eine der beiden stand auf und drehte sich zu ihr um. Eine hochgewachsene Elgo mit knitteriger Stirn und einer buschigen Pferdemähne. Nur ihr glänzender schwarzer Umhang und der funkelnde Kontaktring an ihrer Hand erinnerten daran, dass sie einmal einen Tempel besessen hatte.

»Priesterin Beringlida von Darghessa!«, schrie Prinzessin Isimela auf, drängte sich zu der Zauberin und warf sich ihr in die Arme. »Welch ein Glück, Euch zu sehen! Rettet mich! Areshva ist ein Monster, sie will mich umbringen!«

Die ehemalige Priesterin nötigte die Prinzessin, sich an den Tisch zu setzen, während die anderen Frauen unschlüssig hinter ihr stehen blieben.

Dann wandte sie sich Areshva zu.

»Welch eine Überraschung, dich hier zu sehen«, sagte Beringlida steif. Der Typ neben ihr war sicherlich ihr Verbündeter, Kimiko, der frühere Fürst von Darghessa. »Ich warte auf dich schon seit vielen Monden. Wann verdunkelt sich der Himmel? Existiert dein Plan noch?«

Ach, du große Göttin! Sie wartet immer noch auf den Entmachter, den es schon seit Ewigkeiten nicht mehr gibt, dachte Areshva bei sich. Auf die Durchführung eines Planes, der längst nicht mehr existierte. Über die neuen Entwicklungen hatte sie die Ex-Priesterin gar nicht informiert. Das hatte sie völlig vergessen. Beringlida musste glauben, dass Areshva ihren alten Plan, die Hohepriesterin mittels Antimagie zu entmachten und danach Beringlida zur neuen Herrin von Kalamachai zu machen, nie wirklich verfolgt und sie nur an der Nase herumgeführt hätte. Wenn sie wüsste, wie sehr Areshva bedauerte, dass das nicht funktioniert hatte.

»Der Plan hat sich geändert«, antwortete die Magierin.

»Komme ich nicht mehr darin vor?«, fragte die ehemalige Priesterin nach.

»Natürlich. Wenn ich gewinne. Drück mir die Daumen.«

»Wenn du *was* gewinnst?«, wollte Beringlida wissen.

»Das erzähle ich dir später. Übrigens wäre ich dir sehr verbunden, wenn du solange auf die Mädchen aufpasst.« Areshva grinste die Ältere an. Sie war selbst überrascht darüber, wie elegant sie die Angelegenheit gelöst hatte. Beringlida würde die Prinzessin und ihre Begleiterinnen schon unter ihre Fittiche nehmen. Areshva konnte die ganze Gesellschaft einfach der Priesterin unterjubeln, sie wären in Sicherheit, und Areshva war sie los. Ein für allemal! Nur für Pirina war das nicht genug. Sie beschloss, dem Mädchen einen kleinen Schnellkurs in Zauberkunde zu geben, damit sie sich im Notfall selbst verteidigen konnte.

»Pirina, du kommst mit mir.« Sie fasste ihre Möchtegernschülerin bei der Schulter und dirigierte sie durch den Saal hindurch, mit schnellen Schritten von den anderen weg.

Unterwegs hielt sie eine der Kellnerinnen an und fragte sie nach den zu vermietenden Magipartments aus. Die Kellnerin führte die beiden in einen langen Flur hinter dem Restaurant und drückte Areshva einen grün leuchtenden Stab in die Hand. Der Weg unter ihren Füßen leuchtete bei jedem Schritt in der Farbe des Gerätes auf und zeigte ihr auf diese Weise, wohin sie gehen sollte. Eine magische Tür öffnete sich und gab den Blick frei auf eine Hängebrücke, die zu einer Baumhütte auf einer nahe liegenden Eiche führte. Es dunkelte bereits. Die haarigen, unförmigen Spinnenkörper auf mehreren Ästen und Brückenbalken waren jedoch nicht zu übersehen, zumal einige widerlich groß waren.

Areshva formte kleine Eiskugeln und feuerte sie auf die Spinnen, bis diese ihren Weg freigeräumt hatten, und hangelte sich zusammen mit Pirina die etwas wacklige Hängebrücke entlang bis zu dem Baumhaus.

Areshva musste die hölzerne Tür nur einmal mit ihrem Stab anleuchten, da sprang sie bereits knarrend auf.

Drinnen empfing sie ein geräumiges Zimmer mit Fenstern zu drei Seiten, einer kleinen Kommode sowie einer gemütlichen Sitzecke mit einem Sofa und zwei Sesseln. Ein Bett war nicht zu sehen, aber das lag sicher daran, dass sich der Raum gerade im Tagesmodus befand. Eine Glastür führte nach draußen auf einen Balkon. Dieser war recht unschön an seinem Geländer überall von dichten Spinnennetzen überwuchert. Areshva stellte sich an die Balkontür und linste hindurch.

»Hier herrscht einfach keine Ordnung«, sagte sie tadelnd und erzeugte einen Regenguss, den sie auf den Balkon herabschütten ließ. Die Netze zerrissen, wurden hinuntergespült und waren bald darauf vollständig verschwunden.

»Gruselig«, flüsterte Pirina und schüttelte sich.

»*Warum?*«, fragte Areshva abfällig. »Was du mit Wasser wegspülen kannst, ist doch nicht *gruselig*!«

»Es sind nicht nur die Spinnen. Auch ihre Göttin, Datooka«, stammelte Pirina. »Sie sieht übrigens aus wie ein Mensch auf Spinnenbeinen. Seit gestern taucht sie dauernd vor mir auf und macht mir Angst. Sie sagt, wenn ich nicht ihre Anhängerin werde, stirbt eine von uns.«

»Hör nicht auf sie! Ich besorge dir Hilfsmittel, mit denen du dich wehren kannst, dann passiert dir nichts.«

Areshva öffnete die Balkontür und ließ Feuerstrahlen in die Baumkronen über sich zischen, bis Blätter und Äste herabregneten. Sie hob einige Zweige auf, bestrich sie mit den Fingern, sodass sie sich glätteten, und stapelte sie auf der Kommode im Innenraum. Dann schloss sie die Tür wieder. Umsichtig nahm sie nun den ersten hölzernen Stab, rief Agga an, bat um eine kräftige Ladung Strahlung und füllte diese direkt aus ihren Fingerspitzen in einen Zweig nach dem anderen, bis alle vor Energie leuchteten.

»Bitte schön«, sagte sie zu Pirina, dir ihr staunend dabei zugesehen hatte. »Das sind deine Waffen. Steck sie dir an den Gürtel. Ich zeige dir, wie sie funktionieren.«

Pirina griff nach einem der Hölzer und wog es in der Hand hin und her. »Ist das ein Magiestab?«

»Exakt. Mit dieser Ausrüstung kannst du fast ebenso gut hexen wie andere und bleibst außerdem unabhängig von allen Göttinnen. Das ist ein Luxus, den du dir unbedingt bewahren solltest. Denn wenn du dich einmal an eine Herrscherin gebunden hast, kommst du da nicht wieder heraus. Der einzige Nachteil dieser Stäbe ist, dass sie sich mit jeder Anwendung verbrauchen und du sie ab und zu nachfüllen musst.«

In diesem Moment fiel Pirinas Blick auf das ihr gegenüberliegende Fenster. Direkt dahinter baumelte an einem Faden von der Dicke eines Seiles eine Spinne so dick wie ein Kaninchen.

Pirina schrie: »Igitt, igitt, sieh doch!«

Areshva drehte sich um.

»Sehr gut. Komm mit mir! Ich hab ein Spiel für dich. Jetzt werden wir mal ein paar Spinnen abschießen! Dann bekommst du auch gleich die nötige Übung für deine neuen Geräte.«

Areshva öffnete die Balkontür und trat hinaus. Mehrere Bäume standen in der Nähe, die die Hütte überragten, und von deren obersten Ästen hangelten sich Spinnen herunter.

»Deiner Aura nach zu urteilen, bist du eine Feuermagierin, so wie ich«, erklärte Areshva. »Das bedeutet, wenn du deinem Stab Magie entlockst, kommt sie grundsätzlich als Feuerstrahlung. Leider sind diese Viecher gegen Feuer immun, das habe ich schon ausprobiert. Sie verabscheuen jedoch Wasser. Das habe ich herausgefunden, als ich in der Nähe von eurem Spital auf solche Netze gestoßen bin.«

Pirina hatte ihren ersten Stab bereits aktiviert. Eine feine feurige Flamme zündelte an seinem Ende.

»Sehr gut«, lobte Areshva. »Jetzt versuche mit der Kraft des Stabes Wasserstrahlung anzuziehen. Die kannst du aus dem Erdboden holen. Sie liegt tief unten, also musst du viel Saugkraft benutzen, sonst kommt sie nicht hoch. Konzentriere dich.«

Pirina senkte ihren Stab ab und rieb daran. Das Flämmchen verlöschte.

»Ich glaub nicht, dass es geht«, sagte sie schüchtern. »Ich hab zu wenig Kraft.«

»Das musst du üben, bis du das Gefühl bekommst. Schau mal.«

Areshva nahm Pirinas Hand und zog selbst ein paar Wasserstrahlen aus der Tiefe, die sie an den Fingern des Mädchens abstreifte.

Pirina lachte.

»Das fühlt sich komisch an. Mir kribbelt die ganze Hand.«

»Weil du nicht an diese starke Strahlung gewöhnt bist. Jetzt schieß auf das Gewürm, aber ziel ordentlich!«

Pirina schoss. Es war gar nicht so leicht, die Spinnen zu treffen. Aber jetzt!

Paff! Paff!

Areshva lachte bei jedem Treffer. Ihr war zwar nicht nach Lachen zumute, aber sie sah den dumpfen, tieftraurigen Ausdruck in Pirinas Gesicht und die Tränen in ihren Augen und wusste, dass das arme Mädchen schwer an ihrem Verlust zu tragen hatte. Es half vielleicht ein wenig, sie abzulenken. Außerdem musste Pirina ohnehin den Umgang mit Magiestäben lernen, wenn sie überleben sollte.

Es dauerte nicht lange, bis Pirinas Stab versiegte. Da übernahm Areshva den Rest. Sie krachte einen Zischer nach dem anderen ins Gebüsch. Es quiekte und knallte. Bald waren nirgends mehr Fadenweberinnen zu sehen.

»Spinnenfreie Zone, würde ich sagen«, kommentierte Areshva und legte Pirina ihre Hand auf die Schultern. »Das war gar nicht schlecht für den Anfang.«

Eine klebrige, eisige Stille rieselte über den dämmrigen Raum.

»Areshva …«, wisperte Pirina nach einer Weile sehr leise, »wen … bringst du morgen um?«

Das darf doch nicht wahr sein! Sie hängt immer noch an mir, dachte Areshva verblüfft. *Dabei glaubte ich, langsam hätte ich sie kuriert.*

Was sollte sie antworten, um das Mädchen endgültig abzuschrecken? Vielleicht ihren eigenen Tod vorhersagen? So abwegig war die Möglichkeit nicht einmal. Vielleicht hatte sie sich überschätzt und die Hohepriesterin würde sie zerschmettern. Das wäre womöglich gar eine Art Erlösung.

Endlich nicht mehr dieser gigantische Druck auf meiner Seele, diese Spannung, die mich zerreißen will …

Gleichzeitig ließ die Vorstellung Angst in ihr aufsteigen. Riesige, überwältigende Wogen aus Angst, die sie fortreißen wollten, weit fort, bis ans Ende der Welt.

Wie auch immer. Pirina sollte da nicht mit hineingerissen werden. Sie nach Hause zu schicken wäre die perfekte Lösung gewesen. Leider fiel diese Möglichkeit aus.

Ihr Schützling musste sich schrecklich niedergeschmettert fühlen. Wie konnte sie das Mädchen so beschäftigen, dass sie nicht auf dumme Gedanken kam?

»Setz dich auf das Sofa dort!«, wies sie sie an.

Gehorsam nahm Pirina Platz. Es war ein ausladendes, weiches Sofa, das wippte, wen man sich setzte. Areshva hockte sich ihr gegenüber auf den Boden.

»Du wolltest doch mal meine Schülerin werden. Ich habe eine Aufgabe für dich. Eine Aufgabe sollte für eine Schülerin heilig sein. Sie darf kein anderes Ziel mehr verfolgen, als eben jene Aufgabe zu erfüllen. Eine Lehrmeisterin kann ihre Schülerin übrigens verfluchen, wenn sie dabei versagt.«

»*Schülerin?* Das hört sich großartig an.« Pirinas Hände verkrampften sich um ihre Knie. »Was für eine Aufgabe ist es?«

»Du bleibst bei der Prinzessin und passt auf sie auf. Weiche ihr nicht von der Seite, bis sie wieder gesund und wohlbehalten nach Pallanthia gekommen ist. Versprichst du mir das?«

»Ja.« Pirina nickte schüchtern. »Und du, was willst du in der Zeit machen?«

Areshva legte sich einen Finger über den Mund und raunte:

»Mein Geheimnis. Du erfährst es später.«

»Aber du bringst niemanden um? Versprochen?«

Genau mit dem Finger auf die Wunde. Aber hier ging es darum, dass Pirina sich beruhigen sollte.

»Nein«, log Areshva. »Versprochen.«

Töte Areshva!

Die ehemalige Priesterin Beringlida hatte unterdessen die Prinzessin und deren Begleiterinnen in ihr eigenes Magipartment geführt, das ebenso wie Areshvas ein Baumhaus war, allerdings mit zwei Räumen. Ihr Partner Kimiko war noch dabei, im Schlafraum Decken für alle auszulegen und ihre Gäste etwas zu beruhigen.

Beringlida war aufgewühlt. Sie drehte an ihrem Kontaktring und schickte einen magischen Strahl nach Pallanthia. Wie üblich, musste sie lange warten, bis die Priesterin Kirisha ihren Ruf endlich entgegennahm und als geisterhaftes Bild aus Beringlidas Ring herausfloss.

Kirisha lag auf einer Pritsche in der Nähe ihrer gleißenden und Funken sprühenden Kristallkugel. Die Priesterin mit den hüftlangen goldenen Haaren wirkte blass und schwach. Obgleich sie wie alle Dienerinnen der Finsternis einen schwarzen Umhang trug, hatte Beringlida doch das Gefühl, sie verdeckte damit nur die weiße Lichtkleidung, die ihr wahres Element gewesen wäre. Hinter ihrem Rücken sah Beringlida unzählige illusionäre Sterne funkeln.

»Sei gegrüßt, meine Freundin«, sagte sie. »Du siehst nicht gut aus. Bist du krank?«

Kirishas Gesicht verzerrte sich. Zwei dicke Falten standen auf ihrer Stirn, die auch nie verschwanden.

»Warum rufst du mich?«, murmelte sie.

Beringlida rieb verlegen an ihrem Ring. Dies war vielleicht nicht der richtige Augenblick. Sie wusste, dass Kirisha auf diese Angelegenheit empfindlich reagierte.

»Ist es wieder wegen Areshva?«, fragte die Priesterin.

»Ja.«

»Verschone mich!«, wehrte Kirisha ab.

Beringlida räusperte sich.

»Sie ist eben bei mir in Rheskali aufgetaucht. In Begleitung von Prinzessin Isimela und anderen Damen.«

»Prinzessin Isimela?« Kirisha sprang auf. »Mein Augenstern! Meine Weihtochter! Ist das wahr? Ist sie am Leben? Gesund?«

»Sehr gesund. Areshva hat sie und ihre Begleiterinnen allerdings einfach in meine Obhut gedrängt, ohne mich zu fragen. Ich werde sie wohl in meiner Wohnung einsperren müssen, damit sie nicht der hiesigen Göttin und ihren Haustieren in die Hände fallen.«

»Das schaffst du schon. Beringlida, du machst mich so froh. Ich glaubte doch, Isimela wäre verloren.«

»Jetzt hör mir zu!«, begann Beringlida Kirisha davon zu berichten, was sie jüngst in der Hexenstadt beobachtet hatte. »Areshva kann sich in ein dreiköpfiges Monster verwandeln. Sie tötet alle möglichen Leute, die ihr begegnen. Grundlos. Wusstest du das? Kannst du dir vorstellen, dass mir das Herz in den Kniekehlen hängt? Sie bedroht uns. Wahrscheinlich will sie uns umbringen. Sie ist von Sinnen! Horch.«

Beringlida und Kirisha lauschten. Man hörte ein lautes Krachen und Donnern wie bei einem Feuerwerk.

»Was ist das?«, fragte Kirisha.

»Sie schießt auf Spinnen. Bis jetzt nur auf die.«

Nun hörten sie Areshva auch lachen. Laut und gehässig.

Kirisha starrte die Decke über sich an.

Beringlida holte tief Luft und flüsterte: »Kirisha, du hast Macht über sie. Wenn du sie ein drittes Mal verfluchst, verliert sie ihre Zauberkraft. Rette uns doch!«

Die Priesterin richtete sich langsam auf. Sie blickte auf die Kuppel über sich, wo unzählige magische Sterne schimmerten. Entrückt folgte sie ihrem Lauf mit den Augen.

»Die Schülerinnenflüche unserer neuen Götter sind drastischer, als unsere alten es waren. Ein dritter Fluch könnte sie töten.«

»Umso besser! Wer weiß, was sie sonst noch anrichtet.«

»Beringlida, sie war mir wie eine Tochter!«

»Ich weiß. Aber das ist Ewigkeiten her. Sie ist entartet.«

»Ich kann sie doch nicht töten dafür, dass du *glaubst*, sie könnte böse Absichten gegen dich haben!«

»Warum nicht? Willst du warten, bis sie mich umbringt?«

»Das tut sie nicht«, sagte Kirisha mit gepresster Stimme. »So tief ist sie noch nicht gefallen.« Sie stöhnte auf und verstummte.

»Hör zu, Kirisha«, erwiderte Beringlida. »Dass ich bei ihrem Angriff auf meinen Tempel überlebt habe, ist nichts als Zufall. Wenn du gesehen hättest, in welch einer düsteren Stimmung sie augenblicklich ist, würdest du auch kalte Füße bekommen. Bitte, erbarme dich unser!«, flehte die Priesterin verzweifelt.

Kirisha sah auf einmal sehr müde aus.

»Ich kann nicht.«

»Du kannst nicht? Sind wir nicht mehr Freundinnen?«, rief Beringlida hitzig.

»Du verlangst von mir, dass ich *töten* soll«, flüsterte Kirisha. »Aber das ist gegen alle unsere Ideale. Das müsste ich nur im alleräußersten Notfall tun. Nur wenn sie sich gegen die Heilige Göttin selbst versündigen würde.«

»Tut sie das nicht? Sogar am laufenden Band?«

»Oh nein! Bezwinge deine Furcht. Nutze die Gelegenheit und rede mit ihr.«

Beringlida lachte sarkastisch.

»*Reden!* Mit ihr kannst du überhaupt nicht reden. Weißt du, unter welcher fadenscheinigen Begründung sie mir damals meinen Tempel entrissen hat? Sie behauptete, sie wäre noch immer auf der Suche nach dem Kontakt zu den Göttern des Lichts. Und sie wollte mir den Tempel angeblich nur deshalb rauben, damit mich die Götter der Finsternis verstoßen und ich gezwungen wäre, ihr bei ihrer Suche zu helfen. Damit ich versuchen müsste die Götter des Lichts zu rufen. Das ist doch der glatte Hohn!«

Kirisha zuckte zusammen. Langsam schob sie ihre Beine von ihrem Liegeplatz herunter, stand auf und blickte dabei hinauf zu der Planetenbahn, die über ihrem Kopf blinkte.

»Und?«, brachte sie schließlich heraus, mit heiserer Stimme. »Wie war dein Ergebnis, meine Freundin? Hast du Kontakt zu den herrlichen Göttern des Lichts bekommen?«

Beringlida blieb der Mund offen stehen.

»Kirisha! Deine famose Areshva hat bloß Spaß mit mir getrieben. Sie hat das nicht so gemeint, verstehst du nicht?«

»Egal, wie sie es gemeint hat: Die Idee ist gut. Hast du es versucht?«

»Nein! Ich bin doch nicht so wahnsinnig, verbotene Götter anzurufen. Damit ich mir den Zorn der herrschenden Götter zuziehe? Damit sie mich verderben?

Was versprichst du dir davon? Dass die Verbotenen mich hören? Dass sie mir Kräfte geben könnten? Das kann nicht funktionieren. Jetzt nicht mehr. Dafür ist es zu spät.«

Die Priesterin Kirisha schüttelte ihre wehenden, goldblonden Haare.

»Beringlida, weißt du nicht, dass ich Areshva genau diese Aufgabe gegeben habe? Dass ich ihr sagte, sie soll den Lichtgöttern Opfer bringen und die Hohepriesterin stürzen?«

»Ja, ich weiß. Aber ...«

»*Aber*? Unterstützt du mich nicht mehr? Glaubst du nicht mehr daran, dass wir die Lichtgötter eines Tages zurückholen können?«

Beringlida schnaubte.

»Ich bin Realistin. Nein, ich glaube nicht mehr daran. Areshva übrigens auch nicht, falls es dir noch nicht aufgefallen ist.«

»Du irrst dich!« Kirisha begann mit schnellen Schritten unter ihren Planetenkreisen hin und her zu gehen. »Areshva hat wohl gerade ein paar Probleme, aber sie sucht nach der Sonnengöttin genau wie wir. Du solltest ihre Bitte ernst nehmen. Früher oder später wird Areshva den Kontakt bekommen, spätestens dann kannst du dich einhaken. Kehre zu der Herrlichen zurück! Bring ihr Opfer! Stärke ihre Macht! Wir sind nah dran, ich spüre es! Und gib nicht auf!«

Beringlida verdrehte die Augen.

»Nimm es mir nicht übel, aber du lebst auf dem Mond. Areshva glaubt an gar nichts mehr. Schon lange nicht mehr. Das würdest du ihr an der Nasenspitze ansehen, wenn du sie sehen könntest.«

Sie rieb sich die Stirn und dachte nach.

»Das Einzige, was ich versuchen könnte, wäre, sie zu überlisten. Zum Beispiel, wenn ich mir das

Sonnensymbol auf die Hand zaubern würde. Dann könnte sie glauben, dass die Sonnengöttin mich schützt, und vielleicht nicht wage, mich zu attackieren.«

»Auf keinen Fall!«, sagte Kirisha angewidert. »Ich bin entsetzt, von dir solche Vorschläge zu hören. Das wäre Betrug. Beringlida, wir arbeiten nicht mit faulen Tricks oder Lügen. Wir kämpfen für eine bessere Welt. Für die Götter des Lichts, die alles Dunkle verabscheuen. Wir können nicht so tun, als würden diese Götter plötzlich anfangen Zeichen zu senden. Außerdem würde Areshva sofort begreifen, dass du sie betrügen willst. Dir als Priesterin der Finsternis könnten die Götter des Lichts gar keine Zeichen senden.«

»Ex-Priesterin.«

»Auch nicht als *Ex-Priesterin*.«

»Hm. Du magst recht haben. Aber wenn ich die Prinzessin mit dem Sonnenzeichen markieren würde? Das wäre plausibel, denn sie ist unmagisch. Vielleicht würde Areshva dann Respekt vor ihr bekommen. Vor uns.«

»Nein!«, fauchte Kirisha. »Keine Betrügereien! Ich verbiete es! Rede mit ihr. Appelliere an ihre Vernunft und an den kleinen Rest menschlicher Gefühle, der ihr hoffentlich noch geblieben ist.«

∗∗∗

Beringlida nahm all ihren Mut zusammen, legte einen kräftigen Schutzzauber über ihr Magipartment und stapfte über die schwankende Hängebrücke zu Areshvas Domizil. Vorsichtig klopfte sie an. Areshva öffnete einen Spaltbreit. Ihre Bewegungen waren fahrig, auf ihrer Stirn stand eine steile Falte. Beringlida bereute auf der Stelle, dass sie gekommen war.

Sie versuchte jedoch, ihre Beklemmung zu überspielen.

»Guten Abend, Areshva. Kann ich mit dir reden?«

»Wieso?« Eine Weile standen sie sich schweigend gegenüber und starrten einander an. Dann öffnete Areshva die Tür und ließ die Priesterin eintreten. Beringlidas Blick fiel als Erstes auf die dicke Spinne hinter dem Fenster der Balkontür. Anscheinend benutzte Areshva keinen Permanent-Spinnenschutz, wie sie ihn kannte und stets verfügbar hatte.

»Meine Wohnung ist nicht dafür geeignet, sieben zusätzliche Personen zu beherbergen«, sagte Beringlida anklagend. »Warum hast du sie hergebracht?«

»Erinnere mich nicht daran«, bemerkte Areshva genervt und wandte sich an ihre Schülerin. »Pirina, sieh, dort am Fenster! Schieß die Spinne ab! Aber ohne das Fenster zu zerstören!« Erneut drehte sie sich Beringlida zu.

»Du musst doch einen Grund haben, die Prinzessin so weit abseits der Route zu führen«, tastete sich Beringlida vorwärts. »Warum seid ihr nicht direkt Richtung Pallanthia geritten?«

Pirina fuchtelte mit einem Magiestab herum. Er spuckte Eisklumpen aus, die zu Boden fielen. Sie schimpfte leise und drehte an ihrem Stab. Jetzt sprühte er Wasser.

»Was soll die Fragerei?«, machte Areshva dem Versteckspiel ein Ende. »Was willst du von mir? Komm schon, Pirina! Soll ich dir helfen?«

Pirina schüttelte den Kopf.

»Ich schaffe es!«

Sie visierte noch immer das Fenster an und versuchte, Luftstrahlen zu erzeugen, die es durchdringen, aber nicht zerstören sollten. Ohne Erfolg. Areshva zielte hoch über Beringlidas Kopf und schoss eine besonders dicke Spinne von der Decke herunter, die klatschend auf dem Boden aufschlug. Ihre sechs Beine umgaben sie wie ein Fächer.

Beringlida und Pirina schrien beide gleichzeitig auf vor Schreck. Areshva lachte.

»Hör auf damit!«, sagte die ehemalige Priesterin angewidert.

»Warum? Siehst du nicht die Schönheit des Todes?«, fragte Areshva. Ihre Augen begannen zu funkeln. »Sie liegt da wie ein Standbild. Man könnte sie malen. So still. Friedlich. Sie ist schon einen Schritt weiter als wir. An einem Platz, wohin wir nicht kommen – oder nicht so leicht.«

»Du solltest nicht so reden!«, tadelte Beringlida. »Du erschreckst das Mädchen.«

»Hast du Angst vor dem Tod?« Areshva trat näher an die Zauberin heran.

Beringlida durchfuhr ein eisiger Schrecken. Sie hatte doch gewusst, dass es so laufen würde. Sie machte einen Schritt rückwärts, vorsichtig, um die Wilde nicht zu reizen, dann noch einen. Zu spät. Areshva tänzelte um sie herum und stellte sich vor die Ausgangstür.

»He! Ich fragte, ob du Angst hast vor dem Tod?«

»Hast du?«, fragte Beringlida zurück.

Sie zitterte innerlich und musste sich sehr zusammenreißen, um nach außen ruhig zu wirken.

»Ich träum von ihm«, sagte Areshva. In ihre Augen trat ein unruhiges Licht, ihre Stirn zerfurchte sich. »Ich träume, ich bin tot, ich liege auf dem Boden und muss nicht mehr denken. Ich schwebe in einer schwarzen Unendlichkeit und um mich herum nichts mehr, niemand mehr, ich bin ganz frei, und ich bin nicht mehr ich, ich bin ein Staubkorn, das nicht mehr nachdenken muss, wohin es fliegt und warum.« Sie fing an zu lachen. »Haha! Das ist komisch!«

»Das ist nicht komisch«, stotterte Beringlida. Sie befiel eine unnatürliche Kälte. Sie wusste, dass sie etwas sagen sollte und dem Gespräch eine andere Richtung geben. Obwohl sie innerlich zitterte, zwang sie sich dazu, das nicht zu zeigen. »Warum fantasierst du über den Tod? Ich dachte, du wärest eine Anhängerin der Lichtgötter.«

»Das bin ich auch. Sogar ihre einzige und ihre treueste Anhängerin, denn ich werde sie eines Tages zurückrufen!«

Beringlida lachte heiser.

»Was faselst du denn da! Du redest vom Tod. Du kämpfst für den Tod. Wärest du eine Anhängerin der Götter des Lichts, dann würdest du für das Leben kämpfen.«

»Ach nein?«, spottete Areshva »Und wie kämpft man für das Leben, verrätst du mir das?«

»Indem man das Töten stoppt! Indem man diejenigen aufhält, die töten wollen.«

»Und wie *hältst du sie auf*? Das kannst du nicht. Weil diese Leute die Macht haben. Du musst ihnen die Macht rauben. Du musst die Macht an dich reißen, erst dann kannst du die Welt wieder auf die richtige Seite drehen. Wenn ich Hohepriesterin wäre, dann könnte ich entscheiden, wem ich die Macht gebe. Ich könnte jemanden dazu erwählen, die Lichtgötter zu protegieren. Das ist der *einzige* Weg!«

»Das glaubst du jetzt oder redest es dir ein. Wenn du absolute Macht hättest, würdest du nur noch darum kämpfen, diese Macht nie mehr zu verlieren.«

»Wenn ich die *absolute Macht* hätte, wären wir gerettet. Alles wäre gut.« Areshva winkte ab. »Aber es wird nicht gut. Wäre ja das erste Mal. Ich weiß schon, dass alles vor die Hunde gehen wird.«

»Wovon redest du?«

»Vielleicht weißt du mehr als ich. Maari hat mir unterwegs erzählt, dass Kirisha neuerdings viele Todesorakel legt. Wie lauten denn ihre neuesten Orakel? Wer stirbt? Bin ich dabei?«

»Ich bin nicht auf dem neuesten Stand. Jetzt hör doch auf mit diesem makabren Thema.«

»Ich rede gern über den Tod.« Areshva ließ ihre Finger Funken sprühen. »Ich schlafe in keiner Nacht mehr. Ich bin immer müde. Du hast keine Ahnung, wie sich die Gedanken vermatschen, wenn man immer müde ist, das wird ein grässlicher Brei. Alles ist grässlich, diese ganze Einöde hier.« Sie beschrieb mit der Hand einen Bogen, der aussah, als wollte er das gesamte Zimmer umfassen. Dann trat sie näher an Beringlida heran, die erschrocken zurückwich.

»Kirishas Orakel interessieren mich. Sag mir, wessen Tod sie gesehen hat! Ich muss doch wissen, wen ich als Nächstes umbringen soll.«

»Areshva!«, rief Beringlida.

»*Areshva, Areshva!*«, äffte sie die Ex-Priesterin nach und fing wieder an zu lachen. »Na los, los! Jetzt bist du hergekommen. Jetzt musst du mich unterhalten. Ich kann ja sowieso nicht schlafen. Ich will Namen haben. Wer stirbt?«

Beringlida wurde blass. Dieses Gespräch entgleise gänzlich. Sie musste sich herauswinden, bevor es ein schlechtes Ende nehmen würde. Aber die Angst blockierte sie so sehr, dass ihr kein Ausweg einfiel.

»Der Regimentsführer Turganay stirbt«, stammelte sie schließlich, wobei sie fieberhaft nachdachte und versuchte sich an die bekanntesten Namen zu erinnern, die Kirisha ihr zuletzt gesagt hatte. »Außerdem der Fürst Vandrasil von Millesana. Und der Fürst Silvrin von Aravenna.«

Areshva wurde schlagartig still. Das Lachen erstarb ihr auf den Lippen.

»Der … der Fürst von Aravenna?«

»Ja.«

»Das kann nicht sein!«

Beringlida erhob beide Hände.

»Das sind nicht meine Orakel, Areshva. Verzeih, aber ich würde mich jetzt gern zurückziehen.«

»Nein!« Areshva packte sie beim Unterarm und krallte sich daran fest. »Das muss ein Irrtum sein. Der Fürst von Aravenna ist noch zu jung, es kann nicht sein, dass er stirbt!«

»Das ist kein Irrtum. Kirisha war darüber selbst verwundert, denn es waren in seinem Orakel gleich vier Todeszeichen. In jedem Quadranten eines.«

»*Vier Todeszeichen?*« Areshva presste ihre Finger noch tiefer in den Unterarm der Ex-Priesterin. »Soll das ein Witz sein? Das gibt es nicht. So etwas kommt nicht vor, nie!«

Beringlida zuckte die Achseln.

»Was verstehen wir davon? Ein Orakel ist ein Orakel. Wem es dem Tod prophezeit, egal wie, der stirbt.«

Das vierfache Orakel

Areshva hockte auf der flaumigen Daunendecke des Himmelbettes in ihrem Magipartment. Pirina lag eng an sie gekuschelt neben ihr, in tiefem Schlummer. Der Raum hatte inzwischen in den Nachtmodus gewechselt. Es schien sich um eine Luxusversion handeln, denn es gab ein zweites prachtvolles Bett gegenüber. Sie hatte jedoch nicht vor, es zu benutzen.

Mit weit offenen Augen starrte sie auf den seidigen Himmel des Bettes, der in der Dunkelheit grau aussah. Ihre Gedanken sprangen ununterbrochen zwischen dem großen Kampf und Silvrins fürchterlichem Orakel hin und her. Immer wieder malte sie sich aus, wie sich die Hohepriesterin auf den Kampf vorbereiten würde und wie sie die Feuerteufelin einschüchtern könnte. Gleichzeitig spielte ihre Fantasie ihr Silvrins Tod vor. Sie hätte bei ihm bleiben sollen und ihn schützen!

Wie denn. Vor einem Orakel? Als ob das möglich wäre!

Vielleicht würde sie das können als Hohepriesterin? Es war wichtiger als jemals zuvor, dass sie morgen die Siegerin sein würde.

Sie würde die Reisegesellschaft in der Obhut Beringlidas lassen und früh aufbrechen. Endlich war ihre große Stunde gekommen! Ob sie wirklich gewinnen konnte? Überschätzte sie sich nicht? Musste sie vorher noch mehr Opfer jagen?

Längst hätte sie sich schlafen legen sollen, aber ihre Gedanken waren zu aufgepeitscht. Ihre Unruhe stieg immer weiter an und schließlich sprang sie vom Bett herunter, öffnete die Balkontür und ging in die Nacht hinaus. Ein warmer Wind wehte durch ihre Haare. Die Bäume um sie herum wiegten sich raschelnd in der Dunkelheit. Rieseninsekten trappelten durch das Geäst. Sogar ihr Schleifen und das Spinnen der Netze war leise zu hören.

Der Balkon erschien ihr verändert. Sie erinnerte sich nicht, vorher eine Öffnung gesehen zu haben, aber nun befand sich eine an seiner rechten Seite. Dort war der Balkon durch eine Hängebrücke mit einem Felsmassiv verbunden. Auf diesem Felsen konnte Areshva schemenhaft eine dunkle Grotte erkennen, sehr ähnlich jenen auf der Burg ihres Vaters. Über der Höhle hing ein golden leuchtender langer Gegenstand. War das ein Schwert? Als ob die Grotte sie magisch anzog, wurde sie neugierig und betrat die Hängebrücke. Kaum hatte sie diese erreicht, als sich ein Wind erhob und sie ins Schaukeln geriet. Areshva musste sich mit beiden Händen am Geländerseil der Brücke festhalten, um nicht ins Straucheln zu kommen. Sie war froh, als sie den Felsen auf der anderen Seite erreicht hatte. Schwarz und riesenhaft türmte sich der Eingang in die Grotte vor ihr auf. Sie blickte nach oben und fuhr schockiert wieder zurück. Das Schwert kannte sie – es gehörte Silvrin! Sie hatte es gewusst. Schon als sie es vom Balkon aus funkeln sah, war ihr das klar gewesen. Er musste in der Grotte sein. O ihr Götter, was hatte er dort verloren? Würde sie ihn wieder gefesselt finden und schwer verletzt? Oder war es diesmal schlimmer? Das Todesorakel …

Sie rannte in die Grotte hinein. Drinnen glitzerte und funkelte es so, als wäre sie in den Sternenhimmel hineingelaufen. Erst nach einer Weile sah sie, dass hier ein Rudel von kleinen Schildkröten lebte. Es handelte sich um eine leuchtende Sorte dieser Tiere, deren Fell wie Schmuckstücke in verschiedenen Farben glänzten. Da sich die kriechenden Panzerträger bewegten, warfen sie das Licht ihrer Rückenpanzer kreuz und quer durch die Gegend. Areshva folgte einem steinernen Weg, der gut von den Strahlen der kleinen Tiere ausgeleuchtet wurde und tiefer in die Grotte hinabführte. Weiter unten erstreckte sich ein dunkelblau glimmender See und an seinem Ufer stand ein blonder Krieger in aravennablauer Uniform, der ihr den Rücken zuwandte.

Ob er es war?

Sie fing an zu rennen. Ihre Schritte hallten dumpf durch die Felshöhle und er drehte sich zu ihr um. Er war es. Die Verletzung schien er überwunden zu haben. Groß und imposant stand er dort in seiner blauen Uniform. Seine ozeanblauen Augen hefteten sich auf sie und ein leises Lächeln malte sich in seinem markanten Gesicht. Eine prickelnde, perlende Freude stieg in ihr auf, die ihren ganzen Körper erfüllte. Sie konnte es gar nicht erwarten, ihn zu treffen, und rannte den Abhang zu ihm herunter.

Erst jetzt bemerkte sie, dass um Silvrin herum Pflanzen aus dem steinigen Boden sprossen. Obwohl dieser Platz niemals Sonne sah und auf dem unfruchtbaren Felsen unmöglich etwas wachsen dürfte, rankten sich kleine grüne Stängel nach oben. Er hielt die Hände darüber ausgestreckt, so als wäre es ein Zauber aus seinen Fingern, der dieses Wunder ermöglichte. Jetzt hatte sie ihn erreicht. Was für Kräuter waren das denn? Etwa die berühmte verbotene Soralisse, mit der er ihr vor langer Zeit mal das Leben gerettet hatte? Tief erstaunt berührte sie eine der dickblättrigen Pflanzen und fühlte sofort die darin enthaltene kraftvolle Strahlung. Ein ganzes Beet von reicher, heilkräftiger Soralisse breitete sich rings um Silvrins Füße aus. Es gab auch Feenkraut mit orangefarbenen Blüten und eine weitere alte Heilpflanze mit glockenartigen Blumen, die Areshva schon seit Jahren nicht mehr gesehen hatte. Sie sog hörbar die Luft ein. Hatte sie es nicht gewusst? Er war ein Rebell! Ein Anhänger der herrlichen Lystrella und der einzige Mensch auf Erden, der noch immer heilige Pflanzen wachsen lassen konnte – wie machte er das nur? Hatte er etwa Kontakt zu der Lichtgöttin? Sie war wie elektrisiert. Beinahe wäre sie ihm vor lauter Freude und Bewunderung um den Hals gefallen, schaffte es aber gerade noch, sich zu bremsen.

»Bist du wahnsinnig, hier in Rheskali verbotene Heilkräuter zu züchten?«, rief sie erschrocken und versuchte ihn vom Tatort wegzuzerren. »Es gab hier schon eine Durchsuchung und alle Verdächtigen wurden zum Tode verurteilt. Wenn dich jemand entdeckt, bringen sie dich um!«

Er entwand sich ihr.

»Und was wird aus unserem Land, wenn ich aufgebe? Areshva, diese Kräuterpflanzung ist unsere letzte Verbindung zu der Lichtgöttin. Lystrella persönlich schickt mir die Energie dafür und ich werde für sie kämpfen.«

Areshva schmolz das Herz vollends dahin. Sie schwamm in einem Meer aus Glück. Gleichzeitig war sie erschrocken, dass er gewagt hatte, den verbotenen Namen auszusprechen. Garantiert würden die finsteren Götter gleich mit Blitzen nach ihm schleudern.

Es blieb jedoch still.

»Die Göttin des Lichts?«, rief sie, während ihr Blut immer schneller durch ihren Körper jagte und sie gar nicht fassen konnte, was sie hörte. »Hast du denn Kontakt zu ihr? Ich dachte, sie wäre verschwunden.«

»Sie ist hier.« Er nickte ihr zu.

Unglaublich! Während sie sich abmühte, die abenteuerlichsten Pläne zur Rettung der Lichtgöttin zu entwerfen, schüttelte er mal eben verschollene Heilkräuter aus den Fingern. Er konnte die Göttin sehen? War er wirklich nur ein gewöhnlicher Mann oder gehörte er einer höheren Sphäre an?

»Ich bin beeindruckt«, wisperte sie. »Wie hast du es geschafft, sie zu finden?«

»Ich habe nach ihr gesucht.«

Und ich, suche ich etwa nicht nach ihr? Sogar mit allen Fasern? Was stimmt denn nicht mit mir?

Aber ihr war sofort klar, dass ein himmelweiter Unterschied bestand zwischen der Art, wie sie nach der Göttin suchte und der von Silvrin. Er hatte doch einen völlig anderen Charakter und es würde ihm niemals einfallen, dafür jemanden zu töten. Himmel, wie sehr hatte sie diesen Mann unterschätzt. Dabei hatte sie doch von Anfang an das Gefühl gehabt, er sei etwas Besonderes. Sie hatte geglaubt, die Einzige zu sein, die die Göttin retten könnte – und nun erkannte sie, dass er ihr meilenweit voraus war! Ihr wurde das Herz so weit, als ob es sich durch die ganze Grotte ausdehnte. Er lächelte tiefgründig. Sie konnte sich in seinen Augen vollkommen verlieren. Seine goldblonden Haare leuchteten und sie fühlte sich mit solcher Urkraft zu ihm hingezogen, dass sie ihn am liebsten umarmt hätte, oder sogar ganz in ihm versunken wäre. Der größte Mann auf Erden stand vor ihr und er schien nicht mehr wütend auf sie zu sein! Wie groß er war, nicht nur seelisch, sondern auch körperlich. Fast einen ganzen Kopf überragte er sie. Sie bewunderte seinen sehnigen, athletischen Körper und sie überfiel eine gewaltige Sehnsucht danach, seine Zuneigung zu gewinnen.

»Ich verstehe noch immer nicht, wie du sie finden konntest. Wie hast du den Kampf geführt?«, wisperte sie und hörte, wie ihre Stimme dabei zitterte. »Lystrella ist die Göttin der Liebe, Areshva. Du findest sie nicht durch Kämpfe, sondern musst mit dem Herzen nach ihr suchen.«

Wie bitte?

»Zeigst du sie mir?«

»Ich kann dir nur den Weg zeigen. Du musst ihn selber gehen, wenn du sie finden willst.«

Ein neues Licht glänzte in seinen Augen. Er nahm ihre Hände und zog sie ganz langsam zu sich heran.

»Oder wir könnten ihn zusammen gehen. Wenn du willst.«

Hatte er das wirklich gesagt? Er wollte mit ihr gehen?

»Natürlich will ich!«

Seine Hände fuhren über ihre Arme bis zu ihren Schultern hoch. Überall, wo er sie berührte, stand sie in Flammen. Bis ans Ende der Welt würde sie mit ihm gehen. Wogen des Verlangens nach ihm wallten in ihr auf und ab und überfluteten sie derartig, dass sie sich fühlte wie berauscht. Sie spürte seinen Atem auf ihrer Wange. Wie eine Wolke aus Glückseligkeit hüllte seine Gegenwart sie ein. Er umfasste sie sanft und seine Lippen näherten sich ihren.

Doch er erreichte sie nicht. Er zuckte plötzlich zusammen und krümmte sich. Dann brach er vor ihren Augen nieder und fiel zu Boden. Aus seinem Rücken ragte eine eiserne Lanze hervor.

Sie schrie.

Um sie herum war alles dunkel. Sie lehnte am Pfosten des Bettes, in dem Pirina schlief. Ihr Herz hämmerte wild.

Das war nur ein Traum! Silvrin war gar nicht dagewesen. Darum war er auch nicht tot.

Noch nicht.

Nach Kalamachai

Der neue Tag dämmerte heran.

Areshva hatte sich nach ihrem Traum immer mehr erhitzt und war darum sofort aufgebrochen, ohne sich von Pirina zu verabschieden. Nun trabte sie durch einen Spinnenwald, der kein Ende zu haben schien. Je weiter sie vorankam, desto dichter wohnten die schwarzen, struppigen Viecher zusammen. Riesige weiß glänzende Netze reihten sich aneinander. Manche hatten die Formen von bösen, Zähne fletschenden Gesichtern. Sie war gezwungen, unter einer ständigen magischen Fontäne zu reiten, die den Weg vor ihr von Netzen reinigte, damit sie ungehindert vorwärtskam.

Sie hatte auch schon früher von Silvrin geträumt, aber nie war er ihr in diesen Träumen so nahegekommen. Nie ihr so vertraut gewesen. Nie hatte sie ihn mit der herrlichen Lichtgöttin in Verbindung gebracht. Noch dazu die Soralissenpflanzen zu seinen Füßen, die Göttin, seine Liebe zu ihr – wie unendlich schade, dass alles nur ein Traum war!

Ach, Silvrin …

Sie wisperte seinen Namen. Gleich ein paarmal. Er klang süß. Ja, er klingelte in ihren Ohren. Das half aber nichts. Wahrscheinlich würde sie ihn ohnehin nie wiedersehen. Er machte sich nichts aus ihr und er würde sterben. Wie verkorkst alles war und wie unendlich traurig!

Sie durfte sich von ihrem Kummer nicht herabziehen lassen. Schon längst hätte sie ihn vergessen sollen, warum gelang ihr das einfach nicht? Dies war doch ihr großer Tag!

Heute würde sie die Hohepriesterin herausfordern, die mächtigste Zauberin des Landes. Noch immer war ihr der Gedanke widerwärtig, dass sie schon wieder einen Mord begehen musste. Aber er würde ihr letzter sein.

Außerdem würde um den Tod dieser Obermörderin niemand weinen. Sie würde die Welt von einer Tyrannin befreien. Sie würde die Kriege beenden, einen neuen Frieden herbeiführen und Pallanthia von dem Joch der Fremdherrschaft erlösen.

Endlich!

Warum war ihr so unwohl zumute?

Weil sie bei diesem Kampf sterben könnte? Seit gestern grummelte dieser Gedanke im Untergrund. Nun sprengte er sich gewaltsam an die Oberfläche. Ausgerechnet die Hohepriesterin! Sie hatte doch ganz andere Möglichkeiten als die gewöhnlichen Wald- und Wiesenzauberinnen, wie sie eine war. Gewiss konnte ihre Gegnerin Zugriff zu höheren Ebenen nehmen, von denen Areshva womöglich noch nicht mal gehört hatte. Wohin hatte sie sich verstiegen? Wohin hatte Agga sich verstiegen, ihr solch einen Wahnsinn zu empfehlen?

Auf der anderen Seite waren die Chancen riesig, die ein Sieg ihr bringen würde.

Vor ihrem geistigen Auge sah sie Soralissenfelder und ganze Plantagen an Heilkräutern das Land bedecken und die Sonnenstrahlen der Lichtgöttin darüber scheinen. Statt einander zu bekriegen, würden die Provinzen

Freudenfeste feiern! Wenn sie das nicht versuchte zu erschaffen, wäre sie wertlos.

In den letzten Tagen hatten solche Fantasien sie stets beträchtlich ermuntert. Heute jedoch blieb ein pochender Schmerz zurück. Ach, sie hatte geglaubt, mit ihrem Sieg könnte sie *alles* wieder zurechtbiegen!

Aber was half ihr heute ein Sieg, wenn sie Silvrin nicht retten konnte? Sein Tod würde einen furchtbaren Schatten werfen. Er nahm dem schönen Plan allen Glanz, ließ ihn mangelhaft und unendlich traurig erscheinen. Aber als Hohepriesterin würde sie hoffentlich auch dieses Problem lösen können.

Sie ritt aus dem Wald heraus. Es dämmerte. Dampfende Nebelschwaden stiegen von den Wiesen in die Höhe. Kalamachai konnte nicht mehr weit entfernt sein. Ihr Traum von Silvrin hing über ihr wie eine Wolke aus Sehnsucht. Wenn sie ihn wenigstens noch einmal treffen könnte! Sie könnte umkehren zu den magischen Kugeln von Rheskali und darin nach ihm suchen. Aber welchen Sinn hatte das?

Er war zum Tode verurteilt. Und das gleich viermal. Das ließ keine Hoffnung übrig. Es hörte sich allerdings seltsam übertrieben an. Wieso so oft? Ein Mensch starb bloß einmal. Was konnte das also bedeuten? Dass es schon bald passieren würde?

Das wussten wohl nur die Götter. Areshva blickte nach oben.

»Agga! Bist du wach?«

Die Fledermaus wurde mit einem sanften Ploppen vor ihr sichtbar.

»Götter schlafen nie, mein Täubchen. Wie steht es mit dir? Bist du bereit?«

»Ich frage mich gerade, ob wir ein Orakel ändern könnten.«

Agga lachte polternd.

»Das fragst ausgerechnet du! Hat die Priesterin Kirisha dir nicht tausendfach eingebläut, dass die Orakel von Göttern gemacht werden und kein Sterblicher daran Anteil hat?«

»Aber du bist eine Göttin! Du könntest …«

»Ich muss mich wohl deutlicher ausdrücken. Sie werden von *allen Göttern* unserer Götterfamilie gemeinsam hergestellt, um die gemeinsamen Interessen zu verteidigen. Sie sind also notwendig und unveränderbar.«

»Aber wenn du die neue Krongöttin wärest? Dann hättest du die absolute Macht über alle anderen! Könntest du dann nicht für mich ein einzelnes Orakelchen über Bord werfen?«

Agga schnappte wild mit den Zähnen, als wollte sie jemanden zerbeißen.

»Mal sehen, mein Täubchen«, versicherte sie nach einer Weile großzügig. »Das ist sicher möglich. Ich würde auf jeden Fall unter den alten Orakeln kräftig ausmisten.«

Am Horizont ging die Sonne auf. Ein tiefes Rot überglühte die Ebenen und vermischte sich mit einigen blau glänzenden Wolken.

Hieß das *ja*? Klar, oder? Agga hatte Grund, dankbar zu sein. Schließlich würde Areshva sie ja zu höchsten Würden bringen. Areshva atmete erleichtert auf. Alles war im Lot. Heute konnte ihr alles gelingen. Silvrin würde hoffentlich noch viele Sommer länger leben!

In weiter Ferne zeichnete sich die riesenhafte gezackte Silhouette des Gebirges Kalamachai ab. Wie immer waren seine Gipfel in Schnee getaucht und leuchteten weiß in der Sonne.

Gleich geht es los, dachte Areshva angespannt. *Ich muss aufpassen. Vielleicht schickt sie mir Wächterinnen entgegen.*

Sie verschärfte ihr Tempo und ritt geradewegs auf das Gebirge zu, das sich gewaltiger und erdrückender vor ihr auftürmte, je näher sie kam. Gleichzeitig wurde das Gelände immer felsiger und unebener. Die Berggipfel ragten bis in die Wolken hinauf. Über allem dröhnte ein dumpfer, leiser Ton, eine Art Grollen. Je näher sie kam, desto lauter ertönte der unterirdische Donner. War das die Tempelmusik von Kalamachai? Aber die Kristallkugel der Hohepriesterin war noch meilenweit entfernt. Hatte sie so große Macht?

Habe ich mich überschätzt?

Die Reiterin verlangsamte ihr Tempo. Ihre Selbstsicherheit schwand dahin mit jedem kleinen Wegstück, das sie hinter sich ließ. Das Verhängnis, das da oben auf sie wartete, fraß ihre Schritte. Immer lauter und gewaltiger wurden die Töne, deren unmelodisches Heulen von einem gewalttätigen, aggressiven Rhythmus zugedonnert wurde.

Aber es gab kein Zurück. Sie musste diesen Angriff riskieren.

Ein Zischen in der Luft ließ Areshva zusammenfahren. Der Himmel über ihr verdunkelte sich. Sie blickte hoch. Eine riesenhafte geflügelte Gestalt kurvte abwärts und krachte vor ihr auf den steinigen Boden. Areshva streckte ihr hastig die Hände entgegen, um für einen Verteidigungszauber gewappnet zu sein. Mit einigem Erstaunen wurde ihr klar, dass die gigantischen lederartigen Flügel und das Maul mit den spitzen Zähnen niemand anderem gehörten als der alten Agga. Oder vielmehr einer überdimensionierten Version von ihr.

»Soll ich dir sagen, wonach du aussiehst?«, maunzte die Göttin mit deutlichem Vorwurf in der Stimme. »Sag nicht, dass du dich fürchtest! Wo bleibt dein Enthusiasmus? Bist du nicht das mächtigste Monster des Universums? Reicht nicht deine Kraft bis in den Himmel? Ist dies nicht der Tag aller Tage, auf den wir schon seit Monden hinfiebern?«

Areshva hatte etwas Mühe damit, sich an diese neuartige Göttererscheinung zu gewöhnen. Es war nicht die ungewohnte Größe allein – neben der monströsen Fledermaus wirkte Areshvas Pferd wie ein kleiner Welpe. Auch Aggas Stimme hallte in einer Lautstärke, als benutzte sie einen Stimmenverstärker.

»Ich schaffe das schon, irgendwie«, nuschelte Areshva. Eigentlich sagte sie das mehr, um sich selbst zu bestärken.

»Du wirst siegen!«, polterte Agga los. »Du musst nur an dich glauben! Weißt du warum? Du hast größere Zauberkraft als jede Zauberin, die ich je sah. Du hast das innere Auge, mit dem du die magische Kraft der Seelen erkennst, eine äußerst seltene Gabe. Du hast mithilfe dieser Gabe Mengen an Magiefluss angehäuft, die noch nie eine vor dir besaß. Du kannst sogar einen Götterschutz ausschalten! In Kalamachai zittern alle vor dir!«

»Ich sagte doch, dass ich es schaffe«, wiederholte Areshva. Die Worte der Göttin waren wie Balsam. Trotzdem konnte sie die Zweifel nicht ganz zurückdrängen, und auch nicht die Trauer, die in ihr gärte. Hatte Agga ihr die Wahrheit gesagt? Würde sie Silvrins Orakel kippen?

Vielleicht hatte die Göttin gelogen?

Die Orakel waren unwiderruflich. Alte Binsenweisheit. Nicht einmal eine Göttin konnte daran rütteln. Niemand konnte Silvrin retten. Das war die ganze niederschmetternde Wahrheit. Sie könnte gegen Wände rennen, sie könnte toben, schreien, schlagen, aber selbst wenn sie tatsächlich die mächtigste Zauberin der Welt wäre, nützte es ihr nichts.

Was waren ihre Kräfte wert? Was war dieser Kampf wert? Vielleicht log Agga auch in Bezug auf Areshvas angeblichen Fähigkeiten? Dieser Angriff war vielleicht einfach ein Pokerspiel. Was spielte es Agga für eine Rolle, wenn Areshva verlor? Sie hatte sicher genügend andere Anhängerinnen.

Sie wusste plötzlich nicht mehr, was sie glauben sollte.

Was, wenn sie als Hohepriesterin die Welt nicht so vollkommen gestalten könnte, wie sie wollte? Wenn alles gelogen war, was Agga ihr jemals sagte? Oder das Untergangsszenario: Wenn sie verlor? Aber selbst dann gab es kein Zurück. Wohin sollte sie denn zurückgehen?

Sie hatte nichts außer ihrer Hoffnung. Niemanden. Sie musste kämpfen. Und gewinnen.

Die Gegend um sie herum wurde steiniger und kahler und ihr Weg führte steil aufwärts. Die Berggipfel erschienen ihr viel höher und imposanter als damals, als sie zum ersten Mal hier gewesen war. Vielleicht war das nur eine optische Täuschung? Damals war sie geflogen. Von oben sahen alle Landschaften klein aus.

Die obersten Felsen des Gebirgszuges ragten weit in den Himmel hinein. Sie hatten eigentümliche Formen, so als wären es lebendige Wesen. Das Weiße war vielleicht gar kein Schnee, sondern der Pelz mehrerer großer, gewaltiger Wesen, die baumartige Beine hatten und lange, peitschenförmige Schwänze? Womöglich bewachten diese Drachen das Schloss der Hohepriesterin?

Wieso sollte sie sich vor Drachen fürchten! Sie war selbst einer!

Ob sie sich schon jetzt in ein Monster verwandeln sollte? Das könnte ihre Gegnerin einschüchtern! Aber nein. Sie wartete damit. Es war besser, den Überraschungseffekt auf ihrer Seite zu haben.

Hinter sich hörte sie ein leises Schwingen. Sie fuhr herum. Da kam jemand herangeflogen. Sie wollte ihren Augen nicht trauen. Das durfte nicht wahr sein! Die kleine Möchtegernschülerin.

»Pirina!«, schrie Areshva auf. Der Schreck ergriff sie gewaltig. Sie würde das Mädchen hier oben nicht beschützen können. Bei allen Göttern – sie wusste ja nicht mal, ob sie sich selbst am Leben halten konnte. »Was machst du hier! Hau ab, auf der Stelle!«

»Bist du verrückt, dich in solche Gefahr zu begeben?«, rief Pirina zitternd.

»Ich bin in keiner Gefahr«, polterte Areshva. »Ich kämpfe nur gegen die Hohepriesterin. Verschwinde, um Himmels Willen!«

»Nein!«

In diesem Moment bebte die Erde unter ihren Füßen.

»Gleich taucht die Oberhexe hier auf. Und dann …«

Pirina sank vor Areshvas Pferd zu Boden und versperrte ihr dadurch den Weg.

»Und dann tötet sie dich, verdammt!« Areshva sprang vom Pferd, packte Pirina bei den Schultern und schüttelte sie. »Bist du noch zu retten? Was denkst du dir dabei, mir nachzufliegen?«

»Ich war bei den Kristallkugeln im *HexMex*, und da habe ich gesehen, dass du nach Kalamachai reitest«, keuchte Pirina. »Das ist doch verrückt. Wer die Hohepriesterin trifft, ist tot, weißt du das nicht?«

»Das gilt nicht für mich!«, schrie Areshva außer sich. »Aber für dich gilt es, du dummes Kind! Hau ab, hau ab!«

Areshva blickte sich nach allen Seiten um wie ein gehetztes Tier. Noch war kein Feind zu sehen. Sie hörte jedoch das Heulen von Wölfen und die dröhnende, aggressive Musik.

»Glaubst du etwa, du könntest die Hohepriesterin töten?«, rief Pirina jetzt hastig. »Sie ist die Mächtigste von allen!«

»*Ich* bin die Mächtigste von allen«, fauchte Areshva.

»Das würde ich lieber nicht ausprobieren«, stammelte Pirina. »Ich hab gehört, schon ihre Blicke wären tödlich.«

»Das sind sie auch. Für dich.« Areshvas Augen funkelten. »Pirina, begreifst du es nicht: Du hättest nicht herkommen dürfen. Zerstör ja nicht meinen Plan!«

»Du hast deinen Armschützer vergessen. Ich hab ihn dir mitgebracht.«

Areshva rollte mit den Augen.

»Wer hat dich darum gebeten? Den brauche ich diesmal überhaupt nicht!«

Die Erde erbebte zum zweiten Mal. Diesmal zitterte der Boden so heftig, dass das Pferd erschrocken schnaubte und sich aufbäumte, was Areshva jedoch nicht aus dem Sattel warf. Fest hielt sie die Zügel, das Tier landete wieder mit den Vorderhufen auf der Erde. Über der Bergspitze flammte ein Blitz auf, der sich explosionsartig ausbreitete und den Horizont erhellte. Gleichzeitig verdunkelte ein Schwarm großer fliegender Wesen den Himmel, die direkt auf sie zurasten. Und da wusste sie, dass es für eine Flucht zu spät war.

Verdreifachung

Sie musste ihren Plan ändern.

»Steig auf meinen Rücken und halt dich fest!«, befahl Areshva dem kleinen Mädchen. »Und sieh die Hohepriesterin nicht an, falls sie auftaucht! Agga, es geht los!«

Ihr Körper dehnte sich aus und begann zu wachsen. Sie erhob sich über die Ebene, sie wuchs den fliegenden Angreiferinnen entgegen, die nur noch wie ein Schwarm unbedeutender Raben aussahen und bei Areshvas Anblick ihren Flug stoppten, beidrehten – und flohen. Haha! Sie flüchteten, denn jetzt donnerte Areshva mit Riesentatzen über die Felsen, peitschte mit einem dicken, ledernen Schwanz das Erdreich auseinander und atmete Feuerwolken. Diese loderten durch den Himmel und versetzten die Fliegerinnen in solch eine Panik, dass sie wie aufgescheuchte Insekten durcheinanderwirbelten. Einige brannten, andere sausten gen Himmel, alles surrte, kreischte, raste davon. Sie spürte die Energie in ihrem Inneren wummern und dermaßen ansteigen, als könnte sie gleich explodieren – bis es wieder still um sie herum war.

Das war leichter gegangen als erwartet. Aber noch hatte sie ihr Ziel nicht erreicht.

Wachsam bleiben!, ermahnte sie sich.

»Pirina?«, fragte sie prüfend. »Alles okay? Bist du verletzt?«

»Das fragst du noch?«, stammelte Pirinas piepsiges Stimmchen auf ihrem Rücken, pfeifend und hörbar erregt. »Nein, ich bin nicht verletzt, aber das ist schrecklich, was du tust! Hör doch auf, bitte! Kehr um!«

Sie spürte die weichen Arme um ihren Hals.

»Das ist deine eigene Schuld, weil du dich nicht an meine Anordnungen gehalten hast!«, fauchte Areshva. »Dann sieh eben nicht hin! Halt die Augen geschlossen, das sagte ich dir doch schon, sonst blendet dich die Hohepriesterin. Und halt dich gut fest. Im Übrigen ist dieser Kampf vielleicht nicht schön, aber über das Ergebnis wirst du staunen!«

Sie war ein gutes Stück näher an den Berggipfel herangekommen. Der Schnee auf den Spitzen funkelte in der Morgensonne. Und da funkelte auch noch etwas anderes: Weit hinten, nahe dem Hauptgipfel, sah sie mächtige schwarze Strahlen wie ein finsteres Feuer himmelwärts fliegen. Eine solche Menge von Strahlung hatte sie noch nie auf einem einzigen Platz gesehen. Die Quelle davon erkannte sie nicht, aber es konnte sich nur so verhalten, dass sich irgendwo unterhalb dieses Strahlenmeeres die zentrale Kristallkugel von Kalamachai befand. Die Quelle der Macht. Dort war ihr Ziel.

Kaum hatte sie dies alles gesehen, erschien vor ihren Augen eine ganz andere Szenerie, die durch die Berggipfel im Bild davor verdeckt gewesen war.

Sie befand sich nahe einer meterhohen magischen Grenzmauer, die weiß war wie Schnee und weder zur einen noch zur anderen Seite ein Ende hatte. Als sie genauer hinsah, wurde ihr klar, dass es sich um ein filigran gehäkeltes Kunstwerk mit Hunderten Türmchen, Fenstern und Mauerwänden aus winzigen glitzernden

Fäden handelte. Spinnenfäden. Die Schöpferinnen der Fadenburg turnten oben auf den Zinnen herum. Sie waren deutlich größer als die Insekten von Rheskali: haarige, kalbshohe Unholde mit Scheren statt Vorderbeinen, deren Mäuler beständig weißen Sabber absonderten.

Die Hohepriesterin betet zu Datooka, der Göttin der Spinnen, fuhr es Areshva durch den Kopf. *Das hätte ich mir gleich denken sollen. Es wäre klug gewesen, mich zu erkundigen, wie mächtig Datooka ist, was ihre Stärken und Schwächen sind. Aber eigentlich weiß ich das ja schon. Sie hat Angst vor Wasser und noch mehr vor Eis.*

Bildete die Alte sich ernsthaft ein, diese Mauer könnte ein Hindernis für Areshva sein? Das Einzige, worauf sie achten musste, war Pirinas Sicherheit. Sie umschloss die Reiterin auf ihrem Panzerrücken mit einer Hülle aus bruchfestem Glas. So konnte das Mädchen weder von fremden Waffen noch von quer fliegenden Netzteilen getroffen werden.

Dann marschierte sie vorwärts.

Gleichzeitig erschuf sie mit Aggas Zauber ein eiskaltes Luftfeld und pustete die winterkalten Lüfte der Netzburg entgegen. Sie erreichte sie jedoch nicht, weil sich ein Feuerfeld davor lagerte. Es flammte vor der Burgmauer auf wie eine zweite, den Netzen vorgelagerte Mauer, die Areshvas Kälteböen verschlang.

Da musste sie wohl härtere Geschütze auffahren. Es war Zeit, ihren Körper für den Kampf aufzumonstern. Agga verstand sie inzwischen schon ohne Worte. Sie pumpte Energie in Areshvas Adern, ließ ihr Blut heiß werden und ihre Sehnen stark wie Stahlseile. Ihr Bewusstsein erweiterte sich. Welch ein perfektes Gefühl! Ihre Ohren wurden zu Riesenlauschern. Sie hörte die ferne Kristallkugel zischen und prasseln, sie erfasste das Sabbern der Spinnen wie klatschende Wellen, an ihre

Ohren drang sogar noch das Tuscheln und Wispern der Tempeldienerinnen an unterschiedlichsten Stellen hinter der Netzmauer. Unter diesen erkannte sie die Stimme ihrer früheren Kameradin Bisanell, der Verräterin, die jetzt ihren Feinden diente.

Und in weiter Ferne schrie die Hohepriesterin Befehle: »Sie darf nicht hereinkommen! Jede verteidigt ihre Position mit ihrem Leben! Auf Befehlsverweigerung steht die Todesstrafe!«

Auch Areshvas Augen erweiterten sich. Sie durchdrangen die weiße Mauer, sie durchforschten staunend die völlig aus Netzen gebaute Burg dahinter und die hohen Türme, die sich weit den Berg herauf erstreckten und die durch Brücken miteinander verbunden waren. Scharen von Spinnen hielten darauf Wache. Auf der anderen Seite der Netzmauer, Areshva gegenüber, hatten sich mehrere hundert Hexen positioniert, von Magiefeldern umgeben, die auf Areshva warteten – bereit, sie anzugreifen, sobald sie die Mauer überwunden hätte.

Diesen Weg sollte ich also lieber nicht nehmen, dachte Areshva bei sich, und schon entstand in ihrem Kopf ein ebenso schöner wie einfacher Plan. Sie würde sich dreiteilen. Zwei ihrer Ichs konnten vor der Netzmauer toben und so tun, als wollten sie hereinkommen. In Wahrheit würde sie das aber nicht ernsthaft versuchen. Stattdessen könnte sie ihr drittes Ich ausschicken, um heimlich irgendwo anders einen Durchgang zu finden, unerkannt hereinzukommen und ihrer Gegnerin einen Hinterhalt zu stellen.

Pirina konnte sie auf einem ihrer Ichs vor der Mauer belassen, da wäre sie am sichersten. Allerdings hatte sie noch keine klare Idee, wie sie dieses heimliche Manöver durchführen sollte. Egal, wohin sie ihr drittes Ich schickte, es würde auffallen. Die Hohepriesterin wusste, dass sie sich verdreifachen konnte. Sie würde ganz sicher alle drei von Areshvas Existenzen auf das Strengste bewachen.

Sie spürte schon, wie sich ihr Bewusstsein auf zwei Köpfe verteilte. Es war immer noch ein überwältigendes Gefühl, plötzlich an zwei unterschiedlichen Stellen vorhanden zu sein. Schon bildete sich auch der dritte Kopf heraus. Ihre Körper multiplizierten sich ebenfalls, teilten sich, trennten sich voneinander – und sie war bereit! Drei riesige, identische, Feuer speiende Monsterdrachen sahen einander in die Augen und stapften dann jeder für sich auf eine andere Position.

Ihr erstes Ich ließ Areshva vor dem Haupteingang stehen, wo es verschiedene Kälte- und Eisfelder produzierte, mit denen es die Netzmauer und deren Wächter in Fahrt hielt.

Ihr zweites Ich marschierte nach Süden an der Mauer entlang, so weit, bis es die beiden anderen Drachen nicht mehr sehen konnte. Es testete diverse Erdzauber aus, mit denen es den Boden aufriss, und versuchte einen Tunnel unter der Spinnenburg zu graben.

Das dritte Ich trabte in die andere Richtung der Mauer und ebenfalls so weit, bis es außer Sichtweite war. Es experimentierte mit verschiedenen Wasserzaubern. Sie wollte auf diese Weise die Vorteile ihrer Scharfsicht und Weithörigkeit nutzen: Je weiter ihre drei Körper voneinander entfernt waren, umso größer war das Gebiet, das sie überblickten.

Ihre ersten Versuche, die Fadenmauer zu überwinden, verliefen wenig ermutigend. An keiner der drei Positionen kam sie voran. Stattdessen registrierte sie, dass ihre Feindinnen auf der anderen Seite der Burg sich rasch neu formierten und in kurzer Zeit an alle drei Stellen begaben, an denen sie sich zu schaffen machte.

Da spürte sie in sich die Geburt einer weiteren Existenz. Ihr kurzer Angriff vorhin hatte ihr anscheinend zusätzliche Energie beschert, sie konnte ein viertes Ich erschaffen. Ihre Gedanken fingen an zu rasen. Damit rechneten ihre Feinde nicht. Das war *die* Chance!

»Agga«, wisperte sie leise, während ihre drei Ichs unermüdlich Sprüche produzierten und die Spinnenmauer erbeben ließen, »ist es wohl möglich, dass mein viertes Ich nur so winzig wird wie eine Maus? Kann ich das steuern?«

»Du kannst!« Agga zeigte sich ihr nicht, Areshva hörte aber das Rauschen ihrer Schwingen. »Duck dich bei der Entstehung. Krümme dich.«

Das war leicht zu befolgen. Areshva presste ihren jüngsten Körper heftig in sich zusammen und ließ nicht locker. Ihr neues Wesen wurde aus den Krallen des Drachen an der Nordseite der Mauer geboren, nicht größer als eine Ratte, und geriet sofort in Lebensgefahr: Um sie herum krachten die riesenhaften Beine ihres dritten Ichs, das gerade die Spinnenmauer mit Wasserschwällen bombardierte. Beine wie Baumstämme ließen die Erde zittern und Wasserfluten wie Flüsse spülten um die Felsen herum, auf denen sie bei ihrer Geburt gelandet war. Angstvoll sprang sie von einem Stein zum nächsten, immer in Gefahr, von den Wassermassen heruntergerissen zu werden. Sie musste weg hier! Da vorn war die Mauer. Sie schien aus ihrer neuen Perspektive bis in den Himmel zu reichen, das Ende konnte sie gar nicht sehen. Und sie bestand nicht aus winzigen Fäden, sondern vielmehr aus dicken weißen Seilen, von denen eine klebrige Flüssigkeit, zäh wie Gelee, heruntertropfte.

Areshva ließ ihr Minimonster sein Aussehen ein wenig verändern, bis es einem mausgroßen Maulwurf ähnelte. Bis jetzt schenkten ihre Feinde ihr noch keine

Aufmerksamkeit, das Getobe und Geballere der drei großen Drachen beschäftigten sie vollauf. Sie wühlte ihre schaufelartigen Vorderpfoten in das Geröll und fing an zu graben. Weiter unten begann eine Schicht dichter, lehmartiger Erde. Sie baggerte sich durch, tief ins Erdreich, dann vorwärts, und unermüdlich weiter voran. Schon bald konnte sie kein Tageslicht mehr sehen. Ihr drittes Ich verschüttete den Eingang, sodass ihre Machenschaften nun unterirdisch abliefen. Sie frohlockte. Sie musste nur weit genug graben, bis hinter die Mauer und die ersten Gebäude. Da ihr drittes Ich an dieser Stelle noch zahlreiche feindliche Wächterinnen sah, hörte es nun damit auf, den Wall zu beschießen, und trollte sich. Sie schlurfte nordwärts, immer eng an der Netzwand, bis sie sich weit genug entfernt hatte. Selbstverständlich bewegten sich nun auch die Wächtertruppen in Richtung drittes Ich, um es zu bewachen.

Ihr winziges viertes Mini-Ich blieb allein zurück, unbewacht, unter dem verlassenen Mauerteil.

Noch immer buddelte sie eifrig vorwärts. War sie weit genug? Konnte sie auftauchen? Vorsichtig bewegte sie sich aufwärts und stieß das Erdreich von oben nach unten. Sie blinzelte.

Sie war drinnen! Hinter ihr stand die gewaltige Mauer, vor ihr türmten sich die schneebeckten Gipfel des Gebirges. Siedende Aufregung bemächtigte sich ihrer. Am liebsten wäre sie in Höchstgeschwindigkeit vorwärtsgestürmt. Niemand bemerkte sie. Sie konnte es gar nicht erwarten, die Hohepriesterin zu überraschen.

Während ihre drei Drachen-Ichs die vierte kleine Schwester schon längst geortet hatten und alle drei aus den Augenwinkeln voller Spannung beobachten, wie sie wieselflink über den kargen Boden flitzte, schenkte keine der zahlreichen Wächterinnen ihr einen Blick. Wie sollten sie auch, sie kehrten ihr ja den Rücken und starrten alle zur Mauer und zu den Drachen hin, die Ignoranten!

Der Kampf bekam jedoch nun eine neue Dynamik. Eine Gruppe Fliegerinnen wirbelte über die Mauer auf Areshvas erstgeborenen Drachen zu. Sie zielten auf ihren Rücken. Wollten sie etwa Pirina treffen, die immer noch fest um ihren Hals hing? Areshva verdoppelte die Dicke der Schutzhülle um das Mädchen. Sie hörte das Prasseln und Klickern der Pfeile, die gegen die Glaskuppel prallten und ging ihrerseits zum Angriff über. Ihren ellenlangen Hals ließ sie in die Luft hochfahren und spie Feuer einmal quer durch die Gruppe der Angreiferinnen.

Gleichzeitig mühte sich ihr zweites Drachen-Ich immer noch, die Spinnenmauer mit Erdzaubern zum Einsturz zu bringen, was jedoch nicht gelang.

Der dritte Drache produzierte eine Eisbombe und warf sie in einem eleganten Schwung gegen die Mauer. Daraufhin gefror die Konstruktion zu Eis und zersplitterte dann in tausend Teile.

Ein Loch war in der Mauer, groß genug, dass sie hinein traben konnte!

Zur exakt gleichen Zeit trippelte Areshvas vierte Version, der Mäuse-Maulwurf, bergauf, auf die Strahlenquelle unter dem Hauptgipfel zu. Noch immer hatte ihn niemand entdeckt. Der Weg war frei. Areshva überquerte einen Hügel.

Weit hinten erblickte sie etwas. Es sah aus wie Laken, die im Wind wehten. Hatte da jemand Wäsche aufgehängt? Sie sah genauer hin. Kaum zu erkennen. Also kopierte sie das Bild, ließ es in ihrer Nähe erscheinen und vergrößerte es, bis sie es durchschaute.

Wiederum Spinnennetze. Ein einziges langes Netz, dicht wie ein Teppich, bestehend aus silbernen, verdächtig glitzernden Fäden, um mehrere Bäume herumgesponnen. Zu welchem Zweck spannten sie denn da hinten ihre Netze? Gab es da etwas zu holen? Es würde sich bestimmt lohnen, das auszukundschaften.

Sie hüpfte und sprang vorwärts, so schnell sie konnte. Innerlich stieg ein schadenfrohes Gelächter in ihr hoch. Götter im Himmel! Sie stand kurz vor dem größten Sieg ihrer Karriere! Wetten, dass die Hohepriesterin sich dort versteckte? Bewacht von Spinnen. Wenn es wenigstens Wölfe gewesen wären. Aber nein, Insekten. Lächerlich. Vor so einer Kreatur hatte sie Angst gehabt?

Als sie nahe genug herangekommen war, schoss sie auf den untersten kleinen Zipfel eines der Netze, mit den altbewährten Eiskugeln. Das hörte sich im Vergleich zu den mächtigen Donnerschlägen ihrer drei großen Schwestern an der fernen Mauer nur wie ein Vögelchen an, das Zweige zerknackte. Ein kleines Löchlein war entstanden, durch das sie hindurch schlüpfte.

Ihr bot sich ein erstaunliches Bild. Unter einem Baum sah sie ein Kraftfeld, bestehend aus umeinanderzuckenden Strahlen, die um ein Zentrum in ihrer Mitte zirkulierten. Nach einer Weile erkannte sie hinter diesen Energiewellen zwei Körper, einen Mann in Uniform und eine Frau in Priesterinnenumhängen, die Rücken an Rücken saßen und denen jemand die Hände aneinandergebunden hatte. Genauer gesagt waren es nur die beiden Ringfinger, an denen sie ihre Kontaktringe trugen. Die Ringe bildeten das Zentrum des Kraftfeldes, erzeugten einen riesenhaften dicken Magiestrahl, und der wiederum fuhr einmal um den Baum herum und verschwand dann dahinter. Es war nicht zu sehen, wohin. Aber Areshva begriff sofort, dass er natürlich die Verbindung zur Kristallkugel herstellen musste.

Genau, wie sie erwartet hatte: Vor sich hatte sie die Hohepriesterin und ihren Verbündeten, den König. Ihre Gegnerin sah seltsam verändert aus. Zuletzt hatte sie doch eher einen feurigen Eindruck gemacht. Und natürlich war ihr Verbündeter nicht König. Dazu fehlte ihm der Königsring. Das musste wohl der Grund sein, warum der Mann bisher überhaupt nicht in Erscheinung getreten war. Die Herrscherin brauchte seinen Körper, um die Macht der Kristallkugel an sich zu binden. So langsam kam Areshva die Angelegenheit immer eigenartiger vor. Anscheinend musste die Hohepriesterin auch ihren eigenen Körper an die Kristallkugel hängen. Alles nur, weil ihnen der Königsring fehlte. Aber war sie in diesem Zustand überhaupt handlungsfähig?

Es sah nicht danach aus. Beide saßen bewegungslos unter dem Baum, wie Statuen. Als hockten sie schon so seit Jahrhunderten. Vermutlich konnten sie ihre Körper nicht benutzen, weil diese das Kraftfeld erzeugen und festhalten mussten.

Areshva knirschte mit den Zähnen. Das sah danach aus, als sei es gar nicht leicht, die Kristallkugel unter ihre Kontrolle zu bringen. Das würde auch für sie ein Problem werden – sie hatte nicht einmal einen Verbündeten. Aber das konnte sie hoffentlich im Nachhinein noch deichseln. Sie könnte Pirina ins *HexMex* schicken mit dem Auftrag, einen der Kerle zu ihr nach Kalamachai zu zwingen und mit dem müsste sie dann wohl oder übel ein Bündnis eingehen.

Und der Königsring, wie besorgte sie den? Sie erinnerte sich gehört zu haben, er sei in Estedt und unberührbar. Aber das wäre ein späteres Problem. Auch die jetzige Herrscherin hatte das ja irgendwie gelöst.

Sie stellte sich auf die Hinterbeine (das nützte nicht sehr viel, sie blieb trotzdem winzig klein) und zielte. Diesmal würde sie einen Feuerschneider nehmen, der die Strahlen elegant durchtrennen sollte. Sorgfältig knetete sie ihre Magiekugel und schleuderte sie druckvoll auf das Herrscherpaar. Die Kugel prallte jedoch gegen ein unsichtbares Hindernis und rutschte von dort auf den

Erdboden, ohne auch nur den kleinsten Schaden anzurichten.

Areshva erschrak. *Das musste der Götterschutz sein! Wieso das denn?*

Agga hatte ihr versichert, die Hohepriesterin wäre schwach und deren Götterschutz könnte sie leicht zerschmettern.

Wieso klappte das nicht?

Inzwischen trat der Kampf an der Spinnenmauer in eine heiße Phase ein. Areshvas erstes Monster grillte gerade die Angreiferinnen aus der Luft, während Pirina vor Angst und Entsetzen laut schrie.

Das dritte Ich an der Nordwand marschierte nach seinem Befreiungsschlag durch das Loch in die Festung herein, wo ihm ein Heer von Angreiferinnen entgegenstürmte, gegen die es Feuer speiend und Blitze schlagend ankämpfte.

Das zweite Ich an der Südmauer kopierte die Erfolgsmethode seines Klons und schleuderte ebenfalls eine Eisbombe gegen das Netz, das ebenso wie das andere zuerst gefror und dann zerschmetterte, sodass ein zweites Loch entstand.

Und das vierte kleine Monster hatte soeben durch seinen Angriff seine Position verraten. Ehe es sich versah, war es von Hexen umzingelt, schlugen Blitze auf Areshva Nummer vier ein. Erschrocken sprang sie zur Seite und duckte sich. Aber zu spät. Etwas sprengte sich in ihren Hinterkopf. Ein glühender, alles durchbohrender Schmerz durchzuckte sie. Vor ihren Augen verschwamm die Landschaft. Gelbliche Kreisel blitzten auf, drehte sich in rasenden Wirbeln – und die Welt um sie herum wurde schwarz. Das kleinste Monster hatte aufgehört zu existieren.

Das höchste Ziel

Ein Rückschlag.

Areshvas verbliebene drei Lebensformen ließen sich durch den Verlust des Jüngsten nicht einschüchtern. Inzwischen waren sie alle durch die Mauer gebrochen und jagten vorwärts. Die Verteidigerinnen der Herrscherin konnten keinem von ihnen etwas anhaben, denn Areshvas Panzerungen waren hart. Und ihre Angriffe hatten es in sich. Sie konnte mit einem einzigen Feuerspeien mehrere Feindinnen erwischen, wenn sie gut traf. Als sie den Kopf drehte, setzte sie gleich eine ganze Formation Wächterinnen in Flammen, eine nach der anderen und das an drei Stellen gleichzeitig.

Schon bald zeigten ihre Angriffe Wirkung: Zwei neue Existenzen wuchsen heran. Areshva verwandelte die beiden in Fliegerinnen. Sie waren kleiner als die Drachen und besaßen lange Schwingen, spien aber genauso gut Feuer und konnten außerdem mit ihren kräftigen Krallen Reiterinnen von ihren Pferden werfen. Endlich konnte sie wieder fliegen! Ihre Kampfkraft verbesserte sich gleich erheblich, weil sie nun mit drei Bodenkämpferinnen und zwei Luftschützinnen arbeitete.

Sie hörte eine derbe, schrille Stimme brüllen:

»Versteckt euch! Passt besser auf! Sie darf keine von euch erwischen! Jede Tote macht sie stärker, das seht ihr doch!«

Da zerbrach der Widerstand um sie herum. Viele der Wächterinnen wagten es nicht mehr, sie anzugreifen. Sie flüchteten, sie schossen Feuerkugeln aus sicherer Entfernung. Es wurden immer weniger. Bald waren alle aus ihrem Weg verschwunden. Einzelne Kriegerinnen verneigten sich sogar vor ihr und huldigten ihr. Offensichtlich glaubten sie, dass Areshva nicht mehr aufzuhalten war, und erkannten in ihr bereits ihre neue Herrscherin.

Ihr Blut pulsierte wild und kräftig. Vor Erregung war ihr fieberheiß. Agga verlor fast den Verstand. Areshva hörte die Göttin über sich frenetisch klatschen und sie anfeuern. Ein bisschen leiser könnte sie wirklich sein. Schließlich musste Areshva sich konzentrieren.

Pass auf! Ich komme!

Sie stapfte mit ihrem fünffachen Kampfgeschwader den Bergweg hoch zu dem Versteck mit den weißen Spinnenlaken und sprengte es problemlos auf. Dann umstellten Areshvas drei Drachen-Ichs das an den Baum gefesselte Paar und die Fliegerinnen positionierten sich über ihm in der Luft. Aber als sie nun nochmals auf die aneinandergebundenen Körper feuerte, aus fünf Existenzen gleichzeitig, verpufften die Schüsse genauso wie zuvor.

Ein Feuerschwall schoss plötzlich aus dem Erdboden direkt vor der Nase eines ihrer Drachen-Ichs. Die Flammen umschlangen ihre Tatzen, loderten an ihren Beinen empor, umflackerten ihren Körper und blendeten ihre Augen. Dämonische Hitze! Sie versuchte davon wegzuspringen, aber das mörderische Feuer brannte sich in sie hinein.

Sie schrie, brüllte und verlor urplötzlich den Kontakt zu diesem Körper, den sie kurz darauf verkohlt am Boden liegen sah.

Areshva vier verbliebenen Ichs waren schockiert und wie elektrisiert. Wenigstens wussten sie jetzt endlich, was hier geschah. Dies war sie also, die echte Hohepriesterin, ihre wahre Feindin: die Feuersäule!

Leider verschwand diese direkt nach dem vernichtenden Angriff. Sie löste sich einfach in Luft auf.

Areshva versuchte nachzuvollziehen, wie sie es anstellte. Ein Mensch konnte nicht verschwinden. Also, er konnte sich mit einem entsprechenden Zauber in einen Stein oder so etwas verwandeln, wie damals ihr Vater, aber diese Art von Hexerei war für eine gute Zauberin kinderleicht zu erkennen. Die Feuersäule hatte sich jedoch in nichts verwandelt. Sie war einfach verschwunden.

Natürlich war Areshva jetzt auf der Hut. Sie wollte nicht leichtsinnig eine weitere Existenz verlieren. All ihre Sinne waren in Alarmbereitschaft. Ihre Ohren hörten den Schnee auf den Gipfeln knirschen, wenn ein Vogel dort entlangging. Ihre Augen durchleuchteten den Weg, die Felsen und alle Verstecke der Kämpferinnen, aber keine Spur von der Hohepriesterin.

Da! Wie aus dem Nichts flackerte die Feuersäule direkt unter dem Bauch von Areshvas zweitem Drachen auf, der brüllend verbrannte, und wieder löste sie sich danach auf wie ein Spuk.

Verflucht, das ging zu schnell! Schon war sie auf Drillinge reduziert. Wie stoppte sie ihre Feindin? Sie musste handeln. Geistesgegenwärtig ließ sie einen weiträumigen Bannkreis rings um die Stelle entstehen, in der sich ihre drei verbliebenen Existenzen befanden. Das unsichtbare Feuerwesen musste zwangsläufig irgendwo in diesem Bereich herumfliegen und dürfte folglich jetzt darin gefangen sein. Sie warf einen Magiefinder einmal quer durch die Bannzone. Er zeigte ihr jedoch keinen Treffer.

Kein Wunder, denn die Feuersäule war schon längst über alle Berge: Sie leuchtete über einem entfernten Hügel.

He, wie macht sie das bloß?

Sie musste Areshvas Bannkreis durchbrochen haben. Doch das war unmöglich. Der menschliche Körper würde dabei verbrennen.

Mist, da stimmt was nicht! Nur ein Geist könnte einen magischen Bann überwinden.

Sie erstaunte. *Ein Geist, genau!*

Das hätte sie sofort erraten müssen. Der Körper ihrer Gegnerin war bewegungsunfähig, um einen Baum gefesselt. Ihren Geist hatte sie jedoch offenbar aus dem Körper entfernt. Er schwebte jetzt völlig frei und leider auch voll bewaffnet in der Gegend herum.

Areshva hatte noch nie von einem Zauber gehört, der Körper und Geist auf diese Weise trennen könnte. Aber es bestand kein Zweifel, dass es ihn geben musste.

Verflixt! Wie besiege ich einen Geist?

Ein leises Surren ließ Areshva herumfahren. Eine Feuersäule schoss unter einer ihrer Fliegerinnen aus dem Boden, größer als sie selbst und von extremer Leuchtkraft. Reflexartig bedeckte sie ihre Augen mit den Händen. Es fühlte sich an, als ob sie bereits brannten. Minutenlang blitzte und flackerte ihr alles vor der Linse, sie konnte keine klaren Bilder mehr erkennen. Da krachte auch schon der nächste Angriff auf sie nieder, sie spürte das Leben in sich verlöschen.

Die Feuerpriesterin war nicht mehr zu sehen. So wie in all den Attacken davor.

Noch zwei Existenzen übrig, ein Drache und ein Flieger.

Was mache ich bloß!

Da bildete sich eine Idee in den Kopf, auf die sie schon längst hätte kommen können – wäre sie nicht so entsetzt gewesen, dass die Hohepriesterin so viele ihrer Existenzen in kürzester Zeit vernichtet hatte.

Sie würde abwarten, bis ihre Feindin sich zu ihrem nächsten Ansturm vor ihr offenbaren würde. Da sie aber nur eine ihrer beiden verbliebenen Existenzen töten konnte, musste die andere für einen Angriff bereit sein.

Sie musste geistesgegenwärtig reagieren und ihr auf der Stelle einen Verkörperungszauber zuwerfen. Dann wäre der Geist gezwungen, sich in seiner direkten Umgebung zu materialisieren. Er könnte sich in dieser Form nicht mehr unsichtbar machen und Areshva könnte ihn töten! Oh ja, das könnte sie, denn der Götterschutz verteidigte nur den Körper der Hohepriesterin, nicht aber ihren Geist. Sie konnte sich ausrechnen, dass dieser Körper es kaum überlebten würde, wenn er seinen Geist verlöre.

Beide, sowohl Areshvas Flieger als auch ihr Drache, konnten vor Anspannung kaum stillhalten. Wachsam blickten sie immer wieder in alle Richtungen. Vorsichtshalber kniffen sie die Augen ein wenig zusammen, um nicht geblendet zu werden. Da flammte die Feuersäule bereits hoch. Sie zischte bis in den Himmel.

Die Fliegerin blendete eine so gleißende Strahlung, dass sie den Anblick nicht ertrug, sondern sofort die Augen schloss. Der kurze Moment hatte genügt, ihre Haut wie Feuer brennen zu lassen. Ihr ganzes Gesicht glühte unnatürlich, Hitze überall, ihre Flügel verdampften, ihre Sinne vergingen.

Der Drache hatte das Auftauchen der Gegnerin blitzschnell registriert und warf im selben Moment den Verkörperungszauber.

Leider musste sie sofort die Augen zu Schlitzen verengen, weil die Blendkraft der Feuersäule einfach zu heftig war, sodass sie nicht gleich sehen konnte, ob ihre Attacke funktionierte.

Na? Mach schon! Such dir einen Körper! Materialisiere dich! Eine große Auswahl an Lebewesen haben wir zwar hier nicht. Du kannst wählen zwischen der Krähe über meinem Kopf, dem Baum, auf dem der Vogel sitzt, oder womöglich noch irgendwelchen Läusen unter seiner Rinde. Mir eigentlich egal, was davon du nimmst. Areshva scharrte ungeduldig mit ihren Klauen auf dem Erdboden. *Hoffentlich funktioniert es.*

Kaum hatte sie ihre Magieladung gegen ihre Feindin geworfen, da ging sie auch schon in Verteidigungsposition, geduckt und angespannt, falls ihre Attacke schiefginge.

Aber sie ging nicht schief.

Die Gestalt der Feuersäule wurde ruckartig schmaler, wobei sie pfiff und säuselte. Sie verformte sich unnatürlich und sah aus, als streckte sie sich zuerst zu einer feurigen Bohnenstange, plumpste dann zu einem dicken flammenden Kloß nach unten und sackte zuletzt rasend schnell in sich zusammen. Ihre Gestalt wurde unscharf, verschwamm und fing an zu wirbeln wie ein kleiner Tornado.

Aha!, dachte Areshva hoch konzentriert. *Jetzt sucht sie nach einem Körper. Welchen wird sie wohl wählen? Bestimmt die Krähe, weil sie dann fliegen kann. Das ist völlig egal, gib dir keine Mühe. Du entkommst mir nicht!*

Allerdings schaffte es der Geist gerade noch aus ihrem Blickfeld zu verschwanden, indem er sie einfach übersprang.

Sie wirbelte herum. *Versuch es gar nicht erst!*

Vor ihr stand Pirina, die ihr entgegenkam und die – verblüffenderweise – auf sie schoss.

Ein Feuerball erwischte Areshva frontal. Sie flog rückwärts, Zweige schlugen ihr ins Gesicht, sie krachte gegen einen dicken Ast, begriff gar nicht, was los war, und schaffte es aber gerade noch, einen Erdwall vor sich zu errichten, um sich dahinter vor weiteren Angriffen zu schützen.

Verdammt. Sie war benommen, kam gar nicht hoch. Etwas krachte von außen in den schützenden Wall. Mühsam rappelte sie sich aus dem Gebüsch, in dem sie gelandet war.

Pirina kam über den Erdwall herübergeklettert und stellte sich geradewegs zwischen Areshva und das Kraftfeld um den Körper der Hohepriesterin.

Klein und ängstlich sah sie nun nicht mehr aus. Vielmehr sah sie klein und ausgesprochen fröhlich aus.

»Verabschiede dich von deinem Dasein!«, sprach Pirina mit ihrer hohen Mädchenstimme, allerdings mit metallisch kühlem Unterton, der zu ihrem Charakter gar nicht passte.

Areshva war wie vor den Kopf geschlagen.

»Pirina«, stammelte sie völlig konfus.

»Ich bin nicht Pirina«, erwiderte das Mädchen ungerührt. »Auf Wiedersehen, Areshva!«

In ihrer Hand wölbte sich eine menschenkopfgroße Feuerkugel. Areshva starrte entsetzt auf die dreifache Oberstrahlung darin. So etwas hatte sie noch nie vorher gesehen. Sie hatte keine Ahnung, wie sie das abblocken könnte.

Aber bevor das Mädchen den Schuss abfeuern konnte, knickte es plötzlich ein, sank wimmernd auf den Boden und hielt jammernd ihren rechten Arm.

Jenen, an den sie den *Armschützer* geklemmt hatte.

Brave Pirina, dachte Areshva sarkastisch.

Das war beinahe zu genial, um wahr zu sein: Der Magiehemmer, mit dem Areshva sich selbst vor zu schlimmen Taten hatte bewahren wollen, schlug jetzt ihre Feindin zu Boden, die seine Funktion nicht erkannt hatte!

Areshva schnappte sich geistesgegenwärtig die Feuerkugel, die Pirina aus der Hand gerollt war, und holte zum Angriff aus.

Pirina aka die Hohepriesterin rieb verzweifelt an dem Armklemmer, bekam ihn aber nicht ab.

Keuchend rollte sie sich auf dem Boden, drehte sich angstvoll zu Areshva und bettelte mit schriller Stimme:

»Nicht! Töte mich nicht!«

Hilfe! Sie konnte doch nicht auf ein unschuldiges Mädchen schießen! Auch dann nicht, wenn sich eine widerwärtige und keinesfalls unschuldige Hohepriesterin in ihrem Körper eingenistet hatte!

Eine fürchterliche Schwäche fuhr in Areshvas Eingeweide, lähmte sie und nahm ihr alle Energie. Sie spürte, wie der Drachenzauber sie verließ, wie sie auf den Erdboden zurücksank und zuletzt in ihrem eigenen gewöhnlichen Körper zurückblieb. Ihr war zumute, als stürzte gerade der Himmel über ihr zusammen, als tanzte das Gestein unter ihren Füßen.

Pirina, ausgerechnet!

Jetzt war sie so nah. Wie weit könnte sie kommen, stünde ihr die dumme Kleine nicht im Weg! Sie musste schießen. Augen zu und los. Sie zögerte. Bei der heiligen Göttin, sie konnte nicht. Nur noch diese Hürde, die schlimmste, aber die letzte! Jetzt! Sie holte ein zweites Mal aus. Es ging nicht.

Sie konnte Pirina nicht töten. Sie hatte nicht die Kraft, es zu versuchen. So eine Marter wie damals bei dem Kampf gegen Silvrin würde sie nicht noch einmal durchstehen, und damals hatte sie es ja auch nicht geschafft.

Das durfte nicht wahr sein! Sie war am Ziel! Nur ein einziger Schuss trennte sie von der höchsten

Machtposition, die dieses Land zu vergeben hatte. Von der Erfüllung all ihrer Wünsche! Von vierzehn Monden Leid, Kummer und Sehnsucht!

Dies ist meine letzte Chance. Wenn ich die verpatze, bekomme ich nie wieder eine andere.

Ihr Kopf begann zu dröhnen wie eine Turmglocke. Es musste irgendeinen Weg geben! Vielleicht kam ihr eine Idee, wie sie ihr Ziel trotzdem erreichen konnte?

Nichts. Nicht einmal ein Funke von einem Gedanken. Wie niedergeschmettert sie sich fühlte! Wie erniedrigt! Schließlich hatte sie gerade bewiesen, dass sie mächtiger war als die Hohepriesterin selbst. Und was machte sie daraus? Nichts! Überhaupt gar nichts! Ließ sich herabziehen von einem dummen Mädchen!

Agga tauchte vor ihrer Nase auf. Ihr schwarzer Pelz glomm magisch und sie flatterte wild mit den Flügeln.

»Hast du ´ne Lähmung in den Fingern?«, kreischte sie. »Worauf wartest du? Schieß!«

»Ich sollte mir das Herz aus dem Leibe reißen, damit ich endlich mal einen Kampf gewinne!«, schrie Areshva außer sich. »Verdammt! Verdammt!«

»Dabei kann ich helfen.« Agga zwinkerte ihr zu.

Wobei? Mir das Herz aus dem Leibe zu reißen? Glaubt sie, ich meine das ernst?

Wie mit einem alles erhellenden Blitzschlag leuchtete der Gedanke vor ihr auf. Agga hatte recht. Sie konnte diese Machtposition nur erreichen, wenn sie wurde wie ein Stein und sämtliche wallende Hitze aus ihren Adern verbannte. Dann würde sie nie wieder etwas behindern. Sie konnte überall hin! Sie würde grenzenlose Macht bekommen! Sie könnte alles nach ihren Wünschen einrichten!

Nur Silvrin … Er saß in ihrem Herzen fest, sodass er wahrscheinlich ganz aus ihren Gedanken verschwinden würde, wenn sie keines mehr hätte. Dann würde sein Tod ihr wohl auch keine Schmerzen bereiten?

Ohne dass sie wollte, flogen diese Vorstellungen immer weiter: Auch Kirisha saß in ihrem Herzen und würde damit zusammen verschwinden. Und sogar Lystrella.

Schlagartig wurde ihr klar, dass die Schlange sich gerade selbst in den Schwanz biss. Wozu unternahm sie denn diese ganze wahnwitzige Tour?

Es ging doch darum, Lystrella zurückzuholen!

Und genau das war sie dabei unwiderruflich zu verhindern!

Verflucht! Ich würde alles verlieren, was mir jemals wichtig war! Ich wäre gar nicht mehr ich!

Stopp!

In ihrem Kopf begann sich alles zu drehen. Überall in ihrem Körper zwickte und zwackte es.

Sie war einen falschen Weg gegangen. Einen Irrweg. Noch dazu einen grausamen, mörderischen Weg. Der sich jetzt durch nichts mehr rechtfertigen ließ. Es kam ihr vor, als wollte der Himmel über ihr wie eine Riesenwoge zusammenschlagen. Sie konnte ihre Ziele nicht erreichen. Nie. Alles war verloren. Ein schwarzes Loch unter ihren Füßen.

Was hatte sie getan? Sie war zu einer Verbrecherin geworden – der Schlimmsten, die sie sich vorstellen konnte –, und nur, weil sie sich verrechnet hatte. Sie hatte nichts gewonnen. Nur sich selbst zerstört.

Was jetzt? Weitergehen? Zurückgehen? Aber wohin? Und wozu? Egal, was sie tun würde, sie hatte Lystrella so oder so verloren. Weder ein Sieg noch eine Niederlage würden der Lichtgöttin etwas nützen. Sie war am Ende. Zu viel Dunkelheit für das Licht der Göttin. Das ihr nun unerreichbar war.

Noch immer stand sie am selben Platz, wie erstarrt, mit der in grellen Strahlen vibrierenden Leuchtkugel der Hohepriesterin in der Hand. Erst jetzt wurde ihr bewusst, dass Agga über ihr in der Luft kreischte wie eine Sirene und unter ihr Pirina am Boden lag und nicht weniger laut irgendwas ihr entgegenschrie, von dem sie nicht ein einziges Wort verstand.

Alles verloren, dachte sie, entsetzt vor sich selbst und vor der Wucht der Erkenntnis, die ihren Körper schüttelte. *Es macht keinen Sinn mehr, Hohepriesterin zu werden, weil ich dazu nicht nur äußerlich, sondern auch innerlich ein Monster werden müsste.*

Wenn ich aber meine Feindin nicht töte, wenn sie merkt, dass ich blockiert bin – dann tötet sie mich.

Ja bitte! Töte mich! Ich kann so doch gar nicht weiterleben!

Ich bin diesen brutalen Weg nicht gegangen, um mein Ziel nicht zu erreichen und als jemand weiterzuleben, der grundlos mordete!

Allerdings würde sie dann auch Pirina ermorden. Das Mädchen hätte eben nicht herkommen dürfen.

So ein dummes, ungehorsames Geschöpf!

Es gab ihr einen Stich und das war, als öffnete sich die Welt vor ihr wieder, aus der sie für einen Augenblick vollkommen herausgefallen war. Plötzlich hörte sie die Stimmen um sich herum deutlich und verstand sie auch.

»Töte sie doch, töte sie!«, brüllte Agga.

»Nicht!«, schrie Pirina mit der harten Stimme der Hohepriesterin. »Bitte, bitte nicht! Ich habe Zugriff auf Magie, die du nicht kennst! Lass mich am Leben, und du hast einen Wunsch frei! Sag mir deinen allerkühnsten Wunsch! Egal, was du ersehnst, egal, was dir das Herz zernagt – ich erfülle es!«

Areshva erzitterte. Sie hatte keine Wünsche mehr, sie war tot. Um sie herum hüllte sich eine Nacht, aus der es kein Entrinnen gab.

Oder? Könnte sie die Erfüllung ihrer Ziele als Preis für das Leben der Alten verlangen!

Darauf kann sie sich wohl kaum einlassen – aber es wäre meine einzige Rettung.

»Ich könnte mir tatsächlich wünschen, was ich will? Es gibt keine Grenze?«

»Nein! Wünsche dir, wünsche!«

Areshvas Lungen verschnürten sich so heftig, dass sie kaum Luft bekam.

»Dann wünsche ich mir, dass ich die Erlaubnis und die Möglichkeit bekomme, zu einer Lichtgöttin zu beten.«

Pirinas sanftes Gesicht verfärbte sich tiefrot.

»Du bist nicht bei Verstand. Verbotene Götter sind tabu. Du musst dich schon im Herrschaftsbereich der regierenden Götter bewegen, Dummkopf!«

Das habe ich doch gewusst. Wie ich mich auch drehe und wende, ich schaffe es nicht. Es gibt einfach keinen Weg!

Areshva ballte die Fäuste. »Ich lass mich von dir nicht länger an der Nase herumführen! Kannst du unmögliche Wünsche erfüllen oder nicht?«

Die Hohepriesterin streckte ihr die gefalteten Hände entgegen.

»Bei Angelegenheiten, die meine Göttin ärgern, sind mir leider die Hände gebunden, aber ich kann dir anderes schenken! Irgendwas, das du glaubtest niemals zu bekommen!«

Was ich glaubte, niemals zu bekommen … wie Silvrin?

Sie wusste nicht, woher sein Bild gekommen war, aber plötzlich sah sie ihn vor sich, so wie bei jenem Duell, als er ihr gegenübergestanden hatte. So energisch. Lächelnd.

Lebendig.

Ihr Herz machte einen Sprung. Er hatte dieses Orakel auf dem Hals, das ihm einen baldigen Tod prophezeite. Sogar vierfach! Dabei kann ein Mensch doch nur ein einziges Mal sterben. Wie lächerlich! Drei überflüssige

Orakel gegen einen einzigen Mann. Ob die Hohepriesterin ihn retten könnte? Der Gedanke ließ ihr das Herz hüpfen.

Aber nein. Das war keine Alternative. Sie konnte doch nicht Lystrella und Kirisha und die Zukunft ihrer Welt in den Wind schießen und nichts weiter retten als irgendeinen Mann!

Auch wenn er zufällig sehr schöne goldblonde Haare hatte und, wenn er lächelte, ein paar warme Augen, die sie wahnsinnig gerne wiedersehen würde.

Sie seufzte abgrundtief.

Auf der anderen Seite: Wenn sie ohnehin dem Tod gegenüberstand, konnte sie genauso gut versuchen, ihn zu retten. Das würde ihre Niederlage etwas weniger allumfassend machen.

Dabei war dies nicht einfach eine Niederlage, es war eine Vernichtung. Sie hatte ihre Seele zerstört, sie hatte Lystrellas Schutzelfen ermordet – und für was? Sie blickte wie in ein schwarzes Loch, sie war verloren bis in alle Ewigkeit. Nie wieder könnte sie das gutmachen, auch nicht, wenn sie Silvrin half – was vermutlich ohnehin nicht möglich war.

Nein, sie erwartete nichts anderes mehr als den Tod. Allerdings wurde ihr jetzt siedendheiß klar, dass der Zauber, der die Hohepriesterin in Pirinas Körper zwangsmaterialisierte, nicht ewig anhalten würde. Sobald er verlöschte, könnte die Alte sich wieder in einen Geist verwandeln und sich unsichtbar machen, und dann wären nicht bloß Areshvas Ziele, sondern auch sie selbst im Paket zusammen mit Pirina erledigt - und sie hätte auch noch ihre kleine Freundin auf dem Gewissen!

Nein, wenigstens Pirina sollte hier lebendig herauskommen. Und vielleicht konnte sie auch für Silvrin noch irgendwas herausschlagen. Sie musste schnell handeln. Flackerte die Aura um Pirina etwa schon? Sie hatte womöglich nur noch Sekunden!

Kurz entschlossen packte sie das Mädchen bei der Schulter, verwandelte ihren Zeigefinger in eine scharfe Klinge und presste ihn an ihren Hals.

»Dann lösche mir ein Orakel! Aber mach schnell, sonst stech ich zu!«

»Verehrte Areshva, weißt du nicht, was ein Orakel ist?«, schimpfte die Hohepriesterin. »Es wird von Göttern erschaffen, ich habe darüber keine Macht.«

»Dann sagt Eurer Göttin, dass dieses Orakel entfernt werden muss.«

»Das wäre Wahnsinn! Hast du schon mal versucht deiner Göttin etwas zu befehlen? Ich bin ihre Dienerin, nicht ihre Herrin!«

»Das mag sein.«

Areshvas Gedanken rotierten wie ein Kochlöffel beim Eierschlagen. Wenn sie schon all ihre Hoffnungen begraben musste, dann jedenfalls nicht ohne Widerstand. Sie musste die Götter überlisten, damit sie das Orakel entfernten! Gab es nicht irgendein magisches Gesetz, das sie zu dem Zweck benutzen konnte?

»Wenn wir nun einen Pakt abschließen würden, du und ich?« Areshva ballte die Fäuste. »Dann wärst du gezwungen den Pakt einzulösen, weil du sonst stirbst. Und deine Göttin wäre ebenfalls gezwungen ihn einzulösen, weil sie sonst dich verliert und damit auch ihre Position als Obergöttin. Oder Krongöttin, oder wie sie noch hieß.«

Pirina verzog den Mund zu einer Grimasse.

»Wenn ich meine Göttin zu so etwas zwinge, tötet sie mich vielleicht aus Wut. Oh nein, das ist mir zu heiß! Da müsste schon …« Sie verzog listig den Mund. »Na ja … da müsste mehr für mich drin sein, als nur das nackte Leben zu retten.«

»Zum Beispiel *was*?«

»Der Königsring?«

Areshva verstummte. Das ging zu weit. Selbst wenn sie könnte, dürfte sie ihrer Feindin niemals den Ring zuspielen, der unbegrenzte Macht verlieh!

Auf der anderen Seite – welche Rolle spielte es noch? Alles war verloren. Es gab keinen Sinn mehr. Keine Ziele. Kein Richtig oder Falsch.

Die altbekannte Fledermaus flatterte plötzlich vor ihrem geistigen Auge. Agga dampfte vor Zorn.

»Bist du waaaahnsinnig?«, brüllte sie. »Willst du dir die Krone nehmen und dich zerstampfen lassen? Dein Leben ruinieren? Was hindert dich zuzuschlagen? Du Schwächling! Du gottverfluchte Versagerin!«

Areshva drehte sich von ihr weg. *Alte Schwätzerin. Ich habe viel zu lange auf dich gehört*, dachte sie bei sich.

»Du sagst ja gar nichts. Versprichst du mir den Ring oder nicht?«, rief die Hohepriesterin gierig.

»Wie soll ich ihn finden? Ich weiß nur, dass er irgendwo in Estedt sein soll. Keine Ahnung, wo genau.«

»Aber ich weiß es. Ich komme nur nicht an ihn heran. Niemand kommt heran. Nicht einmal die Leute, die ihn augenblicklich besitzen. Der magische Schutz ist zu stark. Du könntest ihn jedoch überwinden. Ich erkläre dir, wo er sich befindet, und du bringst ihn mir. Würdest du das für mich tun?«

Areshva begann zu frösteln. Die Sache mit dem Ring war zwar knifflig, andererseits hatte sie nichts zu verlieren.

Und was interessierte sie, wem in diesem Nest Estedt, wo sie niemanden kannte, sie diesen Ring stehlen müsste. Ein kleiner Diebstahl, der den Berg ihrer Sünden noch vergrößern würde, darauf kam es wohl angesichts der Ungeheuerlichkeiten, die sie schon getan hatte, nicht mehr an. Der Gedanke, Silvrin helfen zu können, ließ die

Welt um sie herum nicht mehr ganz so finster aussehen. Welche Erleichterung wäre es, könnte er überleben.

»Wag das nicht!«, kreischte Agga schrill. »Stich zu! Verdammt, stich zu! Jetzt bin ich so nah an der Krone wie nie, ich will sie haben! Daran arbeite ich schon seit Jahrhunderten! Wage es nicht, mich zu enttäuschen, denn meine Rache wird grausam sein!«

Was ist schon grausamer als der Verlust all meiner Ziele. Wenn ich keine andere Chance habe als die, Silvrin zu retten, dann muss ich es versuchen, egal, was es mich kostet.

»Damit wäre ich einverstanden«, erwiderte Areshva kaltblütig, an die Hohepriesterin gewandt. »Natürlich nur dann, wenn du auch tatsächlich dieses eine Orakel löschst, um das es mir geht.«

»Löschen ist ausgeschlossen, aber es ließe sich möglicherweise etwas verschieben.«

»Was heißt das, verschieben?«

»Einige Zeit … vielleicht würden ein paar Monde möglich sein.«

»Was nützen *ein paar Monde*? Oh nein, entweder reden wir von einem ganzen Menschenleben oder ich fange gar nicht erst an, über den Diebstahl des Rings genauer nachzudenken!«

»Ha! Ein ganzes Menschenleben, das wäre keine Verlängerung, sondern eine Auslöschung des Orakels. Ich sagte dir schon, dass das nicht geht.«

»Sagen wir zwanzig Jahre.«

»*Zwanzig*? Wie soll ich das durchbringen? Datooka könnte mir ihre Gunst entziehen, wenn ich übertreibe. Das kann ich nicht riskieren.«

»Welche *Gunst*?« Areshva lachte ironisch. »Du nennst dich Hohepriesterin und verfügst nicht über deinen Körper? Für deine klebrige Spinnengöttin bist du eine Witzfigur! Wenn ich dir den Ring nicht beschaffe, wird sie dich nie ernst nehmen. Bekommt dein Verbündeter aber den Königsring, dann könnt ihr die Kristallkugel entfachen, ihr könnt in eure Körper zurückkehren und Euer Verbündeter würde König des Landes werden. Und ihr hättet dann so viel Macht, dass ihr nie wieder vor Leuten wie mir zittern müsstet.«

Die Hohepriesterin atmete schwer.

»Exakt. Von welchem verdammten Orakel reden wir überhaupt, das ich dafür verschieben soll?«

»Von dem über den Fürsten Silvrin von Aravenna. Das mit den vier Todeszeichen.«

Pirina stutzte.

»Ach … Da sind wir etwas spät dran. Dass vier verschiedene Personen in kurzer Zeit nacheinander gegen den Aravennafürsten losschlagen sollen, ist schon befohlen. Sie sind also bereits beauftragt worden. In drei Tagen trifft ihn der erste Angriff.«

»Dann lass mich ihm helfen! Sag mir rechtzeitig vor jedem Kampf, wohin ich gehen soll, und ich stelle mich an seine Seite!«

Die Hohepriesterin knirschte mit den Zähnen.

»Also gut. Du versuchst diese vier Kämpfe für ihn zu überstehen und sobald du das erledigt und mir den Ring gebracht hast, lasse ich das Orakel über den Aravennafürsten um zwanzig Jahre verschieben. Sein erster Kampf wird übrigens in Aravenna stattfinden.«

»Einverstanden!«

Sie reichten einander die Hände. Ein scharfer Schmerz zischte durch Areshvas Handfläche, in die sich ein schwarzes Brandmal hineinfraß.

Widerstreitende Gefühle

Die beiden strahlenumwogten Körper und der Baum, an dem sie saßen, verschwanden aus Areshvas Sicht. Kahle Felsen blieben an der Stelle zurück. Pirina verlor den Halt und fiel rückwärts zu Boden. Sie öffnete die Augen und blickte sich verwirrt um.

Areshva dröhnte der Kopf. Es war, als sängen darin Vögel ein Konzert voller absurder Melodien. Sie fühlte sich eigenartig leer. Ihre Hand schmerzte. Auch die Felsen und der steinige Boden um sie herum kamen ihr jetzt kahl vor. Als gäbe es außer ihr und Pirina kein Leben hier.

Ich bin eine Verbrecherin, hämmerte sich ein finsterer Gedanke in ihre Stirn hinein. Alles, was ich tat – das Morden von Seelen und von Elfen – war sinnlos und falsch. Ich habe mich dadurch versündigt und beschmutzt – wer wird noch etwas mit mir zu tun haben wollen? Wie kann ich mir selbst noch in die Augen sehen? Das kann ich nie wieder gut machen!

»Areshva«, jammerte die Kleine.

Das riss die Magierin aus ihrer Betäubung. Sie kniete bei dem Mädchen nieder, um zu untersuchen, ob ihr etwas passiert war. Die Musik ihrem Kopf war nur noch sehr leise zu hören.

»Steh auf«, sagte Areshva knapp, und ihre Schülerin gehorchte.

Pirina blickte auf das Brandzeichen auf Areshvas Handinnenfläche: eine schwarze Spinne. Das Zeichen für den Pakt.

Erschrocken fuhr sie zurück.

»Du Verräterin!«, schrie sie auf. »Was hast du getan? Ganz Damarynth der Hohepriesterin überschrieben? Kein anständiger Mensch macht so etwas. Auch nicht, um einen anderen zu retten!«

Da explodierte etwas in Areshva.

»Halt die Klappe! Wieso bei allen Dämonen der Unterwelt bist du mir nachgeritten? Du hast mich in dem wichtigsten Kampf behindert, den ich je gekämpft habe. Ich hätte gewinnen können! Ich hätte die Welt regieren, die allerhöchsten Ziele erreichen, meine Göttin zurückholen können! Das hast du zerstört. Ich konnte sie nur deshalb nicht töten, weil ich dich mit erwischt hätte, verdammt! Du hast mich zerstört!«

Sie wandte Pirina den Rücken und stapfte wütend den Bergweg abwärts. Natürlich hörte sie das Mädchen ihr nach fliegen, aber sie kümmerte sich nicht darum.

Weit unten vor einer Steinhöhle stand ihr Pferd. Sie schwang sich auf seinen Rücken und setzte ihren Weg fort. Richtung Aravenna, wo Silvrins erster Kampf stattfinden sollte. Das lag im Norden.

Schon bald verließ sie das unwirtliche steinige Gelände und trabte nun einen kargen, bemoosten Pfad herunter. Langsam kam ihr in aller Deutlichkeit zu Bewusstsein, wie viel sie verloren hatte. Ihre Ziele waren verpufft und unerreichbar geworden. Sie hatte sich selbst an die Wand gefahren. Sie war keine mächtige Zauberin, sie konnte nicht mehr erreichen als eine Ameise. Verloren. Alles, alles verloren. Paradiese, schöne Welten, Lystrella, Kirisha, Smorkyn …

Noch schlimmer: Sie erkannte immer deutlicher, dass sie viele Monde lang einen katastrophalen Weg gegangen war. Einen Weg, der sie als Verbrecherin dastehen ließ. Was nützte es, dass sie gute Absichten dabei gehabt hatte? Wie könnte sie jetzt noch ihr Verhalten der letzten Monde rechtfertigen? Ihre Überfälle, die Angriffe auf diverse ungezählte Opfer. Kein Mensch würde ihr glauben, dass sie dabei hohe, sogar edle Ziele gehabt hatte, wenn sie ihre Argumente darlegte. Ihr Kampf in Kalamachai dürfte der Welt unbekannt geblieben sein, denn keine Kristallkugel des Landes spiegelte das Gebirge.

Wie tief war sie gesunken!

Die Demütigung und die vernichtende Niederlage war jedoch nicht das einzige Gefühl, das sie erfüllte. Inmitten des Elends keimte eine Süße in ihrem Herzen, die ihr vorher unbekannt gewesen war. Etwas begann dort zu blühen wie ein Beet von Rosen mit betörenden Düften.

Sie würde für Silvrin kämpfen, ihn verteidigen. Das würde sie in seine Nähe zwingen. Es bedeutete, sie würde ihn treffen.

Danach sieht er mich vielleicht mit anderen Augen an?

Plötzlich fühlte es sich gar nicht mehr so an, als hätte sie gerade den wichtigsten Kampf ihres Lebens verloren.

Sondern: Als hätte sie möglicherweise etwas dafür gewonnen, das sogar noch viel süßer sein könnte als der süßeste Traum dieser Welt.

ENDE von Band 3

Der verfluchte Ring (Chronicles of Gods 4)

Band 4 der berauschenden Welt voller Götter, Magie und Intrigen

Areshvas Kampf um die Rückkehr der Göttin des Lichts scheint verloren. Um Fürst Silvrin von Aravenna vor dem drohenden Tod zu bewahren, hat sie einen Pakt mit der dunklen Hohepriesterin geschlossen. Nur wenn es ihr gelingt, vier Kämpfe für den Mann ihres Herzens zu gewinnen, wird das bevorstehende Unheil abgewendet. Der Kampf zwischen Gut und Böse erreicht seinen Höhepunkt, als Areshva für die Hohepriesterin den Königsring stiehlt – einen Ring, der grenzenlose Macht verleiht und das ganze Land in ewige Dunkelheit stürzen könnte…

Dunkle Götter, eine verbotene Magie und die Versuchung der Liebe verstricken die Magierin Areshva in ein mitreißendes Handlungsnetz, dem sich der Leser absolut nicht entziehen kann. Anke Unger überträgt uralte Ängste des Menschen auf eine faszinierende Fantasywelt voller Legenden.

//Alle Bänder der Fantasy-Reihe:
-- Göttin der Dunkelheit (Chronicles of Gods 1)
-- Der magische Blick (Chronicles of Gods 2)
-- Sog der Finsternis (Chronicles of Gods 3)
-- Der verfluchte Ring (Chronicles of Gods 4)
  erscheint 18. März 2021
-- Tempel der Skelette (Chronicles of Gods 5)
  erscheint 18. April 2021
-- Seelen der Göttin (Chronicles of Gods 6)//
  erscheint 18. Mai 2021

Erscheint im Sommer 2021:

Meermädchen oder Das Herz des Dämonen (Die Chroniken von Amazonia 1)
Wenn nur die Magie des Wassers dich retten kann

Unbegabt, verachtet, verstoßen: Das Leben des Straßenmädchens Murissa ist eine Katastrophe. Bis sie sich in den Seeprinzen Turris verliebt. Um sein Herz zu gewinnen, gibt sie sich als zauberkräftige Meerjungfrau aus, schwitzt fortan unter dem Druck, nicht enttarnt zu werden, und folgt ihrem Prinzen auf eine abenteuerliche Reise zum Nebelmeer. Doch auch Turris hat ein Geheimnis. Und seines ist weitaus gefährlicher.

Die Amazonenkönigin Penthesilea, siegreich in neun Feldzügen, wird von ihrem Volk und ihrer Göttin umjubelt. Ihr neuester ritueller Kriegszug, bei dem sie unter Wasser kämpfen soll, droht jedoch ihr Heer zu vernichten. Die Rettung sucht sie in waghalsigen Experimenten mit Meeresmagie.

Als die Königin und das Straßenmädchen aufeinandertreffen, verknüpfen sich ihre Schicksale. Sie könnten alles verlieren, wovon sie je träumten – oder auch alles gewinnen!

Exotische Welten unter Wasser und im fernen Inselreich Amazonia, magische Kämpfe, dunkle Geheimnisse, die Macht der Liebe und eine Prise Humor machen dieses Fantasy-Epos zu einem mitreißenden Abenteuer.